Kim

基姆

——全新中譯本——

吉卜林 著

廖綉玉 譯

RUDYARD KIPLING

目次

contents

第一章

喔，你們踏著窄路，
循著陀斐特[1]的焰火，走向最後審判日。
異教徒向鎌倉大佛祈禱時，
千萬要溫和！

基姆無視市政府的禁令，跨坐在噴火龍大炮上，這座大炮架在古老的拉合爾博物館對面的磚砌平臺上，當地人稱這間博物館為「阿傑布—格爾」，意為「神奇之屋」。誰控制了這座噴火龍大炮，誰就控制了旁遮普，因為征服者總是先將這座青銅大炮納為戰利品。

對基姆來說，這句話有點道理，他把拉拉．狄納納的兒子踢下炮耳，因為英國人控制了旁遮普，而基姆正是英國人。儘管他晒得很黑，就跟印度人沒兩樣；儘管他講起本地話劈里

1 陀斐特（Tophet）是《聖經》裡的地名，鄰近欣嫩子谷，位於耶路撒冷以南，古希伯來人在此舉行兒童獻祭，焚燒自己的兒女，獻祭給摩洛克神（Moloch，火神）。

啪啦、抑揚頓挫，而講英語時偏愛帶著不確定的調子；儘管他與市集上的孩子完全平等相處——他依舊是個白人，最窮的那種白人。有個歐亞混血女人照顧基姆（她抽鴉片，自稱在收費低廉的出租馬車候客的廣場上開了二手家具店），她對傳教士說自己是基姆的阿姨。

基姆的媽媽曾在上校家當保母，後來嫁給愛爾蘭小牛軍團的年輕掌旗士官基姆鮑爾・歐哈拉。後來這位士官陸續在信德、旁遮普、德里的鐵路局工作，沒跟著軍團回國。他的妻子在菲奧茲普爾市死於霍亂後，歐哈拉開始酗酒，帶著眼神敏銳的三歲兒子沿著鐵軌來回遊蕩。一些團體與牧師擔心那個孩子，試著逮住歐哈拉，但他總是漂泊不定。後來他碰上那位愛抽鴉片的混血女人，染上這個嗜好，最後就像一般的貧窮白人一樣死在印度。他的遺產是三張紙，其中一張是他口中「不得更改」的文件[2]——他的簽名下方寫著這四個字，另一張是他的「轉讓許可證」[3]，第三張是基姆的出生證明。在吞雲吐霧的快樂時刻，歐哈拉常說這三張紙會讓小基姆成為男人，基姆絕不能讓它們離身，因為它們屬於龐大魔法的一部分，而博物館後方那棟藍白兩色魔屋裡的人們會施展這種魔法，我們稱那棟屋子為「共濟會會所」。

歐哈拉說，有一天一切都將好轉，人們會在力與美的巨柱之間歡迎基姆，騎著駿馬、率領世上最精銳軍團的上校會照顧基姆——應該會比父親好命的小基姆。如果奉綠野紅牛為神的九百個一流傢伙沒忘掉歐哈拉，那個在菲奧茲普爾鐵路當工頭的可憐歐哈拉，他們一定會照顧基姆。他說完後，就會坐在陽臺那張鋪了破藺草墊的椅子上痛哭。因此，他過世後，那女人就把那張羊皮紙、文件、出生證明縫在皮質的護身符袋裡，將它掛在基姆脖子上。

她模糊地記得歐哈拉的預言，說道：「總有一天，一頭綠野紅牛與騎著高頭駿馬的上校……」她改用英語說：「還有九百個一流的傢伙。」

基姆說：「啊，我記得，一頭紅牛與騎著馬的上校會來。但我爸爸說，一開始會有兩個人來打點這些事，我爸爸說他們總是這麼做，那些男人施展魔力時總是這麼做。」

如果這個女人把基姆連人帶上這些文件送到當地的魔屋，旁遮普省的分會一定會把他送到山裡的共濟會孤兒院，但她不相信自己聽到的魔法。基姆也有自己的看法，他已經到了毛頭小子的年紀，很清楚要避開傳教士與一臉嚴肅的白人。那些白人總愛詢問他是誰、做些什麼事，這是因為基姆很會鬼混。的確如此，他對築有城牆的美妙城市拉合爾瞭若指掌，包括德里大門與外圍的護城河；他與那些過著稀奇古怪生活的人過從甚密，那些人的生活比哈倫．拉希德[4]所能想像的還要古怪，而基姆的生活也像《一千零一夜》的故事一樣狂野，可是傳教士與慈善團體的祕書無法了解這種生活的美妙之處。

基姆在當地的綽號是「世界之友」，他行動靈活又不顯眼，經常在夜裡為光鮮亮麗的時髦年輕人在擁擠的屋頂上辦事。當然，那些都是不能曝光的祕密，基姆很清楚這一點。因為

2 指他的共濟會會員證。

3 另一份共濟會文件，關於會員資格的轉讓。

4 哈倫．拉希德（Harounal Raschid, 763-809）是阿拔斯王朝（Abbasid Caliphate）的第五代哈里發，出現在故事集《一千零一夜》（*One Thousand and One Nights*）裡。

他從會講話開始，就見識了世間的各種邪惡。但他就愛這種刺激的事，包括在漆黑的水溝與小巷裡悄悄潛行，爬上水管，在平坦的屋頂上偷窺婦女的居家生活，藉著夜色的掩護從這個屋頂快速竄到另一個屋頂。他與那些苦行者[5]也很熟，全身抹灰的苦行者待在河邊樹下的磚廟旁，他們乞討回來的時候，基姆會問候他們，附近沒有其他人時，他也會吃他們碗裡的食物。

照顧基姆的那個女人哭哭啼啼地堅持他得穿歐洲人的服裝，包括長褲、襯衫、破帽，不過基姆發現做某些事時，換上印度服裝或穆斯林服裝比較方便。有個時髦年輕人給了基姆一整套印度服裝——那種流浪街頭的低種姓孩子穿的衣服。後來在地震那一夜，這個時髦年輕人被發現死在井底。基姆把這套衣服放在旁遮普高等法院旁邊的尼拉藍姆木材堆積場一些大木頭下方，芬芳的喜馬拉雅杉沿著拉維河運來後，就放在那木材堆積場上晒乾。每當有事要辦或有樂子玩，基姆就會換上這套衣服，不是跟在迎親隊伍後面大喊，就是在印度節慶時狂叫，筋疲力盡後才在黎明時分回家。有時家裡會有食物，但是沒有的時候居多，這時基姆就會再度出門與當地朋友一起吃東西。

他與小喬塔・拉爾及甜食商人的兒子阿布杜拉玩著山大王遊戲。他騎在噴火龍大炮上，腳跟敲著這尊大炮，不時對著博物館門口看守成排鞋子的當地警員講粗話。這位高大的旁遮普員警包容地咧著嘴笑，他認識基姆很久了；用羊皮袋內的水向乾燥路面潑水的運水夫也是基姆的老朋友；彎腰製作裝貨箱的博物館木匠賈瓦赫・辛格也認識基姆多年。放眼望去，街上的人都跟他很熟，除了從鄉下進城的農民之外。這些農民趕來「神奇之屋」博物館觀賞本省及其他地方的展覽品。博物館收藏印度藝術品與手工品，凡是想增加知識的人都可以請教館長。

阿布杜拉爬上噴火龍大炮的輪子，大喊：「下來！下來！讓我上去！」

基姆唱道：「你爸做點心，你媽偷酥油，穆斯林很久之前就跌下噴火龍了！」

戴著金線繡帽的小喬塔．拉爾尖叫：「讓**我**上去！」他父親的財產有大約五十萬英鎊，不過印度是世上唯一民主的地方。

「印度人也跌下了噴火龍大炮，穆斯林把他們推下去的。你爸做點心……」

基姆忽然安靜下來，因為有個人拖著腳步，從鬧哄哄的慕堤市集拐過轉角走了過來。基姆以為自己早已見過各個種姓[6]的人，卻從沒見過這樣的人：那個人身高近六英尺，身上的髒衣服是馬氈似的布料，衣服有很多褶層，基姆無法從那些褶層看出這人從事哪個行業。他的腰帶掛著一個鐵製的鏤空長形筆盒與一串聖人掛的木頭念珠，頭上戴著一頂大圓扁帽；他有著黃色臉孔，臉上布滿皺紋，就像街上那個中國靴匠傅興的臉龐；此人有著鳳眼，看起來像縞瑪瑙的狹長細縫。

基姆問玩伴：「那是誰？」

阿布杜拉咬著手指，瞪著眼看，「也許是人類。」

---

5 苦行者（faquir）指穆斯林與印度教的苦行僧。

6 傳統印度社會根據世襲職業將人民分成不同階層，不同階層之間互不通婚。

基姆回答：「那還用說。不過**我**沒見過他這樣的印度人。」

小喬塔．拉爾發現那串念珠，說道：「或許他是個和尚。瞧！他走進神奇之屋！」

那位員警搖頭說：「不懂，不懂，我聽不懂你說的話。」那個員警講的是旁遮普語，

「噢，世界之友，他在說什麼？」

基姆跳下噴火龍大炮，露出光禿禿的後腳跟，說道：「叫他過來。他是外國人，你是笨水牛。」

那個男人無助地轉身，走向孩子們。他很老了，毛料長袍仍帶著山隘的苦艾臭味。

他用很流利的烏爾都語說：「噢，孩子，那棟大房子是什麼地方？」

「那是阿傑布—格爾，神奇之屋！」基姆猜不出他信奉何種宗教信仰，所以不稱他為「拉拉」或「米安」[7]。

「啊，神奇之屋！任何人都能進去嗎？」

「門上寫得清清楚楚，全部的人都能進去。」

「免費？」

基姆笑著說：「我進進出出，但我可不是銀行老闆。」

「哎呀！我是老頭子，不知道這件事呢。」他撥弄著念珠，半轉身面對博物館。

基姆問：「你是什麼種姓？你家在哪裡？你來自遠方嗎？」

「我來自庫魯[8]，那個地方在雪山[9]。你知道那裡嗎？」他嘆口氣，「那裡的水與空氣都新鮮沁涼。」

阿布杜拉得意地說：「啊哈！你是契丹人（中國人）。」有一次，他對靴子上方的神像吐口水，結果被傳輿逐出店外。

小喬塔・拉爾說：「是巴哈里（山民）。」

「啊，孩子們，我是你們從未見過的雪山人。你們聽說過菩提耶（西藏）嗎？我不是契丹人，而是菩提耶人（西藏人）。既然你們堅持要知道，我是喇嘛，用你們的話來說，我是上師。」

基姆說：「西藏上師。我從沒見過這樣的人，他們是住在西藏的印度人嗎？」

「我們奉行中道，住在喇嘛寺裡，過著平靜的生活。我想在死前看看四大聖地。你們這些孩子跟我這個老頭兒知道的一樣多。」他對著這些男孩露出慈祥的微笑。

「您吃過了嗎？」

他在胸前摸索，拿出一個舊木缽。這些男孩點點頭，他們認識的僧人都會化緣。

「我現在還不想吃。」他在陽光下轉頭，像隻老龜。「拉合爾的神奇之屋有很多神像嗎？」他把這句話重複一遍，確保這些孩子會回答。

「沒錯，」阿布杜拉說：「裡面滿是異教徒的神像。原來你也崇拜偶像。」

---

7 拉拉（Lala）指印度教徒，米安（Mian）指穆斯林。

8 庫魯（Kulu）位於印度北方山區。

9 指喜馬拉雅山。

「別理**他**。」基姆說：「那是政府建築，裡面沒有神像，只有白鬍子老爺[10]。跟我來，我帶你去瞧瞧。」

「外地的和尚吃孩子。」小喬塔．拉爾悄聲說。

「他不但是外地人，而且崇拜偶像。」穆斯林阿布杜拉說。

基姆大笑：「他是新來的。快躲到你媽的懷裡，那裡很安全。跟我來！」

基姆穿過自動記錄的十字旋轉門，那位老人跟上去，接著停住，驚嘆不已：希臘風格的大型佛像豎立於門廊，博學之士都知道它們的年代，無名工匠雕刻出這些佛像，他們的雙手笨拙地摸索著神祕傳達的希臘風格。博物館擁有數百件刻有浮雕人像的雕帶、雕像碎片、過往嵌在北國佛塔與佛寺磚牆上布滿雕像的厚板，後來人們將它們挖了出來，貼上標籤，如今它們是博物館引以為傲的展覽品。這位喇嘛吃驚地東看西看，最後停在刻繪佛陀悟道成佛的高浮雕前，專心凝視。這尊佛陀端坐在蓮花之上，花瓣乃由工匠挖掉底部素材而成，看起來幾乎與下方分離；佛陀周圍是朝他敬拜的國王、長者、過去佛；佛陀下方的水面上布滿蓮花，水裡有著魚兒及水鳥；佛陀頭頂上有兩位蝶翼飛天捧著花環；這兩位飛天的上方還有一對飛天舉著寶傘，傘頂上有佛陀的寶石頭飾。

「世尊！世尊！這是釋迦牟尼。」這位喇嘛幾乎嗚咽起來，並開始低誦祈禱。

大乘之尊，
道法相分，

阿難之王，
我佛菩薩。

「祂在這裡！無上妙法也在這裡。我的朝聖之旅有個很好的開始。真棒的作品！真棒的作品！」

基姆說：「老爺在那邊。」他側身避開一箱箱的藝術品和手工翅膀。一位白鬍子英國老人看著喇嘛，喇嘛莊重地轉身向他問好，摸索一陣後，掏出一本筆記本與一張紙片。

「這是我的名字。」他對著歪七扭八的字跡微笑，那些字就像小孩寫的一樣。

「這是曾到聖地朝聖的現任龍珠寺住持給我的，」喇嘛結巴地說：「他提到這些。」他瘦弱的手顫抖地指著四周。

「歡迎，歡迎，西藏來的喇嘛。這裡有照片，我在這裡……」他瞥了一眼喇嘛的臉，「獲取知識。請到我辦公室坐一會兒。」老人家激動得發抖。

他的辦公室只不過是從擺滿雕塑品的長廊隔出來的木頭小房間，基姆躺了下來，耳朵緊貼著熱得裂開的杉木門縫隙，出於本能地拉長了耳朵聆聽並觀察。

他聽不懂大部分的談話。那位喇嘛起初有些結巴，他向館長談起自己的喇嘛寺「肅仁寺」，它就位在彩岩對面，離這裡有四個月的腳程。館長拿出一本大相簿，指出聳立於峭壁

10「老爺」（Sahib）是印度被英國殖民時期對白人官員的稱呼。

上的那座喇嘛寺，它俯瞰擁有多彩岩層的巨大山谷。

「對，對！」這位喇嘛戴上中國製的角框眼鏡，「這就是我們在冬天之前搬柴時進出的小門。英國人也知道這些事？龍珠寺住持告訴過我，但是我不信。他說這裡也尊崇世尊？人們知道他的生平事蹟？」

「全都刻在石頭上，如果您休息夠了，可以隨我去看看。」

這位喇嘛蹣跚地走到大廳，他在館長的陪伴下，以虔誠信徒的崇敬之心與工匠的欣賞本能瀏覽展覽作品。

他在刻痕模糊的石頭上辨識每一段美妙的故事，不時對不熟悉的希臘傳統風格感到迷惑，但每個新發現都讓他像孩童一樣快樂。當故事內容無法銜接時，例如「夢象受孕」[11]這一則，館長就從成堆附有照片與複製圖的法文書與德文書裡補充。

虔誠的阿斯陀[12]就像耶穌故事裡的西蒙，他把聖子抱在膝上，佛陀的父母專心聆聽。館內有佛陀的堂兄弟提婆達多的事蹟，有那位邪惡女人指控佛陀不潔、所有人都感到驚愕的故事，有佛陀在鹿野苑講道的故事，有祂震懾拜火教徒的奇蹟，有佛陀貴為王子時的事蹟，有祂不可思議的出生故事，有祂在拘尸那揭羅涅盤、一位弟子暈厥的故事，更有佛陀在菩提樹下沉思的無數作品，僧缽的裝飾更是處處可見。幾分鐘之內，館長就知道這位訪客可不只是會撥念珠的托缽僧，還是博學多聞的人。他們再看了一次石刻的佛陀故事，這位喇嘛吸了吸鼻煙，擦了擦眼鏡，接著以烏爾都語夾雜著藏語說話，講話速度跟火車一樣飛快。他聽說過中國高僧法顯與玄奘朝聖取經的故事，很想知道有沒有關於他們事蹟的譯本。他無助地翻閱比爾[13]及儒蓮[14]的著作，深吸了一口氣，「全部在這裡，這是上鎖的寶藏。」他冷靜下來，恭敬地聆聽館長用烏爾都語匆匆譯出的片段。這是這位喇嘛首度聽到歐洲學者的佛學研究成果，這些學者利用這些資料與其他一百件文獻，鑑定了佛教的各個聖地。接著，館長又帶他看一幅標有黃點黃線的巨大地圖，喇嘛的褐色手指隨著館長的鉛筆從一個點移動到另一個點：這裡是迦毗羅衛城，這裡是中國，這裡是摩訶菩提，也就是佛教的聖地，這裡是拘尸那揭羅，也就是佛陀涅盤之地。喇嘛沉默地低頭看著這些文獻，館長點燃另一支菸斗，基姆已沉入夢鄉。他醒來時，兩人仍講個不停，但他比較聽得懂了。

「所以那是智慧之泉，我決定前往佛祖履及的聖地、祂的出生地，甚至是迦毗羅衛，接著去菩提伽耶[15]、摩訶菩提寺、鹿野苑、祂涅槃之地。」

這位喇嘛放低聲音，「我獨自來此。這五年、七年、十八年，乃至四十年來，我一直認為人們不恪守舊律。你知道的，邪魔歪道、符咒、偶像崇拜壓制了舊律。就連外面那個孩子剛剛也這麼說，唉，就連那個孩子也用了『偶像崇拜』的字眼。」

11 佛陀本名為悉達多，相傳當年他的母親摩耶夫人夢見一頭白象飛進她的肚子裡，後來就生下了悉達多。
12 佛陀出生後，阿斯陀（Asita）為他看相。
13 指英國專研佛教的學者比爾（S. Beal）。
14 指法籍猶太漢學家儒蓮（Stanislas Julien）。
15 釋迦牟尼的悟道成佛處。

「各個宗教都是如此。」

「你這麼想嗎？我在喇嘛寺讀的書變成過時的精髓，我們改革派信徒奉行的儀式在老派人眼中毫無價值。即便是世尊的信徒，彼此之間也不和。一切皆空，哎，幻覺啊，一切皆空。但我有另一個願望……」喇嘛那張布滿皺紋的黃臉湊近館長不到三英寸的距離，食指的長指甲敲著桌面：「根據這些書，你們的學者跟隨佛陀的腳步四處探訪，但有些事蹟他們沒有找出來。我愚昧無知，什麼都不懂，但我將踏上康莊大道以超脫輪迴。」他露出極喜悅的笑容。「前往各個聖地朝聖可積功德。但我想要的不只是如此。請聽我說個真實故事。世尊少年時求婚配，他父王的朝臣說他太柔弱，不能結婚。你知道這個故事嗎？」

館長點點頭，好奇喇嘛接下來要說些什麼。

「於是他們請佛陀與所有來者舉行三項較力比賽。射箭比賽時，世尊起初將弓拉壞了，就命人取來一具誰都拉不動的弓。你知道這個故事嗎？」

「書裡有記載，我看過。」

「他射出的那支箭飛過所有的箭靶，射往眼力所不能及、十分遙遠的地方。最後那支箭墜落了，它的墜落處忽然出現一條小溪，不久後成為河流。由於世尊在超脫輪迴之前就已經慈善為懷，因此無論任何人在那條河中洗浴，都能滌清一切罪過。」

「書上是這樣寫的。」館長憂愁地說。

這位喇嘛深吸一口氣，「那條河在什麼地方？那支箭墜落之處湧現的智慧之泉在哪裡？」

「哎呀，老兄，我不知道。」館長說。

「不會的。你忘了，只有這件事你沒告訴我。你一定知道它在哪裡吧？瞧，我都這麼老了！我低頭求教。啊，那道智慧之泉。我們**知道**祂曾挽弓！我們**知道**那支箭落下了！我們**知道**溪水湧出！那條河究竟在哪裡？夢境叫我找到它，因此我來到這裡，但那條河在哪裡？」

「如果我知道，你覺得我不會大聲說出來嗎？」

「它能讓人超脫輪迴，」喇嘛充耳不聞，繼續說下去，「箭河！請再想一想！或許是熱得乾涸的某條小溪？世尊絕對不會欺騙老人。」

「我不知道，我不知道。」

喇嘛那張布滿皺紋的臉再度湊近英國人，兩人的臉僅隔一掌之寬。「我看得出來你確實不知道，你不信佛法，不知道這件事。」

「對……不知道……不知道。」

「你和我，我們都受到束縛。但我……」他站起來，一把掀開柔軟厚重的窗簾，「我將擺脫束縛，你也一起來！」

「我確實受到束縛，」館長說：「可是你將去哪裡？」

「我將先到迦錫（貝納勒斯）[16]，還能去哪裡呢？我將與那個城市的耆那教寺廟裡某位信仰純淨的人見面，他也祕密地找尋箭河，或許我能從他那裡知道一些消息。也許他會跟我一起去菩提伽耶，然後朝北前進，再朝西走到迦毗羅衛，並在當地尋找那條河。不，我將四

16 指的是印度城市瓦拉納西，又稱迦錫（Kashi）、貝納勒斯（Benares）。位於恆河河畔。

處尋找，因為沒人知道那支箭墜落的地方。」

「你要怎麼前往？德里很遠，貝納勒斯更遠。」

「走路與搭火車。我下山後就從帕坦科特搭火車來到這裡。火車開得很快，起初我看見路旁高高的杆子抓住那些線，覺得很吃驚。」他表演火車飛快掠過電線杆的樣子，「但後來我覺得太擠了，想要走路，我一向習慣走路。」

「那你一定知道怎麼走囉？」館長問。

「啊，這個啊，我在喇嘛寺聽過可靠的消息，只要問人並付錢，受委派的人就會把你送到指定的地點。」喇嘛得意地說。

「你什麼時候出發？」館長想到現在的印度既有古老的虔誠信仰，又有現代的進步，不禁微笑。

「我會儘快出發，我將循著世尊一生去過的地方，直到抵達箭河。此外，我有一張寫著火車南下時刻表的紙。」

「食物呢？」喇嘛通常都帶著一大筆錢，但館長想確定。

「一路上，我都用世尊托缽化緣的方法。沒錯，他當初怎麼走的，我就怎麼走，我拋棄了喇嘛寺的舒適生活。照規矩，下山時我有個隨行的弟子為我化緣，可是我們在庫魯暫停一會兒的時候，他發燒死了。我現在沒有弟子，但是我將親自化緣，讓善士做功德。」他勇敢地點點頭。喇嘛寺裡有學問的喇嘛通常不化緣，但這位喇嘛在這趟追尋之旅裡充滿熱情。

「那就這樣吧，」館長微笑著說：「現在請容我做點功德。你和我都是巧匠，這是一本英國白紙做的全新空白簿，還有兩、三枝削尖的粗細鉛筆，很方便書寫。現在，請把你的眼鏡借給我。」

館長看了看那副眼鏡，鏡片已有很多刮痕，度數和自己的眼鏡度數差不多。館長將自己那副眼鏡塞進喇嘛手裡，說道：「試試這副眼鏡。」

「輕得像羽毛！簡直像臉上戴了羽毛！」老喇嘛高興地搖頭晃腦，皺起鼻子，「我幾乎感覺不到眼鏡的存在！我看得好清楚！」

「這是水晶的材質，永遠不會有刮痕。希望這副眼鏡能幫助你找到那條河，因為這副眼鏡是你的了。」

喇嘛說：「我收下眼鏡、鉛筆、空白簿，這是修行人之間的友誼象徵，現在……」他在腰帶間摸索，解下那個打開的鐵製筆盒，放在館長的桌上，「這個筆盒紀念你我之間的緣分，它的年紀比我還大。」

那是中國式古老造型的筆盒，現在沒人會煉它用的那種鐵了。館長一開始看見它的時候，就動了收藏的念頭。任憑館長大力勸說，喇嘛也不肯收回那個禮物。

「我找到那條河回來的時候，會帶蓮花生大士的繪像給你，就像我之前在喇嘛寺畫在絲綢上的那種，對，還有輪迴圖。」他輕聲笑道，「因為你我都是手巧之人。」

館長想把他留下，因為當今世上通曉毛筆繪寫傳統佛畫的人寥寥無幾。可是喇嘛已昂首闊步走了出去，他在一尊沉思的巨大佛像前駐足片刻後，就穿過旋轉門離開。

基姆像影子一樣跟了上去，他聽到的一切讓他非常激動。他從沒遇過老喇嘛這樣的人，想進一步探究，就像探究拉合爾的新建築物與陌生的節日一樣。這位喇嘛是他發現的寶藏，他想把這個寶藏據為己有。基姆的媽媽也是愛爾蘭人。

老喇嘛在噴火龍大炮前停下，他環顧四周，直到看見基姆。他一時失去這次朝聖之旅的啟發，覺得自己老邁、孤苦、十分空虛。

「別坐在大炮下面！」警衛傲慢地說。

「哈，滾開！」基姆代替喇嘛回嘴，「你想坐在大炮下面就坐。鄧努，你什麼時候偷走了擠奶女工的拖鞋？」

這完全是基姆臨時編出來的指控，但這確實讓鄧努閉上了嘴，他知道基姆在必要時大喊一聲，就能喚來市集裡的眾多不良少年。

「你信奉哪位神呢？」基姆友善地問，他蹲在喇嘛身旁的陰涼處。

「我沒信奉哪位神，孩子，我只敬拜大法。」

基姆平靜地接受這個新神，他已經知道數十位神祇了。

「你在做什麼？」

「化緣。現在我才想起來自己很久沒吃沒喝了。這個城市有什麼樣的化緣習慣？像西藏那樣默默無聲或是大聲請求布施？」

「默默化緣就得默默挨餓。」基姆引用當地諺語回答。喇嘛試著站起來，可是馬上又倒下去，他哀嘆著那位死在遙遠庫魯的弟子。基姆歪著頭，好奇地打量他。

「把缽給我，我很熟悉這座城市的人，他們都樂於布施。給我，我會帶著裝滿的缽回來。」老喇嘛把鉢遞給基姆，像個小孩子。

「你休息吧，我很熟悉這裡的人。」

基姆快步走到慕堤市集環狀電車線對面的露天菜鋪，那位低種姓的女菜販跟他認識很久了。

「啊哈，你變成拿著托鉢乞討的苦行者了嗎？」女菜販叫道。

「不是。」基姆驕傲地說：「城裡來了一位新和尚，我從沒見過那樣的人。」

「老和尚就像小老虎，」女菜販憤怒地說：「我厭倦了那些新來的和尚！他們像蒼蠅一樣死盯著我的菜，我那兒子的爸爸難道是大善人，只要對他開口，他就布施嗎？」

基姆說：「不是，妳的男人脾氣很壞，不是聖人。但是這位新來的和尚不同，神奇之屋的老爺跟他說話時稱兄道弟。啊，好媽媽，請把這個鉢裝滿吧，他在等呢。」

「那個鉢！那個像牛肚一樣的籃子！你跟聖牛一樣客氣呢，今天早上牠吃掉籃子裡最好的洋蔥……對啊，我應該把你的鉢裝滿。那頭牛又來了。」

此地的那頭鼠灰色大聖牛擠過穿著五顏六色服飾的人群，嘴裡叼著一根偷來的大蕉。牠直直衝向菜鋪，深知自己是具有特權的神獸。牠低頭沿著一籃籃的菜噴氣，再選擇想吃的東西。基姆抬起有力的腳踝，踢中溼潤的藍色牛鼻子，這頭牛生氣地哼了一聲，越過空無一車的電車軌道，氣得牛背顫動。

「瞧！我為妳保住的菜比一鉢飯的價值高出三倍。好啦，好媽媽，給點飯吧，上面放點魚乾，對，再放一點蔬菜咖哩。」

躺在店鋪後面的那位男人低吼起來。

「他趕跑了那頭牛，」那位女人低聲說：「而且布施窮人是好事。」她接過缽，盛了滿滿的熱飯再遞回給基姆。

基姆嚴肅地說：「但是我的那位托缽苦行僧不是牛。」他的手指在飯堆上面戳了個洞，「加點咖哩會很棒，也來塊炸糕吧，再加一點蜜餞會讓他更開心。」

「這個洞跟你的頭一樣大。」那女人煩躁地說，但她仍在飯上加了熱氣騰騰的美味蔬菜咖哩，上面放了一塊乾的糕點，糕上放了一些酥油，旁邊放了一些酸羅望子蜜餞。基姆高興地望著這堆食物。

「太好了。只要我在這個市集裡，那頭牛就不會到這個鋪子來，它實在是放肆的乞丐。」

「那你呢？」女菜販笑著說：「你要讚美牛啊。你不是告訴過我，有一天一頭紅牛會從田野過來幫助你嗎？現在挺直腰桿，請那位聖人為我祈福吧，也許他懂得治好我女兒發炎的眼睛，你也請他幫這個忙吧，噢，你這位小小的世界之友。」

可是她還沒說完，基姆已經跑跑跳跳地離開，一面閃避著流浪狗與飢餓的熟人。

「所以啦，我們在行的人是這樣乞討的。」他自豪地告訴喇嘛。那位喇嘛睜開眼睛，看著缽子裡的食物。「快吃吧，我和你一起吃。喂，挑水的！」他對那位挑水工大喊，那位挑水工正在為博物館旁的巴豆澆水，「給點水，我們爺兒倆口渴。」

「我們爺兒倆！」挑水工笑著說：「一個皮袋的水夠你們兩個人喝嗎？看在阿拉的分上，喝吧！」

他把細細的一道水倒到基姆手裡，基姆照當地人的方法喝了，不過老喇嘛非得從充滿皺褶的上衣裡掏出一個杯子，按照禮儀喝水。

老喇嘛用陌生的語言說話，顯然在祈福，基姆解釋：「外國人。」兩人吃得心滿意足，吃光了缽裡的食物。接著，喇嘛朝著葫蘆形狀的木製鼻煙壺嗅點鼻煙，撥了一會兒念珠，隨著噴火龍大炮的影子越拉越長，年邁的他一下子就睡著了。

基姆漫步走向最近的菸草販，向那位充滿活力的年輕穆斯林女子討了一根味道很嗆的雪茄，這種牌子的雪茄專門賣給喜歡模仿英國人的旁遮普大學學生。基姆在炮管下頭，下巴擱在膝上，一面抽雪茄一面思索，接著忽然悄悄動身走向尼拉藍姆木材堆積場。

喇嘛醒來已是華燈初上，城裡的夜生活已然開始，政府的白袍職員與低位階公務員紛紛回家。他頭暈眼花地環顧四周，然而除了頭纏骯髒頭巾、穿著灰黃色衣服的印度野孩子之外，沒有其他人瞧他。喇嘛忽然把頭埋進膝蓋，嚎啕大哭。

「怎麼了？」那個孩子站在他面前問，「你被搶了嗎？」

「我的新徒弟不見了，我不知道他在哪裡。」

「你的徒弟長什麼樣子？」

他指著博物館，「我在裡面禮拜大法、累積功德時，他走向我，接替我那位過世的徒弟。他遇見我，為我指路，帶我走進那間神奇之屋。他的話讓我鼓起勇氣與那位佛像管理員說話，我受到鼓舞，變得堅強。當我餓得發暈，他又像徒弟服侍師父一樣替我化緣。他忽然奉命而來，又忽然不見了。我本來想在前往貝納勒斯的路上，傳授大法給他。」

這些話讓基姆十分驚訝，因為他在博物館裡偷聽喇嘛講過這番話，知道這位老人講了實話，而本地人鮮少在路上對陌生人講實話。

「但我如今明白，他奉命而來只有一個目的，那就是我知道我將要找到正在找的那條河。」

「箭河嗎？」基姆帶著高傲的微笑問。

「這難道是上天派來的另一個人嗎？」喇嘛大聲地說：「除了那個管佛像的神父以外，我沒對任何人提到自己的追尋之旅。你到底是誰？」

「你的弟子。」基姆跪坐在腳跟上說：「我這輩子從沒見過像你這樣的人，我要跟你到貝納勒斯。而且我覺得你年紀這麼大了，竟然還在黃昏時對偶遇的人說實話，真的很需要一位弟子。」

「可是你怎麼知道那條河——那條箭河？」

「哦，我當時靠門躺著，聽到你告訴那位英國人。」

喇嘛嘆了口氣，「我還以為你是上天派來的嚮導，有時會發生這種事情，但是我不配。所以你不知道那條河囉？」

「我不知道。」基姆不自在地笑了，「我要去找一頭公牛，一頭綠野上的紅牛，牠會幫助我。」基姆很孩子氣，如果同伴有個詭計，他會想出另一個。他像個孩子一樣，會思考父親的預言整整二十分鐘。

「你要去哪裡，孩子？」喇嘛問。

「天知道，但是我爸爸那樣告訴過我。我在神奇之屋聽見你講起山裡那些新奇的地方，如果那麼瘦小、那麼習慣說真話的老人為了一條小小的河而出遠門，我覺得自己似乎也該遊歷一番。如果我們命中注定要尋找那些東西，我們就必須找到：你找你的河，我找我的公牛、巨柱、我遺忘的其他東西。」

「不是柱子，而是我將超脫的輪迴。」喇嘛說。

「都一樣。或許它們會讓我當上國王。」基姆平靜地準備面對一切。

「我會在路上教導你了解其他更好的願望。」喇嘛用權威口吻回答，「我們就前往貝納勒斯吧。」

「晚上不能走，四處都是盜賊，等到白天再走。」

「但是沒有睡覺的地方。」老喇嘛過慣了喇嘛寺的生活，雖然他按照戒律睡在地上，但是比較希望睡在像樣的地方。

基姆說：「我們可以在喀什米爾驛站找到很棒的地方過夜。」他看到喇嘛困惑的神情不禁笑了，「我在那裡有個朋友，走吧！」

市集悶熱擁擠、燈火輝煌，他們穿過北印度各種族的熙攘人群，老喇嘛漫步走過，如在夢中。這是他生平頭一回來到工業大城，擠滿人的電車不斷發出尖銳刺耳的煞車聲，讓他嚇壞了。在基姆的半推半拖之下，老喇嘛到了喀什米爾驛站高聳的大門前。驛站內的露天大廣場在火車站的正對面，廣場四周有拱廊，從中亞返回的駱駝商隊和馬隊投宿於此。這裡有著北印度形形色色的人，有的照料拴住的馬兒與跪著的駱駝，有的裝卸成捆成包的貨物，有的用嘎嘎作響的轆轤從井裡打水煮晚餐，有的在不斷狂嘶、眼神兇惡的雄馬面前堆放乾草，有的正在套住商隊惡犬，有的正在支付趕駱駝的工資，有的正在僱用新馬夫。他們在擁擠的廣場上咒罵、大喊，爭論不休，討價還價。踏上三、四級石階就是拱廊，這裡是避風港，讓人遠離嘈雜的人群。這裡大多租給商人，就像我們出租高架橋的拱形區域一樣。拱柱之間的空間以磚塊或木板隔成房間，有厚實的木門與笨重的掛鎖。上鎖的門表示屋主不在，有些屋主會在門上寫粗話——有時真的非常粗魯——寫明或畫出屋主去哪裡了，例如有扇門上寫著「魯特夫．烏拉前往庫德斯坦」，下面有首十分粗俗的詩說道：「喔，真主，您讓蝨子在喀布爾人的大衣上受苦，為什麼您要讓卑鄙的魯特夫活得這麼久？」

基姆護衛著喇嘛，擋住激動的人群與動物，沿著拱廊悄悄走到最靠近火車站的盡頭。馬商瑪哈布．阿里就住在那裡，他來自北部山口那一邊的神祕之地。

基姆年紀輕輕就已經與瑪哈布有過多次交易，尤其是在他十歲到十三歲之間。這個身材魁梧的阿富汗人用石灰將鬍子染成鮮紅色（因為他年紀大了，不想讓花白的鬍子洩了底），他知道基姆的益處在於小道消息，有時他會叫基姆監視一名與馬完全沒關係的人：要求基姆盯住那個人一整天，再叫他回報那個人交談過的每個人。基姆會在晚上說出跟蹤的經過，瑪哈布會不動聲色地聽。基姆知道這是某種陰謀，好處在於除了瑪哈布，基姆不必告訴任何人，而且瑪哈布會請他吃驛站前頭小餐館的美味熱食，有一次還給他八安那的錢。

「他在。」基姆一邊說，一邊揍了壞脾氣駱駝的鼻子。「喂，瑪哈布．阿里！」他在黑漆漆的拱門前停下，接著溜到不知所措的喇嘛背後。

那位馬販躺在一對絲質鞍袋上，懶懶地抽著銀製的大水菸筒，布哈拉生產的深色繡花腰帶並未解開。基姆的大喊聲讓他微微轉頭，而他只見到一位高大沉默的人，於是發出低沉的笑聲。

「真主啊！一位喇嘛！一位紅衣喇嘛！從拉合爾到山口很遠，你到這裡做什麼？」

喇嘛機械地伸出化緣的缽。

「真主詛咒所有不信祂的人！」瑪哈布說：「我才不施捨討厭的西藏人，你去問那些駱駝後方的巴爾提人，他們或許很看重你的祝福。喂，馬夫，這裡有個你們的同鄉，問問他餓不餓吧。」

一個蜷縮著身子、剃了光頭的巴爾提人對喇嘛百般奉承，用低沉粗嘎的聲音請聖者坐在馬夫的火堆前，此人隨著馬隊而來，名義上是低賤的佛教徒。

「去吧！」基姆輕推喇嘛，喇嘛大步走開，留下基姆在拱廊的角落。

「滾！」瑪哈布說，他再度抽起水菸，「小印度傢伙，走開。真主詛咒所有不信祂的人！向我的印度教隨從乞討吧。」

「大君，」基姆可憐兮兮地哀號，他像印度人一樣稱呼瑪哈布，非常喜歡現在這個情境，「我爸爸死了，我媽媽也死了，我肚子空空。」

「我說過了，你去向我的那些馬夫乞討，我的隨從裡一定有印度教徒。」

「噢，瑪哈布．阿里，但我真的是印度教徒嗎？」基姆用英語說。

這位馬販沒露出半點驚訝，不過濃眉下的兩眼仔細看著基姆。

「世界小友，」他說：「這是怎麼回事？」

「沒事，現在我是那位聖者的徒弟，我們要一起去朝聖，他說目的地是貝納勒斯。他很瘋狂，而我也厭倦了拉合爾，我想要新的空氣和水。」

「但你為誰做事？為什麼來找我？」瑪哈布的聲音嚴厲又帶著狐疑。

「除了你，我該找誰？我沒錢，人沒錢就不適合四處亂跑。你會賣很多馬給軍官。這些馬非常棒，這些新馬，我已經見過牠們了。瑪哈布．阿里，你給我一盧比，我將來發財了，就會還你錢。」

「嗯，」瑪哈布．阿里的腦子飛快地思索，「你從沒騙過我。叫那位喇嘛過來，你站回暗處。」

「噢，我們講的話會是一樣的。」基姆笑著說。

喇嘛一理解瑪哈布問題的大意後，就說：「我們要去貝納勒斯，這孩子和我兩個人，我要去找某條河。」

「是喔。但是這個男孩呢？」

「他是我的徒弟，我認為上天派他來引導我前往那條河。我坐在大炮下面時，他忽然走過來，這種情形曾發生在上天賜予嚮導的幸運兒身上。我想起來了，他說他是印度人。」

「他叫什麼名字？」

「我沒問。我不知道他的名字，他就不是我的徒弟了嗎？」

「他來自什麼國家？什麼種族？什麼村子？他是穆斯林？錫克教徒？印度教徒？耆那教徒？他的種姓階級是高是低？」

「為什麼我應該要問？中道沒有高低之分。如果他是我的徒弟，誰會……誰能把他從我身邊帶走？因為，你瞧，沒了他，我就找不到我的河。」他嚴肅地搖頭。

「不會有人把他從你身邊帶走，去吧，去和我的巴爾提人一起坐。」瑪哈布・阿里說。那位喇嘛得到保證以後就心安了，慢慢走開。

「他是不是非常瘋狂？」基姆再度現身，「為什麼我要騙你呢，哈吉[17]？」

瑪哈布安靜地抽著水菸，接著以近乎耳語的聲調開口：「安巴拉位於前往貝納勒斯的路上，如果你們真的要去貝納勒斯的話。」

「嘿！嘿！我告訴你，他不懂得說謊，不像你和我一樣說假話。」

「如果你肯為我帶個口信到安巴拉，我就給你錢。那跟一匹馬有關係，是我上次從山口回來時賣給一位軍官的白雄馬。可是那時——你站近一些，舉起手做出乞討的樣子——那匹白雄馬的血統還沒完全確定，那位軍官目前在安巴拉，他吩咐我查清楚。」（瑪哈布此時敘述白馬與軍官的外表）「所以我要你捎給那位軍官的口信是『白雄馬的血統已完全確定』，你說了這句話，他就知道你是我派去的人。他會接著說『你有什麼證據？』你就回答『瑪哈布・阿里已把證據交給我。』」

「全都是為了一匹白雄馬。」基姆咯咯地笑著說，他的眼神十分激動。

「我現在就把血統證明給你——用我獨特的方式——還有一些難聽的話。」一道陰影與

---

17 哈吉（Hajji）：指那些去過伊斯蘭教聖地麥加朝覲的穆斯林。

一頭正在吃東西的駱駝從基姆後方經過，瑪哈布立刻提高嗓門。

「天啊！難道全城只有你這個乞丐嗎？你爸死了，你媽也死了。好吧，好吧……」躺在地上的他轉過身，氣氛也隨之改變，他扔了一塊軟油麵餅給基姆，接著說道：「今晚你與喇嘛窩在我的馬夫那裡過夜，明天我會給你事做。」

基姆咬著油餅溜走，正如他所料，他發現裡面有張折好裹在油布裡的小棉紙，還有三個銀盧比，真是一大筆賞錢。他露出微笑，把錢與棉紙一起塞進皮製的護身符袋裡。喇嘛受到瑪哈布的巴爾提人招待，飽餐了一頓，早已窩在馬廄某個棚子的角落裡酣睡。基姆在喇嘛身旁躺下，笑了出來。他知道自己幫了瑪哈布一個忙，而且完全不相信那個白雄馬血統證明的鬼話。

瑪哈布．阿里號稱旁遮普數一數二的馬販，他是富有又魄力十足的商人，他的商隊深入遙遠的北方。可是基姆怎麼也想不到瑪哈布在印度調查部的密冊裡有個C.25:1B.的代號，每年C.25會提交兩或三次短短的報告，敘述方式直截了當，但是內容非常有趣，與R.17及M.4的報告對照之下，C.25的報告通常真實可信。這些報告關於偏遠山區的各個小邦國、非英國籍的探險家、槍枝買賣，簡而言之，這是印度殖民政府所收到的大量情報的一部分。然而，近來五個沒理由結盟的土邦國王[18]從北部某個友邦獲悉，有消息從他們的領土走漏到英屬印度，這些土邦國王的首相極度憤怒，要以東方作風採取行動。他們懷疑很多人，其中一個就是那位領著商隊、在高及腰部的積雪裡跋涉進入他們山國的霸道紅鬍子馬販。他的商隊在那一季下山時至少遭狙擊兩次，瑪哈布手下的人打死了三名陌生匪徒，這三人或許是受僱來狙擊他們。因此，瑪哈布避免在多事之地白沙瓦停留，直接前來拉合爾。他很了解本國同胞，預料可能將在此地碰上怪事。

瑪哈布想儘快將那個東西脫手，不想多帶著一秒，那東西是一疊仔細折好的薄紙，包在油布裡，上面沒指名收件者，也沒寫地址，不過其中一角有五個極小的針孔。那疊紙洩漏了五個結盟的土邦國王、富有同情心的北方邦國、白沙瓦的某位印度銀行家、比利時一家槍炮廠、南方一位重要的半獨立穆斯林統治者的祕密。這份密件是R.17的心血，由瑪哈布在都拉山口外收下並代為傳送。R.17本人礙於無法掌控情勢，不能離開他的觀察崗位。比起C.25攜帶的密件，炸藥都顯得無害了起來，就連有東方時間觀念的東方人也知道越早將這份密件交給對的人越好。瑪哈布可不想死於非命，因為他在邊界還有兩、三件家族血債未了，他打算了結宿怨後就安頓下來，或多或少做個良民。自從他兩天前來到驛站，尚未走出大門，不過曾經故意招搖打電報到孟買，他有點錢存在那裡的銀行；他也打了電報到德里，一位次要的穆斯林合夥人在那裡賣馬給拉賈普達那邦的仲介；他還打電報到安巴拉，那裡有個英國人急切要求一匹白馬的血統證明。那位懂英文的寫信人所寫的電報很出色，例如：「克萊頓，

18 英國協助數個印度西北邊境的半獨立州政府，條件是不與其他團體合力反抗英國。十九世紀後半，俄國人——本書所謂的「友善的北方力量」——為擴展領土並增強自己的影響力，極力南向印度。俄國軍隊進入阿富汗，並前往喀什米爾邊界偵查，主要目的在威脅英國。這二大帝國勢力間的競爭，以及相互的軍事演習與間諜活動，有時被稱為「大博弈」（the Great Game），成為小說《基姆》與吉卜林其他故事的政治背景。

桂冠銀行，安巴拉。如前所言，馬是阿拉伯種，血統證明尚在翻譯，抱歉延誤。」後來又打了電報到同一個地址：「延誤歉甚，血統證明將奉上。」他發給德里的次要合夥人的電報是：「魯特夫烏拉。已將二千盧比匯入凌納文[19]的銀行。」這完全是交易內容。但每個電報的內容都由自認為有關的人一再討論，再由一個傻巴爾提人送往火車站，他一路上讓各式各樣的人看那些電報。

以瑪哈布的生動言詞來說，他以名為「謹慎」的木棒將名為「調查」的井水攪得混濁時，基姆找上了他，就像上天派來的。瑪哈布做事不擇手段，辦事也俐落，一向懂得把握各種突然出現的機會，他立刻說服基姆幫忙。

印度是朝聖者的國度，一位雲遊的喇嘛與一位隨侍的低種姓男孩四處遊走也許會引起別人片刻的注意，但沒人會懷疑他們，說得更準確一點，沒人會搶劫他們。

他叫人送上點菸的新燃球，思考這件事。就算最糟糕的情況發生，那個孩子受到傷害，那張紙也不會讓任何人受到牽連。他可以從容不迫地前往安巴拉，冒著再度讓人起疑的風險，再一次向有關人士述說他捏造的故事。

R.17的報告是整起事件的核心，如果沒交到對方手裡，那確實很不方便。不過真主至大，瑪哈布覺得自己已竭盡所能，全世界只有基姆沒對他撒過謊。假使瑪哈布不知道基姆會為了自己的目的或者瑪哈布的事，可以像東方人那樣說謊，他會認為不懂得撒謊將是基姆最致命的性格缺點。

後來，瑪哈布搖搖擺擺地走到驛站對面的妓院，那裡的妓女畫著眼影，引誘外地人。他費了一番力氣找到有理由信任的某位妓女，她的相好是鬍子剃得乾淨、博學的喀什米爾人，此人曾經攔住那個送電報的傻巴爾提人。瑪哈布這麼做實在愚蠢至極，因為他和那位妓女違反先知的戒律，喝起芳香的白蘭地，最後酩酊大醉，口無遮攔，還以不穩的腳步追逐那位如花似玉的美女，直到最後躺平在墊子上。那位美女由那位鬍子剃得乾乾淨淨的博學之人相助，從頭到腳仔細搜查瑪哈布。

約莫與此同時，基姆聽到瑪哈布的房間裡有輕輕的腳步聲。說也奇怪，這個馬販居然沒鎖門，他的手下正忙著吃他賞的全羊，慶祝順利返回印度。來自德里的時髦年輕紳士，拿著那位美人從不省人事的瑪哈布腰帶解下的一串鑰匙，搜查瑪哈布的每個盒子、每捆東西、每張蓆子、每個鞍囊，比那位美人與博學者的搜身更徹底。

一小時後，那位美人圓潤的手肘撐在打鼾的醉鬼身上，輕蔑地說：「我認為他只不過是個討人厭的阿富汗馬販，腦子裡只有女人和馬。何況，如果真的有那一樣東西，現在他也可能早已送出去了。」

「不對，關於聯繫五王的事，他一定放在他的黑心上，」那位博學之人說：「什麼都找不到嗎？」

那位德里人笑了出來，他一走進門就重纏頭巾，「我搜了他的拖鞋鞋底，美人搜了他的衣服。我們要找的人不是他，而是另一個人，我幾乎都搜過了。」

---

19 指印度商人凌納文（Lachman Narain）。

「他們沒說他就是那個人。」那位博學的人若有所思地說：「他們說，看看他是不是那個人，因為我們的情報有點混亂。」

「北方多的是馬販，就像老毛皮上面充滿蝨子一樣，有希康德坎、努爾·阿里·貝格、法魯克沙，都是商隊頭子，他們在那裡交易。」美人說。

「他們還沒到，」那位博學的人說：「到時妳一定要設下陷阱誘騙他們。」

美人極為憎惡地說：「呸！」她把瑪哈布的頭推下她的大腿，「我賺我的錢。法魯克沙很魯莽，阿里·貝格是流氓，老希康德坎嘛……哼！你們走吧！現在我要睡了，這頭蠢豬要到天亮才會起床。」

瑪哈布醒來時，美人嚴厲地教訓他醉酒的罪。亞洲人智取敵人時，眼睛眨都不眨，但是瑪哈布清清喉嚨，束緊腰帶，在晨星下蹣跚往前走的時候，差點眨了眼。

「真是生嫩的伎倆！」他自言自語，「彷彿白沙瓦的女人沒用過這招一樣！不過做的倒是挺漂亮。天知道一路上還有多少人奉命要試探我，說不定還會動刀。所以那個孩子非去安巴拉不可，而且得坐火車前往，因為那份文件非常緊急。我留在這裡，纏著美人喝酒，做出阿富汗馬販應有的行為。」

瑪哈布停在與自己房間相隔一間的小隔間，他的手下躺在裡頭呼呼大睡，基姆與那個喇嘛不見蹤影。

「起來！」他吵醒其中一人，「昨晚躺在這裡的那兩個人——喇嘛與那個男孩，他們去哪裡了？有沒有什麼東西不見了？」

「沒有，」那人咕噥著說：「那個瘋老頭在第二聲雞啼的時候就起床了，他說要去貝納勒斯，那個小男孩帶著他離開。」

「願真主懲罰所有異教徒！」瑪哈布發自內心地說，一邊咆哮，一邊走進自己的房間。

不過，其實是基姆叫醒喇嘛的，他貼在牆板上，透過牆上的節孔看見那位來自德里的男子在箱子之間搜尋。此人翻閱信件、票據、鞍囊，手法熟練地用小刀割開瑪哈布的鞋底或挑開鞍囊的縫線，絕對不是普通竊賊。起初，基姆想人聲示警，驛站常常因為一長串「有賊！有賊！」的叫聲而連夜燈火通明，但他觀察得更仔細些，手放在那個護身符上，就有了結論。

他說：「他一定在找那張瞎掰的白雄馬血統證明，也就是我要帶到安巴拉的那個玩意兒。我們最好現在就走，那些用刀子翻找袋子的人可能會過來用刀子搜尋人的肚皮，這件事的背後一定有個女人指使。嘿！嘿！」他對淺睡的老喇嘛低語：「快，是時候前往貝納勒斯了。」

這位喇嘛順從地起床，他們像影子一樣離開驛站。

第二章

凡釋除驕妄、
不造口業者，
可在鎌倉聽見整個東方的靈魂
圍繞著他。

他們在黑夜盡頭走進宛如堡壘的火車站，貨場上方的電線滋滋作響，這裡控管著印度北部繁忙的穀物運輸。

喇嘛說：「這是魔鬼做出來的東西！」低沉的聲音在黑暗中迴盪，磚造月臺之間的鐵軌閃閃發亮，上方的大梁縱橫交錯，這一切讓他嚇得後退。他站在石砌大廳裡，這個地方彷彿以覆著白布的死者鋪成，那是買了票睡在候車室裡的三等車廂乘客。對東方人來說，一天二十四小時都一樣，客運正據此調度。

「火車會開到這裡，人站在那個洞的後面，」基姆指著售票處，「那裡的人會給你一張票，那張票會帶你到安巴拉。」

「可是我們要去貝納勒斯。」喇嘛生氣地說。

「都一樣，那就到貝納勒斯。快，火車來了！」

「你拿錢包。」

凌晨三點二十五分的南下火車轟鳴進站時，喇嘛並不像表面看起來那樣習慣火車。那些睡著的人忽然一躍而起，車站裡人聲嘈雜，充滿賣水與甜食小販的吆喝聲與當地員警的喝斥聲，尖聲叫嚷的婦女收拾著行李、招呼家人與丈夫上車。

「這就是火車，只是**火車**而已，它不會過來。你在這裡等！」基姆對喇嘛的純樸深感驚奇（喇嘛給了他滿滿一小袋的盧比），他付錢買了一張到安巴拉的車票。睡眼惺忪的售票員咕噥一聲，扔出一張到下一站的票，那裡離此地僅六英里。

「不對。」基姆咧嘴笑著看車票，「這也許騙得了鄉下的農夫，但我是住在拉合爾城的人。先生，你的手法很漂亮。現在請給我一張到安巴拉的票。」

那位售票員眉頭一皺，給了一張正確的車票。

「現在再給我一張到阿姆利則的票。」基姆說。他才不想當冤大頭，把瑪哈布給的錢花在買票坐火車到安巴拉上。「票價這麼貴，找回這麼多的零錢。我對火車很在行……從來沒有聖人像你這麼需要弟子。」他歡快地對不知所措的喇嘛說：「要不是我的話，他們會在米安村站就把你趕下車。這邊，來！」他把錢還給喇嘛，只依照到安巴拉的票價每盧比扣掉一個英屬印度安那作為佣金。這是亞洲自古以來就有的手續費。

喇嘛在一節車門敞開的擁擠三等車廂門口猶豫不前，「走路是不是比較好？」他軟弱無力地說。

一位身材魁梧、留著鬍鬚的錫克工匠伸頭過來：「他害怕嗎？別怕，我還記得我當時怕火車的情景。上車吧！這個玩意兒是政府做的。」

「我不怕，」喇嘛說：「車上還容得下兩個人嗎？」

「車上連隻老鼠都容不下。」一位富農的老婆尖聲說，她的丈夫是富庶的賈朗達爾區的印度賈特人，「我們的夜車沒有白天的車次管理得好，白天的火車嚴格劃分男女坐在不同車廂。」

「哎，兒子的媽，我們可以挪出一些空位，」纏著藍色頭巾的丈夫說：「把孩子抱起來。這位是聖者，妳看見了嗎？」

「我的腿上放了大包小包！何不乾脆讓他坐在我的膝蓋上算了，你這個不要臉的？你們男人總是這樣！」她左右張望，希望有人支持她。靠近車窗的一位阿姆利則妓女隔著頭紗發出嗤之以鼻的哼聲。

「進來！進來！」一名肥胖的印度放款人喊道，腋下挾著用布包裹的帳簿，滿臉諂笑地說：「善待貧苦的人是好事。」

「是啊，像是抵押一頭尚未出世的小牛，月利只要七分錢。」一名請假南下的道格拉族年輕士兵說，大家都笑了出來。

「這輛火車會去貝納勒斯嗎？」喇嘛說。

「當然，否則我們為什麼來這裡？上車，要不然我們就會被留在原地了。」基姆喊道。

「瞧！」那位阿姆利則妓女尖聲說：「他從沒搭過火車，啊，瞧！」

「對啦，快幫忙。」富農伸出褐色大手，將喇嘛拉上車。「好啦，上來了，聖者。」

喇嘛說：「可是……可是……我就坐在地上吧，我坐在椅子上會犯了戒律，而且坐在椅子上綁手綁腳的。」

「哎呀，」放款人噘起嘴說：「這些火車打破了我們正確的生活規矩，例如我們在火車上與各種姓的人一起坐。」

「是啊，而且是與最無恥的人一起坐。」富農的妻子一邊說，一邊怒視對年輕印度兵拋媚眼的那位妓女。

「我說過我們不如坐馬車算了，」她丈夫說：「那樣還能省點錢。」

「對，可是一路吃喝的費用比搭馬車省下的錢還多一倍。我們談這件事一萬遍了。」

「對，一萬張利嘴講的。」他咕噥著說。

「如果我們不能說話，各方神明幫幫我們這些可憐的女人吧。呵！他是那種不能看女人也不能向女人開口的人。」喇嘛拘於戒律，完全沒注意她，「他的徒弟也像他一樣嗎？」

「不，這位媽媽，」基姆立刻回答，「如果那位女人長得好看，還慷慨施捨飢餓的人，我就不會像他一樣。」

「這是乞丐的答案，」錫克工匠笑著說：「太太，妳是自找的！」基姆雙手彎曲，懇求施捨。

「你要去哪兒？」那位婦人從油膩的紙袋裡取出半塊糕餅給基姆。

「同樣去貝納勒斯。」

「你們大概是變戲法的人吧？」年輕士兵說：「你會什麼消磨時間的把戲？那個黃種人為什麼不回答？」

「因為，」基姆堅決地說：「他是聖者，他想的事都是你想不到的事。」

士兵用洪亮的聲音滔滔不絕地說：「那樣或許很好。我們盧迪亞納的錫克軍團[1]不傷腦筋去想什麼教條，我們打仗。」

「我嫂子哥哥的兒子就是那個軍團的下士，」錫克工匠小聲地說：「那邊也有些道格拉族人組成的連隊。」那位士兵聽了之後怒瞪對方，因為道格拉人與錫克人屬於不同種姓，那位放款人偷笑。

「我覺得他們都一樣。」阿姆利則妓女說。

富農的老婆哼地一聲，惡毒地說：「我們相信。」

「我不是那個意思，我是指凡是拿著武器為印度政府賣力的人都是同胞，種姓是一種同胞關係，但除此之外，」她羞怯地環顧四周，「軍中同袍之間也有親密感情，對嗎？」

「我弟弟在賈特人的軍團，」那位富農說：「道格拉族的人很好。」

「至少錫克人抱著這種看法，」那位士兵怒視角落裡平靜溫和的老喇嘛，「不到三個月以前，我們兩個連隊的人在培爾賽庫塔爾的山脊上，面對阿富立提族的八面軍旗，協助錫克人

---

1 一支著名的軍團，來自薩特萊傑河沿岸的盧迪亞納。

的時候，**你們**錫克人也這麼想。」

他講的是邊界的一次戰鬥，盧迪亞納錫克軍團的道格拉連表現出色。阿姆利則妓女露出微笑，因為她知道那位士兵講出這個故事是為了博得她的嘉許。

「哎呀！」最後那位富農的老婆說：「所以他們的村莊都被燒掉，小孩都無家可歸嗎？」

「他們破壞我們陣亡士兵的屍體，我們錫克軍團教訓他們之後，他們付出重大代價，事情就是這樣。阿姆利則到了嗎？」

「啊，他們來剪票了。」放款人一邊說一邊在腰帶間摸索。

混血的查票員過來時，燈光已在晨曦中顯得黯淡。在東方，查票過程很慢，因為當地人把車票藏放在各種古怪的地方。基姆拿出他的車票，查票員叫他下車。

「但我要去安巴拉，」他抗議，「我要與這位聖者一同前往。」

「你要下地獄我都不管，這張票只到阿姆利則。下車！」

基姆忽然號啕大哭，聲明喇嘛是他的再生父母，喇嘛年紀大了，必須依靠他，沒有他照顧，喇嘛一定會死。全車廂的人都央求查票員慈悲為懷，那位放款人說得尤為動聽，可是查票員還是把基姆推到月臺上。老喇嘛驚愕地看著，不明白這是怎麼回事，基姆在車窗外拉開嗓子哭泣。

「我真可憐，爸爸死了，媽媽也死了。喔，好心的人可憐可憐我，如果把我留在這裡，誰照顧那位老人家？」

「怎麼……怎麼回事？」喇嘛重複地問，「他一定得去貝納勒斯，他一定得跟我一起去，他是我的弟子。如果必須付錢的話……」

「嘿，別說話。」基姆輕聲說：「這個世界樂善好施，難道我們是可以隨便給錢的王公貴族？」

那位阿姆利則妓女帶著大包小包走下車，基姆留心地盯著她，他知道風塵女子慷慨大方。

「一張車票、一張到安巴拉的**小車票**。噢，真令人傷心！」她笑著說：「你真的沒善心嗎？」

「這位聖者真的來自北方？」

「來自北部遙遠的地方，」基姆大聲說：「來自雪山。」

「北方松林中有雪，山中有積雪，我母親是庫魯人。給你買張票吧，請他為我祈福。」

「為你祈一萬個福，」基姆尖聲喊，「喔，聖者，有位女人好心施捨一些錢給我們，所以我能跟你一起前往。那個女人真是好心，我現在跑去買票。」

那位妓女抬頭望著喇嘛，喇嘛早已無意識地跟著基姆來到月臺上，他低下頭，這樣就看不到她，妓女跟著眾人離開時，他用藏語念念有詞。

「來得容易，去得快。」富農的老婆惡毒地說。

「她已經積了功德，」喇嘛說：「她無疑是個尼姑。」

「這樣的尼姑光是阿姆利則就有一萬個。老人家，快點上來，不然火車不管你們就開了。」放款人大喊。

「那些錢不但足以買票，還能買些食物。」基姆跳到他的座位上說：「吃吧，聖者。瞧，天亮了！」

晨靄瀰漫於平坦的綠地，氤氳出一片金黃色、玫瑰色、橙黃色、粉紅色，燦爛的陽光普照著整個豐饒的旁遮普。火車車窗外掠過一根根電線杆，喇嘛有點畏縮。

「火車真快，」放款人帶著傲慢的微笑說：「我們從拉合爾出發到這裡的距離，已經比你們走兩天的路程還要遠，黃昏時就會到安巴拉。」

「那離貝納勒斯還很遠。」喇嘛疲倦地說，抿嘴嚼著基姆給他的糕餅。大家都解開了隨身包裹，準備早餐。後來放款人、富農、士兵都抽起菸來，弄得車廂裡盡是刺鼻嗆人的煙霧，他們又是吐痰又是咳嗽的，卻十分自得其樂。錫克工匠與富農的老婆嚼著檳榔；喇嘛嗅了鼻煙，掐著念珠；基姆盤腿而坐，吃飽喝足的舒服感讓他滿臉笑容。

「貝納勒斯有什麼河流？」喇嘛忽然問車廂裡的眾人。

大家停止竊笑後，放款人說：「恆河。」

「還有什麼別的河流嗎？」

「除了恆河，還能有什麼河？」

「不知道，但我腦子裡想到的是一條有療癒能力的河。」

「那就是恆河。一個人在恆河裡沐浴，身心就乾淨了，可以去見諸神。我已經到恆河朝聖過三次。」放款人一臉得意地環顧四周。

「是有這個必要。」年輕的印度士兵冷冷地說。旅客轉而笑著放款人。

「身心乾淨……再度回到諸神那裡，」喇嘛喃喃自語，「然後又轉世，這樣還是受輪迴之苦。」他煩躁地搖頭，「但或許其中有錯。最初是誰造出恆河？」

「諸神。你信奉什麼教？」放款人震驚地問。

「我信奉的是法——至尊無上的法。所以恆河是諸神造的河，祂們是什麼神？」

全車廂的人都驚訝地望著他，簡直無法想像竟然有人對恆河如此無知。

「你……你信仰什麼神？」放款人最後終於擠出話來。

「聽好！」喇嘛把念珠移到手上，「聽好！我現在要講祂了！啊，印度人，聽好了！」

他開始用烏爾都語講述釋迦牟尼佛的事蹟，可是有時受自己的思緒影響，不自覺地講起藏語與中國描寫佛陀生平書籍的長段原文。這些性情溫和寬容的人都一臉虔敬地望著他。整個印度都充斥著用陌生語言布道的聖者，這些人因為自己的熱誠而激動得發抖，沉迷其中，他們做著白日夢，喋喋不休，耽於幻想，從一開始就如此，並將持續到最後。

「哼！」盧迪亞納錫克軍團的士兵說：「以前駐防在我們附近培爾賽庫塔爾的伊斯蘭教軍團有自己的祭司，我記得那個人是下士，一旦神靈附身，他就會開始講預言。不過所有的瘋子都由神保護，他的同袍大多不跟他計較。」

喇嘛想起自己身在異鄉，於是重新以烏爾都語講話：「請聽世尊射箭的故事！」

這個故事很合他們的胃口，他講故事的時候，他們好奇地聆聽。「聽著，印度人，我現在就是要去找那條河。如果你們知道什麼消息，不妨為我指點迷津。無論男女，我們都困在不幸的情況裡。」

「有恆河啊，只要有恆河就能洗盡罪孽。」車廂裡的人喃喃地說。

「毫無疑問地，我們也有賈朗達爾那樣的善神，」富農的老婆一邊望著車窗外一邊說：「瞧，祂們把莊稼保佑得多好。」

「搜尋旁遮普的每一條河流可不是易事，」她的丈夫說：「對我來說，一條河只要在我的土地上留下肥沃淤泥就夠了，我要謝謝大地女神布米亞。」他聳了聳筋肉糾結、晒得黑亮的肩膀。

「你覺得我們的世尊會來到這麼遙遠的北方嗎？」喇嘛轉身問基姆。

「也許會。」基姆安慰喇嘛，他把紅色檳榔汁吐在地上。

「最後一位偉人，」那位錫克人以權威的口吻說：「是希坎德．朱爾坎（亞歷山大大帝）。他在賈朗達爾鋪路，還在安巴拉建了大水槽，那條路至今仍在，水槽也還在。我從沒聽說過你的神。」

「你把頭髮留長並說旁遮普話，」那位年輕士兵用北方諺語向基姆開玩笑，「就成了錫克人。」不過他並未大聲說。

喇嘛嘆了口氣，縮回身子成骯髒的一團。大家停止說話時，可以聽到那低沉的「唵嘛呢叭咪吽！唵嘛呢叭咪吽！」以及撥動木頭念珠的厚實聲音。

「這真讓我苦惱，」他終於再度開口，「火車這麼快又嘎嘎作響，這讓我很苦惱。還有，弟子啊，說不定我們已經過了那條河。」

基姆說：「冷靜，冷靜，那條河不是在貝納勒斯附近嗎？我們離那個地方還很遠。」

「可是，如果世尊來過北方，或許他到達的地方是我們早就經過的任何一座小城。」

「我不知道。」

「可是你是上天派來指引我的人——你不是上天派來指引我的嗎？因為我在遙遠的肅仁寺積了功德，你從大炮旁邊過來，有兩張臉孔，穿兩套不同的衣服。」

「平靜下來。你不能在這裡講這些事。」基姆低聲說：「就只有我而已。你再想一下就會記得了：一個孩子，一個印度孩子，在那座青銅大炮旁。」

「但不是也有位白鬍子的英國人嗎？他在佛像之中顯得虔誠，他讓我對箭河的信心更堅強。」

「那個人……我們到拉合爾的阿傑布—格爾，在神像前禱告。」基姆向公然偷聽的眾人解釋，「神奇之屋的老爺跟他談天，對，這是千真萬確的事。他們像兄弟一樣。他很虔誠，來自山嶺另一頭的遙遠之地。你休息吧，我們最後會到達安巴拉。」

「可是我的河，那條有療癒能力的河呢？」

「到了之後，如果你喜歡，我們就一起徒步去找那條河。這樣我們就不會錯過任何河流，就連田邊的一條小溪也不會錯過。」

「但你也有要找的東西吧？」喇嘛很高興自己記得如此清楚，他挺起腰桿坐直。

「對。」基姆哄著喇嘛。這個孩子開心地嚼著檳榔，看著這和善大千世界的新面孔。

「那是一頭公牛，一頭紅公牛會來幫助你，並且帶你到……哪裡？我忘了是哪裡。那是綠地上的紅公牛，對不對？」

基姆說：「不，牠不會帶我去任何地方，那只不過是我告訴你的故事。」

「那是怎麼回事？」那位富農的老婆身體向前傾，手臂上的鐲子叮噹作響，「你們兩個都做過夢？綠地上的紅公牛，帶你上天堂或是哪裡？那是顯聖嗎？有人做出預言？賈朗達爾城後方，我們的村裡有一頭紅公牛，牠選擇在我們最綠的田野上吃草！」

「隨便講件荒謬無稽的事給女人聽，她們就能編出活靈活現的事。」錫克工匠說：「所有的聖者都會做夢，他們的弟子追隨師父也會得到這種能力。」

「綠地上的紅公牛，對吧？」喇嘛重複說了一次，「你前世可能積了功德，那頭公牛會來報恩。」

「不會，不會，那只不過是別人告訴我的故事，那是玩笑話。不過我會在安巴拉尋找那頭牛，你可以找你那條河，也不必再聽火車的嘎嘎聲了。」

「也許那頭公牛知道，老天派牠來指引我們兩個人。」喇嘛像孩子一樣抱著希望，然後指著基姆對大家說：「他昨天才被派來我這裡，我認為他不是普通人。」

那位富農的老婆說：「乞丐我見多了，也看過很多聖者，但從沒見過這樣的苦行者，也沒見過這樣的徒弟。」

她的丈夫用一根手指輕觸額頭，並露出微笑。不過，等到後來喇嘛吃東西的時候，這對夫婦把自己最好的食物給了他。

眾人終於在又累又睏、風塵僕僕的情況下，抵達安巴拉城火車站。

「我們因為打官司，所以暫住在這裡，」那位富農的老婆對基姆說：「住在我丈夫堂兄的弟弟家。這位苦行者與你可以在庭院裡過夜。嗯，他……他肯不肯為我祝福？」

「噢，聖者，有個好心腸的女人提供我們今晚過夜的地方。南方真是人心善良之地，瞧，從天亮起就有許多人幫助我們！」

喇嘛低頭祝福。

那位丈夫挑起沉重的扁擔，說道：「簡直讓我堂兄的弟弟家住滿廢人……」

「你堂兄的弟弟為了辦女兒的喜宴，還欠我父親堂兄的錢呢，」那位富農的老婆乾脆地說：「就讓他把他們的膳食費算在那筆帳上，我敢說這位苦行者一定會求布施。」

基姆說：「啊，我負責為他求布施。」他急著為喇嘛張羅今晚下榻之處，這樣就能脫身去找瑪哈布托他去見的英國人，交出白雄馬血統證明。

他們到了軍營後面一幢像樣的印度住宅內院，喇嘛有了落腳處後，基姆就說：「現在我要出去一下，去市集買食物，我回來之前，你別亂跑。」

老喇嘛抓住基姆的手腕問：「你會回來吧？你一定會回來吧？你回來的時候，是否就是你現在的樣子。今天晚上是不是已經太晚了，所以不能去找那條河？」

「太晚了也太黑了。安心吧，想想我們已經走了多少路，這裡距離拉合爾已經一百科斯[2]了。」

「對，離我的喇嘛寺也更遠了。哎呀！這真是個廣大又可怕的世界。」

基姆悄悄溜了出去，雖然他脖子上掛的東西攸關他自己與數萬人的命運，他卻一點都不

2 科斯（kos）：印度的長度單位，長度為一點五至三英里，各地不一。

惹人注意。瑪哈布的指示讓他很清楚那位英國人的住處地點，一名車夫駕著雙輪馬車從俱樂部回來，基姆就更有把握了，他要做的只有認出那位英國人。基姆溜過花園的樹籬，躲在靠近走廊的一叢狼尾草裡，屋裡燈火輝煌，僕人在放著鮮花、玻璃杯、銀製餐具的桌子之間奔忙。不久後，有位穿著黑白服裝的英國人哼著曲子出現。天色太黑，基姆看不清楚那個人的容貌。基姆對乞丐那套噱頭很熟，遂試用了一個老法子。

「窮人的保護者！」

那個人的身子朝著聲音來處倒退。

「瑪哈布．阿里說……」

「哈！瑪哈布．阿里說了什麼？」他沒試圖找出說話的人，基姆憑著這一點，判定此人心裡有數。

「白雄馬的血統已充分證明。」

「有什麼證明？」英國人的身子轉向車道旁的玫瑰花叢。

「瑪哈布已把這個證明交給我。」基姆拋出那張折好的小紙團，紙團落在那個人旁邊的小路上。有位園丁彎過轉角走了過來，那個人立刻伸腳踩住紙團，等到僕人離開了，才把它撿起來，並扔下一盧比的硬幣。基姆聽到錢幣落地的叮噹聲。那個人大步走進屋裡，始終沒回頭看一眼。基姆迅速撿起那枚盧比，不過雖然他訓練有素，卻仍保有愛爾蘭人的天性，那就是把金錢看成任何遊戲中最不重要的東西。他想知道的是這場行動的明顯意義，因此他並未溜走，而是貼緊草叢，悄悄往屋子靠近一些。

印度平房都是一眼就能看到屋內，那位英國人回到走廊轉彎處的小小更衣室，這裡也充當辦公室，裡面散放著文件與公文箱。他坐下來研究瑪哈布．阿里捎來的訊息，煤油燈的火光照在他的臉上，基姆可以看出他的臉色變得陰沉，別忘了，基姆像乞丐一樣善於察言觀色。

「威爾！威爾，親愛的！」一位女人大喊，「你應該在客廳恭候，他們馬上就要到了！」

那個男人仍專心研究那份密件。

「威爾！」那個女人在五分鐘後喊道，「**他**已經到了，我聽見車道上騎兵的聲音。」

那名男子沒戴帽子就連忙往外奔。一輛四輪大馬車在走廊前停了下來，馬車後方有四名護送的本地騎兵，一位身材高大、頭髮漆黑、背挺得筆直的男人大搖大擺地下了車，先下車為他開門的人是個笑得愉快的年輕軍官。

基姆趴在地上，幾乎可以摸到馬車高高的輪子。屋子的主人與那位黑髮客人交談了兩句。

「一定，長官，」那位年輕軍官迅速回答，「馬兒隨時待命。」

「我們不會超過二十分鐘，」屋子的主人說：「你來招待客人，讓他們高興。」

「叫一名衛兵等著。」那位身材高大的人吩咐，然後他們兩人就一起走入那間更衣室，那輛大馬車駛離。基姆看到兩人埋頭看瑪哈布的訊息，並聽到他們的聲音：一個低聲而恭敬，另一個銳利而果斷。

「這不是幾個星期內的事，而是幾天、甚至是幾小時內的事。」地位較高的說：「我早已料到會發生這種事，但是這個，」他以手指敲敲瑪哈布的密件，「證實了一切。今晚葛羅根來用餐，對吧？」

「是的，長官，還有麥克林。」

「很好，我會親自告訴他們，這件事當然會提交委員會，不過按照這個情形，我認為我們立即採取行動也合情合理。通知拉瓦爾品第與白沙瓦軍隊，這會打亂所有的夏季調防計畫，但這是沒辦法的事，這都是一開始未能徹底擊潰而引起的餘患，八千士兵應該夠了。」

「長官，那炮兵部隊呢？」

「我必須與麥克林商議。」

「這代表要開戰了？」

「不，這是懲罰。一個人受前任的行動束縛時……」

「但是C.25可能說謊。」

「他證實了其他人提供的情報。事實上，他們六個月以前就已經亮出底牌，只是戴文．尼許認為還有一絲和平的希望。當然，他們就利用這段時期加強實力。你立刻把這些電報發出去，用新密碼，不要用我與華頓的舊密碼。我們就別再讓女士們久候，抽雪茄時可以解決其他的事。我已經料想到它會發生，這將是懲罰，不是戰爭。」

騎兵策馬離開，基姆爬到房子後面。根據他在拉合爾得到的經驗，他斷定那裡會有食物與情報。廚房裡滿是緊張的幫傭，其中一人踢了他。

「哎喲，」基姆假哭，「我只是來幫忙洗盤子，換取一頓飽餐。」

「整個安巴拉都忙著這件事。走開，他們正在喝湯，你以為負責侍候克萊頓大人的我們會在盛宴時需要陌生幫傭協助嗎？」

「真是一場盛宴。」基姆望著那些盤子。

「那還用說。貴客不是別人，正是總司令。」

「哦！」基姆發出恰當的驚嘆聲，他已經刺探出想知道的事，那位廚房幫傭一轉身，基姆就走了。

「費了那麼大的麻煩，」他像往常一樣自言自語，用印度斯坦語說出想法，「就為了一匹馬的血統證明！瑪哈布應該跟我學點騙人的技巧，先前每次為他捎訊息都與女人有關，這次卻與男人有關。這樣更好。那個高大的男人說他們將出動大軍去某個地方懲罰某人，消息會傳到拉瓦爾品第與白沙瓦，還有槍炮。真希望我剛剛爬得近一些，這是大新聞！」

他回到過夜的地方，發現富農堂兄的弟弟正與富農夫婦及幾位朋友從各方面討論那場家庭官司。喇嘛在打盹。晚餐後，有人遞了水菸筒給基姆，他抽著那個光滑椰子殼做的水菸筒，覺得自己是個大人，坐在月光下兩腿伸開，聽人講話時不時咂嘴。東道主極為有禮，因為富農的老婆把他夢到紅牛，可能是仙人下凡的事告訴了他們。此外，喇嘛是了不起的人，讓人崇敬並感到好奇。這一家人的祭司是個年邁而心胸寬大的薩索特[3]婆羅門，後來這位祭司也來了，當然他展開了神學辯論以贏得這家人的欽佩。就信仰而言，這些人都站在祭司那邊。然而喇嘛是客人，讓人感覺新奇，他的個性溫和慈祥，引用的中國經文聽起來像咒語，讓人欽佩，那些人聽了深感喜悅。在這種和諧純樸的氣氛中，他像佛陀在蓮座上說法一樣，

3 薩索特（Sarsut）：印度教掌管學問、智慧、藝術、音樂的薩拉斯瓦第女神（Saraswati）的祭司。

講起從前在深山肅仁寺的生活，他說：「接著我提升自我，尋求悟道。」

然後他講起自己出家以前是占星算命大師，那位婆羅門祭司誘使喇嘛說出他的方法，兩人都說出眾人聽不懂的星辰名字，並且仰指夜空中劃過的斗大星星。孩子們扯著喇嘛的念珠，大人也不斥責。喇嘛談著積雪、山崩、被堵住的山隘、人們找到藍寶石與綠松石的遙遠懸崖，最終通到大中國的了不起的高地山路，竟將不得看著女人的戒律忘得一乾二淨。

「你覺得這位怎樣？」富農問旁邊的婆羅門祭司。

「一位聖者，真是一位聖者。他的神祇不是真神，可是他已經走到得道的路上。」婆羅門祭司回答，「雖然你聽不懂他的算命方法，然而那確實高明而可靠。」

「告訴我，」基姆慵懶地說：「我會不會像他們承諾過的，找到那頭綠地紅公牛？」

「你知道自己的出生時辰嗎？」婆羅門祭司神氣起來。

「我在五月第一夜的第一聲與第二聲雞叫之間出生。」

「哪一年？」

「我不知道，可是我哭出第一聲的那個時辰，喀什米爾的斯里那加剛好發生大地震。」這是照顧基姆的那個女人說的，她是聽基姆鮑爾．歐哈拉說的，那次地震讓全印度都有感，好長一段時間，那都是旁遮普省的一個重要日期。

「啊！」某個女人激動地說，這似乎讓他的神奇出身更為可信，「有人的某個女兒不就是那時候出生的嗎……」

富農的老婆大聲說：「她的母親在四年內為丈夫生了四個兒子——好像都是男孩。」她坐在圈子外的陰影裡。

「他們沒有一個是根據這項知識養大的。」婆羅門祭司說：「他們忘了那晚他們的宮位是什麼星象。」他開始在院子的塵土上畫圖，「至少你會有金牛宮一半的好運，關於你的預言是怎麼說的？」

「有一天，」基姆很高興自己引起了轟動，「綠地上的一頭紅公牛將讓我變得偉大，不過首先會有兩個人出現部署一切。」

「對！顯聖的開始總是如此。一片濃重的黑暗慢慢消散，不久後有人會手執掃帚進入，將一切打點好。接著，顯聖開始。你說有兩個人？對，對。太陽離開金牛宮，進入雙子宮，所以預言裡說有兩個人。現在讓我們再推算一下，拿根樹枝給我，小兄弟。」

他皺著眉頭，用樹枝在地上畫出神祕符號，抹掉再畫，除了喇嘛，大家都感到驚奇。喇嘛天性良善，忍著不出聲。

半小時後，婆羅門祭司咕噥一聲，甩掉手上的樹枝。

他說道：「嗯！星象這樣說，三天內就會有兩個人部署一切，紅牛在他們之後來到。可是他的星象顯示的是戰爭與武裝人員。」

「火車上確實有個盧迪亞納錫克軍團的士兵，那個人從拉合爾啟程。」富農的老婆滿懷希望地說。

「嗤！武裝人員成千上萬。你跟戰爭有什麼關係？」婆羅門祭司問基姆，「你的星象是紅色憤怒的戰爭星象，而那場戰爭很快就會爆發。」

「沒有，沒有，」喇嘛真誠地說：「我們尋找的只是和平及我們的那條河。」

基姆想起他偷聽到更衣室裡的對話，不禁露出微笑，星象絕對有利於他。

婆羅門祭司用腳抹掉地上簡陋的星象圖，「我能看到的僅止於此。孩子，三天之內，那頭公牛會來找你。」

「還有我的河，我的河，」喇嘛懇求著說：「我原本希望那頭公牛會引導我們兩人到那條河。」

「啊，這位朋友，」婆羅門祭司答道，「那條神奇的河……這樣的東西並不常見。」

隔天早上，儘管主人極力邀請他們留下，可是喇嘛堅持要上路。他們給基姆一大包美味的食物與近三安那銅幣當作盤纏。清晨時分，在祝福聲中，他們目送兩人往南走。

喇嘛說：「可惜這些人與像他們的人都不能超脫輪迴。」

「不，如果他們能超脫輪迴，地球上就只剩下壞人了，誰會提供食物和住處給我們？」基姆一邊說，一邊背著東西開心地向前走。

「那邊有條小河。我們去看看。」喇嘛說。他帶頭離開白色的路，越過田地，遇到一大群野狗。

第三章

是的，在提婆達多的統治初期，
竭力求生的靈魂吶喊不止時，
和煦微風帶來了鎌倉之佛。

他們後方有位憤怒的農夫揮著竹竿，此人是菜農，阿拉因人[1]，他種的蔬菜與鮮花供應安巴拉，基姆非常了解這種人。

「真有這種人，」喇嘛不理會野狗，說道，「對陌生人極為無禮，言語失當，心腸不仁。你要以他的言行為戒，弟子。」

「哼，無恥的乞丐！」那位農夫大罵，「滾！快滾！」

「我們走，」喇嘛平靜而不失尊嚴地回應，「離開這些不受保佑的田地。」

「哼！」基姆倒吸一口氣說：「如果下一季的收成很差，那就只能怪你的嘴巴。」

---

1 阿拉因人（Arain）：農業種姓。

那個男人穿著拖鞋，不安地拖著腳步走過來，「這片土地到處都是乞丐。」他半帶歉意地說。

「種菜的，你憑什麼以為我們會求你布施？」基姆尖刻地說，菜農最不喜歡人們叫他們「種菜的」，「我們只不過想看田地那一頭的那條河。」

「河，講得像真的一樣！」那個人哼了一聲，「你們來自哪座城？竟然連一條溝渠都不知道？它筆直得像箭。我用水得付錢，水貴得像熔化的銀子。那邊還有一條河的支流。不過，如果你們要喝水，我可以給你們，還可以給牛奶。」

「不用了。我們要去那條河。」喇嘛大步向前走。

「我提供牛奶與一餐，」那個男人結結巴巴地說，打量這個高大古怪的人，「我……我不想為自己或自己的田地招來不祥，可是這些艱苦的日子裡，乞丐真的很多。」

「你注意看，」喇嘛轉身告訴基姆，「他受紅色嗔霧所障，因此說話冷酷無情。現在，他眼中的嗔霧消失了，人就變得有禮，心腸也變得友善。願老天保佑他的田地！噢，農夫啊，千萬不要輕率地評斷別人。」

「如果是我以前遇過的聖者，會把你全家從上到下都詛咒一遍。」基姆對那位自覺羞愧的男人說：「他有智慧又聖潔，是吧？我是他的弟子。」

他高傲地把鼻子朝天一仰，神氣十足地邁步越過狹窄的田地邊緣。

「不可有驕妄之心，」喇嘛沉默片刻後說：「奉行中道的人不可有驕妄之心。」

「但你不是說過他屬於低賤的種姓，沒有禮貌嗎？」

「我並沒有說到低賤種姓，因為低賤種姓既不存在，又怎麼會有呢？後來他悔改了，不再無禮，我就忘掉他的冒犯。何況他與你我一樣，也受輪迴束縛，卻不求超脫。」他走到田地之間的一條小溪前停步，在蹄印縱橫的溪岸思考。

「現在你要怎麼認出那條河？」基姆問，他蹲在長甘蔗的陰影裡。

「我一旦找到它，老天就一定會讓我領悟。我覺得不是這條河。啊，河川之間最小的一泓水，要是你能告訴我那條河在什麼地方，該有多好！但願老天祝福你能讓田地豐收！」

「小心！小心！」基姆迅速奔到喇嘛身旁，把他往後拉。有條黃褐色條紋的蛇從沙沙作響的紫色蘆葦叢底部滑到岸上，牠伸長脖子喝水後，靜靜躺著。那是一條巨大的眼鏡蛇，兩眼固定不動，而且沒有眼瞼。

「我沒有木棍……我沒有木棍，」基姆說：「我去找根木棍打斷牠的背。」

「為什麼？牠和我們這些人類一樣，在生死輪迴中或升或降，離超脫還很遠呢。這個靈魂一定造了大孽，才會變成這副形體。」

「我討厭所有的蛇。」基姆說，白人對蛇的懼怕不是任何當地訓練能消除的。

「讓牠過完這一生。」那條蛇盤成一團，嘶嘶吐信，蛇頭半張。「朋友，祝你早得解脫！」喇嘛繼續平靜地說：「你是否碰巧知道我的那條河在哪裡呢？」

「我從沒見過像你這樣的人，」基姆低聲說，嘆服不已，「蛇聽得懂你說的話嗎？」

「誰知道？」喇嘛走了過去，距離眼鏡蛇昂著的頭不到一英尺，蛇頭無精打采地靠在沾滿塵土的蜷曲身子上。

「你過來！」他回頭喊道。

「我不要，」基姆說：「我繞過去。」

「過來，牠不會傷人。」

基姆猶豫片刻。喇嘛喃喃念誦了中國經文，基姆以為是護身咒語，於是遵命照做，跳過小溪，那條蛇果真動也不動。

「我從沒見過這樣的人。」基姆擦去額上的汗水，「現在我們往哪裡前進？」

「照你說的走吧。我老了，又是異鄉人，離開自己的地方那麼遠。那節火車車廂弄得我整個腦子都是魔鼓聲。我現在要前往貝納勒斯……可是這樣做，我們可能會錯過那條河。我們去另一條河看看吧。」

這片土地辛勤付出，一年可收成三季，甚至四季。這一日，基姆與喇嘛整個白天奔波，穿過甘蔗田、菸草田、種著長長白蘿蔔的土地、南瓜田，轉過一個又一個的彎去看每一泓水。中午時分，他們驚醒村子裡的狗與沉睡的村莊，喇嘛始終簡單地回答村民連珠炮似的問題。喇嘛說他們在找一條河，一條具有神奇治療效果的河，他問有沒有人知道這樣一條河？有時候男人發出哄笑，但是更多時候是聽他從頭到尾講完，並請他們在陰涼處歇息喝點牛奶、用個餐。女人的心腸總是善良，這個村子的孩童與世界各地的孩子一樣，一下子羞怯，一下子又大膽。黃昏時，他們在這座村裡有著泥牆泥頂的樹下休息，牛群吃了草後回到牛欄，女人張羅晚餐，此時這對師徒與村長談話。他們已經越過安巴拉貧瘠的菜園地帶，這裡方圓一里之內都是綠油油的主要農作物。

年邁的村長留著白鬍子，和藹可親，慣於招待陌生人。他拖出一張繩床給喇嘛休息，把熱食放在喇嘛面前，為喇嘛準備了菸斗，村廟的晚禱儀式結束後，村長還叫人把村僧請來。

基姆向年紀大一點的孩子講拉合爾多廣大、多漂亮，還說了搭火車這類的城市故事。男人們慢吞吞地談話，慢得像他們的牛反芻一樣。

「我真的搞不懂，」村長最後對村僧說：「你怎麼看待他說的話？」喇嘛講完自己的故事，安靜地掐著念珠。

「他是個探索者，」村僧答道，「這種人到處都是。你還記得上個月帶著烏龜的那個托缽僧嗎？」

「記得，可是那個人有正當理由，因為克里希納神[2]向他顯聖，答應他只要前往安拉阿巴德，即可不必經過火化而上天堂。這個人尋找的神不是我所知道的神。」

「算了，他年紀大了，來自遠方，又有點瘋癲。」頭髮剃光的村僧回答。「你聽我說，」他轉身對喇嘛說：「往西三科斯（六英里）就是前往加爾各答的大道。」

「但是我要去貝納勒斯，貝納勒斯。」

「那條大道也通往貝納勒斯。它跨過印度所有的河流。現在我勸你，聖者，在這裡過一夜，明天走上大道（他指的是大幹道[3]），試試這條大道跨過的每一條河，因為據我的理

---

2 克里希納神（Krishna）是印度教的主神，梵語意為「黑天」。

3 大幹道（Grand Trunk Road）是東印度公司修築的道路，從加爾各答通往印度北部，途經貝納勒斯。

解，你那條河的神效不是侷限在一泓水也不是侷限在一個地方，而是整條河。如果你的神有意的話，你一定能得到自由。」

「說得很好。」喇嘛被這個計畫打動了，「我們明天動身，你指點這雙老腳走近路，祝福你。」他說完就用低沉的聲音誦了一段中國經文。就連村僧也深受感動，村長則擔心那是惡咒，不過任何人看著喇嘛那張純樸熱切的臉，都不會懷疑他太久。

「你們看見我的弟子了嗎？」他的鼻子湊近鼻煙壺，深深吸一大口。他得禮尚往來。

「我看見他，還聽見他的聲音。」村長把眼睛瞟到基姆與一名藍衣女孩談天的地方，那個女孩將荊棘丟入火裡燒得劈啪作響。

「他也有要尋找的東西，那不是一條河，而是一頭公牛。對，綠地上的一頭紅公牛有一天會讓他得到榮譽。我認為他根本不是這個世界上的人，他是上天派來協助我探尋那條河的人，他的名字叫世界之友。」

村僧微笑。「嗨，世界之友，」他隔著刺鼻的煙霧大喊，「你是什麼人？」

基姆說：「這位聖者的弟子。」

「他說你是精靈。」

「精靈可以吃東西嗎？」基姆眼神閃亮地問，「因為我餓了。」

「我不是開玩笑，」喇嘛大聲說：「我忘了名字的那個城市的某個占星師……」

「就是我們昨晚過夜的安巴拉。」基姆低聲告訴村僧。

「啊，是安巴拉，對吧？那個占星師畫了占星圖，說我的弟子兩天內應該就能找到想要的東西。可是，世界之友，他是怎麼解釋你的星座意義？」

基姆清清喉嚨，環視村子裡鬍子花白的老人們。

「我的星座意味著戰爭。」他自負地回答。

有人嘲笑這個衣衫襤褸卻在大樹下方磚臺上趾高氣昂的小傢伙。如果是本地人就會放棄，但基姆的白人血液讓他站著不動。

「沒錯，是戰爭。」他回答。

「這是個十拿九穩的預言，」一道低沉的聲音說：「就我所知，邊境總有戰爭。」

說話的人是一位乾癟老頭，當年印度反英暴動時，他曾為政府效命，擔任新成立騎兵團的本地軍官。政府在村裡給他一塊很好的地，雖然他那些白鬍子軍官兒子頻頻來要錢，使他變得貧困，但他依舊是重要人物，英國官員都從大道上轉來這裡拜訪他，就連副行政長官也不例外。老人在這些場合必定穿著舊日軍服，站得筆直。

「不過這將是一場大戰，出動八千士兵的大戰。」基姆尖聲喊道，他的聲音穿過迅速聚集的人們，他自己也覺得驚訝。

「紅衣軍[4]還是印度的軍隊？」老人厲聲問，彷彿詢問一名地位相同的人，他的聲調讓人們對基姆肅然起敬。

「紅衣軍，」基姆大膽說：「紅衣軍與大炮。」

4　紅衣軍（Redcoat）：指英國軍隊，因為早期的英國陸軍士兵身著紅色軍服。

「可是那位星象學家沒講到這個。」喇嘛大聲地說，激動得吸了一大口鼻煙。

「但是我很清楚。我，也就是這位聖者的徒弟得到了消息。戰爭即將發生，八千紅衣軍參加的一場戰爭，他們將從拉瓦爾品第與白沙瓦被調來，這是千真萬確的事。」

「這個孩子肯定是聽到市井流言。」村僧說。

「可是他一直待在我身邊，」喇嘛說：「他怎麼會知道這些？我就不知道。」

「那個孩子在老人死後一定會成為高明的騙子。」村僧低聲對村長說：「這是什麼新把戲？」

「徵兆，告訴我一個徵兆。」那位老軍人忽然怒喝，「如果將有戰爭，我的兒子早就告訴我了。」

「等到一切部署完畢，你兒子一定就會得到消息了。可是作主的人到你兒子之間隔著很長的距離。」現在基姆興致都來了，因為這讓他想起從前為人捎信的經驗，當時他為了賺幾個銅板，假裝自己知道的消息比實際知道的多。然而，這時候他耍這個把戲是出於更大的誘因，也就是純粹的刺激與權力感。他再吸了一口氣，繼續講下去。

「老人家，你給我一個徵兆，難道區區下屬能下令調動八千紅衣軍與大炮嗎？」

「不能。」這個老人回答的方式就像基姆與他平起平坐。

「你認識下令的人嗎？」

「我見過他。」

「認識嗎？」

「從他是炮兵隊官員的時候就認識了。」

「他個子很高，一頭黑髮，這樣走路，對嗎？」基姆以僵硬的姿勢走了幾步。

「對，但是任何人都可能見過他。」眾人屏氣凝神地聽著這些對話。

「沒錯，」基姆說：「但是我還能繼續往下說。現在看好了，首先那位大人這樣走路，後來他這樣思考（基姆把食指從額頭滑到下巴）；不久後，他的手指這樣抽動，接著他將帽子夾在左腋下。」基姆展示那些動作，並且站得像鸛鳥一樣。

老軍人發出呻吟，驚訝得說不出話，眾人渾身發抖。

「對，對，對。但是他發號施令時，會做出什麼動作？」

「他會搓揉脖子後的皮膚，就像這樣，然後一根手指戳著桌子，鼻子發出輕微的吸氣聲，接著說『調度某某軍團，出動多少大炮。』」

這位老軍人直挺挺站起來行禮。

「『因為，』」基姆將他在安巴拉更衣室聽到的最後幾句話翻譯成本地語，「『因為』，大人物說『我們早就應該這樣做，這不是戰爭，這是懲罰。哼！』」

「夠了，我相信了。我曾在戰場煙霧連天時見過他的這些動作。我見過，也聽過，的確是他！」

「我沒看見煙霧，」基姆改用路邊算命師那種專注又單調的聲音說：「我是在黑暗中見到這一切。首先有個人把事情弄清楚，跟著騎兵來到，然後他來了，站在一圈光裡，其他人就如我所說的跟在他後面。老人家，我說的是不是實話？」

「就是他！毫無疑問是他。」

眾人顫抖地深吸一口氣，一下望著那位仍然立正的老人，一下望著在紫色暮光裡衣衫襤褸的基姆。

「我不是說過，不是說過他來自另一個世界嗎？」喇嘛得意地大聲說：「他是世界之友，他是星辰之友！」

「至少這與我們無關。」有個男人喊著說：「啊，你這位小算命師，如果你時時都有法力，我有一頭紅斑乳牛，牠可能與你那頭公牛是手足，但我不知道……」

「我不管這些事。」基姆說：「我的星象與你的牛無關。」

「對，但是牠病得嚴重，」一個女人插嘴道，「我的丈夫笨得像一頭水牛，不然他會說得更得體一些。請告訴我，那頭牛是否會痊癒？」

如果基姆是平凡的孩子，他就會繼續裝腔作勢，但是這十三年來，他熟知拉合爾，也熟識塔薩利門的托缽僧，深懂人性。

村僧斜眼看著基姆，眼帶憤恨，並對他露出冷冰冰的乾笑。

「村子裡難道沒有僧人嗎？我剛剛就看到一位很厲害的僧人。」基姆大聲地說。

「有……可是……」那女人開始說。

「可是妳和妳丈夫原本希望說幾聲謝謝，就換來那頭母牛的病能痊癒。」這句話道破他們的意圖，這對夫婦是村中出了名的吝嗇鬼。「欺騙神明可不是好事。獻頭小牛給你們的村僧，除非你們的神明已經氣得不肯善罷甘休，否則那頭乳牛在一個月內就會產奶。」

「你真是本領一流的乞丐。」村僧低聲讚許，「就連四十年的老狐狸都不可能做得更高明。你一定已經讓那個老頭子發財了？」

「只是要了一點麵粉、一點酥油、一把小豆蔻。」基姆反駁。他因為受到稱讚而洋洋得意，但是依舊謹慎，「難道一個人能靠這發財？而且你也看得出來，他瘋瘋癲癲。但我這一路來學到不少，至少這點對我很有用。」

他知道塔薩利門的那些托缽僧私下談話是什麼樣子，他還會模仿他們那些下流弟子的聲調。

「那麼他是真的要找那條河或者別有用意？那可能是一筆寶藏。」

「他瘋瘋癲癲，非常瘋癲，他沒有其他目的。」

老軍人蹣跚走來，詢問基姆願不願意賞臉在他家過夜。村僧建議他接受邀請，但是堅持廟裡必須有榮幸招待喇嘛，喇嘛聽了之後，露出老實的微笑。基姆從這張臉看到那張臉，最後得出結論。

基姆請老喇嘛隨他走到黑暗中，並低聲說：「錢在哪裡？」

「在我懷裡，還能在什麼地方？」

「把錢給我，趕緊悄悄地給我。」

「可是為什麼呢？這裡又不需要買票。」

「我是你的弟子，對吧？難道我沒有保護你的老腳，要你小心路面？把錢給我，天亮時，我就把它還給你。」他伸手到喇嘛腰袋上方的衣服裡，將錢包抽出來。

「好吧，就這樣吧。」老喇嘛點頭，「這個世界廣大而可怕，我從不知道世界上有這麼多種人。」

隔天早上，村僧心情很糟，但喇嘛相當高興。基姆與老軍人共度了極有趣的一夜，老人取出他的馬刀，放在乾癟的膝上，講起那次反英暴動的故事，還說有些年輕的上尉已經死了三十年，老人說到基姆不知不覺入睡才打住。

「這一帶的空氣確實很好。」喇嘛說：「我與所有老年人一樣淺眠，可是昨晚我一直睡到天亮才醒，就連現在都還很睏。」

「喝點熱牛奶，」基姆對於認識的鴉片癮君子提供過不少這類妙方，「我們該上路了。」

「那條穿過印度所有河流的長路啊，」喇嘛快樂地說：「我們走吧。可是，徒弟啊，這些人好心款待我們，尤其是那位村僧，你認為我們應該怎樣報答？當然他們都崇拜偶像，不過他們或許會在來世悟道。捐一盧比給那間廟如何？那間廟不過是一堆石頭與紅漆，不過我們必須對別人的好心腸表達感激。」

「聖者，你曾經獨自上路嗎？」基姆以銳利的眼光抬頭看著喇嘛，就像在田野間覓食的印度烏鴉。

「當然啦，孩子。我獨自從庫盧走到帕坦科特。庫盧是我第一個弟子過世的地方。人們對我們好的時候，我們有所奉獻，整個山區的人都對我們很友善。」

「印度的情況不同。」基姆冷淡地說：「他們的神明有許多手臂，也很惡毒，別理會他們。」

「世界之友，你和那位黃種人，我要送你們一程，」黎明時分，老軍人騎著一匹骨瘦如柴、兩腿無力的小馬，沿著村子昏暗的街道緩步而來，「我的心乾涸已久，昨晚打開了我泉湧般的記憶，這對我真是一大幸事。現在空氣中確實瀰漫著遠方戰事的氣息，我聞得到。瞧！我把劍帶來了。」

他騎在小馬上，長腿垂下，身邊是一柄長劍，他的手按在劍柄的圓球上，凶猛的目光越過平原，眺望著北方：「再告訴我一次，你怎麼在幻覺中看到他的。上來，坐在我後面，這匹馬能載兩個人。」

「我是這位聖者的弟子。」基姆說，他們走出了村口。村民似乎捨不得讓他們走，但是村僧道別時態度冷漠疏離，因為他在身無分文的喇嘛身上浪費了一些鴉片[5]。

「說得很好。我不習慣與聖者往來，但是尊敬總是好事，這年頭人們都不懂得尊敬了，就連行政長官來看我的時候也是如此。但是為什麼一個星象與戰爭有關的人要追隨一位聖者？」

「他是聖者，」基姆誠摯地說：「無論在真理或言行方面，他都很聖潔，他與別的聖者不同，我從沒見過像他這樣的人。我們不是算命師，也不是變戲法的人，更不是乞丐。」

「你絕對不是，我看得出來，可是另一位我不知道，但他的腳步倒很矯健。」

破曉時分，空氣清新，喇嘛從容闊步前進，像駱駝一樣邁著大步。他陷入默想，手指自

---

5 喇嘛之所以睡得很熟，正是因為村僧對他下藥，試圖搶劫他，但基姆事先看透村僧的詭計，拿走喇嘛的錢包。

動撥著念珠。

他們沿著充滿車輪痕跡、坑坑窪窪的鄉間小路前進，小路在大片深綠色芒果樹叢與隱約可見皚皚白雪的喜馬拉雅山之間的平原上往東蜿蜒。整個印度都在田野間忙碌，轆轤打井水發出嘎嘎響聲，農人耕田時在牛隻後面不斷大喊，烏鴉喧鬧。基姆將一隻手放在馬鐙皮帶上的時候，就連那匹小馬都覺得起勁，幾乎要小跑起來。

「我很後悔沒捐一盧比給那間廟。」喇嘛撥完整串八十一顆念珠的最後一顆時說。留著鬍子的老軍人咆哮起來，喇嘛也因此首度注意到他。

「你也要找那條河嗎？」他轉頭問。

「大清早的，」老軍人回答，「除了要在日落之前趕到水邊，河有什麼重要的呢？我來為你指點通往大道的近路。」

「我會將你的盛情記在心裡。啊，你這位好心人，為什麼要帶著劍？」

老軍人看起來像孩子玩扮家家酒時遭打斷那般困窘。

「這把劍，」他一邊說一邊撫劍，「噢，這是我的喜好，一個老頭子的喜好。的確，警方命令全印度的人不得攜帶武器。不過，」他打起精神，拍著劍柄，「這一帶的員警都認識我。」

「這並不是良好的喜好，」喇嘛說：「殺人有什麼好處？」

「據我所知，沒什麼好處。但是如果沒有不時殺些壞人，就不能擁有手無寸鐵的夢想家心目中的美好世界。我見過德里以南的地方血流成河，才會說出這種話。」

「人們為何如此瘋狂？」

「只有讓瘋狂荼毒人間的神明才知道。這種瘋狂滲透整個軍中，士兵反叛他們的長官，這是第一個罪孽，如果他們放棄，那還能補救；可是他們又選擇殘殺英國官員的妻小，後來英國官員從海外過來，用極嚴厲的手段處置他們。」

「我很久之前聽過這種傳言，根據我的記憶，人們稱之為黑暗年。」

「你連那一年的事都不知道，你究竟過著什麼樣的日子？那不是傳言！全世界都知道並為之震撼。」

「我們那裡只震動過一次，就是世尊得道那天。」

「哼！至少我見過德里震動，而德里是整個世界的肚臍。」

「所以他們殺害婦孺？那是惡行，因此不可能免於受罰。」

「許多人試圖處罰他們，可是成效不大。當時我在一個騎兵團裡，它完全瓦解了。六百八十個騎兵堅守崗位，你猜最後剩下幾個人？三個人，我是其中之一。」

「那是更大的功績。」

「功績！當時我們並不認為那是功績。我的同胞、朋友、兄弟都在我面前倒下，他們說『英國的時代完了，讓我們各自掙點家當吧』。可是我曾經跟薩勃朗人、齊林瓦拉人、穆德基人、費羅塞夏人談過，我說『忍耐一下，風向會變，做這種事沒有善報』。那些日子，我曾騎馬七十英里，護送一位英國女人與她的寶寶到安全的地方，她們就坐在馬鞍的前鞍橋上。（哇！那匹馬真是適合男子漢騎！）接著，我回到長官那裡，我們的五個長官裡只有他沒被殺死。我說『給我工作，因為我已經被親人放逐，堂親的血在我的馬刀上還是溼的』，他說

『知足點，未來還有許多工作。這陣瘋狂結束後，就會有回報』。」

「啊，瘋狂結束後，確實有回報嗎？」喇嘛低聲說，幾乎是喃喃自語。

「當時他們不頒勳章給湊巧聽見槍炮聲的人，絕不！我經歷十九次激戰，四十六次小規模的馬上衝突，小規模的軍事行動更是數不清。我身上九處掛彩，得到一枚勳章與四枚勳扣，還有一枚大英帝國勳章。因為印度女王[6]統治五十週年，舉世歡騰的時候，那些上尉還記得我，現在他們都是將官了。他們說『頒個英屬印度勳章給他吧』，現在我把它掛在脖子上。我也得到邦政府給的財產，那是免費送我的禮物，屬於我的。以前的那些人現在都是行政長官了，當時他們騎馬穿過莊稼來看我，他們騎在高大的馬上，這樣一來，全村都看得到。我們暢談昔日戰事，聊著一個又一個死者。」

「後來呢？」喇嘛問。

「噢，後來他們走了，不過是在全村都看到後才離開。」

「到了最後，你會做什麼？」

「最後我會死。」

「然後呢？」

「聽從神明安排吧。我從來不曾透過祈禱打擾祂們，我認為祂們也不會打擾我。聽著，我在這漫長的一生注意到，總是向神明投訴告狀、大吼哭泣的那些人，很快就受到神明的召喚。就像我的上校會傳喚那些來自沿海地區、愛嚼舌根又常發呆的人一樣。我從未煩過神明，祂們會記得這一點，並給我安靜的地方讓我默默練習長矛，等著迎接兒子。我有三個兒子，他們都在騎兵團當上尉。」

「他們也受輪迴束縛，從此生到彼生，從一種絕望到另一種絕望，」喇嘛低聲說：「激動不安，總在搶奪。」

「啊，」老軍人輕聲笑，「三個上尉各在三個騎兵團裡，他們都會小賭，我也是如此。他們必須有駿馬，而且對待馬不能像以前對待女人那樣隨便。唔，唔，我的財產付得起這一切。你認為呢？那是水源充沛的地帶，可是我的部下騙我。除了以矛尖相抵，我不知道怎麼發問。哼！我越來越氣，咒罵他們，他們假裝悔過，可是我知道他們私底下稱我是沒牙齒的老人猿。」

「你從不要任何其他的東西？」

「想，想過，想過一千遍！我希望腰桿能再度挺直，膝蓋能再度併攏，手腕敏捷，目光敏銳，重振雄風。喔，從前的日子了啊，我力量強大的那些美好日子！」

「那種力氣其實是薄弱的。」

「它是變弱了，然而，五十年前我可以證明並非如此。」老軍人反駁，並用馬鐙的邊緣刺小馬瘦弱的側腹。

「不過我知道一條具有強大治療力量的河。」

「我曾經飽飲恆河的水，喝到差點水腫，結果那只讓我拉肚子而已，根本沒給我力量。」

---

6 此處指維多利亞女王（Queen Victoria）。

「我說的不是恆河，我所知道的那條河能洗滌所有罪孽，如果人能登上彼岸，就一定能自在解脫。我不知道你的人生故事，可是你有張正直謙恭的臉。你恪守本分，在難以盡忠的黑暗年，你表現出忠貞。現在我想起關於那一年的其他故事。是時候踏上中道了，那是通往自在解脫的道路，聆聽無上妙法，別追隨幻夢了。」

「老先生，你講吧。」老軍人露出微笑，半敬禮，「到了我們這個年紀，我們都喜歡喋喋不休。」

喇嘛蹲坐在芒果樹的樹蔭下，樹影在他臉上縱橫交錯。老軍人直挺挺坐在小馬上。基姆確定沒有蛇之後，就躺在糾結樹根的交叉處。

陽光熾熱，小蟲子發出讓人昏昏欲睡的嗡嗡聲，鴿子咕咕地叫，田野間傳來井轆的催眠嗡嗡聲。喇嘛開始緩慢莊嚴地講，十分鐘後，老軍人為了聽得更清楚，就溜下馬，坐在地上，韁繩繞在手腕上。喇嘛的聲音遲疑，每句話的停頓時間越來越長。基姆忙著觀察一隻灰色松鼠，那隻毛茸茸又氣沖沖的小東西緊貼著樹枝，後來消失。講者與聽眾已熟睡，老軍人輪廓分明的臉枕在臂上，喇嘛倚著樹幹，看來像黃象牙。一位全身光溜溜的小孩搖搖晃晃地走過來，望著他們，一時興起虔誠之心，就在喇嘛面前恭敬地鞠躬，只是那孩子矮矮胖胖，身子倒在一旁的地上。基姆看見那雙亂踢的小肥腿，忍不住笑了出來。那孩子又怕又氣，大叫起來。

「嘿！嘿！」老軍人一躍而起，「什麼事？什麼命令？……原來是……小孩！我在夢裡以為是警報呢。小朋友，小朋友，別哭。我睡著了嗎？那真是失禮！」

「我怕！我怕！」那個孩子大叫。

「有什麼可怕的？兩個老頭子和一個男孩子？小王子，你將來怎麼當得了軍人呢？」

喇嘛也醒了，但是沒有直接注意那小孩，只是撥著念珠。

「那是什麼？」小孩忽然停住叫嚷，「我從沒見過這種東西，給我。」

「啊哈！」喇嘛說完，微笑著把念珠放在草地上，並且把念珠環繞成圈，唱道：

這是一把小豆蔻，
這是一團酥油：
這是粟、辣椒和米，
一頓晚餐我和你！

小孩樂得尖叫，抓起黑亮的念珠。

「哈哈！」老軍人說：「你這位鄙視紅塵的人從哪兒學來這首歌？」

「我在帕坦科特坐在門階上學的。」喇嘛害羞地說：「善待小孩是好事。」

「我記得，我們睡著以前，你告訴我結婚生孩子讓真光黯淡，對修道是障礙。你那個國家的孩子是不是從天上掉下來的？真道是不是為他們唱歌？」

「沒有人十全十美。」喇嘛肅然地說，重新把念珠套在手上，「小朋友，現在回到媽媽的身邊吧。」

「聽聽他的話！」老軍人對基姆說：「他讓一個孩子高興，反而覺得羞愧，老兄，你原本會是個好家長的。嗨，孩子！」他扔了一個派士[7]給孩子，「糖果總是甜的，」小孩雀躍地走進陽光下，「他們會長大成人。聖者，我很難過剛剛你說法時我睡著了，請原諒我。」

「你我是兩個老人。」喇嘛說：「這是我的錯，我聽你說到這個世界與世間的瘋狂，一個錯誤導致另一個錯誤。」

「聽聽他說的話！陪個孩子玩耍又能讓你的神受到什麼傷害呢？你那首歌唱得很好。我們繼續前進，抵達德里之前，我一定會唱『尼珂辛之歌』給你聽，那是一首老歌。」

他們從芒果林的樹蔭啟程，老軍人以高亢尖銳的聲音，彷彿拉長的痛哭一般，一聲又一聲地唱出尼珂辛（尼克森）[8]的事蹟。歌聲在田野間繚繞，這是旁遮普男子至今都還在唱的歌，基姆很開心，喇嘛聽得入神。

「嗨喲！尼珂辛死了，死在德里城前！北部的長矛手，要為尼珂辛報仇。」他聲音顫抖地唱完，以劍背拍打馬臀為抖音打拍子。

「現在我們到了大道。」他說，他受到基姆的讚美，喇嘛則默不作聲，「我好久沒騎馬走這條路了，可是你這個徒弟講的話激起我的興致。聽著，聖者，這條大道是全印度的骨幹，大部分都像這裡，有四行樹形成的樹蔭。中間的路都很堅固，車子可以疾馳。火車出現之前的歲月，數百名英國官員在這條路上來往，現在這條路上只剩下鄉下的馬車。左右兩邊的路面比較崎嶇，那是載重車輛走的路，這些車子運穀物、棉花、木材、糠、石灰、獸皮等。在這條大道的旅客很安全，因為每隔幾科斯就有派出所。員警本身就是賊與勒索者——如果我當家作主，就會派騎兵巡邏，由剛強的隊長領導新兵執行任務——但是至少不容別人競爭。各式各樣、各個種姓的人在這條路上熙來攘往。你瞧，有婆羅門、朱瑪[9]、銀行家、焊鍋匠、理髮匠、店主、朝聖者、陶工。我覺得它像一條河，我自己則是洪水過後留下的漂流木。」

大幹道確實十分壯觀，筆直的道路全長一千五百英里，不像印度一般街道一樣擁擠。這樣的一條生命之河，世上沒有另一條這樣的大路。他們望著兩旁樹木林葉交叉而成的長長綠色頂蓋，寬闊的白色路上，幾位行人慢慢地走，路的對面是一間兩房的派出所。

「誰犯法攜帶武器？」一名員警看見老軍人的劍，笑著喊說：「有員警消滅歹徒還不夠嗎？」

「就是因為有員警，我才隨身帶劍。」老軍人回答，「印度還太平嗎？」

「上尉大人，一切平安無事。」

「我像個老烏龜，從路邊伸出頭來看，然後又縮回去。啊，這就是印度斯坦大道，所有的人都走這條路。」

---

7 派士（pice）：印度舊貨幣單位，等於六十四分之一盧比。

8 約翰·尼克森（John Nicholson, 1821-1857），東印度公司的一名軍官，充滿才智的傳奇性人物。在一八五七年九月的德里叛變中擔任指揮官，在那場戰役中不幸傷重死亡。

9 朱瑪（chumar）：從事皮革業的低種姓。

「小豬仔，難道這條路鬆軟的部分是讓你磨背的嗎？你的女兒統統是可恥的人，你老婆非常缺德，你媽被她媽帶壞了，迷上了魔鬼，你姑姑七代沒有鼻子！你妹妹的！什麼蠢念頭讓你把馬車拉過路面？一個破車輪？有空的時候，用你壞掉的腦子修理破車吧！」

五十碼外一輛馬車壞掉的地方，一陣毒罵聲從飛揚的塵土中傳來。一頭高大瘦高的卡提瓦牝馬眼睛與鼻子都噴出怒火，衝出飛塵，噴著鼻息，一面退縮。騎在馬上的人要牠穿過道路，追逐一名大吼大叫的男子。那個騎士身材高大，留著花白的鬍子，騎在馬上的他與那頭近乎瘋狂的馬兒融為一體，馬向前衝時，他就拿鞭子抽打那個男子。

老軍人的臉浮現得意的神色：「我的兒子！」他簡要地說，努力把馬頸勒到恰當的弓形。

「難道我應該在員警面前挨打嗎？」運貨馬車夫大喊，「公道！我要公道……」

「難道我應該讓一頭大叫的人猿擋路嗎？他在一匹年輕的馬兒前，把一萬個麻袋弄翻了，那真是毀了一匹牝馬。」

「他說的是真話，他說的是真話，可是那匹馬很聽主人的話。」老軍人說，運貨馬車夫跑到車輪下，說出種種報仇的恫嚇言論。

「你的兒子都是硬漢。」員警一面剔牙，一面平靜地說。

那位騎士又狠狠地抽了一鞭，然後騎在馬上慢慢跑了過來。

「爸爸！」他在十碼外勒住韁繩，下了馬。

老軍人也立刻下馬，就像所有的東方父子一樣擁抱。

第四章

幸運，從不是淑女，
而是最討罵的賤貨，
個性愛鬧，讓人退縮，毫無價值。
難以引導或駕馭。
你迎接她，她就為陌生人歡呼！
你遇見她，她卻準備離開！
你不理這個徹底的悍婦，
這個蕩婦反而會來扯你衣袖！
慷慨賞賜吧！慷慨賞賜吧，喔，財運！
給不給隨你意，
如果我不在乎財運。
財運必然還是會跟著我！
——〈許願帽〉1

接著，這對父子放低聲音聊天，基姆在樹下休息，但是喇嘛不耐煩地拉著他的手肘。

「我們繼續走吧，那條河不在這裡。」

「哎呀！我們不是在短時間內走了很多路嗎？我們的河不會跑掉。耐心點，他會布施給我們。」

「那個人是星辰之友，」老軍人突然說：「他昨天為我帶來消息，他在幻夢中見到那位大人下令開戰。」

「哼！」他兒子的聲音從寬闊胸膛的深處發出，「他帶來的是市井流言，想要藉此謀利。」

他父親笑了起來，「至少他不是騎馬來求我買一匹新的戰馬，天知道那要多少盧比！你兄弟的軍團也收到這樣的命令嗎？」

「我不知道，我請了假，迅速來找你，以免……」

「以免你的兄弟搶先一步來求我。你們都是賭徒，而且揮霍無度，但你不曾騎馬衝向敵人。衝鋒陷陣確實需要一匹好馬，行軍也需要一名優秀的屬下及一匹好馬。再看看吧，再看看吧。」他輕敲鞍頭。

「這裡不是算帳的地方，爸，我們還是到你家吧。」

「至少要給這個孩子一點錢，他帶給我有利的消息。我身上沒有銅板了，嘿！世界之友，的確如你所說，快有一場戰爭了。」

「不，據我所知，那會是一場大戰。」基姆沉著地說。

「嗯？」喇嘛說，他撥著念珠，急著想上路。

「我的師父不靠星相來賺錢。我們帶來了消息——做了見證，我們帶來了消息，而現在我們要走了。」基姆在身側半彎著手掌。

那個兒子在陽光下丟了一枚銀幣，咕噥著「乞丐」與「騙子」之類的話。那是一枚四安那銀幣，足夠他們好好吃上幾天。喇嘛看見銀光一閃，立刻低聲祝福。

老軍人騎上瘦弱的馬兒，調轉方向，尖聲說道：「你走吧，世界之友。我這輩子總算在軍隊外遇到一位真正的先知。」

這對父子一起調轉方向。老人像他兒子一樣挺直腰桿。

一位穿著黃色亞麻褲的旁遮普員警懶洋洋地穿過大道，他剛剛看到那枚銀幣轉手。「站住！」他用出色的英語說：「你們知不知道從這邊走上大道，每人要繳兩安那的稅，你們兩人總共四安那，這是政府規定。稅金用來植樹，美化道路。」

「還有餵飽員警的肚子。」基姆說。他閃了開來，以免被那名員警抓住。「你這個泥頭傢伙，想一想吧，你以為我們像你那位癩蛤蟆丈人一樣，從最近的池塘裡跳出來的嗎？你聽過你哥哥的名字嗎？」

一位蹲在陽臺吸著菸斗的資深員警聽得非常開心，大聲地說：「他哥哥是誰？別騷擾那個孩子。」

1〈許願帽〉（Wishing Hat）：指一種有魔力的帽子，可實現人的願望。這段內容出自吉卜林一九一二年出版的作品《書中詩歌》（*Songs from Books*）。

「那個哥哥撕下汽水瓶的標籤，貼在橋上，對過橋的人抽了一個月的稅，說是政府的命令。後來，一位英國人來了，並打破他的頭。啊，兄弟，我是城鴉，不是村鴉！」

那員警羞愧得後退，基姆沿路對他大吼。

「世上可曾有像我這樣的徒弟？」他高興地向喇嘛大喊，「如果沒有我保護你，你走出拉合爾還不到十英里，就變成一堆白骨了。」

喇嘛慢慢露出微笑，說道：「有時候，我心想你究竟是不是精靈，有時候又覺得你是不是小惡魔。」

「我是你的徒弟。」基姆走在喇嘛身邊，他的步伐與喇嘛一致，那是全世界長途流浪者的腳步，難以形容。

「現在我們走吧！」喇嘛低聲說。師徒二人隨著念珠的喀嗒聲安靜向前走，就這樣走了好幾英里。一如往常，喇嘛陷入冥想，基姆那對機靈的眼睛張得很大。他認為這條寬闊且充滿微笑的「生命之河」，比拉合爾那些狹窄擁擠的道路好多了。這裡每走一大步，都看到新的面孔與景象，他知道其中一些人的種姓，路上也有他從沒見過的種姓。

他們遇見一群散發強烈氣味的長髮桑西人[2]，這些桑西人背著一籃籃的蜥蜴與其他不乾淨的食物，瘦弱的狗兒跟在他們腳邊東聞西嗅。他們在道路的一側行走，腳步迅速，鬼鬼祟祟，連跑帶走，其他種姓的人都避得老遠，因為桑西人是莫大的汙點。一位剛出獄的人走在他們後面，他以僵硬的腳步大步跨過深深的暗影，他對腳鐐的記憶猶新。他的肚子圓鼓鼓，皮膚光潤，這證明政府提供給犯人的伙食比大部分良民的飲食來得好。基姆很了解那種走路的姿態，那些人走過去的時候他就開他們玩笑。後來，一位阿卡里人昂首闊步走過，他是目露凶光，頭髮蓬亂的錫克教徒，穿著錫克教的藍格子衣服，高高的藍色纏頭巾上的鋼圈閃閃發亮。他剛訪問一個獨立的錫克邦歸來，他在那裡為穿著長筒靴與白色燈芯絨馬褲、受過大學教育的年輕王子，歌唱錫克教徒的往日光榮。基姆小心翼翼，不敢惹惱此人，因為阿卡里人脾氣暴躁、身手矯健。他們不時碰見全村的村民穿著鮮豔的衣服，出門參加當地集市。村中的婦女背著嬰兒，走在男人後面，較大的男孩踩在甘蔗上神氣活現地走路，或是拖著粗糙的黃銅火車頭模型，一輛賣半便士，或是用廉價的玩具鏡子讓陽光折射照著長輩的眼睛。你一眼就能看出他們各自買的東西，如果你懷疑這點，只要觀察那些已婚婦人就明白了，她們伸出棕色手臂互相比較新買的暗色玻璃鐲子，這些手鐲來自西北部。這些尋歡作樂的人走得緩慢，相互叫喊，不時停下跟甜食小販討價還價。他們經過路邊的神龕會祈禱一番，有時是印度教的神龕，有時是穆斯林的神龕，信仰這兩種教的低下種姓則一律膜拜，非常公平。一隊密密麻麻的藍衣人，她們弓身在飛塵中前進，身體像毛毛蟲的背一樣起起伏伏，快步經過時一起咯咯地笑。這是一群昌嘉爾婦女，她們包辦北方鐵路所有修築路堤的工作，她們個個都是挑土工人，扁足大胸脯，四肢強壯，穿著藍裙，聽到有工作就趕緊北上，絕不在路上浪費時間。她們那個種姓的男人沒有地位，她們走路時伸臂，扭腰擺臀，頭抬得很高，這個姿態適合常搬重物的婦女。過了一會兒，一列迎親隊伍出現在大道上，一路奏樂呼喊，飄來的

2 桑西人（sansi）：一個吉普賽部落。

金盞花與茉莉花香味竟然比塵土臭氣還濃，人們看見新娘的轎子在煙霧中成為一片朦朧的紅色與金屬片，搖搖晃晃地前進，新郎騎的那匹小馬戴著花圈，不時轉過臉朝經過的草秣車咬一口。基姆加入眾人的祝賀行列，並開開粗鄙的玩笑，用俗話說就是祝新婚夫婦生一百個兒子而沒有一個女兒。然而，當巡迴演出的雜耍演員帶著受過一些訓練的幾隻猴子或是一隻喘著氣的虛弱大熊走過，或是腳上綁著羊角，在走繩上跳舞的女人經過的時候，那更有趣，也更常引來尖叫聲，馬兒會驚得後退，女人因感到驚奇而不斷尖喊。

喇嘛從不抬起眼睛，他沒注意到那個騎著後腿無力的小馬、一路趕著去收無情利息的放款人；他也沒注意到那群休假的當地士兵，他們以低沉的嗓音長聲叫喊，並仍保持軍中隊形，他們很高興能擺脫馬褲與紮綁腿，看見女人就對她們說髒話，對最端莊的女人罵得更是不堪入耳。喇嘛甚至沒看那個賣恆河水的小販一眼，基姆原本以為他至少會買瓶珍貴的恆河水呢。喇嘛一直盯著地上，堅定地大步前進，一小時又一小時，他的心神在他處忙碌。然而，基姆開心得像上天堂。此時大幹道正在築護堤，以防冬季山洪氾濫，因此行人在稍高的地方走路，彷彿走在一條宏偉的走廊，俯瞰四周鄉野，整個印度全面呈現在眼前。由許多牛隻拉動的運糧貨車與運棉貨車在鄉間道路上緩慢前進，那幅景象真是美麗。人們可以聽到車輪轉動的聲音，聽到他們在一英里外抱怨，他們越來越近，等到他們爬上陡坡，踏上堅硬的主要道路後，人們更能聽到喊叫聲與髒話。一簇簇穿著紅色、藍色、粉紅色、白色、橘黃色衣服的人走到路旁，準備回到自己的村莊，他們漸漸散開，最後三三兩兩地越過平原，這幅景象也同樣賞心悅目。這些景象讓基姆心有所感，但是他無法以言語表達出來，只好買了削

羅任玲《初生的白》

聯經出版事業公司

皮的甘蔗吃，沿路吐著大量的甘蔗渣。喇嘛不時吸一下鼻煙，最後基姆再也受不了那份沉默。他說：「南方真是好地方！空氣好，水也棒，對吧？」

「不過他們都困於輪迴，」喇嘛說：「一次次的轉世，當中沒有人得聞真道。」他抖了一下，回到現實世界。

「現在我們已經走累了，」基姆說：「我們一定要趕快找個歇腳處。我們要不要在那裡過夜？瞧，太陽都西下了。」

「今晚誰會接待我們？」

「誰都行，這個國家充滿好人。此外，」他把聲音放得極低，「我們有錢。」

他們走近歇腳處時，人潮越來越多。這個歇腳處代表一天行程的終點，賣著簡單食物與菸草的一排攤子、一堆木柴、一間派出所，一口井、一個馬槽、幾棵樹，樹下有一片遭踩踏的土地，上面散布著先前火堆留下的黑灰，這些都是大幹道歇腳處的特色，如果不將飢餓的乞丐與烏鴉算進去的話。

這時候，光芒萬丈的夕陽射過芒果樹低矮的樹枝，數以百計的長尾小鸚鵡與鴿子回巢；三三兩兩的灰背七姊妹鳥幾乎在旅客的腳邊走來走去，吱吱喳喳聊著一天的冒險；枝葉間的騷動代表蝙蝠準備外出執行夜間放哨行動。夕陽迅速聚攏，餘暉在人的臉龐、車輪、小公牛的牛角上照了一剎那，殷紅如血。接著，夜幕降臨，就連空氣吹拂在身上的感覺也變了。它吸引了一片低垂的暮靄，那就像籠罩著鄉野的藍色薄紗，燃燒木頭的煙霧、牛隻的氣味、灰上烘的麥餅香氣因此顯得強烈而明顯。晚間的巡邏隊帶著盛氣凌人的咳嗽聲與重複的命令，快步跑出派出所。路旁一位運貨馬車夫吸著水菸筒，水菸筒裡燃燒的碳球發出紅光，基姆的眼睛不由自主地看著黃銅鑷子[3]上的最後一抹餘暉。

歐腳處的生活與喀什米爾驛站的生活極為相似，只是具體而微罷了。基姆投身於亞洲歡樂的混亂中。人們只要肯花時間，這種混亂就能為一位簡樸的人帶來所需的一切。

基姆需要的東西不多，因為喇嘛沒有種姓的忌諱[4]，所以基姆從最近的小吃攤買點熟食就行了。不過，為了奢侈一下，基姆買了一把牛糞塊來升火。人們在小火堆之間走來走去，大聲喊著買油、穀物、甜食或菸草，在井邊等待打水時互相推擠。除了男人的聲音，你還可以聽到靜止而緊閉的馬車上傳來女人的尖叫聲與咯咯的笑聲。她們不能公開露出臉龐。

如今受過良好教育的印度人認為，他們的女眷旅行時最好搭火車（她們經常旅行），車廂必須完全遮蔽，這種風氣漸漸傳開。然而，總有那些堅持沿襲祖先習慣的老派人士，尤其是總有比男人還保守的老婦人會在晚年時去朝聖，她們因為人老珠黃，不再迷人，在某種情形下並不反對摘下面紗。她們隱居時，依舊經常接觸許多感興趣的外界事物，幽居多年後，她們喜愛公路上的喧鬧與騷動，熱愛廟宇的集會，也愛有許多機會與觀念相同的其他孀居貴婦閒聊。這種旅行方式很適合久經磨難的家庭中，說話強勢且意志堅定的老太太，她們透過這樣的方式自得其樂地在印度各地旅行，因為朝聖之旅的目的無疑是感謝神明。因此無論是極其偏遠的地方或是公開場合，你在整個印度都能看到一群頭髮花白的僕人照顧牛車上的一位老太太，她或多或少會躲在簾子後方或是藏起來。這些僕人穩重又謹慎，每當歐洲人或種姓高的印度人走近時，他們就會採取極周到的預防行動。不過，在日常隨意性的朝聖途中，他們並不採取這種預防措施，畢竟老太太也只是凡人，想要觀察人生。

基姆看見一輛裝飾華麗的家庭用牛車剛剛駛入歇腳處，上面有兩座繡著花紋的圓頂篷蓋，看起來像雙峰駱駝。這輛牛車有八位侍從，其中兩人帶著生鏽的馬刀，這顯然表示牛車主人是有地位的人，因為普通人不會帶武器。車簾裡傳出喋喋不休的抱怨、命令、俏皮話、歐洲人認為的髒話，車中那位婦人顯然慣於發號施令。

基姆仔細審視那些侍從。其中一半是來自南方的奧爾亞人[5]，有著細瘦雙腿與花白鬍子，另外一半是穿著粗呢衣服、頭戴氈帽的北方山民，即使基姆沒聽見這兩組僕人不停吵嘴，從南方人與北方人各占一半來看，他也能知道大概的情形：車上的老太太準備前往南方，或許是要去拜訪一位有錢親戚，很可能是她的女婿，這位女婿派人護送，以示尊敬。那些山民是她自己的人，不是庫盧人就是坎格拉人。顯然她這趟並非送女兒出嫁，否則車簾的繫帶會綁起來，護衛也會不准任何人靠近馬車。基姆一手拿著牛糞塊，一手拿著熟食，肩膀輕推喇嘛以引導方向，他心想車上的老太太一定心情愉快，興高采烈，跟她見面也許有好處。喇嘛肯定不會幫忙，不過他身為盡責的弟子，很樂意為師徒二人求布施。

他儘量在靠近牛車的地方升起火堆，等著其中一名侍從喝令他離開。喇嘛疲倦地坐在地

---

3 水菸筒由菸斗、菸倉、菸托、插管、菸釬、鑷子、鏈條組成。

4 印度教徒所食用的食物，必須由和自己同一種姓的人所烹煮。喇嘛不是印度教徒，故無此忌諱。

5 奧爾亞人（Ooryas）：印度的僕人種姓。

上，像一隻大食果蝙蝠那樣蜷縮起來，再度撥著念珠。

其中一位山民用不流利的印度斯坦語說道：「乞丐，站遠一點！」

「哼，你只不過是個山民，」基姆轉頭說道，「你們山驢子從何時開始占領了印度斯坦？」對方迅速且精采地反擊，把基姆的祖宗三代罵得狗血淋頭。

基姆的聲音比以往更溫和，一邊弄碎牛糞塊，一邊說著：「啊！在我的國家裡，大家會說這是開始談情說愛呢。」

車簾後傳來尖細刺耳的咯咯笑聲，讓這位山民奮力再度開罵。

「不錯，不錯，」基姆冷靜地說：「但是小心點啊，老兄，免得我們想回敬你一個詛咒，而且我們的詛咒可厲害得很。」

那些奧爾亞人笑了起來，那位山民飛快衝了上來，充滿威嚇意味。喇嘛忽然抬頭，基姆剛升起的火炬他那頂大扁圓帽照得十分清楚。

「怎麼了？」他說。

那位山民彷彿被石頭打中，停了下來，「我……我幸虧沒犯下大罪。」他結結巴巴地說。

「那個外國人終於發現他是一個和尚了。」一位奧爾亞人低聲說。

「嘿！為什麼不把那個小乞丐痛打一頓？」老婦人喝道。

那位山民退到牛車旁，對著車簾裡說了些悄悄話。車簾裡先是一片死寂，接著傳出一陣低語。

「一切順利。」基姆心想，但假裝不看不聽。

「他上次吃東西是什麼……什麼時候？」山民向基姆討好地說：「請聖者賞光與我主人談話。」

「他吃完之後就要睡覺。」基姆高傲地說。他還不甚清楚這個情況有了什麼新的發展，但是下定決心要從中得到好處。他大聲說：「現在我去為他拿食物。」說完後嘆了口氣，彷彿非常虛弱。

「如果可以的話，我……我和我的族人會張羅。」

「可以。」基姆說，他的語氣比以往更高傲，「聖者，這些人將拿食物給我們。」

「這片土地真好，南方的鄉村都很好。這真是廣大又可怕的世界。」喇嘛昏昏欲睡地低語。

「讓他睡，」基姆說：「不過他醒了之後，你們要負責讓我們飽餐一頓。他是聖潔之人。」

其中一位奧爾亞人再度不屑地說了些話。

「他不是術士，也不是南方的乞丐。」基姆對著星辰嚴厲地說：「他是最聖潔的聖者，他在一切種姓之上，我是他的徒弟。」

車簾後那道微弱單調的聲音說：「過來！」基姆走上前，感覺得到他看不到的眼睛正注視著他，一根戴著戒指的褐色乾瘦手指搭在馬車的邊緣，雙方聊了起來。

「那是什麼人？」

「極聖潔的人，他來自遠方，來自西藏。」

「西藏的什麼地方？」

「來自積雪的後方，來自非常遙遠的地方。他懂得星象，會畫算命天宮圖。他會算命，但不會為了錢做這件事。他為人算命是做善事，發大慈悲心。我是他的徒弟，人們叫我世界之友。」

「你不是山民。」

「妳可以問他。他會告訴你，星辰派我來指示他的朝聖之旅終點。」

「哼！小鬼，你想想看，我是老太婆，但不是傻子。我認識喇嘛，也尊敬他們。但你不是正規弟子，就像我的手指不是車軸一樣明顯。你是沒有階級的印度人，一個大膽厚臉皮的乞丐，大概是想跟著聖者，從中牟利。」

「我們大家不都是努力牟利嗎？」基姆配合老太太轉變的聲音，迅速改變自己的語氣，「我曾聽說，」這句話是冒險試探，「我曾聽說……」

她厲聲說：「你曾聽說什麼？」她敲著手指。

「我記得不太清楚了，不過市集有傳言，這種傳言一定是謊話，那個傳言說土王，一些山地的小藩邦土王……」

「然而，那是優良的拉賈普血統。」

「確實是優良血統，但就連他們也會把比較漂亮的女子賣了換錢，南方的他們把這些女人賣給阿瓦德省的地主那一流的人。」

如果世上有山地小藩邦的土王會否認的事，那就是這項指控。不過，市集的人們談論印度神祕的人口販賣情況時，恰好都相信這件事。馬車裡的老太太緊張憤慨地低聲對基姆解釋，他的態度與樣子是惡毒的騙子，如果基姆在她還是小女孩的年代，暗示有這種情事，他當晚就會被大象踩死，這件事千真萬確。

「啊哈！我只是個小乞丐，就如美目盼兮的好夫人說的一樣。」他以極為害怕的語氣哀訴。

「『美目盼兮的好夫人』，講得跟真的一樣！我是什麼人，你竟敢用乞丐的讚美話來稱讚我？」然而，這種被人遺忘已久的讚美話仍讓她笑了出來。「你在四十年前說這句話，也許不無幾分真實，啊，三十年前，也還可以。國王的遺孀在印度來往旅行，還得與這片土地的人渣混在一起，受到乞丐譏嘲，這真是個錯誤。」

「王后娘娘。」基姆立刻說，因為他聽到她氣得發抖，「您說得對，我確實像您說的那樣，但是我的師父真的十分聖潔，他還沒聽到王后娘娘的命令……」

「命令？我命令一位聖者——一位法師——過來對一個女人說話？我絕對不會這樣做！」

「請饒恕我的愚蠢。我以為那是一道命令……」

「那不是命令，只是請求，這樣清楚了嗎？」

一枚銀幣在馬車邊緣發出叮噹聲，基姆把它拾起，恭恭敬敬地行禮。老夫人知道這小傢伙是喇嘛的耳目，應該博得他的好感。

「我只是聖者的徒弟。他吃過東西後或許會過來。」

「啊！你這個小壞蛋，厚臉皮的小流氓！」那根戴著首飾的食指對他責備地搖晃，但是他也聽到老夫人咯咯的笑聲。

基姆用他最親熱，最推心置腹的語調說：「現在有什麼事嗎？」他知道沒有幾個人能抗拒這種語調。「府上需要一個兒子嗎？暢所欲言吧，因為我們和尚……」最後幾個字是直接向塔薩利門附近的托缽僧學的。

「我們和尚！你的年紀還不夠……」她打住說到一半的玩笑話，再度笑了出來，「啊，小和尚，請相信我，我們女人除了兒子以外，有時也想著別的事，而且我的女兒已經生了兒子。」

「箭筒裡有兩支箭比一支好，三支更好。」基姆引用諺言，還若有所思地咳了一聲，眼睛謹慎望著地面。

「沒錯，噢，沒錯，但那或許會發生的。當然，那些南方的婆羅門完全沒用，我曾一再送禮與包錢給他們，而他們做出了預言。」

「啊，」基姆以極度鄙視的口吻拖長語氣說：「他們做出了預言！」就算是內行人也無法說得比他還高明。

「後來我想起了自己的神祇，我祈禱的事才應驗。也許那位聖者聽說過龍珠寺的住持。我選了良辰吉時，對那位住持提起那件事，後來一切及時如我所願。我女婿家的婆羅門說那是他祈禱的功勞。我到達這趟旅程的目的地時，會向他解釋那是一個小小的錯誤。之後我會前往菩提伽耶，為亡夫舉辦祭禮。」

「我們也會去那裡。」

「那是加倍吉祥的兆頭，」老夫人尖聲說：「我女兒至少會再添一個兒子！」

「噢，世界之友！」喇嘛已經醒了，就像孩子發現自己睡在陌生的床上那樣迷惑，大聲呼喊基姆。

「我來了！我來了，聖者！」基姆衝到火堆旁，發現喇嘛周圍是一碟碟的食物，那些山民顯然很崇敬他，南方人則不高興地看著這一切。

「回去！走開！」基姆大聲地說：「難道我們會像狗一樣當眾吃東西嗎？」他們安靜地吃完食物，彼此別開了臉。吃飽後，基姆抽了一根本地做的香菸。

「我不是說過一百次，南方是好地方嗎？這裡有一位品德高尚、出身高貴的山地藩王遺孀進行朝聖之旅，她說她要前往菩提伽耶。她派人送那些食物給我們，你好好休息後，她想與你聊聊。」

「這也是你的傑作嗎？」喇嘛的鼻子探進鼻煙壺裡。

「自從這趟美妙的旅行開始，難道還有其他人照顧你嗎？」基姆四肢舒展，躺在滿是灰塵的地上，鼻孔裡噴出難聞的煙霧，兩眼滴溜溜地轉，「聖者，我可曾沒把你照顧得舒舒服服的？」

「願上天賜福給你。」喇嘛點了點莊嚴的頭，「在我漫長的生命裡，我認識了許多人，也收過不少徒弟，可是沒有一個像你這樣得我喜愛——如果你是凡人的話——你體貼聰明，謙恭有禮，但有點像小惡魔。」

「我也從沒見過像你這樣的僧人，」基姆仔細望著那張仁慈黃臉上的每一道皺紋，「我們一起上路至今還不滿三天，可是彷彿已經過了一百年。」

「也許我在前世獲准幫助你。也許……」他露出微笑，「我曾救你逃離陷阱。或是在我還沒悟道的時候，把你釣上來，後來又將你放回河裡。」

「或許吧。」基姆輕聲說。他一再從許多人的嘴裡聽到這樣的猜測，而這些人是英國人心目中缺乏想像力的人，「現在那輛牛車上的女人，我猜她想為女兒再求一個兒子。」

「這不是真道，」喇嘛嘆氣，「但她至少來自雪山。啊，那片雪山與山上的雪！」

他站起來，大步走向牛車。基姆願意犧牲兩耳，只求能一起過去，可是喇嘛沒邀他。他聽見的幾個字都是用他陌生的語言講的，因為他們講的是山區通用的一種語言。那個老夫人似乎提出一些問題，喇嘛都經過一番思索才回答。基姆不時聽到喇嘛以抑揚頓挫的起伏語氣背誦中國經文。昏昏欲睡的基姆透過下垂的眼皮縫看見奇怪的景象：喇嘛站得筆直，黃色僧衣的深刻衣褶在火光中形成宛如長縫的陰影，就像多瘤的樹幹在斜照的夕陽暗影中看起來像遭到砍擊一樣；喇嘛對著飾有金屬片、漆得光亮的牛車說話，那輛牛車在閃爍的火光中，宛如五顏六色的寶石一樣發亮；車簾由金線織成，皺褶隨著夜風飄動，車簾的圖案上上下下，時而皺成一團，時而恢復原來模樣。雙方談得懇切時，那根戴著珠寶的食指在刺繡的車簾之間散發微弱光芒。這輛馬車後方是一片未知的黑暗，小小的火焰點綴其中，臉孔模糊，形影幢幢。入夜時的喧囂已然沉澱，成為讓人平靜的嗡嗡聲，最低沉的聲音是牛隻的嚼草聲，最高昂的聲音是孟加拉舞女叮噹作響的西塔琴聲。大多數人已吃過晚餐，咯咯嘎嘎地抽著水菸筒，一陣猛吸的聲音像牛蛙叫鳴。

喇嘛終於回來了，一位山民抱著棉被跟在後面，並謹慎地將它鋪在火堆旁。

「她值得有一萬個子孫。」基姆心想，「然而，要不是我，這些禮物就不會送來。」

「一位品德高尚的女人，而且非常睿智。」喇嘛一個個的關節逐漸放鬆，就像慢吞吞的駱駝，「這個世間對遵循真道修行的人非常仁慈。」他把棉被的一半蓋在基姆身上。

「她說了什麼？」基姆捲著棉被問道。

「她有許多疑問，提出了許多問題，大部分是她從那些假裝修道卻為魔鬼效勞的僧人那裡聽來的無稽之談。我回答了其中一些問題，認為其中一些是蠢話。披袈裟的人很多，而真心修道者寥寥無幾。」

「沒錯，確實沒錯。」基姆用體貼安撫的口吻想引出他說出祕密。

「可是依據她的見解來看，她非常正直。她極希望我們和她一起去菩提伽耶；根據我的理解，她的南下路線有多日的行程與我們相同。」

「然後呢？」

「別急。我回答，尋找那條河比任何事都來得重要，她曾聽說許多愚蠢的傳說，卻從未聽說關於那條河的偉大真理。山下的僧人真是孤陋寡聞！她認識龍珠寺的住持，卻沒聽過我要找的那條河，也不知道佛陀射箭的故事。」

「然後呢？」

「因此我講起我要找的東西，談起真道與有益的事。她只希望我陪她一起走，並為她女兒再添個兒子祈禱。」

「哈哈！『我們女人』除了孩子以外，不想別的事。」基姆睏倦地說。

「嗯，既然我們的路線有一段時間相同，我認為如果和她同行至少到——我忘了那個城市的名字——我們也並未偏離搜尋的任務。」

「嘿！」基姆說，轉身以偏尖銳的聲音，對著幾碼外的其中一名奧爾亞人問：「你主人的房子位在哪裡？」

「薩哈蘭普爾城再過去一些，四周都是果園。」他說出那個村莊的名稱。

「就是那個地方，」喇嘛說：「我們至少可以跟著她到那裡。」

那位奧爾亞人以心不在焉的聲音說：「真是蒼蠅遇到腐肉。」

「病牛的烏鴉，病人的婆羅門[6]。」基姆對著頭頂上黑漆漆的樹梢，冷冷地低聲講了這句諺語。

那名奧爾亞人咕噥一聲，閉上了嘴。

「聖者，我們要與她同行嗎？」

「有任何反對的理由嗎？我可以走在一旁，然後嘗試這條大道經過的所有河流。她希望我跟她一起走，她很希望如此。」

基姆在棉被裡忍住笑。那位傲慢的老夫人對喇嘛天生的敬畏之心一旦消失，他或許會認為值得聽她說話了。

基姆快睡著的時候，聽到喇嘛忽然引述一句諺語：「長舌婦的丈夫來世會有莫大福報。」接著，基姆聽到他嗅了三次鼻煙，基姆笑著進入夢鄉。

鑽石般的燦爛黎明把人們、烏鴉、牛隻一起喚醒，基姆坐起來打個呵欠，抖抖身子，開心興奮不已。這是親眼看到真實的世界，這是他想過的人生：喧鬧吼叫，人們扣上腰帶，牛隻被鞭打，車輪嘎吱作響，人們生火煮食。他讚許的眼睛每次轉動都會看見新景象：晨露捲起彷彿銀色漩渦，一大群綠鸚鵡在尖叫聲中疾飛向遠方的河流，耳力範圍內的轆轤都開始運作了。印度醒了，基姆身處其中，比任何人來得清醒與興奮，他嚼著一根充當牙刷的小樹枝，因為他採用這個國家的風俗習慣，他很了解也熱愛這個國家。他不必擔心食物的事，不必在擁擠的小吃店花上任何一分錢，他是被意志堅決的老夫人強留下的聖者之徒，一切都會為他們準備妥當，侍從恭敬地請他們用餐時，他們就坐下來吃。至於其他的事，基姆一邊清潔牙齒，一邊咯咯地笑，那位女主人一定會讓這趟旅程更加有趣。她的那些牛套著牛軛，一邊發出呼嚕聲一邊呼氣走過來，基姆仔細觀察牠們，如果牠們走得太快——看樣子不可能——他就可以愉快地坐在車轅上，喇嘛將坐在車夫旁邊，那些侍從當然步行。老夫人當然也會講許多話，根據他目前所聽到的內容，路上的聊天將妙趣橫生。她已經在發號施令，滔滔不絕地訓斥，一定要提的是，她咒罵僕人耽擱了時間。

「快把菸斗給她，以神之名，快把菸斗給她，堵住她不吉利的嘴。」一位奧爾亞人一邊大喊，一邊努力捆起不成形的寢具。「她跟鸚鵡一樣，天一亮就尖叫不休。」

「領頭的牛！嘿！注意領頭的牛！」糧車的車軸卡住牠們的角，牛隻一邊倒退一邊轉身。「他媽的，你往哪裡走？」這句是對著咧嘴而笑的糧車車夫說的。

6 奧爾亞人和基姆彼此在鬥嘴。這句諺語的意思是：烏鴉會啄出病牛的眼睛，和尚可以靠病人享福。

「哎呀呀！車上有德里女王去為求子禱告。」那個人回頭對著堆得很高的穀物後方大喊，「讓路給德里女王與她的灰猴子首相，牠要爬上自己的刀啦！」另一輛運貨馬車緊跟在後，它載滿樹皮前往南方一家皮革公司，當老夫人的牛隻一再後退，這輛馬車的車夫說了幾句稱讚的話。

搖動的車簾裡傳出一陣痛罵，罵得不久，可是用的字眼與語氣厲害得很，怒氣與辛辣程度拿捏得恰到好處，就連基姆都沒聽過這種罵人的話。他看到糧車的車夫驚愕得連赤裸的胸膛都癟了下去，那個人恭敬地朝著聲音來處行禮，然後跳下車，協助侍從把車裡的那座火山拖到大道上，車裡的那道聲音老實不客氣地對那個男人說他娶了什麼樣的老婆，以及他不在的時候，她都做些什麼。

那個男人偷偷溜走時，基姆忍不住低語：「喔，說得好！」

「說得好，真的嗎？一個可憐女人可能無法向她信仰的神明祈禱，除非她被全印度斯坦的人渣侮辱與推擠，這真是丟臉、可恥，她必須吞下羞辱，就像男人吃掉酥油一樣。我還有一、兩句精采的話沒說出口，那非常適合剛剛的情況呢。還有，現在我仍沒有菸抽！哪個倒楣的獨眼龜兒子還沒準備好我的菸斗？」

一位山民趕緊將菸斗遞進去，車簾的各個角落頓時冒出一縷縷濃煙，這表示一切恢復太平。

如果昨天基姆是以聖者徒弟的身分驕傲步行，那麼今天他身在一位半貴族的行列中，在風度迷人且資源豐富的老夫人保護下有受到認可的地位，他走起路來比昨天神氣十倍。那些侍從按照風俗纏頭，分列牛車左右，他們的步伐激起大片飛揚的塵土。

喇嘛與基姆走得稍微偏向路的一側。基姆啃著甘蔗，完全不讓路給種姓低於婆羅門的人[7]。師徒二人聽見那位老夫人像碾米機一樣講個不停，她吩咐侍從將路上發生的一切告訴她。他們一離開了歇腳處，她就掀開車簾向外望，面紗掩住她臉龐的三分之一。她對僕從說話時，那些僕從都不會直視她，多少還是守著禮節。

一位留著黑髮、膚色微黃的英籍地區警長穿著完美無瑕的制服，騎著疲倦的馬兒快步經過，他從侍從身上看出老太太是什麼身分的人，就開起她的玩笑。

「啊，大娘，」他大聲說：「女人在閨房裡就是這樣嗎？如果一位英國人經過，看見妳沒有鼻子，那怎麼辦？」

「什麼？」她尖聲回應，「你媽媽沒鼻子？你為何要在公路上宣揚家醜？」雙方勢均力敵，那位英國人舉起一隻手，裝出在比劍時遭擊中的姿態，她笑了出來並點頭。

「難道這張臉能誘人敗壞德性嗎？」她把面紗完全掀開，瞪視著他。

那張臉龐一點也不美，不過這位警長勒住了馬，稱讚那是天堂之月、讓柳下惠動搖的嬌容，以及一些稀奇古怪的稱號，老夫人樂得直不起身子。

---

7 印度種姓制度中，婆羅門是最高階級，主要是祭司、僧侶、修行者。由於和喇嘛同行的關係，基姆不讓路給種姓低於婆羅門的人。

她說：「真是無賴，所有的員警都是無賴，警長大老爺則最要不得。嘿，我的兒子，你絕對不是從歐洲來到這裡後才學會這一套的。誰把你用奶餵大的？」

「一個達爾豪斯地區的山地女人，大娘，蓋住您的美色吧。啊，這位散播快樂的女人。」他說完就離去了。

「這些就是那種……」她以評判的語氣說，同時把檳榔葉塞進嘴裡，「這些就是監督司法的人，他們熟悉這塊土地及其風土人情。其他的官員都剛從歐洲過來，他們喝白人的奶水長大，從書上學習我們的語言，這些人比瘟疫還糟糕，他們危害國王。」接著，她對大家說起一個很長的故事，大意是某個無知的年輕員警為了一件微不足道的土地案件，驚擾了她第九個表弟——一個山地小土王，最後她引述了書裡的一句話，但那不是一本祈禱書。

接著，她心情變了，吩咐一位侍從詢問喇嘛是否願意走在她的車廂旁，與她討論宗教議題。因此，基姆落在隊伍後方，處在飛揚的塵土中，再度啃起甘蔗。他們談了一個多小時，喇嘛的大扁圓帽在塵土飛揚中顯得像月亮。基姆從他聽到的話裡，推測老夫人哭了。一位奧爾亞人為前一晚的無禮道歉，還說從沒看見老夫人的脾氣如此和藹，並歸功於這位異僧。儘管這位奧爾亞人相信婆羅門，但他跟所有印度人一樣，非常了解婆羅門的狡猾貪婪。當婆羅門需索無度，惹惱了他主人的岳母時，她打發他們離開，他們氣得向這一行的侍從下惡咒（這是右邊第二頭牛跛腿與前一晚杆子斷掉的真正原因）。不過即使如此，不論是印度本土宗教或他國宗教，他準備好接納各個宗派的僧人。基姆睿智地點頭贊同，並且請這位奧爾亞人注意這位喇嘛不收錢，至於他與基姆的飲食費用，他們主僕一行人未來將得到百倍好運作為報償。他也講起拉合爾城的故事，還唱了一、兩首歌，逗得侍從直笑。基姆是城裡的機靈鬼，對最當紅的作曲家（大都是女性）最新作品十分熟悉，比起薩哈蘭普爾後方那個種植水果的小村村民，基姆有顯然的優勢，但是他並不張揚，只讓那些人推測出這個優勢。

中午時分，他們轉向路旁用餐，食物豐盛美味，放在充當盤子的乾淨葉子上，並擺在灰吹不到的地方。剩下的食物給了某些乞丐，一切需求都被滿足後，大家坐下來，舒舒服服地吸一口菸。老夫人再度躲在車簾後方，但她隨意與大家聊天，她的僕人像整個東方的僕人一樣與她爭辯。她把坎格拉及庫盧山區的涼爽與松樹和南方的灰塵與芒果相比；還講起丈夫領土邊疆某些地方古老神明的故事；她嚴厲譴責菸草這個玩意兒，自己卻在吸菸；她痛罵所有的婆羅門，並毫無顧忌地猜測自己將有多少外孫。

第五章

我又回到自己的家。
吃飽得恕，不再埋名。
骨中的骨再度為證，
他們是我同胞兄弟！
肥牛為我宰了剝皮，
但我覺得牛皮更有滋味……
我想我的豬最適合我，
所以再度走向豬圈。
——〈浪子回頭〉

以繩子相連的隊伍懶洋洋地拖著腳步，再度向前走，老夫人睡到下一個歇腳處才醒來，這段路程很短，離太陽下山還有一小時，所以基姆就走來走去找樂了。

「為什麼你不坐下來休息？」一位侍從說：「只有魔鬼與英國人會無緣無故地走來走去。」

「絕對別與魔鬼、猴子或小男孩交朋友，沒人知道他們下一步要做什麼。」另一位侍從說。

基姆回頭賞他們一個白眼，然後懶洋洋地穿過鄉野，他不想聽什麼魔鬼玩弄小男孩之類的老故事。

喇嘛大步跟在他後面。這一整天，他們每經過一條小河，喇嘛就走去看看，可是始終沒有獲得關於找到那條河的啟示。如今他可以用理性的語言與人相談，又有一位出身高貴的老婦人尊敬他，奉他為心靈顧問，不知不覺地，他就不再那麼急著尋找那條河了。此外，他準備花上多年時間安靜尋找，他不像白人那麼急性子，但是他深具信心。

「你要去哪裡？」他在基姆後方大喊。

「沒有要去什麼地方，這段路很短，而這一切，」基姆揮手指著周圍的一切說：「對我而言都很新奇。」

「她無疑是睿智又眼光敏銳的女人。不過，有時安靜沉思並不容易，當……」

「女人都是如此。」基姆這句話簡直像所羅門王的智慧之語。

「喇嘛寺前有個寬闊的平臺，」喇嘛喃喃地說，一邊拈起掐得光滑的念珠，「石頭做的平臺，我在平臺留下撥著念珠走來走去的足跡。」

他撥著念珠，開始虔誠誦念「唵嘛呢叭咪吽」；他很感激那個地方陰涼安靜，沒有灰塵。

基姆放眼望著平原，一樣樣的東西吸引他的目光。他只是漫步，毫無目標，不過附近有些農舍似乎是新蓋的，他想過去查看。

他們來到一大片寬闊的牧草地，在午後的日光下，這片草地呈現棕色與紫色，中間有叢濃密的芒果樹。基姆很好奇這個適合的地方竟然沒有神龕，這個男孩是用僧人的眼光來觀察這些事。平原的遠方有四個人並肩走來，這段距離讓他們顯得很小，基姆彎起手掌放在眼前，聚精會神地觀察，瞥到他們身上的黃銅光芒。

「士兵，白人士兵！」他說：「我們去看看。」

「你我兩人單獨外出的時候，總會碰見士兵，但我一個人出門時從沒見過白人士兵。」

「他們喝醉了才會傷人。你躲在這棵樹後。」

他們走到陰涼芒果林的粗壯樹幹後方，其中兩個小小的身影停住，另外兩位遲疑地往前走。他們是正在行軍的軍團探子，前來勘察紮營地點。他們在平原上散開，手持五英尺長的杆子互相呼喊，杆子上旗幟飛揚。

他們終於踏著沉重的腳步，走入芒果林。

「我認為長官的營帳就在這裡或這附近的樹下，我們其餘的人可以在林外紮營，他們選好了後方輜重車[1]的停車地點了嗎？」

他們再度向遠方的弟兄遙呼，應聲隱約且柔和。

「那就把旗子插在這裡。」其中一位士兵說。

「他們在部署什麼？」驚訝萬分的喇嘛說：「這是個廣大又可怕的世界。旗子上的那個

1 指跟隨部隊行動，提供後勤補給、後送、保養等勤務支援的必要人員、裝備與車輛。

東西是什麼？」

一位士兵在距離他們數英尺處插下旗杆，卻又不滿地咕噥，再度把它拔起，與夥伴商量。那位夥伴朝林蔭處上下打量，又將它插回原處。

基姆兩眼睜得很大，呼吸變得急促。那兩位士兵踩著重重的腳步，走進陽光下。

「我的天！」他倒抽一口氣，「我的星象圖！安巴拉祭司在地上畫的星象圖！你記得他所說的話嗎？先來兩個僕人在陰暗的地方打點一切，顯聖總是這樣開始的。」

「但這不是顯聖，」喇嘛說：「這只是世間的假象而已。」

「他們之後會來一頭公牛——綠地上的一頭紅公牛，你瞧！就是它！」

他指著不到十英尺外，被晚風吹得啪啪作響的那面旗幟，它只是一面普通的紮營標誌旗，可是那個軍團對於徽飾的事總是一絲不苟，把團徽也繡了上去，那就是愛爾蘭綠底上的一頭紅色大公牛。

「我看到了，現在也記起來了，」喇嘛說：「那一定就是你的那頭牛。兩個人前來打點的話也應驗了。」

「他們是士兵——白人士兵，那個祭司是怎麼說的？『公牛象徵著戰爭與武裝人員』。啊，聖者，當前的情況與我尋求的東西有關。」

「沒錯，確實沒錯，」喇嘛凝視著那面在暮色裡像紅寶石一樣泛紅的旗幟，「安巴拉的祭司說你的星象是戰爭之象。」

「現在怎麼辦？」

「等待，我們等待。」

「現在黑暗消散了。」基姆說。夕陽斜照樹林，照亮樹幹，在幾分鐘內呈現一片金光，這是自然現象，不過基姆認為這是安巴拉婆羅門祭司預言應驗的跡象。

「聽！」喇嘛說：「有人在擊鼓，在遙遠的地方！」

那陣微弱的鼓聲在寂靜中傳來，起初像大腦裡動脈的跳動聲，不久後，這陣鼓聲還多了尖銳的聲音。

「啊！軍樂。」基姆解釋。他知道那是軍團樂隊的音樂，可是喇嘛感到很驚奇。

平原遙遠的另一端，一大隊人馬在塵土滾滾中緩緩出現，晚風帶來這段音樂：

我們懇求您傾聽，
讓我們告訴您
穆里根禁衛軍
向斯立戈港行進的事！

接著是清脆的橫笛聲——

我們扛槍。
我們行軍，我們開拔。

我們從鳳凰園
走到都柏林灣，
鼓聲與橫笛聲，
美妙無比。
我們前進──前進──前進，穆里根禁衛軍！

小牛軍團的樂隊在軍隊前往營地時演奏，因為這些士兵帶著輜重行軍。隨著起伏地形前進的人馬來到了平地，分為左右兩邊，後面是輜重車，人員跑來跑去，簡直就像蟻丘，還有……

「這根本是巫術！」喇嘛說。

平原上出現星羅棋布的營帳，彷彿忽然從輜重車裡冒出來，並伸展開來。另一大批人湧入林中，安靜搭起一座大營帳，並在旁邊又搭了八、九座帳篷，接著一群隨軍的本地僕人取出鍋釜與一捆捆的東西。基姆和喇嘛看著整座芒果林變成了井然有序的城鎮。

「我們走吧。」喇嘛說。他害怕地向後退。這時火光閃閃發亮，佩著叮噹作響軍刀的白人軍官昂首闊步，走進權充食堂的大帳篷。

「向後站在陰影裡，沒人能透過火光看到東西。」基姆說，他仍盯著軍旗看。他從沒見過經驗豐富的軍團在三十分鐘內紮營完畢。

「瞧！瞧！瞧！」喇嘛大驚小怪地說：「那邊來了一位僧人。」

那是英國聖公會的隨軍牧師班奈特，他一瘸一拐地走著，一身黑衣上盡是泥土。一位軍中弟兄曾無禮地評論牧師的男子氣概，為了給那個人一點顏色瞧瞧，這一天，他和士兵並肩行軍。憑他身上的黑服、錶鏈上的金十字架、沒有鬍鬚的臉、寬邊軟黑帽，印度各地的人都可以看出他是牧師。他坐在充當食堂的帳篷入口旁的露營椅上，脫掉靴子，三、四名軍官圍在他身邊，對他的行軍壯舉哈哈大笑，並開著玩笑。

「那些白人說話完全欠缺莊重。」喇嘛僅憑著語氣音調就如此判斷，「但我仔細觀察了那位僧人的臉，我認為他有學問，他會不會聽得懂我們的話？我要把我的尋求之旅告訴他。」

「白人填飽肚子之前，絕對別跟他們說話。」基姆引用一句著名諺語說：「他們現在要吃東西了，我想他們不是好心人，不適合向他們化緣，我們還是回到歇腳處，吃飽了再來。那一定是一頭紅公牛——我的紅公牛。」

老夫人的侍從將餐點擺在他們面前時，他們都明顯地心不在焉。大家都沒跟他們說話，因為惹惱客人不吉利。

「好了，」基姆一邊剔牙一邊說：「我們將回到那個地方。不過，聖者，你一定要在稍微遠一點的地方等待，因為你的腳步比我的沉重，而我渴望多看看那頭紅公牛。」

「可是你怎麼聽得懂他們講的話？慢慢走，這段路很黑。」喇嘛不安地說。

基姆不回答那個問題，他說：「我已在樹林附近的一個地方做了記號，你可以坐在那裡，等我叫你。」喇嘛表示反對，基姆說：「不，要記得這是我的尋求之旅，我要尋找那頭紅公牛，那不是你的星象。我懂一點白人士兵的風俗習慣，而且我一直想看一些新奇的事物。」

「這世上還有什麼你不知道的事嗎？」在滿天星斗的夜空下，喇嘛順從地蹲坐在離漆黑的芒果樹叢不到一百碼的小坑裡。

「我沒叫你，你就別動。」基姆迅速沒入暮色裡。他知道營地四周十之八九有哨兵，他聽到某位哨兵的沉重軍靴聲，不禁暗笑。基姆能在月明之夜，在拉合爾屋頂上利用每片黑暗與角落閃躲追逐者，這樣的孩子不可能被一排訓練有素的兵攔住。他在兩位哨兵之間匍匐而過，然後跑跑停停，有時蹲伏，有時臥倒，逼近燈光明亮的食堂帳篷，身子緊貼在一棵芒果樹後，等待偶然的隻字片語，讓他採取下一步。

基姆一心想得知更多關於那頭紅公牛的資訊。據他所知——他知道的事奇怪地有限，也會奇怪地忽然增加，那些士兵——他父親預言裡的那九百位一流的傢伙——在天黑後可能向那頭紅公牛祈禱，就像印度人對聖牛祈禱一樣，至少這完全正確合理。因此這裡可以請教的人就是那位戴著金十字架的隨軍牧師。但從另一方面來說，基姆又想起他在拉合爾避之唯恐不及的那位嚴肅牧師，那位牧師是愛打聽私事的討厭鬼，一直要他讀書。然而，安巴拉的祭司不是證明了他的星象是預示戰爭與武裝的人嗎？他不是星辰之友與世界之友，有一肚子可怕的祕密嗎？最後一點，也是他敏捷思維的第一個潛藏念頭：這次「冒險」——雖然他不知道這個詞語的英文——實在非常好玩，不僅讓他開心地繼續使用爬屋頂的那套老把戲，還讓崇高的預言實現了。他腹部貼著地面，朝著食堂帳篷入口匍匐前進，一隻手按著脖子上掛的護身符。

一切如他所料，那些白人官老爺在向他們的神祈禱，因為餐桌中央放著一隻金牛，那是行軍時唯一的裝飾品，也是從北京圓明園掠劫來的原件仿製品。這隻低著頭的金紅色公牛踏在一片愛爾蘭綠野上，那些白人官老爺都舉杯向它亂喊。

亞瑟．班奈特牧師總是在敬酒後離開食堂帳篷，今晚因為白天的行軍讓他極為疲倦，他離去的動作比平時來得突然。基姆仍微微抬著頭，望著臺上的金牛，這時牧師的腳忽然踩中他的右肩胛骨，基姆在那隻厚皮靴下疼得身子猛縮，滾向一旁，牧師因此倒下，但他動作敏捷，一把抓住基姆的脖子，幾乎將他勒死。基姆拚命踢著牧師的肚子，牧師倒抽一口氣，痛得彎腰，但是不鬆手。後來他再度翻正身子，沉默地把基姆拖回自己的帳篷，小牛軍團的士兵熱愛惡作劇到無可救藥的地步，牧師心想把事情問清楚之前，最好保持安靜。

「啊，原來是個孩子！」他把戰利品拉到營柱的燈光下，然後使勁搖晃基姆並大吼：「你在做什麼？你是小偷！小賊，你聽得懂我的話嗎？」他會說的印度話有限。基姆被惹惱了，非常氣憤，打算真的裝作是小偷。等他順過氣之後，就編了一個聽起來很真實的故事，聲稱自己是某個食堂僕從的親戚，同時緊盯著牧師的左肋下方。機會來了，基姆迅速低頭彎身，衝向帳篷口，可是一隻長臂迅速伸了出來，揪住他的脖子，拉斷了脖子上的繫繩，抓到那個護身符。

「還給我，噢，還給我。掉了嗎？把那些文件還給我。」

他說的是英語，在印度出生的人講的那種細弱無力，宛如被鋸斷的英語。牧師跳起來。

「修道士的聖衣[2]。」他一邊說，一邊張開了手，「不，這是異教徒的護身符。啊，啊，

---

2 一種徽章，象徵佩帶者屬於某一種宗教階級。

你會講英語？小孩子偷東西會挨揍的，你知道嗎？」

「我沒偷，我沒偷東西。」基姆像狴犬見到舉起的棍子一樣，痛苦得亂跳，「噢，還給我，那是我的護身符，別偷我的東西。」

牧師毫不理會，逕自走到帳篷口大喊，一個鬍子刮得很乾淨、身材略胖的人出現了。

「維克托神父，我需要您的建議。」班奈特牧師說：「我在食堂帳篷外的黑暗裡發現這個孩子。一般來說，我應該要罵他一頓，再放他走，因為我認為他是小偷。可是他似乎會講英語，而且十分珍視他脖子上掛的護身符，我想您或許能幫助我。」

班奈特認為他與愛爾蘭軍團的天主教隨軍神父之間有著無法跨越的鴻溝，然而值得注意的是，每次英國國教要處理關於人類的問題，總會找天主教商量。班奈特十分憎惡天主教與天主教的那一套，同時卻十分尊重維克托神父。

「會說英語的小賊，是嗎？我們先看看他的護身符。不，這不是一塊修道士的聖衣，班奈特。」他伸出手。

「不過我們有權打開它嗎？好好鞭打他一頓……」

「我**沒**偷東西，」基姆辯解，「而且你已經把我全身都踢痛了。現在把護身符還我，我就離開。」

「別急，我們先看一看。」維克托神父不慌不忙地將可憐的基姆鮑爾．歐哈拉那張「不得更改」的羊皮紙、他的轉讓許可證、基姆的受洗證明一一攤開。基姆鮑爾只模糊地覺得那張受洗證明會對他兒子有妙用，他在這張證明上寫了許多遍「照顧這個孩子。請照顧這個孩子」，還簽了他的全名與他的軍籍號碼。

「地獄的邪惡力量真厲害！」維克托神父說，他將那幾份證件遞給班奈特，「你知道這些是什麼嗎？」

「知道，」基姆說：「它們都是我的。我想走。」

「我不大明白，」班奈特說：「他也許是故意帶來的，這可能是行乞的騙人把戲。」

「我還沒見過這麼不願意纏人的乞丐。這件事帶著讓人愉快的神祕氣息。你相信天意嗎，班奈特？」

「希望如此。」

「嗯，我相信奇蹟，所以這是同一件事，黑暗力量真厲害！基姆鮑爾．歐哈拉！他的兒子！可是這孩子是本地人，而我親眼見到基姆鮑爾與安妮．蕭特結婚。孩子，你有這些東西多久了？」

「我從小就有了。」維克托神父迅速走上前，解開基姆上衣的前襟。「班奈特，你瞧，他不是很黑。你叫什麼名字？」

「基姆。」

「或是基姆鮑爾？」

「也許吧，你們可以讓我走了嗎？」

「還有呢？」

「他們叫我基姆．里希提．克，就是里希提的基姆的意思。」

「『里希提』是什麼意思？」

「指的是愛爾蘭，我父親的那個軍團。」

「喔，原來如此。」

「對，我父親是這麼告訴我的，我父親活過了[3]。」

「住過什麼地方？」

「他活過了，當然他現在已經死了，永遠走了。」

「喔，這是你粗率的表達方式，是嗎？」

班奈特插嘴：「我可能冤枉了這個孩子，他絕對是白人，不過顯然沒人撫養他，我敢說我一定把他弄得瘀傷了，我認為靈魂……」

「給他一杯雪利酒，讓他蹲坐在行軍床上。好了，基姆，」維克托神父繼續說：「沒人會傷害你，你把那杯喝下去，把你的一切告訴我們。如果你不反對的話，請說實話。」

基姆把空酒杯放下後，咳了幾聲，並且陷入思考，現在似乎必須謹慎又要有想像力。那些在營地附近徘徊的孩子通常挨一頓鞭打後被趕走，可是他沒有挨打，那個護身符顯然對他有用，看起來安巴拉祭司說的星象圖與他記憶中父親說的那幾句話神奇地應驗了，否則為什麼那位肥胖的隨軍神父露出欽佩的表情？為什麼那位清瘦的牧師給他一杯辛辣的黃酒？

「我很小的時候，我父親就在拉合爾去世了，照顧我的那個女人在出租馬車的地方附近開了一間舊貨店。」基姆開始劈里啪啦地講，沒有把握說實話對他有多大的好處。

「你母親呢？」

「不知道。」他比出代表厭惡的手勢說：「我一出生，她就離開了。我父親從魔屋[4]——你們稱那是什麼？——拿到這些紙」（班奈特點頭），「因為他名聲很好，你們叫那什麼？」（班奈特又點點頭），「父親把這些事告訴我，他還說我將找到綠地上的一頭紅公牛，那頭牛將幫助我。兩天前在地上畫星象圖的安巴拉婆羅門祭司也這麼說。」

「好厲害的小撒謊精。」班奈特喃喃地說。

「地獄的邪惡力量真厲害，這是多麼奇妙的國家啊！」維克托神父低聲說：「講下去，基姆。」

「我不是小偷，現在我只是聖者的徒弟，他正坐在外面。我們先前看見兩個人拿著旗子走過來，把這個地方打點妥當。我的夢中總是出現這個情景，或許是因為一個預言的關係，我知道預言應驗了。我看見綠地上的那頭紅公牛，我爸爸說過：『當你找到那頭紅公牛，九百個天不怕地不怕的傢伙與騎馬的上校就會照顧你！』我看到那頭牛的時候，實在不知道怎麼辦，但我先離開，天黑後再來，我想再看看那頭牛，而我真的又看到了，白人官老爺對著它禱告。我認為那頭牛會幫助我，聖者也這麼說，他正坐在外面，如果現在我請他過來，你們會傷害他嗎？他非常聖潔，可以為我說的一切作證，他知道我不是小偷。」

「白人官員對著牛禱告！你怎麼胡謅得出來？」班奈特說：「聖者之徒！這個孩子瘋了

---

3 英語的「live」有「活著」與「居住」的意思。

4 魔屋（Jadoo-Gher）：指共濟會會所。

嗎？」

「他是歐哈拉的兒子，絕對沒錯，歐哈拉的兒子勾結了黑暗力量。他父親的確會這麼做，如果他喝醉了的話。我們最好請那位聖者來談談，他也許知道一些事。」

「他什麼都不知道，」基姆說：「如果你們跟我走，我就帶你們去見他。他是我的師父。然後我們就可以離開了。」

「黑暗的力量真厲害！」維克托神父只說得出這句話，這時班奈特緊抓著基姆的肩膀，走了出去。

他們發現喇嘛仍坐在基姆撇下他的那個地方。

「我的尋找之旅結束了，」基姆用印度話大聲說：「我已經找到那頭牛，可是天知道下一步會怎麼樣。他們不會傷害你。你跟這個瘦子到胖神父的帳篷去看尋找之旅的結果。一切都很新奇，他們不會說印度話，他們是不懂事的笨驢。」

「你嘲笑他們的無知，這樣不可取。」喇嘛回答，「徒弟，如果你很開心，我也高興。」

他態度莊嚴，毫不懷疑地大步走進小帳篷，以教徒的方式向那兩位教會人士打招呼，然後坐在炭盆旁邊，帳篷的黃色內襯在燈光下將喇嘛的臉龐映得金紅。

班奈特的教會教義把全世界的九成人口都列為「異教徒」，他以三倍的冷漠神色望著喇嘛。

「尋求之旅的結果是什麼？紅公牛帶來什麼禮物？」喇嘛問基姆。

「他說，『你要怎麼做？』」班奈特不安地望著維克托神父，基姆為了自己打算，自動擔任口譯。

「我看不出這個托缽僧與這個孩子有什麼關係，也許這個孩子只是被他騙了或是他的同黨，」班奈特說：「我們不能讓一個英國孩子……如果他是共濟會會員的兒子，他越早去共濟會的孤兒院越好。」

「啊！這是你身為軍團分會祕書長的意見。」維克托神父說：「但是我們不妨把我們的打算告訴這位老人，他看起來不像是壞人。」

「我的經驗是你永遠無法理解東方人的想法。現在，基姆鮑爾，我要你把我說的話一字不差地告訴這個人。」

基姆猜想班奈特接下來要說的話一定很重要，因此對喇嘛說：「聖者，這個長得像駱駝的瘦傻子說我是白人官老爺的兒子。」

「這怎麼可能？」

「噢，是真的，我從小就知道，但是他看過我脖子掛的護身符與裡面的所有文件才知道。他認為洋人永遠是洋人，他們打算把我留在這個軍團或者把我送到學校，這種情形以前也發生過，我總是設法避開。這個胖傻子與這個像駱駝的人各有主張，不過並無爭執。我可能要在這裡住一或兩個晚上，以前也發生過這種情形。到時我一定會逃脫，回到你身邊。」

「告訴他們，你是我的徒弟；告訴他們，在我虛弱又茫然失措的時候，你來到我身邊；告訴他們，我們的追尋之旅，他們一定會放你走。」

「我已經告訴他們了，他們哈哈大笑，還講起警察的事。」

「你們在說什麼？」班奈特牧師問。

「他只是在說，如果你不放我走，他的事情——他迫切的私事——就會受阻。」最後那幾個字是他與運河事務部的歐亞混血職員談話時學來的，但這句話只引來這兩個人的微笑，基姆被惹惱了，「如果你們真的知道他要做什麼事，你們就不會這樣野蠻地干擾了。」

「那到底是什麼事？」維克托神父問。他望著喇嘛的臉，心裡不無同情。

「他很想找到這個國度裡的一條河，那是一支箭劃出來的河，那是……」基姆把想說的話從印度語譯成生硬的英語時，腳板不耐煩地敲著地面，「哦，是世尊佛陀做的，你們知道的。如果人們在那條河裡沐浴，可以洗清一切罪孽，就會變得像棉花一樣潔白。」（基姆聽過傳教士傳道。）「我是他的弟子，我們必須找到那條河，那對我們非常重要。」

「你再說一遍。」班奈特說，基姆照做了，並詳細說明一番。

「但這是極褻瀆的話！」英國國教的牧師大聲說。

「嘖！嘖！」維克托神父同情地說：「我願意付出重金，只求會說印度話。一條能洗滌罪孽的河！你們已經找了多久？」

「許多天了，現在我們想離開這裡，繼續尋找，你懂的，這條河不在這裡。」

「我知道。」維克托神父嚴肅地說：「可是你不能繼續跟著那個老人，基姆，如果你不是軍人的兒子，情況就不同了。告訴他，軍團會照顧你，把你琢磨得像你的——琢磨得不輸任何人。告訴他，如果他相信奇蹟，他就必須相信……」

「不必利用他的輕信心理。」班奈特插嘴道。

「我並沒有這樣做，不過他必須相信這個孩子來到這裡——他自己的軍團——尋找他的紅公牛，這件事本身就是奇蹟。班奈特，你想想這是多麼難得的巧事：印度的這個孩子，碰上一個軍團——而所有的軍團裡，偏偏就是我們的軍團在行軍時碰到他！這是命中注定。沒錯，告訴他，這是命運，命運，你聽得懂嗎？」

他轉身面對喇嘛，可是兩人言語不通。

「他們說，」基姆一開口，喇嘛的眼睛就亮了起來，「他們說我的星象圖意義達成了，那把我引回——但是如你所知，我是因為好奇才來的——他們這些人與紅公牛這裡，他們說我必須到學校讀書，然後當個白人官老爺。現在我必須假裝同意，因為最糟糕的情況就只是不在你身邊吃幾餐，然後我會溜掉，順著大道到薩哈蘭普爾。因此，聖者，在我回來以前，你一定要跟著那個庫盧女人，絕對別離開她的牛車太遠。毋庸置疑，我的星象代表戰爭和武裝的人，你瞧，他們請我喝酒，還為我準備了榮譽的床！我爸爸一定是大人物，如果他們撫養我，讓我成為他們的光榮，那樣很好。如果不是這樣，那也好。不管怎樣，當我覺得厭煩，就會回到你身邊，但你一定要和那些拉賈普人在一起，否則我就會找不到你……噢，對了，」基姆又說：「我已把你交代我說的話全部告訴了他。」

「我不了解為何他還要待著。」班奈特一邊在褲子口袋裡掏著，一邊說：「我們可以日後再調查細節，我會給他一盧……」

「給他時間，也許他喜歡這個孩子。」維克托神父一邊說，一邊阻止班奈特的動作。

喇嘛把念珠拉到前面，並將大扁圓帽拉下蓋住兩眼。

「現在他想做什麼？」

「他說，」基姆舉起一隻手，「他說，安靜。他想單獨和我說話。你們完全聽不懂他說的話，如果你們插嘴，搞不好他會對你們下很可怕的惡咒。當他拿起念珠，總是要大家安靜。」這兩個坐著的英國人不知所措，不過從班奈特的眼神看來，如果基姆接受喇嘛的宗教權威，他就有得受了。

「一位白人官老爺與白人官老爺的兒子……」因為傷心，喇嘛的聲音變得嘶啞，「但是沒有任何白人像你這麼了解這塊土地與其風俗民情，這怎麼可能是真的呢？」

「那也沒關係，聖者，但是你要記住，只是一或兩個晚上。記住，我能快速變裝。等我再度出現，又將是當初在那尊噴火龍大炮下初次對你說話的那個模樣……」

「一個穿白人衣服的男孩——那是我第一次到神奇之屋的時候，第二次你就變成印度孩子，第三次你將化身成什麼？」他低聲乾笑，「啊，徒弟，因為我喜歡你，你就欺負我這個老頭子。」

「我也喜歡你，可是我怎麼知道那頭紅公牛會為我帶來這些事？」

喇嘛再度蓋住自己的臉，緊張地撥著念珠。基姆蹲在他身旁，揪住他僧袍上的衣褶。

「現在了解了那個孩子是白人？」他低聲說下去，「就像管理神奇之屋佛像的那位白人官老爺一樣。」喇嘛接觸白人的經驗有限，他就像在背誦日課，「因此，除了白人該做的事之外，他不該做別的事，他必須回到他的同胞身邊。」

「只去兩天一夜。」基姆懇求地說。

「不行，你不能這樣！」維克托神父看著基姆慢慢靠近帳篷口，就伸出一隻粗壯的腿加以阻止。

「我不了解白人的風俗習慣。拉合爾神奇之屋裡管理佛像的僧人比這個瘦子有禮貌。這個孩子將被帶離我的身邊。他們會把我的弟子變成白人官老爺嗎？我有禍了，我要如何尋找那條河？難道他們沒有弟子嗎？你問問他們。」

「他說自己再也無法尋找那條河了，他很難過。他說為什麼你們沒有弟子，還要打擾他？他想洗清自己的罪孽。」

班奈特和維克托神父都無法回答。

喇嘛很難過，基姆也很傷心，於是就用英語說：「如果現在你們放我走，我們會悄悄離開，也不會偷東西。我們會像我被你們捉到之前那樣，繼續尋找那條河。我真希望自己沒來這裡找紅公牛之類的東西，我根本不想要它。」

「孩子，這是你為自己做過最好的事。」班奈特說。

「我的天，我真不知道怎麼安慰他。」維克托神父說，他凝視著喇嘛，「他不能把這個孩子帶走，但他是好人——我確信他是好人。班奈特，如果你把那枚盧比給他，他會詛咒你，徹底詛咒你！」

他們都不說話，整整三到五分鐘，就只是聽著彼此的呼吸聲。接著，喇嘛抬起頭，兩眼掠過他們，直楞楞地盯著前方。

「我是修道人，」他苦澀地說：「這是我的罪孽、我要受的懲罰，我讓自己相信——現在看來那只是假想——你是被派來協助我尋找那條河。我很喜歡你，因為你的仁慈之心、彬彬有禮的態度、年紀雖小卻通達事理的智慧，但是修道人不該有七情六欲，因為那些皆是虛幻，正如……」他引述了一段古老的中國經文，又引述了一段支持前一段，接著引述第三段以加強說服力。「我偏離了道，徒弟，這不是你的錯。我看到生命、路上那些新面孔、你看到那些東西而露出的快樂，那讓我很高興。我對你很滿意，我原本應該獨自思考自己的尋找之旅。現在我很傷心，因為你要被帶走了，而我的那條河離我很遠。這就是我違反的正法。」

「地獄的黑暗力量真厲害！」維克托神父說，他善於聽人告解，聽出喇嘛的每一句話都帶著痛苦。

「我現在明白那頭紅公牛的徵兆不只是給你的，也是給我的。一切欲望皆為紅色，而且邪惡。我將懺悔贖罪，獨自尋找那條河。」

「至少你要回到那位庫魯女人那裡，」基姆說：「否則你會在路上迷失。她會供養你，直到我回去找你。」

喇嘛揚起一隻手，表示這件事在他心裡終有定案。

「現在，」他轉身面對基姆，嗓音也改變了，「他們將拿你怎麼辦？至少我會讓你多積功德，了結過去的罪過。」

「讓我變成白人官老爺——他們是這樣想。後天我就回到你身邊，別難過。」

「哪一種的？像這個人或那個人？」他指著維克托神父，「還是像今晚我看見的那種佩劍、腳步沉重的人？」

「也許吧。」

「那樣不好，這些人隨著欲望前進，走進空虛，你絕對不能變成他們那種人。」

「安巴拉的祭司說我的星象代表戰爭。」基姆插嘴，「我會問問這些傻瓜，但是真的沒必要。今晚我就會逃走，因為我只是想看看新奇事物。」

基姆用英語向維克托神父提出兩、三個問題，再把回答翻譯給喇嘛聽。

接著基姆說：「他說：『你們把他從我身邊帶走，卻說不出來你們要把他琢磨成怎麼樣的人。』他說：『請在我離開之前告訴我，因為教養孩子可不是小事。』」

「你會被送到學校，之後我們會再看看情形。基姆鮑爾，我猜想你願意當兵？」

「白人，我不要！我不要！」他拚命搖頭，他不喜歡操練與例行公事，「我不要當兵。」

「你將成為我們說的那樣。」班奈特說：「我們會幫助你，你應該心懷感激。」

基姆露出同情的微笑。如果這些人誤以為他願意做不喜歡的事，那就更好了。

又是一陣長長的沉默。班奈特不耐煩，煩躁不安，提議叫哨兵來趕走這個托缽僧。

「白人官老爺之間是否買賣學問？你問問他們。」喇嘛說，於是基姆翻譯了。

「他們說錢是付給老師，可是那筆錢將由軍團支付……何必問呢？我只是待一個晚上。」

「是不是錢付得越多，傳授的學問越好？」喇嘛不理會基姆儘早逃脫的計畫，「付錢求知並非錯事，幫助無知的人得到智慧永遠是功德。」喇嘛飛快撥著念珠，像打算盤一樣，接著面對壓迫他的人。

「問問他們，明智又適當的教學要花多少錢？而且在哪個城市學習？」

基姆將喇嘛的問題譯成英文，維克托神父用英語說：「嗯，那要看情況，如果你進了軍方的孤兒院，本軍團會支付一切費用；或許你會被列入旁遮普共濟會孤兒院的名單——他和你都不會了解那是什麼意思。但一個男孩在印度能受到的最好教育當然是勒克瑙市的聖沙勿略學校。」基姆花了一些時間翻譯這段話，因為班奈特想插嘴。

「他想知道那要多少錢？」基姆平靜地問。

「每年兩百或三百盧比。」維克托神父早已不感到詫異，不耐煩的班奈特卻不明白。

「他說：『把那間學校的名字與學費的金額寫在紙上給他』，他還說你一定要在下方寫上你的名字，因為過幾天他會寫信給你。他說你是好人，另一個人是傻瓜。現在他要走了。」

喇嘛忽然站起來，大聲地說：「我將追隨我要尋求的東西。」他說完隨即離開。

「他會撞上哨兵。」維克托神父大聲說，一躍而起，這時喇嘛大步走了出去。維克托神父說：「可是我不能離開這個孩子。」基姆拔腳想跟出去，但又強自忍住。外面沒有盤問的聲音，喇嘛已經離開了。

基姆鎮靜地坐在行軍床上，至少喇嘛已答應他會與來自庫魯的那位拉賈普婦人待在一起，其他的事完全無關緊要。他高興的是那兩位軍中神職人員顯然十分激動，他們兩人低聲討論許久，維克托神父極力勸班奈特接受某個計畫，班奈特一臉懷疑，這一切都非常新奇迷人，但基姆昏昏欲睡。他們把人叫進帳篷，其中一人肯定是上校，就像他父親說的預言一樣。那些人問他數不清的問題，主要是關於撫養他的那個女人。基姆照實回答所有的問題，那些人似乎認為那個女人不是很好的監護人。

畢竟這是他最新的經歷。只要他高興，遲早都可以逃走，混入廣大、灰暗、混亂的印度，遠離營帳、隨軍神職人員、上校。在此同時，如果他得讓這些白人官老爺刮目相看，他就會盡力做到，他自己也是白人。

那些人講了許多他聽不懂的話之後，就把他交給中士，並且嚴令中士不得讓他脫逃。全團人馬將前往安巴拉，基姆將被送到沙納瓦，大部分費用由共濟會分會支付，一部分由大家認捐。

「這是連歡呼也不足以表達內心喜悅的奇蹟，上校。」維克托神父說。他已經連續講了十分鐘的話，「他的佛教朋友得到我的名字和地址之後就溜走了，我不了解他是否會為這個孩子付學費，或是否準備用巫術作法。」接著他對基姆說：「你要感激你的紅公牛朋友，我們將在沙納瓦把你琢磨成好漢，就算犧牲讓你成為新教教徒的機會也在所不惜。」

「一定會，絕對會。」班奈特說。

「但是你們將不會去沙納瓦。」基姆說。

「可是我們一定會去沙納瓦，小傢伙，這是總司令的命令，他比歐哈拉的兒子還重要一些。」

「你們不會去沙納瓦，你們會去打仗。」

整個帳篷裡充滿大笑的聲音。

「等你更了解自己的軍團，就不會搞混行軍路線與戰線了，基姆，我們希望會有打仗的一天。」

「哦，我都知道。」基姆再度大膽地高談闊論，如果他們未動身前去打仗，那麼他們至少還不知道他在安巴拉某棟房子的走廊上聽到的那些事。

「我知道現在你們不會去打仗，但是我告訴你們，你們一抵達安巴拉，就會被派去打仗，那是新開始的戰爭。除了槍炮以外，還會有八千人參加那場戰爭。」

「這些話真明確啊，你的天賦多了『預言』這一項嗎？中士，把他帶走，從鼓手那裡拿套衣服給他，小心點，別讓他溜掉。誰說奇蹟時代結束了？我要去睡了，我可憐的腦子已經不行了。」

一小時後，基姆坐在營地另一端，像野獸一樣沉默，全身洗得乾乾淨淨，穿著一套扎手扎腳的粗糙軍服。

「非常了不起的小子，」那位中士說：「他帶著一位黃頭的婆羅門僧人出現，脖子上掛著他父親的共濟會會員證，滿口說著天曉得的紅公牛。那個婆羅門僧人沒多做解釋就消失了。這個小子盤腿坐在隨軍牧師的床上，對著眾人預言將有血腥戰爭。對敬畏上帝的人來說，印度實在是粗野之地。我將把他的一隻腳綁在帳篷柱上，以免他穿過篷頂逃走。你是怎麼形容那場戰爭的？」

「除了槍炮以外，還會有八千人參戰。」基姆說：「快要發生了，你等著瞧吧。」

「你真是擾亂人心的小鬼，快躺在兩名鼓手之間睡覺吧，那兩個男孩會看著你入睡。」

第六章

現在我憶起同志——
新海洋的舊玩伴。
雖然三十年之前，
一萬里格以南，
我們在野蠻人間交易雌黃時，
他們不識尊貴的瓦岱茲，
但他們了解我而且愛我。
——《迪亞戈．瓦岱茲之歌》[1]

一大早，白色營帳全都拆掉了，小牛軍團抄岔路前往安巴拉，它並未繞過歇腳處。基姆邁著沉重的步伐，走在一輛輜重車旁，軍人的妻子不斷對他品頭論足。他不像昨晚一樣充滿

1 迪亞戈．瓦岱茲是十六世紀西班牙的海軍將官，率領西班牙無敵艦隊其中一支分遣艦隊。

自信了，因為他發現自己受到嚴密的監視，左有維克托神父，右有班奈特牧師。

中午前，大軍停了下來，一位騎駱駝的傳令兵呈交一封信給上校。上校看了之後，對少校說話，基姆聽到部隊後方半英里處，滾滾飛塵中傳來嘶啞的歡呼聲，接著有人拍他的背並大喊：「你這個撒旦的小代理人，告訴我們，你怎麼知道的？好神父，看看你有沒有辦法讓他說出來。」

一匹小馬走到基姆身旁，基姆被拉到了維克托神父的馬鞍前穹上。

「好了，孩子，你昨晚講的預言應驗了，我們接到命令，明天要在安巴拉搭火車前往前線。」

「你說什麼？」基姆問，因為英語的「前線」與「搭火車」對他來說是生字。

「如你所說，我們要去打仗了。」

「你們當然要去打仗，昨晚我就說過了。」

「你確實說過。然而，地獄的邪惡力量真厲害，你怎麼知道的？」

基姆的眼神閃閃發光，他閉著嘴，點點頭，裝作滿腹神祕的樣子。維克托神父策騎穿過沙塵，各個士兵、中士、中尉呼喊著彼此，要對方看看基姆。率領縱隊的上校以好奇的眼光望著基姆。他說：「那或許是市井流言，可是誰會……」他指的是自己手裡那張紙，「他媽的，這件事是四十八小時前才決定的。」

「印度還有許多像你這樣的人嗎？」維克托神父問，「或者你天生就是怪胎？」

「我已經告訴過你了。」基姆說：「你可不可以讓我回到那位老先生的身邊？如果他沒與那位庫盧女人在一起，我怕他會死。」

「可是據我所見，他像你一樣很會照顧自己。不行，你為我們帶來好運，我們將把你琢磨成男子漢。現在我要把你帶回輜重車旁邊。今晚你來找我。」

這一天，基姆發現自己深受數百位白人尊敬。關於他的故事——他出現在軍營、他的身世揭開、他的預言等——被講得有聲有色。一位身材臃腫難看的白種女人坐在床上神祕地問他，她的丈夫會不會從戰場歸來。基姆鄭重其事地思量，並說那位丈夫會歸來，那位女人於是送他食物。就很多方面來說，這支大軍行軍的情況很像拉合爾過節，每隔一段時間就會奏樂，眾人談笑風生。目前為止，看不出有什麼辛苦的事，基姆決定為眼前的壯觀景象增色。黃昏時分，軍樂隊前來演奏，帶領軍團到安巴拉火車站附近紮營。夜晚很有趣，其他軍團的官兵前來拜訪小牛軍團，小牛軍團的官兵也擅自去探訪其他軍團。軍中的糾察員趕緊把他們帶回來，其他單位的糾察隊也在進行相同任務。號角頻吹，因為更多的糾察員與長官前來控制混亂的情況。小牛軍團素以活躍出名，他們確實不負此名。第二天早上在車站月臺集合時，他們個個體能狀況完美。基姆與婦孺及病患一起留下，火車開走時，他發現自己也像大家一樣激動地高呼道別。到目前為止，過著英國官老爺的生活是有趣的事，但是他也很謹慎。接著他們帶他走回石灰水刷過的空蕩蕩營房，交給一名小鼓手負責照看。營房地板上盡是垃圾、繩索、紙張，他孤獨的腳步聲在天花板迴盪。他像印度人一樣，蜷縮著身子在行軍床上睡著了。有位憤怒的傢伙踏著沉重的腳步沿著走廊走來，把基姆叫醒，並自稱是教師。基姆覺得這真是夠了，再度蜷縮成一團。他可以勉強猜出拉合爾員警的英文告示，因為這些告示關係他能不能過得舒適。那個照顧他的女人有許多客人，其中一個是為帕西人[2]的巡迴劇團畫布景的古怪德國人，他對基姆說起自己曾在「一八四八年嘗過圍城的滋味」，因此——至少基姆覺得是如此——他教基姆寫字，基姆以食物回報。基姆學會了個別字母，但不覺得這些字母有什麼了不起。

「我什麼都不會，走開！」基姆說，他感到大事不妙。那個人揪住他耳朵，把他拖入遠處側廳的一個房間，十幾個小鼓手排列整齊地坐在裡面。那個人吩咐說，如果他什麼都不會，那就坐著不動。基姆乖乖坐著不動，那個人在黑板上畫白線解釋某件事，至少講了半小時，基姆繼續他被打斷的小睡。他非常不喜歡目前的情況，因為他在短短的一生中，三分之二的時間都在竭力避免的東西正是學校與紀律。忽然之間，他想到一個妙主意，暗自覺得奇怪自己先前怎麼沒想到。

那個人要他們解散，最先跳過走廊，跑到燦爛陽光下的人，就是基姆。

「喂，你！站住！停！」他後方一道高亢的嗓音說：「我必須看著你，我奉命不讓你離開我的視線範圍，你要去哪裡？」

那個人是整個上午都在基姆附近打轉的小鼓手，他身材肥胖，滿臉雀斑，大約十四歲，基姆覺得他從頭到腳都討人厭。

基姆思考過後，答道：「我到市集為你買糖果。」

「啊，市集超出規定的範圍。如果去了，我們會被痛罵，你回來。」

「我們可以走到多近？」基姆不知道「範圍」這個英文字的意思，不過他希望暫時保持客氣。

「多近？你的意思是多遠吧？我們可以走到路口的那棵樹。」

「那我就走到那裡。」

「好。我可不去，天氣太熱了。我可以在這裡監視你。逃跑可不是好事，如果你逃掉，他們憑你穿的衣服就能找到你。你穿的是軍團的衣服，你一拔腳溜走，安巴拉的每個糾察員都會迅速把你抓回來。」

現在他知道身上的衣服讓他想逃也逃不了，而他會深深記住這件事。他無精打采地走向那條空蕩蕩的馬路轉角的那棵樹，這條馬路通往市集。基姆望著來來去去的本地人，這些人大都是種姓最低的軍營僕人。基姆向一位清道夫打招呼，對方立即以不必要的傲慢態度回應，以為這個歐洲孩子聽不懂，結果基姆的回應低俗又迅速，這位清道夫才發覺自己錯了。基姆開口發洩受到束縛的痛苦，暗自感激有個機會讓他能用說得最流利的語言罵人，「現在你去找市集上最近的書信匠，請他過來，我要寫封信。」

「可是你這個白人的兒子怎會需要市集的書信匠？軍營裡不是有老師嗎？」

「是啊，地獄裡盡是那類人。照我吩咐的去做，你，你這個奧得[3]！你媽在籃子底下結婚！拉爾拜格神的奴隸（基姆知道清道夫信奉什麼神）。快幫我跑腿，否則我會繼續罵下

---

2 帕西人（Parsee）：波斯人的一支，因信仰祆教，為逃避穆斯林迫害而由波斯移居印度。

3 奧得（Od）：清道夫的種姓。

去。」

清道夫拖著腳步匆匆離開，他向市集上碰到的第一位書信匠結結巴巴地說：「軍營旁邊有個不算是白人的孩子在一棵樹下等著，他要你寫信。」

「他會付錢嗎？」打扮整潔的書信匠收拾寫字檯、筆及封蠟。

「我不知道，他與別的孩子不同。你去看看，值得去看看。」

精瘦年輕的卡亞斯[4]階級書信匠出現時，基姆已經等得手腳亂動，很不耐煩。等到書信匠走近到可以聽見他的話，基姆立刻一陣痛罵。

「我要先收錢。」書信匠說：「你說髒話，我會收更多錢。但是你穿這種衣服，說這種話，究竟是什麼人？」

「啊哈！這在你即將寫的信裡會提到，從來沒有像我這樣的故事。可是我並不急，對我來說，換個書信匠也無所謂。安巴拉的書信匠與拉合爾一樣多。」

「四安那。」書信匠在一座空營房的陰涼處坐下，攤開布。

基姆自動蹲在他旁邊。只有印度人會那樣蹲著，雖然那條討厭的長褲緊貼著身子。

書信匠睨了他一眼。

「這是向白人官老爺討的費用。」基姆說：「現在給我一個老實的價錢。」

「一個半安那。我怎麼知道寫完信之後，你不會跑掉呢？」

「我不能超過這棵樹。郵票怎麼算？」

「我不收郵票的手續費。我再問一次，你到底是什麼樣的白人孩子？」

「信裡會提到這一點，收件人是拉合爾喀什米爾驛站的馬販瑪哈布・阿里，他是我的朋友。」

「越來越奇怪了！」書信匠低聲說，把蘆葦筆在墨水臺裡蘸一下，「用印度文寫嗎？」

「當然，收信人是瑪哈布・阿里。開始！『我和老頭子搭火車南下到安巴拉，我在安巴拉傳達了關於栗色牝馬血統的消息。』」他在花園裡看到那些情形後，不打算在信裡提起白雄馬的事了。

「慢一點。栗色牝馬有什麼關聯……收信人就是那位大名鼎鼎的馬販瑪哈布・阿里嗎？」

「還會是誰？我曾為他做事。多蘸點墨水，繼續寫。『我已經照命令做了，接著我們步行前往貝納勒斯，到了第三天我們找到了某個軍團。』這句話寫了嗎？」

「寫了，『軍團』。」書信匠喃喃地說，仔細傾聽。

「『我在他們的營地裡被捉住，根據我脖子上的護身符，這你是知道的，他們斷定我是軍團裡某人的兒子。根據紅公牛的預言，你知道這在我們的市集裡是很普遍的市井流言，』」基姆等著這句話烙印在書信匠的心上，才清了清嗓子，繼續說下去：「『一位神父為我換上衣服，為我取了新姓名……但是有位牧師是傻瓜。我換上的衣服很沉重，而我是白人，我的心情也很沉重。他們把我送到學校還打我。我不喜歡這裡的空氣和水，快來救我，瑪哈布・阿里，或者寄點錢給我，因為我沒有足夠的錢付給寫這封信的人。』」

---

4 卡亞斯（Kayeth）：書信匠的種姓。

「寫這封信的人？上了當是我自己的錯，你像在勘克瑙偽造印花的胡辛勃克斯一樣聰明。然而，這真是動人的故事！真是動人的故事！這可能是真的嗎？」

「對瑪哈布・阿里說謊沒好處。幫助朋友的好方法就是借給他們一枚郵票，錢寄來之後，我一定還你。」

書信匠心存狐疑，咕噥了一聲，但從寫字檯裡掏出一枚郵票，將信件封好遞給基姆，然後離開。瑪哈布・阿里在安巴拉很有權勢。

「這樣就是博得神好感的辦法。」基姆在他後方大喊。

「錢來的時候，付我雙倍！」那個人回頭大喊。

「你跟那個黑鬼在聊什麼？」基姆回到走廊上時，小鼓手問道，「我注意著你。」

「我只是和他說話。」

「你會說黑鬼的語言，是不是？」

「不是！不是！我只會說一、兩句。我們現在該做什麼？」

「再過半分鐘就吹號吃午餐了。我的天！我真希望能跟著軍團上前線。留在這裡讀書實在很痛苦。你討不討厭念書？」

「當然！」

「如果我知道可以去哪裡，我一定會逃跑，可是就像大家說的一樣，在這偌大的印度，你只是還未被捕的囚犯，你一開小差就會立刻被抓回來。我實在厭惡這件事。」

「你待過大布……英國嗎？」

「啊，我當然待過英國，我在上一個調動季節才跟著媽媽來的。你這個小乞丐真是無知！你在貧民窟長大，對嗎？」

「喔，對啊。講一些英國的情形給我聽，我父親來自那裡。」

小鼓手講起利物浦郊區，那就是他所知道的英國。基姆當然不相信他講的一切，可是並沒有說出口，這樣閒聊就度過了午餐前那段沉悶的時間。至於給孩子和營地角落房間裡幾位傷殘士兵的那頓午餐，真是完全勾不起人的食欲。要不是基姆已經寫信給瑪哈布．阿里，他會十分沮喪。他習慣了印度人的冷漠，但是身處白人之間帶來的強烈孤寂感讓他深受折磨。到了下午，一位大塊頭士兵帶他去見維克托神父的時候，他十分感激，那位神父住在塵埃飛揚的操場對面的房子裡，他正在看一封紫墨水寫的英文信，他望著基姆時神色比以前來得古怪。

「孩子，目前還喜歡嗎？不大喜歡嗎？對於野獸般的你來說，那一定很難受，極度難受。現在聽好了，我接到你朋友寄來的驚人書信。」

「他在哪裡？他好嗎？噢！如果他知道要寫信給我，那就是一切安好。」

「你喜歡他？」

「我當然喜歡他，他也喜歡我。」

「從這封信看來，確實如此。他不會寫英文，對吧？」

「噢，他不會。據我所知，他不會，但是他一定找到了英文書寫流利的書信匠，所以寫出這封信，我真的希望你能了解這個情形。」

「這就說得通了，你了解他的經濟情況嗎？」基姆的表情顯示他不知道。

「我怎麼可能了解？」

「所以我才問。現在聽好了，看你明不明白它的意思，前面部分可以省略……是從賈加德里路寫來的……『我坐在路邊沉思，相信閣下對目前發展一定贊成，看在上天的分上，此事請托給閣下執行。教育是最偉大也是最棒的祝福，不然沒有實際用途。』確實，老傢伙的這句話真是切中要點。『如果閣下慨允在沙勿略提供最好的教育給我的弟子（我想他指的是聖沙勿略學校），一切按照本月十五日在閣下帳篷裡所談的條件（有點商業口吻！）。上蒼將保佑閣下到第三代及第四代，而且，』現在聽好了！『鄙人每年將匯上票額三百盧比的匯票給您，作為那個孩子在勒克瑙聖沙勿略學校接受昂貴教育的費用，請容我有一些時間將匯票轉寄到閣下指定的印度任何地方。鄙人目前尚無安枕之地，但將搭火車前往貝納勒斯，這是由於老婦人喋喋不休，讓人困擾，而我不願住在薩哈蘭普爾並擔任家庭祭司。』這段話到底是什麼意思？」

「我猜想，她請他去薩哈蘭普爾當她的宗教師父，但因為他要找那條河，所以不接受，那位婦人確實很多話。」

「你很清楚信裡的意思，是不是？我完全一頭霧水。『因此我將前往貝納勒斯，我將在那裡找到地址寄盧比給我喜愛的那個孩子，請務必看在老天的分上，讓他受此教育，鄙人將永感大恩，終生努力祈禱。安拉哈巴德大學入學考試落榜的薩布羅．薩泰為探尋一條河的肅仁寺德秀喇嘛聖者代筆，通信地址是貝納勒斯的特丹克廟，請注意，我喜愛這個孩子，每年寄上三百盧比的匯票，請看在上天的分上。』你瞧，這是瘋話還是做生意般的提議？我要問問你，因為我實在不知如何是好。」

「他說每年將給我三百盧比，就一定會給。」

「喔，你的看法是如此，對嗎？」

「當然，他說到就會做到！」

神父吹了一聲口哨，接著以平輩人的口吻與基姆說話。

「我不相信，不過我們等著看吧。今天你本來要前往沙納瓦的軍人孤兒院，軍團將負擔一切費用，直到你年紀大到可以入伍為止，你將接受英國國教信仰，這是班奈特的安排。又或者，如果你前往聖沙勿略，將受到更好的教育，而且——而且也能接受宗教信仰，你明白我的兩難嗎？」

基姆腦中只浮現喇嘛坐火車南下且沒人替他求布施的畫面。

「我跟大多數人一樣，準備觀望一下。如果你的朋友從貝納勒斯寄錢過來——撒旦的力量啊，一個街上的乞丐要到哪裡籌措三百盧比？——那你就南下到勒克瑙，我會付旅費，因為即使我想動用大家的捐款，就算我想讓你成為天主教徒，也不能用那些錢。如果他不寄錢過來，你就到軍人孤兒院，由軍團出錢。我給他三天的通融時間，可是我完全不信他會寄錢過來，即使這次他把錢寄來了，可是萬一以後不能寄來……但我實在不知道該怎麼辦才好。我們在這個世界只能走一步算一步，讚美天主。他們把班奈特派到前線了，只剩下我，班奈特無法掌控一切。」

「噢，是的。」基姆含糊地說。

維克托神父傾身向前：「我真願意以一個月的薪餉，了解你這個圓圓的小腦袋裡想些什麼。」

「沒想些什麼。」基姆說。他搔著頭，心想瑪哈布．阿里會不會寄一盧比給他，那樣的話，他就能付錢給書信匠，並請他寫封信給在貝納勒斯的喇嘛。也許瑪哈布．阿里下次帶馬匹南下的時候會來拜訪他。瑪哈布．阿里當然一定知道是基姆交給安巴拉軍官的那封信，引起了士兵在軍營餐桌上大聲議論的那場大戰。可是如果瑪哈布．阿里不知道，而基姆告訴他，那基姆會很不安全。瑪哈布．阿里對於知道或自以為知道太多祕密的孩子，手段很毒辣。

「好吧，等我得到進一步的消息再說。」維克托神父的聲音打斷了基姆的沉思，「現在你可以離開去和別的孩子玩，他們會教你做一些事，但我想你不會喜歡。」

那一天好不容易才慢吞吞地邁向令人疲倦的終點。他想睡的時候，他們教他疊衣服與擺靴子，其他男孩子嘲笑他；黎明的號聲讓他驚醒，教師在早餐後逮住他，把一張寫著毫無意義文字的紙張，朝他鼻尖前一塞，賦予它們愚蠢的名稱，又無緣無故狠狠打他。基姆想跟營裡的掃地工借點鴉片把教師毒死，可是仔細一想，大家公開同坐一桌用餐（基姆特別討厭這一點，他在吃東西時喜歡背對著人），這一招可能帶來危險。後來他企圖逃往村僧曾想麻醉喇嘛、又住著那位老軍人的那個村莊，可是每個出口都有能看得很遠的哨兵看守，把他這個身穿紅色軍服的小傢伙趕回去。那套軍服讓他的身心都受到限制，他只好放棄逃走的計畫，像東方人那樣，等待良機。他在有回音的白色大房間裡待了痛苦的三天後，下午那位小鼓手陪著他走出房間。那個小鼓手講來講去都只是一些毫無意義的廢話，這些話似乎有三分之二都是白人的咒罵，基姆很早就知道這些字眼並鄙視得很。基姆既不出聲又興趣缺缺，小鼓手不禁氣得打他，這也是理所當然的事。那位小鼓手不喜歡那些可前往的市集，還把所有印度人都稱為「黑鬼」。僕人與掃地工當著小鼓手的面，用很難聽的名字稱呼他，但裝出一副恭敬的樣子，由於這種錯覺，因此小鼓手永遠不知道他們用難聽的名字稱呼他。這件事讓被打的基姆得到一些安慰。

第四天早上，那位小鼓手遭到報應。他和基姆一起走向安巴拉的賽馬場，卻獨自哭哭啼啼地回來，回報說他沒得罪年輕的歐哈拉，可是歐哈拉跟一位騎馬的紅鬍子黑鬼打招呼後，那個黑鬼就用一根特別黏肉的馬鞭抽打他，然後抄起基姆放在馬上疾馳而去。維克托神父聽到這個消息後，繃緊了嘴巴。他接到貝納勒斯特丹克廟寄來的一封信，裡面有一張當地銀行面額三百盧比的支票，這已經讓他夠驚訝了，信裡還有對「萬能上帝」的驚人祈禱詞，如果喇嘛知道這是市集的書信匠將他說的「積功德」翻譯成這樣，他會比維克托神父還要憤怒。

「撒旦真厲害！」維克托神父把玩那張銀行支票。「現在他大概是跟另一位不三不四的朋友跑掉了。我不知道怎樣會讓我比較安心，是把他找回來或是任他消失。他不是我能理解的人。那個撒旦怎麼能——對，我指的是那個老人——他那樣的街頭乞丐怎麼能籌到錢供白人孩子讀書呢？」

三英里外的安巴拉賽馬場上，瑪哈布．阿里勒住那匹來自喀布爾的灰色雄馬，對著坐在他前面的基姆說：

「世界之友，你必須考慮到我的顏面及名譽。所有軍團裡的白人軍官與整個安巴拉都認識我。人們看到我把你抄起放在馬上，並鞭打那個孩子，他們大老遠地從平原另一端就看到了，我怎麼能帶你走？如果我把你放下，任你跑進田裡，我要怎麼解釋你失蹤的事？他們會把我關進大牢。你有耐心一點，生為白人，終生都是白人。誰知道呢？或許等你長大了，會感激瑪哈布．阿里。」

「帶我到遠離哨兵的地方，我在那裡可以換掉這套紅色軍服。你給我一點錢，我要前往貝納勒斯，再度與喇嘛待在一起。我不要當白人軍官，你要記住，我已確實把消息帶到了。」

那匹馬突然拚命亂跳，那是瑪哈布．阿里不慎把尖邊馬鐙刺入了馬肉（他不是那種穿英國馬靴、帶著馬刺、能言善道的新式馬販）。基姆從這個出賣夥伴的行為得到結論。

「那是小事。它發生在直達貝納勒斯的路上，我和那位白人官老爺現在都忘了這件事。我送了那麼多的書信與口信給那些詢問馬的人，簡直分不清這樁與那樁。是不是彼得斯大人想拿到一匹栗色牝馬血統證明書的那件事？」

基姆立刻看穿這個陷阱。如果他說是「栗色牝馬」，瑪哈布看出他迅速改口，就會知道基姆心有所疑，基姆因此回答道：

「栗色牝馬。不對，我才不會忘掉口信，那講的是一匹白雄馬。」

「啊，沒錯，的確是一匹阿拉伯白雄馬，可是你寄給我的信上確實寫的是『栗色牝馬』。」

「誰想把實話告訴書信匠呢？」基姆回答，感覺到瑪哈布的掌心按在他心口上。

有個人大喊：「嗨！瑪哈布，你這個老壞蛋，停住！」原來是一位英國人騎著打馬球的小馬趕了上來，「我為了追你，已經騎遍半個印度。你那匹喀布爾雄馬很能跑，我想你打算賣吧？」

「我會找一天，專門為打精巧難打的馬球比賽使用的小馬過來，牠舉世無雙。牠……」

「打馬球並且侍候人用餐。對，我們都知道。你那邊到底是什麼？」

「一位男孩，」瑪哈布嚴肅地說：「他被另一個孩子打。他父親生前是軍團的白人士兵，參與過大戰。這個男孩是拉合爾的孩子，從小就與我的馬兒一起玩。現在我猜他們要把他訓練成士兵，他最近被他父親的軍團抓到，那個軍團上星期去打仗了。但我猜他不想當兵，我帶他出來兜兜風。把你的軍營地點告訴我，我會把你帶到那裡。」

「放開我，我自己能找到軍營。」

「如果你跑掉了，誰會說那不是我的錯？」

「他會回去用餐，他還能跑去哪裡？」那位英國人問。

「他在這塊土地出生，也有朋友，想去哪裡就去哪裡。他非常機靈，只要一換衣服，轉眼之間就變成低種姓的印度孩子。」

「他真有一套！」那位英國人審慎地凝視基姆，瑪哈布騎往軍營。基姆氣得咬牙切齒，瑪哈布在嘲笑他，毫無誠信的阿富汗人都會這樣。瑪哈布繼續說：

「他們會把他送到學校，讓他穿上厚重的靴子，要他套上那些軍服，這樣他就會忘掉自己會的一切。好了，哪一座是你的營房？」

基姆指著維克托神父住的那棟，他不能開口，因為附近盡是望著他的白人。

「也許他會成為優秀的軍人，」瑪哈布若有所思地說：「至少他可以成為出色的傳令兵。我曾派他從拉合爾傳遞訊息，關於一匹白色雄馬血統證明的訊息。」

這真是在厲害無比的傷害上，再加上厲害的侮辱。他把那封引起戰爭的信件巧妙遞交給這個白人官員，而這個人聽到了所有的話。基姆在腦中想像瑪哈布因為這種背叛而下油鍋，在火中受煎熬的畫面。至於他自己，他只見到長排灰色營房與學校，然後又是營房。他用哀求的眼神望著那張五官端正的臉，而那張臉上沒有露出一點兒認出他的樣子，但儘管在這個最無能為力的時候，基姆也從未想到求這個白人大發慈悲或是譴責瑪哈布。瑪哈布深思熟慮地望著這位英國人，這位英國人則深思熟慮地望著基姆，基姆全身發抖，說不出話來。

「我的這匹馬受過良好訓練，」瑪哈布說：「其他人的馬早就亂踢了，大人。」

「啊，」那位英國人終於開口，一面用馬鞭柄揉著微溼的馬肩，「誰要把這個孩子訓練成軍人？」

「他說是那個找到他的軍團，尤其是那位隨軍神父。」

「神父來了！」基姆哽咽著說，光頭的維克托神父從走廊飛快走向他們。

「撒旦真厲害，歐哈拉！你在亞洲還有多少形形色色的朋友？」他大聲地說，基姆溜下馬，無助地站在神父面前。

「早安，神父，」這位英國上校愉快地說：「久仰大名，早就想來拜訪您，我就是克萊頓。」

「民族學調查所的那位嗎？」維克托神父說，這位英國上校點點頭，「很高興認識您，感謝您把這個孩子帶回來。」

「神父，別謝我，而且這個孩子並不打算走掉。你還不認識老瑪哈布．阿里。」這位馬販面無表情地坐在陽光下，「你在這裡待一個月就會認識他了，他把所有老殘的馬都賣給我們。這個孩子真是奇特，你能把他的事告訴我嗎？」

「我能不能告訴你？」維克托神父噴著氣說：「只有你能解決我的難題。我告訴你！撒旦真厲害，我正迫不及待要告訴一個了解印度人文風俗的人呢！」

一位馬夫彎過轉角走來。克萊頓上校提高嗓門用烏爾都語說：「很好，瑪哈布．阿里，可是你把那匹小馬的事告訴我有什麼用？三百五十盧比，多一個硬幣我都不給。」

「大人騎馬後有點激動，也有點生氣。」瑪哈布回答，臉上露出受寵弄臣的奸笑，「他很快就能更明白我這匹馬的優點，我等他與神父講話，他講完之前，我會在那棵樹下等待。」

「你真可惡！」這位上校笑著說：「這就是看瑪哈布的一匹馬惹來的麻煩，他是老吸血鬼，神父。瑪哈布，如果你那麼有空，那就等吧。好了，神父，我願為您效勞。那位男孩在哪裡？噢，他和瑪哈布去密談了，這個孩子真奇特。能不能請您派人把我的馬牽到陰涼的地方？」

克萊頓坐在一張椅子上，這個地點讓他能清楚看見基姆與瑪哈布在樹下談話。神父走進室內拿雪茄。

克萊頓聽見基姆憤恨地說：「寧可相信婆羅門也不要相信蛇，寧可相信蛇也不要相信妓女，寧可相信妓女也不要相信阿富汗人瑪哈布．阿里。」

「那都一樣。」瑪哈布的紅色大鬍子肅然搖晃，「等到圖案清楚了，孩子們才能看懂織布機上的地毯。世界之友，請相信我，我幫了你大忙，他們不會讓你當兵。」

「你這個狡猾的老流氓！」克萊頓心想，「不過你說得沒錯，如果那個孩子真像你說的那麼機靈，他千萬不能被糟蹋了。」

「請等我半分鐘，」神父在屋裡大喊，「我正拿出文件。」

「如果透過我，這位大膽明智的上校看中了你，讓你變得榮耀，將來你長大了要怎樣感謝我？」

「我不要聽你這套！不要聽你這套！我求你讓我再上路，我在路上理應很安全，你卻把我出賣給英國人，他們給你什麼酬金？」

「真是讓人愉快的小惡魔！」上校咬著雪茄，彬彬有禮地轉頭面對維克托神父。

「那個胖神父向上校揮著什麼信？站在雄馬後面，彷彿在瞧我的馬轡！」瑪哈布・阿里說。

「那是喇嘛從賈加德里路寫來的信，他說每年會付三百盧比當作我的學費。」

「哎喲！那位年老的紅帽子是那種人嗎？哪所學校？」

「天曉得，我想是在勒克瑙。」

「對，那裡有一所大學校，學生都是白人的孩子與混血兒，我在那裡賣馬的時候見過那間學校。所以那位喇嘛也喜愛世界之友囉？」

「對，而且他從不說假話，也不把我送回牢籠。」

「難怪那位神父不知道怎麼解決這個難題，他對上校大人講話講得真快！」瑪哈布・阿里輕聲笑，「真主在上！」他那雙銳利的眼睛掃視走廊片刻，「依我看來，那位喇嘛已經寄了一張匯票過來，我做過幾樁用匯票交易的小買賣，上校大人正在檢視那張匯票。」

「這一切對我有什麼好處？」基姆厭倦地說：「你將離開，他們會把我丟回那些空房間，那裡沒有適合睡覺的地方，那些孩子還會打我。」

「我不這麼認為，有耐心一點，孩子。除了賣馬之外，阿富汗人不會沒有誠信。」

五分鐘，十分鐘，十五分鐘過去了。維克托神父講得起勁，並提出問題，上校逐一回答。

「現在我把自己所知關於那個孩子的事，從頭到尾告訴你了。我的心裡輕鬆多了，你聽過那樣的事情嗎？」

「無論如何，那位老人已經把錢寄來了，戈賓薩海開出的匯票從印度到中國都能兌現。」上校說：「你越了解印度人，就越無法確定他們會做些什麼、不會做些什麼。」

「聽到民族學調查所的所長講這種話，我感到安慰。紅公牛、洗罪之河（可憐的異教徒，願上帝幫助他！）、匯票、共濟會會員證加在一起讓人暈頭轉向。你也是共濟會會員嗎？」

「啊，我也是，現在我想起這件事，這是另一個原因。」上校心不在焉地說。

「我很高興你看出其中道理，不過就像我說的，這些事情混在一起，超出了我的理解。此外，他坐在我的床上，對著我們的上校講出預言，他的小襯衣被撕開，顯出白皮膚，而且那個預言也應驗了！他們會在聖沙勿略學校消除這些胡言亂語，對吧？」

「對他灑點聖水就行了。」上校大笑了起來。

「說實話，有時我認為應該這樣做，但我希望他會成為優秀天主教徒。我煩惱的是如果那個老乞丐……」

「喇嘛，他是喇嘛，神父大人。有些喇嘛在他們的國家有著很高的社會地位。」

「如果那位喇嘛明年付不出錢怎麼辦？他有很棒的商業頭腦，臨時想出辦法，但是他總有一天會死，而且拿異教徒的錢讓一個孩子受基督教教育……」

「但是他已經清楚表達了心願。他一知道那個孩子是白人，似乎就依此做好了安排。我願意付出一個月的薪餉，聽他在貝納勒斯的特丹克廟解釋這一切。聽著，神父，我不會假裝自己很了解印度人，可是他如果說會付錢，就一定會付，無論活著或死亡。我的意思是，他的繼承人會擔起這項義務。我勸你趕快把那個孩子送到勒克瑙，如果你那個英國國教的同胞認為你偷偷搶先一步……」

「班奈特運氣不好！他代替我被派到前線了。道提證明從醫學角度來說，我不適合上戰場，如果道提生還，我一定把他逐出教會！班奈特當然應該要滿足於……」

「得到光榮，留下你處理宗教問題，沒錯！老實說，我想班奈特不會介意。一切歸咎於我好了，我……我強力建議把那個孩子送到聖沙勿略學校，他可以用軍人孤兒的通行證搭火車南下，所以不需要付火車票的費用，你可以動用軍團的捐款為他添置衣物。共濟會不必負擔他的教育費，將會十分高興，這件事很容易辦。我下星期必須南下到勒克瑙，我會一路上照顧那個孩子，把他交給我的傭人照管。」

「你真是好人。」

「我完全不是，別搞錯了。那位喇嘛寄錢給我們有明確目的，我們不能把錢退給他，必須照他說的去做。好，這件事解決了，對吧？那麼下星期二，你在南下的夜車上把他交給我好嗎？那離現在只剩三天，他不可能在三天內搗出大亂。」

「這讓我如釋重負，可是這張東西怎麼辦？」他揮動那張匯票，「我不認識戈賓薩海，也不知道他的銀行，那個銀行也許只是牆上的一個洞。」

「你從來沒有嘗過低階尉官欠債的滋味。如果你希望的話，我可以幫你兌現，把正式收據寄給你。」

「可是你自己的事情那麼多！這……」

「真的一點都不麻煩。你瞧，我身為民族學家，對這件事很感興趣。我希望在進行的一些政府工作中提到這件事，你們的紅公牛團徽變成這個孩子崇拜的對象，這件事十分有趣。」

「我實在對你感激不盡。」

「你可以做一件事。我們民族學調查所的人對彼此的發現都嫉妒得很，當然，一般人對這些發現沒興趣，只有我們感興趣。可是你知道藏書家是怎麼樣的人。所以關於這個孩子性格的亞洲面，以及他的冒險與預言，請你都隻字不提，不論直接或間接。而我以後會從這個孩子的嘴裡一點一點套出來，你明白嗎？」

「我明白。你會寫一篇很美妙的文章，我在它出版之前，絕對不向任何人提起一個字。」

「謝謝你，這是民族學家發自內心的感謝。好了，我必須回去吃早餐了。天哪！老瑪哈布還在這裡？」他提高嗓門大喊，那位馬販從樹蔭處走出來。「啊，怎麼樣？」

「至於那匹小馬，」瑪哈布說：「我要說一匹小馬如果是天生打馬球的馬，不必教就會跟著球跑，憑靈性就知道球賽的規矩，那麼強迫牠去拉沉重的馬車，實在是大錯。」

「我也是這樣認為，瑪哈布。這匹小馬只能用來打馬球（神父，除了馬之外，這些傢伙完全不思考世上的任何事物）。瑪哈布，如果你有任何可能出售的東西，我明天與你見面。」

那位馬販以騎士的方式，手一揮，敬個禮。「有耐心一點，世界之友。」他低聲告訴心裡痛苦的基姆，「你的好運來了，再過一些時候，你就會到勒克瑙，我這裡有些錢讓你付給那位書信匠，我想我會有很多機會與你碰面。」接著，他策馬而去。

「你聽我說，」上校在走廊上用印度話說：「再過三天，你將隨我到勒克瑙，一路上會看到與聽到新奇的事物。所以，你乖乖待三天，別跑掉，你將在勒克瑙上學。」

基姆啜泣道：「我能與我的聖者見面嗎？」

「至少比起安巴拉，勒克瑙離貝納勒斯比較近。你可以在我的保護之下前去與他碰面。瑪哈布．阿里知道這件事，如果你現在溜回大道上，他會生氣。記住，我知道了許多事，我不會忘記。」

「我會乖乖等待，」基姆說：「可是那些孩子會打我。」

後來，用餐的號角響了。

第七章

充滿力量的太陽、
癡月與退縮的星
都為誰而排列？
你在當中潛行——來得悄然。
天昂挺，地更低，干戈常起。
你繼承了這些混亂恐怖，深受折磨。
（永遠受亞當、己父、自己的罪惡束縛）；
拿出你的天宮圖，朝上凝望，並說道：
哪個行星能修補或破壞你破碎的命運！
——《約翰．克利斯提爵士》

那天下午，紅臉教師對基姆說他已從「兵員中除名」，基姆不懂那是什麼意思，直到後來他們命令他離開去玩耍，於是他跑到市集，找到那個為他寫信還代貼郵票的年輕書信匠。

「現在我付錢，」基姆高傲地說：「我還要再寫一封信。」

「瑪哈布．阿里在安巴拉。」書信匠得意地說。因為工作的關係，他滿肚子不確實的消息。

「這封信不是寫給瑪哈布，是寫給一位和尚。快拿起你的筆寫信，寫給『尋找一條河，現居貝納勒斯特丹克廟的西藏聖者德秀喇嘛』，多蘸點墨水！『三天內，我將南下到勒克瑙的學校念書，學校名叫沙勿略，我不知道它的地址，只知道在勒克瑙』。」

「可是我知道勒克瑙，」書信匠插嘴，「我也知道那所學校。」

「把學校的位置告訴他，我給半安那。」

書信匠拿著蘆管筆振筆疾書。「他不可能弄錯。」書信匠抬起頭，「對街看著我們的人是誰？」

基姆迅速抬頭，見到身穿法蘭絨網球服的克萊頓上校。

「哦，那是認得軍營裡那位胖神父的白人官老爺，他在對我招手。」

基姆跑向他時，上校說：「你在做什麼？」

「我……我沒溜走，我在寫信給貝納勒斯的聖者。」

「我倒沒想到這件事，你說了帶你去勒克瑙的人是我嗎？」

「不，我沒說。如果您懷疑，儘管看信。」

「為何你寫給聖者的信裡，把我的名字空掉？」上校露出古怪的笑，於是基姆放膽說了。

「有人曾告訴我，不論在信上談到什麼事，寫下陌生人的姓名是不智之舉，因為指名道姓會毀了許多好計畫。」

「那個人把你教得很好。」上校回答，基姆臉紅了，「我把雪茄盒落在神父的走廊了，今晚把它送到我家。」

「你家在哪裡？」基姆說，他思緒敏捷，明白這是考驗，立刻警戒起來。

「你可以問大市集的任何一個人。」接著上校就離開了。

「他忘記帶走雪茄盒，今晚我要為他送去。」基姆說著，走回書信匠那邊：「我的信要講的就是這樣，除了『來找我！來找我！來找我！』現在我付錢買郵票，把它投入郵筒。」他起身預備離開，後來一想，就問書信匠：「那位丟了雪茄盒又一臉怒氣的白人官老爺是誰？」

「他就是克萊頓大人，一位傻呼呼的白人官老爺，一位沒有部隊的上校大人。」

「他做些什麼呢？」

「天曉得，他總是買不能騎的馬，並問些關於神的工作的啞謎，例如草木、石頭、人民的風俗習慣。馬販稱他為『天下第一傻』，因為他很容易在買賣馬匹時受騙，瑪哈布．阿里說他比大多數白人官老爺還瘋癲。」

「哦！」基姆說，然後離開。他受的訓練讓他多少了解人的性格，他認為促成八千大軍與槍炮出動的情報絕不會交給一個傻瓜；駐印度總司令也不會跟傻瓜講話（基姆聽過總司令跟他講話）；而且如果上校是傻瓜，那麼每次一提起上校的姓名時，瑪哈布．阿里的聲調就不會變了。所以——這點讓基姆欣喜雀躍——其中必有祕密，瑪哈布．阿里大概是為上校刺探消息的人，就像基姆為瑪哈布刺探消息一樣，那麼上校與瑪哈布．阿里一樣，顯然敬重不賣弄聰明的人。

他慶幸自己沒露出馬腳，沒透露出自己知道上校的房子在哪裡。他回到軍營時，發現上校根本沒留下雪茄盒。基姆高興得笑容滿面，他認為上校與他一樣，進行祕密把戲時拐彎抹角，說話迂迴。如果他會裝傻，基姆也會。

維克托神父花了整整三個漫長的早晨向他講述一系列新的神祇，他完全沒流露個人想法，尤其是這些新神裡，有位女神叫瑪利亞，據他了解，就是瑪哈布・阿里那套神學中的比比・密里安姆[1]；講完之後，維克托神父帶著他從這家店鋪逛到那家店鋪買衣物，他也沒有流露心情；嫉妒的小鼓手們踢他，因為他要到一所最好的學校讀書，他也沒有告狀。他只是滿腹興味，伺機以待，維克托神父這位好人帶他到火車站，把他安插在一節空無一人的二等車廂裡，那節車廂與克萊頓上校的頭等車廂相連，然後這位神父以真誠的感情與他道別。

「他們將在聖沙勿略學校把你琢磨成白人男子漢，而且我希望你會是好人，他們對你的到來知道得清清楚楚，上校會確保你不會在路上迷路或不知所蹤。我已經讓你知道宗教的一些概念，至少我希望如此。你要記住，他們問起你的宗教時，你就說你是天主教徒，最好說是羅馬天主教徒，雖然我不喜歡『羅馬』這兩個字。」

基姆點了一根難聞的香菸——他先前小心翼翼地在市集買了一批存貨——躺下來沉思。獨坐一節車廂的滋味與以前和喇嘛同乘三等車廂南下時的快樂旅程大不相同。他想著：「白人官老爺從旅行中獲得的樂趣很少，嘿呀！我從一個地方跑到另一個地方，彷彿被踢來踢去的球，這是我的宿命，沒有人能逃避命運。但是我要向比比・密里安姆禱告，而我是白人。」他悔恨地望著腳上的靴子，「不，我是基姆。這是廣大的世界，而我只是基姆。基姆到底是誰？」他思考著自己的身分，這是他從未做過的事，他不斷想著這件事，直到頭暈腦脹。在喧囂混亂的印度，他是無名小卒，前往南方，前途未卜。

不久後，上校派人叫他過去，跟他談了很久。根據基姆所能理解的，他必須用功讀書，進印度勘探局當測量員。如果他的成績很好，通過適當的考試，十七歲時每個月就能掙到三十盧比，克萊頓上校會確保他找到適合的工作。

基姆起初裝作每三個字中大概聽懂一個，後來上校看出自己的錯誤，就改用流利生動的烏爾都語說話。基姆這下安心了，上校的烏爾都語如此純熟，動作如此輕盈無聲，眼神和其他白人官老爺的痴肥無神目光如此不同，他不可能是傻瓜。

「對，你必須學會把道路山河變成圖畫存在眼睛裡，到了適當時機就把它們畫在紙上。也許有一天，你當了測量員之後，我們一起工作的時候，我會對你說『越過那些山頭，去看山的另一頭有什麼。』接著另一個人說『那些山上有壞人，如果他們發現測量員看起來像白人官老爺，就會把他殺掉。』那你怎麼辦？」

基姆思考了一下。跟著上校的思路回應是妥當的嗎？

「我會把那個人說的話告訴你。」

「但如果我又說『讓我知道那些山的後方情形，像是一張河流圖與那裡的村民講的一些消息，我就給你一百盧比』呢？」

1 比比・密里安姆即是聖母瑪利亞，受到伊斯蘭穆斯林的崇敬。

「我能怎麼說？我只是個孩子，等我長大再說。」接著他看見上校蹙眉，就繼續說：「但是我想我應該能在幾天之內掙得一百盧比。」

「用什麼方法？」

基姆堅決搖頭，「如果我說出怎樣掙得那筆錢，另一個人可能會聽見而阻撓我。沒有代價就出賣情報不是好事。」

「現在告訴我。」上校拿起一個盧比，基姆已經伸手去拿，又縮回了手。

「不，大人，不行。我知道回答的價錢，但是不知道你提問的原因。」

「那就當作禮物收下吧。」克萊頓把盧比扔過去，「你的勇氣可嘉，別在聖沙勿略學校喪失了勇氣，那裡有許多孩子鄙視黑人。」

「他們的母親都是市集上的女人。」基姆說。他深知天底下沒有什麼仇恨比那些混血兒對自己黑皮膚親戚的仇恨來得更深。

「對，可是你是白人，也是白人的兒子，因此無論何時，你絕對不能受人影響而蔑視黑人。我知道有些年輕人剛進入政府服務，裝作不懂黑人的語言和風俗習慣，結果就因為無知而遭到減薪。無知是最大的罪惡，你要好好記住。」

在那趟南下的二十四小時漫長旅程中，上校派人把基姆叫去好幾次，總是強調這一點。

「等我當了測量員之後……」基姆最終說：「上校、瑪哈布．阿里和我將在同一根鉛繩上，他將像瑪哈布．阿里那樣利用我。如果他准許我回到大道上就好了，這身衣服穿再久都不舒服。」

他們抵達擁擠的勒克瑙車站時，沒看見喇嘛的人影，基姆忍住失望的心情。上校把他連同收拾整齊的行李匆匆送上一輛僱來的馬車，打發他獨自前往聖沙勿略學校。

「我不跟你道別，因為我們會再見面。」他大聲說：「如果你是有勇氣的人，那我們不但會再見面，而且會見面多次，如果你還保有勇氣的話。不過你還沒經過考驗呢。」

「不過那天晚上我不是已經交給你——」基姆居然大膽用平起平坐的口吻稱呼他，「一匹白雄馬的血統證明嗎？」

「小兄弟，有些事忘掉會更有好處。」上校說，基姆匆匆上車時，上校用嚴厲的眼神盯著他的後背。

約莫五分鐘後，基姆的心情才恢復平靜，他以讚賞的態度嗅聞新鮮空氣。他說：「這是一座富饒的城市，比拉合爾富有，這裡的市集一定很棒！馬夫，載我到這裡的市集逛一逛。」

「我只奉命把你送到學校。」馬夫用的「你」對白人是不客氣的稱呼。基姆用最清楚流利的本地話指出對方的錯誤，爬上駕駛座。兩人充分了解對方後，上上下下地逛了一、兩個小時，不斷評量、比較、欣賞，不論是從橋上欣賞這座城市，或是從伊曼巴拉宮的屋頂上俯瞰查特曼佐王宮的鍍金傘與城中綠蔭茂密的樹，除了最繁華的孟買，沒有一座印度城市比得上勒克瑙豔麗。歷代君王興建了美妙的建築，也建立了慈善事業，還讓城中擠滿依賴養老金過活的人，更曾讓它浸透了血。它是懶散、陰謀、奢侈的中心，和德里共享居民說著純粹烏爾都語的盛譽。

「一座美麗的城市，一座漂亮的城市。」身為勒克瑙人的馬夫聽到恭維，非常開心，他把許多讓人驚奇的事告訴基姆，如果他是英國嚮導，就會講起叛變的事。

「現在我們前往學校吧。」基姆終於說。位在派提布斯的知名古老聖沙勿略學校在耿姆提河岸，占地極廣，校舍是一片又一片的白色矮房子，離市區有些距離。

「裡面都是什麼人？」基姆問。

「小洋人，都是頑皮鬼，不過老實說，我曾駕車送其中許多人往來車站，從未見過像你這麼精明能幹的小洋人。」

當然，這位馬夫受的訓練是從來不認為他們有什麼不對。基姆又和某條街上窗戶裡出現的幾位風流女郎鬼混了一番，在互相恭維中，他當然表現得很好。他正準備要回應車夫最後一次的無禮言論，但在漸漸變黑的暮色中，他忽然見到有人坐在長牆的白色水泥門柱旁邊。

「停！」他喊道，「停在這裡，我一時還不去學校。」

「可是這樣來來去去的，誰付車錢？」車夫惱怒地說：「這個孩子瘋了嗎？上次停車與一位舞女講話！這次是個和尚。」

基姆跳下車，低頭猛拍骯髒黃袍下盡是灰土的腳。

「我已經在這裡等了一天半。」喇嘛以平靜的聲音開始說：「不，剛開始的時候有位弟子護送我，貝納勒斯特丹克廟的那位朋友派他在路上服侍我。當我收到你的信時，就從貝納勒斯搭火車過來。我吃得很好，我什麼都不需要了。」

「可是為什麼你不與那位庫盧女人待在一起？啊，聖者，你如何到達貝納勒斯的？自從我們分別之後，我一直牽掛著你。」

「那個女人講個不停，又頻頻為孩子索取護身符，把我弄得十分厭煩，所以我就離開她，准許她送禮物來積功德，至少她出手還算大方。我已經答應一旦有必要，就回到她家。後來我一察覺自己孤零零地在這個廣大又可怕的世界，就想到搭火車去貝納勒斯。我認識住在特丹克廟的某個人，他與我一樣，也是個探索者。」

「啊！你的那條河，」基姆說：「我已經忘了那條河。」

「你忘得這麼快，我的弟子？我從沒忘記它。可是我離開你之後，似乎應該到那間廟去求教。印度非常廣大，或許先前有兩、三位充滿智慧的人留下關於那條河所在地的記載。特丹克廟裡曾辯論這件事，有人這麼說，有人那麼說，他們都謙恭有禮。」

「這樣就好了。現在你在做什麼？」

「徒弟，我讓你長智慧就是積功德。那位為紅公牛軍團服務的神父寫信給我，說一切照我希望為你辦的去做，我就寄去一年的費用，然後我來目送你進入學府之門。我已經等了一天半——並非因為我喜歡你，那樣不合乎大道——而是就像特丹克廟的人所言，既然付了你的學費，我理當督促此事到底。他們十分清楚地解決我的疑慮。我曾擔憂自己前來也許是因為我想要見你，是受到感情的紅色迷霧所惑，但事情並非如此……況且我做了一個夢，心感不安。」

「可是聖者，你一定沒忘記那條大道與路上的形形色色，你過來這裡，其中一個原因一定是為了要看我吧？」

「馬著涼了，已經過了餵馬的時間。」馬夫哀訴。

「到吉汗嫩跟你無恥的嬸娘待在一起！」基姆回頭咆哮，接著對喇嘛說：「我在這塊土地孑然一身，不知道自己要到哪裡，也不知道未來命運。我的心意在我給你的信裡。除了瑪哈布．阿里以外——而他又是阿富汗人——我只有聖者你這個朋友，別離開我。」

「我也想過這一點。」喇嘛回答說，聲音發抖，「如果我還沒有找到那條河流，我顯然必須時時積功德，我保證你確實邁向智慧。我不知道他們將教導你什麼知識，可是那位神父寫信告訴我，整個印度沒有一個白人官老爺之子會比你受的教育更好，所以我將不時過來。也許你會成為像給我眼鏡的那位白人官老爺，」——喇嘛刻意擦擦眼鏡，「就是拉合爾神奇之屋的那位。這是我的希望，因為他是一道智慧之泉，比許多住持更有智慧……話說回來，你或許會忘了我和我們的會面。」

「飲水思源，」基姆激動地大喊，「我怎麼忘得了你？」

「別這樣，別這樣。」喇嘛把基姆放開，「我必須回貝納勒斯，我現在知道這裡書信匠的規矩，一定會時常寫信給你，還會來看你。」

「可是我的信該寄到哪裡給你呢？」基姆嗚咽著說，手中揪著喇嘛的僧袍，完全忘了自己是洋人。

「寄到貝納勒斯的特丹克廟，這是我選定在找到那條河之前住的地方。別哭，因為你知道一切的欲望皆是虛幻，也是輪迴時新的執著。趕緊進去學校吧，我目送你離開……你愛我嗎？如果愛，那你就走吧，不然我的心要碎了……我會再來，一定會再來。」

喇嘛看著馬車轆轆地駛進圍牆內的學校，接著大步離開，每邁一大步就聞一下鼻煙。

學府之門噹啷關上。

• • •

這個土生土長的男孩有自己的方式與習慣，和其他國家的孩子截然不同；這邊老師的教學方法也是英國老師不了解的，因此，讀者對基姆在聖沙勿略學校的讀書經驗不會感興趣。他有兩百到三百位早慧的同學，大多數從沒見過海洋。城裡有霍亂時，他因為擅自進城而照例受懲罰——這是他還沒學會寫像樣的英文，得在市集找一位書信匠時的事情；當然，他也因為吸菸與說出比聖沙勿略學校歷來聽過的粗話還粗野的髒話而遭人告狀。他學會像本地人一樣洗淨身體，像《聖經》的利未人那樣乾淨，本地人暗自認為英國人相當骯髒。學生在熾熱的夜晚通宵講故事時，他對那些在臥室裡耐心拉著吊扇的苦力進行慣常的惡作劇，並暗中拿自己和那些自立自強的同學比較。

有些同學的父親是鐵路局、電報局、運河服務局的下級官員，有些是小藩王軍隊的退休或現職總司令，有些是印度商船隊船長，有些領政府養老金，有些是種植園主人，有些在管轄區城市[2]開店鋪，有些是傳教士。少數學生是德魯姆托拉年代久遠的歐亞混血種族，包括裴瑞拉家、德蘇扎家、德賽爾伐家的子弟。家長有能力把孩子送到英國讀書，可是他們喜歡自己年輕時就讀的學校，於是一代接一代皮膚灰黃的孩子到聖沙勿略學校讀書。他們的家形

2 管轄區（presidency）：舊英屬印度有三大管轄區，分別是馬德拉斯（Madras Presidency）、加爾各答、孟買。

形色色，有的是鐵路局工作人員住的地方；有的是像孟皆爾與瓊那之類廢置的營房；有的是席龍路的沒落茶園；有的在歐德與德坎，父親曾是村裡的大地主；有的是離最近的鐵路有一星期路程的傳道站；有的是在南邊一千英里、面對著黃銅色印度洋的海港；也有在最南邊的金雞納樹種植園。他們返校或離校時沿途發生的冒險，會讓一個西方孩子聽得寒毛豎起，雖然他們認為根本不算冒險。他們慣於在叢林中獨自奔跑上百英里，還有遇虎受阻的可喜機會。可是他們不會在八月時泡在英吉利海峽裡，就像他們世界各地的兄弟也不會在一隻豹嗅聞轎子裡的氣息時躺著不動一樣。曾有十五歲孩子在河水氾濫時，在河中的小島上逗留了一天半，指揮一群從廟裡朝聖歸來、急得快要發狂的人，就像他們天生有這種權利一樣。曾有高年級學生在雨水沖沒通往父親莊園的小路時，偶然遇見藩王的大象，就以聖沙勿略之名加以徵用，卻幾乎把大象丟失在流沙中。有一位獵人頭的阿卡族人大膽攻擊偏僻的種植園時，有個孩子說他曾持槍協助父親擊退阿卡人，沒人懷疑他的話。

每個故事都是用印度土生土長的人那種平緩冷靜的聲音說的，雜有古怪的變音，那是無意間向本地奶媽學的，還有口音的轉變顯示是從本地話立刻譯成英語的。基姆觀察聆聽，並加以讚許。這不是小鼓手那種每次講一個字的無趣談話，他們講的生活是他知道並且一部分是他了解的。學校氣氛也很適合基姆，他長高了好幾英寸。天氣熱了之後，他們給他一套白卡其校服。基姆很開心新的校服穿起來很舒適，也很高興能運用經過磨礪的敏銳頭腦寫功課。他的敏銳本來可能讓一位英國教師歡喜不已，可是在聖沙勿略學校，他們知道這是太陽與環境激發的敏銳腦袋，到了二十二或二十三歲，人的腦力就開始衰退了。

然而，他記得保持低調。大家在悶熱的夜晚講故事時，基姆沒講出那些回憶來壓過全場，因為聖沙勿略學校輕視完全「本土化」的孩子。一個洋人永遠不可以忘記自己是洋人，將來通過考試後會統率當地人。基姆牢記這一點，因為他開始明暸考試引導的方向。

八月到十月放暑假，由於天氣酷熱又下雨，這是不得不放的漫長假期。基姆得知自己將北上到安巴拉再過去的山中基地，維克托神父會為他打點一切。

「那是一間軍中學校嗎？」基姆問，他已經問了許多問題，而且想到了更多問題。

「我想是的，」老師說：「你在那裡無法淘氣惹事，這對你沒害處，你可以和德卡斯楚同行到德里。」

基姆從各個角度思考這件事。他聽了上校的建議，用功讀書。假期是他自己的，他從同儕的談論中已明暸這一點。在聖沙勿略學校上學後再進一所軍中學校，那將是折磨。此外現在他會書寫了，這是值得以任何代價獲得的神奇力量。他在三個月裡，發現人們可以不透過第三者而直接談話，只要付半個安那郵費，並且有點學識就行了。喇嘛仍無音信，但那條大道還在，基姆渴望再體驗柔泥擠在腳趾縫裡的那種撫摸感，他想到奶油甘藍燉羊肉、瀰漫豆蔻香的飯、染了番紅花色的飯、大蒜與洋蔥、被禁止的市集油膩甜食，忍不住流口水。如果在軍中學校，他們會在碟上放塊生牛肉給他吃，他也必然得偷偷抽菸。不過，話說回來，他是洋人並在聖沙勿略學校讀書，還有那個豬一般的瑪哈布．阿里……不，他不要打擾瑪哈布，然而……他獨自在宿舍裡思考，得到的結論是他冤枉了瑪哈布。

學校空蕩蕩的，幾乎所有的教師都已經走了。他有克萊頓上校的火車通行證，並慶幸自己沒亂花克萊頓上校與瑪哈布給他的錢，他仍有二盧比七安那。那個上面有「基．歐」兩字的新牛皮行李箱與鋪蓋卷都在空空的寢室裡。

「洋人總是受到行李束縛，」基姆對它們點頭說：「你們留在這裡吧。」他走到外面溫暖的雨裡，帶著邪惡的笑容去找某一間房子，他先前已經注意到這間房子的外表……

「啊哈！你知不知道住在這裡的我們是什麼樣的女人？噢，你真是不害臊！」

「難道我是昨天剛出生的嗎？」基姆盤腿坐在樓上房間的軟墊上，「只要一點染料與三碼布，就能幫助我對人開個玩笑，這是強人所難嗎？」

「她是誰？就洋人來說，你搞這套花樣的年紀實在太小了。」

「她嗎？她是兵營某個軍團的教師女兒，因為我穿著身上這套衣服爬牆，他揍過我兩次。現在我扮成園丁的兒子混進去。老頭子的醋勁都很大。」

「這是真的，你的臉別動，我要塗上染料。」

「不要太黑，舞女姊姊，我不要在她面前變成黑鬼。」

「啊，愛情讓這些都變得無所謂，她今年幾歲？」

「我猜十二歲了，」厚臉皮的基姆說：「胸部也漸漸大了，她父親可能會扯掉我的衣服，而如果我身上的顏色深淺不一……」他笑了起來。

那個女人忙個不停，頻頻把一團布在一碟褐色染料裡蘸著，那種染料比胡桃汁液還難褪掉。

「現在妳派人去為我買塊纏頭巾。真糟糕，我的頭髮完全沒剃！他一定會打掉我的頭巾。」

「我不是理髮匠，但可以試試看。你是天生的風流種！下這一番工夫變裝只為了一晚？記住，這玩意兒不容易洗掉。」她笑得全身發抖，手環與腳環叮噹作響，「可是我花這番工夫，誰會給我錢？就算是胡妮華也不會比這個高明。」

「姊姊，請妳相信神！」基姆一本正經地說，他在染色乾的時候皺著臉，「而且你幫洋人塗過臉嗎？」

「這倒是不曾，但是一個玩笑不值錢。」

「這比錢來得有價值多了。」

「孩子，你無疑是最不要臉的小鬼，占用一個可憐女人的時間，對她開了這種玩笑，然後說『這個玩笑不是就夠了嗎？』你在這個世界將大有可為。」她開玩笑地對他行個舞女之禮。

「一塊兒算錢，趕快把我的頭髮大致剪一剪。」基姆搖晃著身子，一想到未來的快活日子，兩眼就射出歡悅的神采。他給了那個女人四安那，接著跑下樓，看來完全是個低種姓的印度孩子，每個細節都無懈可擊。他直奔一間熱食鋪，奢侈地大啖一頓油膩食物。

他在勒克瑙車站的月臺上，看著全身長痱子的年輕德卡斯楚走進二等車廂。基姆坐三等車廂，並且成為那節車廂的靈魂人物。他解釋說自己是變戲法的助手，因為他發燒病了，師父就先走了，師徒將在安巴拉見面。車上的乘客換了，他講的故事也就變了。他聊興大發，說得天花亂墜，這是因為他好久沒有說當地話。那天晚上，整個印度沒有人比基姆更開心了。他在安巴拉下車，往東踏過水田到老軍人住的村莊。

這時克萊頓上校在西姆拉接到勒克瑙的電報，說基姆不見了。瑪哈布·阿里此時在西姆拉賣馬，上校某天早上在安那代爾跑馬場馳騁時，向他透露了這件事。

「哦，不要緊，」這位馬販說：「人就像馬，有時需要鹽，如果馬槽裡沒有鹽，它們就會舔舔地上。他已經回到大道上一陣子了，那間學校讓他覺得膩了，我知道一定會如此，下次我將親自帶他到大道。別煩惱，克萊頓大人。他就像一匹打馬球用的小馬，獨自跑掉去學習。」

「你覺得他沒死？」

「也許發燒會讓他送命，除此以外，我不會為那個孩子擔憂，猴子是不會跌下樹的。」

第二天早上在同一個跑馬場上，瑪哈布騎著雄馬和上校並騎。

「正如我所料，」這位馬販說：「他至少已經到了安巴拉，在市集打聽出我在這裡，就從那裡寫信給我。」

「讀給我聽。」上校說，釋然地舒了口氣。他這種地位的人居然關心一個土生土長的小頑童，這真是荒謬。但是上校記得在火車上講的話，過去幾個月裡，他發現自己常常想到那個沉默古怪、泰然自若的孩子。他偷偷溜掉，這當然是極度傲慢無禮的行為，但也顯示他足智多謀、膽量過人。

瑪哈布策騎到跑馬場的中央，那裡可以看見所有靠近的人，他雙眼閃亮。

「星辰之友，即世界之友……」

「這是什麼？」

「我們在拉合爾為他取的名字，『世界之友請假到屬於他的地方，他將在規定的日子回來，請派人去取行李箱與鋪蓋卷。如果我犯了錯誤，請友誼之手擋開災禍之鞭。』底下還有些內容，不過……」

「沒關係，讀下去。」

「『有些事情不是用叉子吃東西的人能懂的，最好用雙手吃一陣子，請代我向不明白這點的人美言幾句，好讓我順利歸來。』這個傳統的格式當然是書信匠的，可是你看那個孩子多麼聰明，除了知道內情的人得到暗示以外，別人根本看不出什麼。」

「你就是那個擋開災禍之鞭的友誼之手嗎？」上校哈哈大笑。

「你瞧那個孩子多聰明，就像我說的，他會再回到大道上，還不知道你的工作……」

「這點我可不敢說。」上校喃喃地說。

「他求我為他打圓場，他這樣不是很聰明嗎？他說他會回來，他在充實知識。請想一想，大人！他在學校三個月了，他沒提到那一點，就我來說，我很高興，小馬自己在學習。」

「但是下次他千萬不能一個人走。」

「為什麼？他受您上校大人保護之前，早就獨自走慣了。將來他加入大博弈[3]的時候，

3 大博弈（the Great Game）：這個名詞不是吉卜林自己創造的，而是東印度公司的亞瑟・科諾利（Arthur Connolly）上尉所提出；科諾利一八四二年因間諜罪於布哈拉（Bokhara，位於烏茲別克西南部）被斬首。「大博弈」是英國與沙俄（Tsarist Russia）為了掌控中亞而進行的外交與軍事角力，印度的安全因此受到威脅，也是大英帝國財力的關鍵。這個名詞因吉卜林寫於本書而廣為人知。

也必須獨自冒生命危險去闖。如果他盯梢的時候吐個口水、打個噴嚏，或坐下的樣子露出馬腳，不像他監視的那些人，他可能會被殺死。為什麼現在要阻止他？您可記得波斯人有句話：馬贊德倫野外的胡狼只有馬贊德倫的獵犬才抓得到。」

「對，沒錯，瑪哈布．阿里，如果他安全無恙，那我真的非常高興，可是他的行為實在是十分侮慢。」

「他走的時候，甚至沒告訴我，」瑪哈布說：「他不傻，逛夠了就會來找我，現在該是珍珠療者[4]接手教他的時候了。誠如大人所想的，他成熟得太快了。」

一個月後，這些話果然應驗了。瑪哈布南下到安巴拉領取一批新馬，黃昏時他正在卡爾卡路騎馬獨行，基姆跑過來，向他求施捨。瑪哈布對他破口大罵，他用英語回答，瑪哈布驚愕得喘了口氣，但附近沒人聽見。

「哎呀！你去哪裡了？」

「北往南奔，南奔北往。」

「離開這片溼地到一棵樹下，說給我聽。」

「我與安巴拉附近的一個老頭子住了一陣子，後來去了安巴拉，住在我認識的人家裡。我跟他們當中的一個人一起南下，遠至德里。那個城市真美妙。後來我為一位油商趕牛回北方，不過又聽說派提亞拉有個盛大節日，我就跟一個煙火匠一起前往，那真是盛大的節日。」基姆揉揉肚子說：「我看到了藩王與掛著金銀裝飾的大象，他們把所有的煙火同時點燃，死了十一個人，包括那位煙火匠。我從帳篷的一頭震到另一頭，但是沒受傷。後來我與一位錫克騎士一起回來，我當他的馬夫維生，就這樣來到這裡。」

「真夠棒的！」瑪哈布・阿里說。

「可是那位上校大人怎麼說？我不想挨打。」

「友誼之手已經擋開了災禍之鞭。可是你下次踏上大道時，必須跟我一起去，你一個人闖蕩還太早了。」

「對我來說夠晚了。我在學校學會讀寫一點英文，不久就會完全成為白人官老爺。」

「聽聽他說的話！」瑪哈布哈哈大笑，一面望著淋得溼透、在雨中跳舞的小基姆。「您好，白人官老爺。」他以嘲諷的態度行個禮，「您在大路上累了嗎？要不要跟我去安巴拉，幫忙把馬趕回去？」

「瑪哈布・阿里，我跟你去。」

---

4 珍珠會失去光澤，而有些人宣稱可以治療它們。在下一章，瑪哈布會提到「綠松石療者」。我們會在第九章遇到這些神祕的治療者。

第八章

我感激孕育萬物的土壤。
更感謝餵食我的生命。
可是最感激的是真主，
祂賜我兩種不同的思考方式。

我寧願沒有襯衫或鞋子，
沒有朋友、菸草或麵包。
也不願須臾喪失
我腦中的任何一種思考方式。

——《雙面人》

「看在神的面子上，把藍色換成紅色。」瑪哈布說，他指的是基姆骯髒頭巾的印度教顏色。基姆用古老的諺語反駁：「我願意改變信仰與寢具，但你得付錢。」

這位馬販笑得差點滾下馬。基姆在城外一家店鋪換了頭巾，他站了起來，至少外表變成了穆斯林。

瑪哈布在火車站對面租了一間房，叫人送來最精緻的餐點，還有杏仁乳和蜜餞做成的甜點（我們稱之為「貝魯沙伊」）與切細的勒克瑙菸絲。

「這頓比我與那位錫克人吃的食物更好，」基姆蹲著咧嘴笑，「我在學校裡當然吃不到這些。」

「我想聽聽那間學校的情形，」瑪哈布大口吃著油炸羊肉香料丸子，配上甘藍與炸得金黃的洋蔥，「但是先一五一十、老老實實告訴我，你是怎麼溜掉的？因為啊，世界之友，」他鬆開快要斷裂的腰帶，「我想很少有洋人與洋人的兒子能從那裡逃走。」

「他們怎麼逃？他們根本不了解這塊土地。其實溜掉很容易。」基姆接著說出那段經過，講到找市集的風塵女子幫忙化裝與兩人之間的對話時，瑪哈布的表情不再嚴肅，他朗聲大笑，拍著大腿。

「太厲害了！太厲害了！喔，小傢伙，幹得好！那個綠松石療者聽到這個，不知道會怎麼說。現在把後來發生的事慢慢說給我聽，一步一步地講，別漏掉任何事。」

基姆一步一步地講出那段冒險，不時被濃烈的菸草嗆到而咳嗽。

「我說過，」瑪哈布．阿里對他低吼，「我說過小馬溜出去學習打馬球。果子已經成熟，只是他得學習距離與步調，以及使用桿子與羅盤的方法罷了。現在聽好了，我已經為你擋開上校的鞭子，這可不是小忙。」

「對，」基姆平靜地吸菸，「說得對。」

「但你別以為偷溜出去是好事。」

「那是我的假期，哈吉。我當了許多個星期的奴隸。學校停課的時候，為什麼我不能跑走？瞧，我在這些日子靠著朋友過活或者工作換得溫飽，就像我為那位錫克人做事一樣，這樣也為上校大人省了一大筆錢。」

瑪哈布的嘴唇在修得整齊的穆斯林式鬍子下顫動。

「幾個盧比——」這位阿富汗人漫不經意地揮著張開的手，「對上校大人算什麼？他花錢是為了一個目的，絕對不是因為愛你。」

「這件事嘛，」基姆慢吞吞地說，「我很早之前就知道了。」

「誰告訴你的？」

「上校大人告訴我的。他沒說多少話，但是只要一個人不是傻瓜，都聽得出意思。對，我們南下前往勒克瑙的時候，他在火車上告訴我的。」

「好吧，那我再跟你多說一些，世界之友。不過，我把這些話告訴你，我的項上人頭等於交給了你。」

「你的項上人頭早就交給我了，」基姆深感愉快地說，「我在安巴拉被小鼓手毆打後，你把我拉上馬時就已經如此。」

「說得明白一些，除了你和我，全世界都可能說謊。如果我選擇將手指一抬，你的項上人頭也同樣等於給了我。」

「我也知道這一點了，」基姆把菸絲上正在燃燒的炭球重新放好，「你和我有著毋庸置疑的關聯，事實上，你的身分比我重要：一個孩子被活活打死，或者是扔到路邊的井裡，誰會惦記呢？然而，如果瑪哈布．阿里的屍體在馬群中被發現，那可就不同了。無論是這裡、西姆拉，或者越過山隘到雪山另一頭，許多人會說：『瑪哈布．阿里出了什麼事？』上校大人也一定會進行調查，可是話說回來，」基姆皺眉擠眼，一臉狡猾，「他不會調查得太久，免得人們會問：『這位上校大人與那位馬販有什麼關係？』可是我……如果我活著……」

「就像你一定會死……」

「也許吧。不過我說的是，如果我活著，那就只有我知道有人曾在夜裡到瑪哈布．阿里的驛站房間裡，或許那是普通竊賊打算把他殺掉，但殺他之前或之後曾經細搜他的鞍袋與拖鞋鞋底，這件事算不算可以告訴上校的消息？或者他會對我說——我沒忘記那次他叫我送回他根本沒留下的雪茄菸盒——『瑪哈布．阿里跟我有什麼關係？』」

一團濃密煙霧向上繚繞，瑪哈布沉寂許久後，才用欽佩的語調說：「你腦子裡裝了這些事，居然仍在學校裡和洋人的兒子同臥同起，並乖乖地聽老師的教誨？」

「那是奉令照辦，」基姆平靜地說，「我算哪根蔥，難道能抗令嗎？」

「你是最厲害的小魔鬼[1]，」瑪哈布．阿里說，「不過那個竊賊與搜索是怎麼回事？」

「那是我親眼所見。」基姆說，「那晚在喀什米爾驛站，我和喇嘛睡在你隔壁的房間。你的房門沒鎖，我認為你的習慣並非如此，瑪哈布。他進去的時候很有把握，彷彿你不會馬上回來。我貼在木板的節孔窺望這一切。他彷彿在找某樣東西，那既不是地毯，不是馬鐙，不是馬勒，也不是銅壺，而是會小心翼翼藏起來的一樣小東西，不然為什麼他要用鐵器戳你的拖鞋鞋底？」

「哈！」瑪哈布．阿里微笑，「你看見這些怪事，想出什麼樣的故事？真理之井？」

「沒想出來。我的手按在總是貼身的護身符上，想起自己曾在伊斯蘭教麵包裡咬到白雄馬的血統證明書，於是悟出自己被寄予厚望，就離開前往安巴拉。當時如果我打歪主意的話，你的頭就沒了。我只要對那個人說，『我有一份關於馬的文件，我不認識紙上的字。』結果會怎麼樣？」基姆從眼瞼下瞄著瑪哈布。

「那麼你就會喝兩次水，也許後來會有第三次，我想最多不超過三次。」瑪哈布直率地說。

「沒錯，我也想到了，但是我想到的大多是我喜愛你，瑪哈布。因此我前往安巴拉，你知道這件事，但是我藏在花園的草叢裡（你不知道這件事），觀察克萊頓上校讀了白雄馬血統證明後會有什麼舉動。」

「他有什麼舉動？」瑪哈布開口問，因為基姆打住不說了。

「你傳遞消息為的是愛，還是為了賣錢？」基姆問。

「我賣，也買。」瑪哈布從腰帶掏出一枚四安那硬幣，把它舉得很高。

「八安那！」基姆受到東方人愛討價還價的本能驅使，不禁脫口而出。

---

1 原文為son of Eblis（艾伯里斯之子），在伊斯蘭教的神話裡，艾伯里斯是大魔王，相當於基督教的撒旦，他的兒子自然是小魔鬼了。

瑪哈布笑了出來，把錢收起來：「世界之友，這太容易了，不能在這個市場成交。為了愛，你告訴我吧，這樣我們的命就交在彼此手裡了。」

「很好。我見到總司令前來赴盛宴，我看見他在克萊頓大人的辦公室裡，我看見他們閱讀白雄馬的血統證明書，我聽到了發動大戰的那些命令。」

「哈！」瑪哈布點頭，他的雙眼深處閃現激動的光芒，「做得高明。現在那場戰爭已經打完了，至於那些壞人，我們希望在他們作亂之前就予以消滅，這多虧了我和你。後來你做了什麼？」

「我在一座村子裡向村民透露這項消息，換得食物與尊敬。村僧對喇嘛下麻醉藥，但我早就把喇嘛的錢包放在自己身上，那位婆羅門僧人一無所獲，第二天早上他很生氣，呵！呵！我落入那個有紅公牛的白人軍團手裡時，也曾利用那項消息。」

「那樣很傻。」瑪哈布皺眉，「消息不是讓你當成牛糞一樣亂丟，應該像大麻那樣慎用。」

「現在我也這麼想了，而且那樣做對我沒好處。但那是很久以前的事了。」他用細瘦的褐色小手把這一切揮掉，「從那時開始，尤其是學校裡那些在風扇下乘涼的晚上，我曾細加思量。」

瑪哈布一邊撫著紅鬍子，一邊巧妙地挖苦說：「能否請問您天生的思路可能導向何方？」

「可。」基姆以同樣的諷刺聲調回敬，「勒克瑙的人說白人官老爺絕對不能對黑人說自己做錯了。」

瑪哈布的手迅速伸入懷中，因為將阿富汗人稱作黑人是極大的侮辱。然後他想起來了，於是笑了起來：「白人官老爺，請說，黑人洗耳恭聽。」

「可是，」基姆說，「我不是白人官老爺，我說我做錯了，指的是不該罵你，瑪哈布・阿里。那天我在安巴拉以為一位阿富汗人背叛了我，我當時實在愚蠢，因為我剛被逮住，真想殺死那個低種姓的小鼓手。現在我要說，哈吉，你做得很高明，如今我清楚看見前方道路，我將有很好的出路，一定會待在學校直到自己成熟。」

「說得好，尤其要從事這行，一定得學習距離、數目、使用羅盤的方法，有人在上面的山區等著指點你。」

「我會跟他們學，但是有個條件：學校停課時，讓我休假，不多過問。請為我向上校提出這一點。」

「但是為什麼你不用洋話親口問上校？」

「上校是政府的公僕，隻字片語就把他派到各處，他必須考慮到自己的前程。（你瞧，我在勒克瑙學到了多少！）此外，我認識他才三個月，我認識瑪哈布・阿里已經六年。所以！我一定會回學校，也會在學校好好學習。我在學校是洋人，可是學校一停課，就得讓我自由行動，與我的那些人待在一起，不然我會死掉！」

「你的那些人是什麼人，世界之友？」

「就是這個偉大美麗的國家。」基姆說，他朝這個小房間揮手比劃，泥牆凹處的油燈在濃濃的煙霧中掙扎發光，「此外，我將再與喇嘛見面，而且我需要錢。」

「人人都需要錢，」瑪哈布悲傷地說，「我給你八安那，因為賣馬賺不了多少錢，這些錢必須用許多天。至於其他一切，我很滿意，不必再談。趕快用功學習，再過三年，也許不到三年，你就能成為助手，甚至是我的助手。」

「難道目前為止我很礙事嗎？」基姆問，他發出男孩的咯咯笑聲。

「我不回答你，」瑪哈布咕噥道，「你是我的新馬僮，快去和我的手下一起睡，他們帶著馬在車站的北邊附近。」

「如果我沒帶憑據過去，他們會把我打到車站南邊。」

瑪哈布在腰帶裡摸了摸，用口水沾溼大拇指，按在一塊中國墨條上，再把指紋按在一張本地產的柔軟紙張上。從巴爾赫到孟買，人人都認識那個隆起紋上有道舊傷斜痕的拇指印。

「拿這個給我的工頭看就夠了，明天早上，我會過去。」

「從哪一條路過去？」基姆問。

「從城裡那條路，只有這一條路，然後我們回到克萊頓大人那裡，我已經讓你逃過了一頓打。」

「真主啊！項上人頭都快不保的時候，挨一頓打又算得了什麼？」

基姆悄悄溜進黑夜裡，緊貼著牆，繞過半間房子，邁步離開車站約一英里，再兜了一個大圈子，從容地走回去，因為他需要時間編個故事，以防瑪哈布的手下問東問西。

他們在鐵路旁邊的荒地上紮營，因為身為當地人，當然沒把馬匹從兩輛貨車卸下，瑪哈布的馬與孟買電車公司購買並托運的一批上等馬同在貨車上。工頭是看起來像生了肺病的疲倦穆斯林，他立刻盤問基姆，不過一看到瑪哈布的指印，他的氣焰頓斂。

「哈吉大人賞給我工作，」基姆惱火地說，「如果你懷疑這件事，請等他明天早上過來，麻煩給我一個靠近火堆的地方。」

接著，低種姓的當地人照例隨意亂聊，閒談聲靜止後，基姆就躺在瑪哈布一小群手下的後面，幾乎是睡在一輛運貨馬車的輪子下，身上蓋著借來的毯子。在潮溼的夜晚，夾在過擠的馬匹與不洗澡的巴爾提人之間，躺在碎磚亂石之間，這不是許多白人孩子喜歡的事。然而，基姆非常愉快，對他來說，景象、工作、環境的改變如同呼吸一樣自然。他一想到聖沙勿略學校裡風扇下成排的整潔白帆布床，就感到強烈的喜悅，就像用英語背誦九九乘法表一樣。

「我很老了，」他昏昏欲睡地想著，「每過一個月，我就老一年。我為瑪哈布到安巴拉傳遞消息的時候很年輕，是徹頭徹尾的傻瓜，我與那個白人軍團待在一起的時候也是年幼不懂事。可是現在我天天學習，三年內，上校會把我接出學校，讓我和瑪哈布一起走上大道，尋找馬的血統證明書，也許我會單獨前往，也或許找到喇嘛跟他一起前往。對，那樣最好，他回到貝納勒斯的時候，我再以弟子身分跟喇嘛一起出發。」

他的思考越來越慢，也越來越不連貫。他即將進入甜美的夢鄉之際，忽然聽到火堆旁邊那些單調模糊的說話聲之上，另有尖細的低語聲從運馬的鐵皮貨車後方傳來。

「他不在這裡？」

「他除了在城裡尋歡作樂，還會在什麼地方？誰會在蛙池裡找老鼠？走吧，他不是我們要找的人。」

「絕對不能讓他再次回到山隘，這是命令。」

「僱個女人對他下藥，只要花幾個盧比，而且不會留下證據。」

「除了女人以外，這件事一定要做得更有把握一些，記住懸賞他項上人頭的那筆獎金。」

「嗯，可是警網嚴密，我們離開邊境又遠，真希望現在我們在白沙瓦！」

「是啊，白沙瓦。」第二個人譏嘲道，「他在白沙瓦的親戚多得很，藏身處和女人也多得很，他會躲在女人後面。對，不論白沙瓦或傑翰南都很適合我們。」

「那是什麼計畫？」

「噢，蠢蛋，我不是說過一百遍了嗎？等他回來躺下的時候，給他保證送命的一槍。有貨車擋住，我們只要往回跑過鐵軌就行了，他們不會看到子彈從哪裡射出來的。你在這裡至少要等到天亮，你算什麼托缽僧，叫你把一下風就渾身發抖？」

「哦呵！」基姆閉著眼心想，「又是瑪哈布，把白雄馬的血統證明書賣給白人官老爺真不是好事！或許瑪哈布還在賣別的消息。基姆，現在該怎麼辦？我不知道瑪哈布在哪一間房子，如果他在天亮前來到這裡，他們一定會開槍殺他，那對你沒有好處，基姆。這也不是應該告訴警察的事，那樣對瑪哈布沒有好處，而且……」他差點咯咯笑出聲音，「我不記得在勒克瑙學的任何一堂課對我有幫助，真主啊！我在這裡，他們在那邊，那麼首先基姆應該醒來離開，而他們又不至於起疑，一場噩夢會把人驚醒，因此……」

他掀開蓋住臉的毯子，猛地坐起來，扯開嗓門發出亞洲人做噩夢時那種淒厲恐怖又意義不明的叫聲。

「嗚嗚嗚嗚！哎呀呀呀呀！不得了啦！赤羅鬼！赤羅鬼！」

赤羅鬼是孕婦分娩時死亡化成的厲鬼，她出沒於僻靜的道路，她的腳踝往後反轉，她引導人遭受磨難。

基姆顫抖的叫聲越來越響亮，最後整個人跳了起來，然後睡眼矇矓地踉蹌離開，全部的人都因為被吵醒而痛罵他。他朝鐵路走了約二十碼就再度躺下，蓄意讓那些竊竊私語的人聽到他冷靜下來的咕噥聲與呻吟聲。過了幾分鐘之後，他朝道路翻滾，在沉沉的夜色裡偷偷溜走。

他迅速涉水前進，直至來到了一條暗溝。他跳到暗溝後面，下巴和蓋頂石齊平。他在這裡可以觀察夜間一切的交通往來，而別人看不到他。

兩、三輛運貨馬車經過，駛向郊區，叮噹作響；一名咳嗽的員警和兩位腳步匆匆的行人走過，他們唱著歌以嚇退惡鬼；後來敲擊著地面的馬蹄聲出現了。

「啊！這比較像瑪哈布。」基姆想。那匹馬見到暗溝上出現的小人頭，驚得向後倒退。

「喂，瑪哈布．阿里，」他輕聲說，「當心！」

騎士勒住馬時，馬幾乎完全人立，騎士硬逼牠靠近暗溝。

「以後夜裡，」瑪哈布說，「我絕對不騎裝了蹄鐵的馬辦事，蹄鐵在城裡沾上了骨頭與釘子。」他彎腰抬起馬的前足，這樣一來，他的腦袋與基姆的頭相距不到一英尺。

「低下去，低下去，」他喃喃地說，「夜裡有各種眼睛呢。」

「有兩個人在運馬的貨車後方等著你過去。你一躺下，他們就會開槍射你，有人懸賞你的項上人頭，我在馬的附近睡覺時聽到的。」

「你看見他們了嗎？……別動，惡魔畜生！」他對坐騎怒吼。

「沒看見。」

「是不是有個人穿得像托缽僧？」

「其中一個人對另一個說：『你算什麼托缽僧，叫你把一下風就渾身發抖？』」

「很好，你回紮營地躺下，我今晚死不了。」

瑪哈布騎著馬調轉方向就走了，基姆從暗溝處往回走，直到抵達他第二次躺下地點的對面，像黃鼠狼一樣溜過道路，身子再度縮進毯子裡。

「至少瑪哈布知道了，」他心滿意足地想，「聽他的口氣，他預料到會有這件事，我想那兩個傢伙今晚的監視行動將一無所獲。」

一小時過去了，儘管他希望自己整夜醒著，但還是沉沉睡去。夜車不時在離他不到二十英尺的軌道上隆隆掠過，可是他像東方人一樣，對一切噪音不在乎，甚至連一個夢都沒做。

但是瑪哈布根本沒睡，那些不是他的族人、又與他尋花問柳毫無相干的人始終緊追他不放，這讓他大為光火。他最初的本能衝動是往下走，越過鐵軌，再轉回來，從後面襲擊那些想取他性命的人，並立刻殺掉他們。此時，他又遺憾地想著，與克萊頓上校完全無關的另一個政府部門可能會要求解釋，到時他很難提供這些解釋。他知道南方的邊境正為一具屍體小題大作，極為荒謬。而他從派基姆把訊息送到安巴拉以來，就沒惹過這種麻煩，他希望自己最後能擺脫這種嫌疑。

後來他想到了絕妙的主意。

「英國人總是說實話，」他想，「因此我們這些印度人總是顯得笨透了。真主在上，我一定會對英國人說實話！如果一位可憐喀布爾人的馬在政府的鐵路貨車裡被偷了，那麼政府的警察有什麼用呢？這實在跟白沙瓦一樣糟糕！我應該向車站申訴，向鐵路局的年輕白人官老爺申訴更好！他們滿腔熱誠，如果抓到小偷，人們永遠會記住這件事，他們也會非常榮耀。」

他把馬拴在車站外，大步走向月臺。

「哈囉，瑪哈布．阿里。」一位年輕的地區交通助理警長說，他正等著走向鐵軌。他個子很高，有著金色頭髮與瘦長臉龐，穿著骯髒的白色亞麻布衣服。「你在這裡做什麼？賣草嗎？嗯？」

「不是。我不擔心我的馬，我來找魯圖夫．烏拉。我有一個貨車的馬在鐵軌上，會不會有人把牠們偷走，但鐵路局不知道？」

「我想不會的，瑪哈布，如果有這種事，你可以要求我們賠償。」

「我親眼看見兩個人幾乎整夜都蹲在其中一輛貨車的輪子下，托缽僧不會偷馬，所以我沒繼續想這件事，我要找我的夥伴魯圖夫．烏拉。」

「你真的看見了？你沒繼續用腦子想一想？說真的，你幸虧碰上了我，他們是什麼模樣，嗯？」

「他們只是托缽僧而已，也許只不過將從其中一輛貨車裡拿一些穀物罷了，鐵路上這樣的人很多，國家永遠不會發覺遺失了賑濟糧，我來找夥伴魯圖夫．烏拉。」

「別管你的夥伴了，你的運馬貨車在哪裡？」

「離這邊最遠處、為火車打燈的地方。」

「信號站！好。」

「從這個方向看鐵路，我的馬車在右手邊最接近道路的鐵軌上。至於魯圖夫．烏拉，他個子很高，有個斷過的鼻梁，還有隻波斯灰狗。喂！」

這個年輕人迅速跑去叫醒一位充滿熱忱的年輕員警，因為他說鐵路局在貨車停車場遭到多次劫掠，蓄著染色鬍子的瑪哈布輕聲地笑。

「他們穿著靴子走路，腳步聲響亮，後來一定會納悶怎麼沒看到托缽僧。他們是很聰明的男孩——巴頓大人與年輕的白人官老爺。」

他閒等了幾分鐘，原本預期會看到他們沿著鐵軌狂奔，準備採取行動。一輛小火車頭掠過車站，他瞥見年輕的巴頓大人在駕駛艙裡。

「我小看了那個孩子，他並不是太傻，」瑪哈布．阿里說，「駕小火車頭去捉賊，這是新鮮把戲！」

天亮後，瑪哈布．阿里來到營地，每個人都覺得夜裡的消息沒什麼好值得告訴他的，只有最近剛為這位馬販大人做事的小馬僮告訴他。瑪哈布把他叫到那頂小帳篷裡，要他幫忙收拾東西。

「我全都知道，」基姆的身子俯在鞍囊上，低聲說，「兩位白人官老爺搭了火車過來，那輛火車慢慢地來回開，我在這邊貨車的黑暗中跑來跑去。他們襲擊坐在這輛貨車下的兩個人。哈吉，這塊菸草要怎麼辦？用紙包起來放在鹽袋下面？是。他們把那兩個人擊倒。但是其中一人用托缽僧的羚羊角（基姆指的是連在一起的黑羚羊角，這是苦修僧唯一的世俗武器）攻擊一位白人官老爺，把對方打得流血。另一位白人官老爺痛打與他糾纏的人，將他打昏過去，然後用那個人掉下的短槍重擊那位凶徒。他們打得非常激烈，彷彿都瘋了。」

瑪哈布以極愉快的容忍態度微笑，「不！這不是瘋狂（原文的雙關語亦指民事案），應該是刑事案。你說有把槍，對嗎？足足要坐十年牢。」

「後來那兩個人都倒下去了，他們被抬上火車的時候，我覺得他們快死了。他們的頭這樣動，鐵軌上有許多血，你要去看看嗎？」

「我看過血。他們一定會被關在牢裡，他們提供的一定是假名，一定會有很長一段時間沒人能找到他們。他們不是我的朋友。你與我的命運似乎在一條線上。對珍珠療者來說，這是多麼精采的故事！現在快整理好鞍囊與烹煮用的盤子，我們將馬兒牽出來，前往西姆拉。」

他們迅速又粗率地卸下那頂凌亂的帳篷——這是按照東方人了解的速度，夾雜長篇解釋、謾罵、空談，並百般確認遺忘的小東西。那六匹筋骨僵硬、脾氣惡劣的馬任人牽著，在雨水沖刷後的清新黎明空氣中沿著卡爾卡路前進。凡是想博得瑪哈布好感的人都認為基姆深受瑪哈布喜愛，瑪哈布沒吩咐他做事。他們極輕快地漫步前行，每隔數小時就在路邊的歇腳處停下來。許多洋人往來卡爾卡路，並且像瑪哈布．阿里說的，每個年輕洋人都非得以伯樂自居，雖然欠了放債人許多錢，卻一定裝出要買馬的樣子。因此一個個洋人搭著驛馬車過來的時候，都會停下來談談價錢，有些人甚至會下車摸摸馬腿，問些蠢問題，或者由於不了解本地話，嚴重侮辱了冷靜的馬販。

「我最初和白人官老爺打交道時，索迪上校大人正是阿巴齊要塞的長官，他對行政長官的紮營地用盡了壞心眼，」瑪哈布在樹下告訴為他點菸的基姆，「我當時還不知道他們是大傻瓜，氣得要命，於是發生了……」他把出於無知而用錯一句話的故事告訴基姆，這個孩子開心得直不起腰。「可是現在我明白，」他慢慢地吐了口菸霧，「這些白人官老爺就跟所有的人一樣，在某些方面很聰明，在其他方面非常傻，對陌生人用錯字眼就是非常傻的事：因為雖然說者無心，可是陌生人怎麼知道？他更容易動刀子找出事實。」

「對，說得對，」基姆鄭重地說，「例如女人被帶上床的時候，笨蛋卻在這時提起貓的事，我聽過這類的事。」

「所以像你這種地位的人，特別得用兩種臉孔記住這一點：在洋人之間，永遠別忘了自己是洋人；在印度老百姓之間，永遠記住你是……」他停頓下來，臉上泛起困惑的微笑。

「我到底是什麼人？穆斯林、印度教徒、耆那教徒或是佛教徒？這實在很難說。」

「你無疑是沒有宗教信仰的人，所以你會被打入地獄，我們的宗教是這麼說的，或者我想應該是這麼說的。但是你也是我的世界之友，我喜愛你，我的心也這麼說。信仰的事跟馬一樣，聰明的人知道馬是好的，那就是說有利可圖。至於我自己，我是虔誠的遜尼派教徒，痛恨蒂拉赫地區的人，我相信所有的宗教信仰都是如此。現在顯而易見的是，如果一匹卡提亞瓦牝馬離開出生所在的沙地，被帶到孟加拉以西，牠就不行了；就算是一匹巴爾喀雄馬（如果牠們肩膀沒那麼沉重的話，牠們就是最好的馬了），在北部大沙漠與我見過的雪駝相比，也顯得不太神駿。所以我想宗教信仰跟馬一樣，每個宗教在本國都有其優點。」

「可是我的喇嘛說法完全不同。」

「哦，他來自西藏，耽於夢想的年老夢想者。我有點生氣，世界之友，你竟然如此崇敬這個沒沒無聞的人。」

「哈吉，你說得對，可是我的確看得出他的偉大，我的心受他吸引。」

「我聽說他也受你吸引。人的內心像馬一樣，受到限制或刺激就變幻不定。對那裡的古爾希汗喊一聲，叫他把繫住那匹栗色雄馬的尖樁打得更結實點，我們不希望馬匹每到歇腳處就打架，那匹暗褐色的馬與黑馬會糾纏在一起……現在你聽我說，你是不是一定要看到那位喇嘛，心裡才舒服？」

「那是我一部分的牽掛。」基姆說，「如果我看不見他或者不讓我見到他，我會離開勒克瑙的學校，而我一旦走掉，誰能再找到我？」

「這倒是真的，套在小馬足上的羈絆從沒有比套在你身上的羈絆還輕。」瑪哈布點點頭。

「別怕。」基姆的口氣彷彿他立刻就能消失，「喇嘛曾說他會來學校看我……」

「當著那些小洋人的面，一位乞丐帶著乞缽跟你……」

「根本沒什麼！」基姆哼了一聲，打斷他的話，「他們其中許多人有藍色眼睛，手指甲骯髒烏黑，顯露下等階級血統。他們是掃街女人的兒子、清道夫的連襟。」

我們不必詳述其餘的血統了。不過基姆明確指出這點的時候，態度平靜，不帶火氣，還嚼著甘蔗。

「世界之友，」瑪哈布說，一邊把菸斗推過去讓基姆清理，「我一生見過許多男人、女人與男孩，也見過不少洋人，卻從沒見過像你這樣的小頑童。」

「為什麼這麼說？我一向對你說實話。」

「也許正是因為這個緣故，因為對老實人來說，這個世界很危險。」瑪哈布站起來，紮上腰帶，走向馬兒。

「或是出賣消息？」

說話的語氣讓瑪哈布驀地站住，轉過身來，「搞什麼新的惡作劇？」

「你給八安那，我就告訴你，」基姆咧嘴笑，「這有關你的平靜。」

「哼，魔鬼！」瑪哈布給了錢。

「你還記得竊賊夜晚埋伏在安巴拉的那件小事嗎？」

「他們既然想要我的命，我當然沒忘掉。為什麼這樣問？」

「你記得喀什米爾驛站嗎？」

「再過一會兒，我就要擰你的耳朵了，小洋人。」

「不必這樣，阿富汗人。只不過是被打昏的第二位托缽僧就是在拉合爾跑到你房間搜東西的那個人。他們把他抬上火車頭的時候，我看到他的臉，那是同一個人。」

「為什麼你先前不告訴我？」

「哦，他會坐牢，你會有幾年安全的時光。不論什麼時候，話都不必對人說得過多。此外，我剛才還不需要錢買甜食。」

「感謝真主！」瑪哈布・阿里說，「如果哪一天你忽然心血來潮，你會不會把我的項上人頭賣掉買甜食？」

・・・

基姆直至死前都會記得從安巴拉穿過卡爾卡路及平諾爾花園到西姆拉的旅程，那次漫長懶散的行程。戈格河忽然猛漲，沖走了一匹馬（當然是最珍貴的一匹），基姆也險些在漂流的礫石之間淹死。再往上走的路上，政府的一頭象驚散了馬群，由於正是青草茂密的時候，大家花了一天半的時間才捉回牠們。後來他們遇見希康德坎牽了幾匹賣不掉的駑馬下山，賣馬經驗要比希康德坎不知道多了多少倍的瑪哈布，現在正需要買兩匹最差的馬，於是花了八小時費力談判，抽了數不清的菸，終於達成目的。可是這一切真的讓人非常快樂：蜿蜒的山路在越來越壯觀的橫嶺時上時下；朝霞與遠處白雪相映；多石的山坡長著一層又一層分枝的仙人掌；成千的水道汩汩而鳴；猿猴吱喳叫；莊嚴的雪松帶著下垂的枝葉一棵緊接一棵；下方平原的美景延伸到遠方；雙輪輕馬車的喇叭一路響，帶頭的馬兒在轉彎時拚命向前衝；馬隊停下禱告（如果瑪哈布不趕時間，對乾洗和高聲禱告十分虔誠）；晚上在歇腳處停下休息，駱駝與牛隻一起神情嚴肅地嚼草，面無表情的車夫講起大道上的新聞，這一切都讓基姆心花怒放。

「可是歌舞過後，」瑪哈布・阿里說，「就要去見上校大人了，那就不太甜蜜了。」

「真是仙境，印度真是最美麗的地方，五河之地更美。」基姆半吟半唱地說，「如果瑪哈布．阿里或上校動手動腳對付我，我就會再度離開，一旦我離開，誰能找得到我？瞧，哈吉，那裡就是西姆拉嗎？真主在上，好一座城市！」

「白沙瓦的馬克森大人新鑿井的時候，我伯父已經老了，他還記得當初西姆拉只有兩間房子。」

他牽著馬走下大路，前往西姆拉較低的市集。這個市場四通八達，擁擠得很，以四十五度角向上延展到市政廳。熟悉這裡道路的人可以挑戰這印度夏都所有的員警，因為遊廊和遊廊、小巷與小巷、避難洞與避難洞都銜接得十分巧妙。為這個繁華城市服務的各種人都住在這裡：晚間為美女拉車、一直賭到天亮的人力車夫；雜貨商、油商、古董販、柴商、僧人、扒手和當地政府職員；妓女在這裡談論按說是印度行政會議裡最大機密的事；一半藩邦的助理副代表集中於此。瑪哈布．阿里向一位穆斯林牛販租了一個房間，鎖得遠比拉合爾驛站的房間嚴密。那裡也是奇蹟發生的地方，因為一位穆斯林馬僮走了進去，一小時後，一位混血少年走了出來，穿著極不合身的成衣，那名勒克瑙女子的染料真是了不起。

「我已經跟克萊頓大人講過了，」瑪哈布說，「友誼之手已再度擋開了災禍之鞭。他說你已在路上浪費了六十天，來不及派你到山裡的學校了。」

「我說過我的假日屬於自己，我不要再上學，這是契約的一部分。」

「上校大人還不知道這個契約。回勒克瑙之前，你先住在勒根大人家。」

「我情願跟你一起住，瑪哈布。」

「你不懂，那是極大的面子，勒根大人親口要你去住。你要沿著那條路到山頂。你必須暫時忘掉你曾與賣馬給克萊頓大人的瑪哈布．阿里見過面、談過話。你也不認識克萊頓大人，記住這個命令。」

基姆點點頭，「好。」他說，「勒根大人是誰？不……」他看見瑪哈布銳利如劍的目光望著他，「我實在沒聽過這個名字。他可是……」他放低聲音，「我們的人？」

「你講的『我們』是什麼，大人？」瑪哈布恢復他對歐洲人說話的聲調，「我是阿富汗人，你是洋人與洋大人的兒子。勒根大人在那些歐洲店鋪中有個鋪子，全西姆拉都知道那間鋪子，你在那裡打聽就行了……還有，世界之友，就連他睫毛眨一下，你也要遵從。人們說他會魔術，但是別讓這一點把你迷住。你上山去打聽，大博弈現在開始了。」

第九章

蘇道克斯是智者葉爾施、
鴉族酋長之子。
熊人伊蘇特照顧他，
讓他成為醫師。

他聰明伶俐，學得很快。
個性大膽，敢於挑戰。
他跳可怕的克魯克瓦利舞。
逗笑了熊人伊蘇特！
——《奧勒崗傳說》

基姆全心全意地投入生命之輪的下個轉折，他將再度暫時當個洋人，因此一到西姆拉市政廳下方的寬闊馬路，就擺出小洋人的派頭想讓人印象深刻。一位十歲左右的印度孩子蹲坐在街燈的柱子下。

「勒根先生的房子在哪裡？」基姆問。

「我不懂英語。」那個孩子回答，於是基姆改用本地話。

「我帶你去。」

他們在神祕的暮色中走著，山坡下的城市一片喧囂，賈科山的山頂長著雪松，山上涼風徐來，襯著星子。房子裡的燈火高高低低地分布，彷彿形成雙重穹蒼；有些是固定的燈火，有些是漫不經心且直率的英國人外出用餐搭的人力車發出的燈光。

基姆的嚮導在一處陽臺前停下，說道：「到了。」這座陽臺與主要道路齊高，房子沒有門，只有一片珠簾隔開屋裡的燈火。

那個孩子說：「他來了。」他的聲音不比嘆息聲高出多少，他隨即消失，基姆敢說那個孩子從一開始就是奉派為他引路的人。他裝出勇敢的表情，掀開簾子，有位頭戴綠色遮罩，蓄著黑鬍的男子坐在桌前，用白皙的短手從面前的盤子裡拿起一顆顆璀璨的小圓球，穿在一根發亮的絲質細繩上，他的嘴裡哼著歌。基姆意識到除了一圈燈光之外，房間裡充斥著類似東方寺廟的氣味：一股麝香味、一陣檀香味、讓人作嘔的茉莉花油味鑽入他的鼻孔。

「我來了。」基姆終於開口，他用的是本地話。那些氣味讓他忘了應該擺出洋人的派頭。

「七十九、八十、八十一。」此人自言自語地數著數目，他穿珍珠的動作快極了，基姆簡直看不清楚他手指的動作。他拉下綠色遮罩，凝視基姆整整半分鐘，兩眼的瞳孔一下變大，一下小如針孔，彷彿能任意操縱。塔薩利門附近有個托缽僧也有這種本領，並靠此賺錢，尤其在罵愚蠢女人的時候。基姆看得入神。他那位不三不四的朋友還能像山羊一樣讓兩耳抽動，這個人不能模仿這種動作，基姆感到失望。

「別害怕。」勒根大人突然說。

「我為什麼應該害怕？」

「你今晚睡在這裡，而且你要跟著我，直到再度回勒克瑙，這是命令。」

「這是命令。」基姆重複道，「可是我要睡在哪裡？」

「就在這個房間裡，」勒根大人朝後方的一片漆黑揮手。

「那就這樣了，」基姆冷靜地說，「現在呢？」

他點點頭，把燈舉過頭頂。燈光掃過他們，牆上一批西藏的魔鬼舞面具露了出來，掛在繡有惡魔的帷幔上方的是有角的面具，猙獰的面具，能把人嚇傻的面具。一處角落裡有個全副盔甲、飾有羽毛、手執長戟、咄咄逼人的日本武士，還有長矛、雙刃劍、匕首等多件武器閃爍著光。基姆在拉合爾博物館已經看過魔鬼舞面具，但是他更感興趣的是瞥見那個在門口離開的印度孩子，他眼神柔和，盤腿坐在放著珍珠的那張桌子下，鮮紅的嘴唇帶著微笑。

「我認為勒根大人想讓我害怕，我敢說那張桌子下的小鬼也想看到我恐懼的樣子。這個地方，」基姆大聲說，「像一間神奇之屋。我的床在哪裡？」

勒根大人指著那些讓人討厭的面具旁邊角落的一條樸素被子，接著拿起燈離開，房間頓時一片漆黑。

「那位是勒根大人嗎？」基姆問，他蜷著身子躺下，沒人回答。然而，他聽見那個印度孩子的呼吸聲，於是循著聲音爬過去，衝入黑暗中喊道：「快回答，小鬼！你就是這樣欺騙白人官老爺嗎？」

他覺得自己聽見黑暗中傳來一陣輕笑的回音，這不可能是那個柔弱的印度孩子發出的笑聲，因為那個孩子在哭泣。因此基姆提高嗓音喊道：

「勒根大人！噢，勒根大人！你的僕人不對我說話，那也是命令嗎？」

「是命令。」那道聲音從基姆的後方傳出，他嚇了一跳。

「很好。可是記住，」他一邊摸索找著被子，一邊喃喃低語，「明天早上我會揍你一頓，我不喜歡印度人。」

那一晚讓人不愉快，房間充滿了太多的聲音與音樂，有人叫基姆的名字，害他兩度驚醒。第二次被吵醒時，他起身去找，結果鼻子擦傷了，因為撞到一個講著人類語言，但腔調不像人說話的盒子。那道聲音似乎是由一個錫製喇叭發出來的，這個錫製喇叭透過金屬線與地板上一個較小的盒子相連。直到目前為止，至少他可以憑觸覺判斷出這些事。那道聲音十分生硬，而且呼呼作響，那是從喇叭發出的聲音。基姆揉揉鼻子，越來越氣，他照常用印度語思索。

「這個騙騙市集上的乞丐也許有效，但我是洋人，又是洋人的兒子，這已經是雙重高貴的身分，何況我還是勒克瑙學校的學生。沒錯（他從這裡改用英語），聖沙勿略學校的學生。他媽的勒根先生的眼睛！那是一種機械，例如一架縫紉機。哼，他真是太無禮了，我們在勒克瑙可不會這樣被嚇壞，不會！」他又改用印度語想著，「可是他這麼做有什麼好處？

他只是生意人，我在他的鋪子裡。不過克萊頓大人是上校，我想他曾下命令，吩咐應該怎麼做。明天早上我會狠狠揍那個印度孩子一頓！這算什麼啊？」

那個有喇叭的盒子傳出一陣罵人的話，用字巧妙，聲音尖銳冷漠，基姆從未聽過那種辱罵，他頓時感到頸上寒毛直豎。當那道惡毒的辱罵聲暫停，基姆聽到類似縫紉機的低柔呼呼聲，他感到安心。

「別動！」他大喊，此時再度聽到一聲輕笑，他做出了決定。「別動，不然我就打破你的頭。」

那個盒子不理睬他。基姆去扭那個錫製喇叭，有樣東西喀嗒一聲彈起，他顯然掀起了一個蓋子。如果這裡面藏了魔鬼，現在它完蛋了，因為他聞了一聞，聞到市集上縫衣機的味道。他要驅魔了：他脫掉上衣，把它塞在盒子裡，有個長而圓的東西因此彎折了，發出呼呼聲，接著那道罵人的聲音就停止了。如果把一件捲起的上衣塞入蠟制圓筒，再塞入昂貴的留聲機裡，聲音當然會停止。基姆後來平靜入睡。

第二天早上，他發現勒根大人俯視著他。

「噢！」基姆說，堅決維持洋人的派頭，「夜裡有個盒子對我說罵人的話。所以我把它弄停了，那是你的盒子嗎？」

對方伸出手。

「握手，歐哈拉。」他說，「沒錯，那是我的盒子，因為我的藩王朋友喜歡，所以我留著這些東西。那個壞了，但是它很便宜。嗯，我的藩王朋友很喜歡玩具，我有時也喜歡。」

基姆用眼角打量這個人。他穿著洋人衣服，因此是洋人，但是他講烏爾都語的腔調與講英語的音調顯示他絕對不是洋人。基姆還沒開口，他似乎已知道基姆內心的想法，他不像維克托神父或勒克瑙學校的教師一樣為自己努力解釋，最可愛的是，他把基姆當個亞洲人平等看待。

「抱歉，今天早上你不能揍我的孩子，他說他會用刀子或毒藥殺你。他心懷嫉妒，因此我罰他待在角落，今天都不與他說話。他剛才想殺我，你必須協助我做早餐，現在他心裡太嫉妒了，我無法信任他。」

來自英國的白人官老爺會大驚小怪地講這種事，勒根大人只是輕描淡寫地說出來，就像瑪哈布．阿里記錄北方的那些瑣事一樣。

店鋪的後陽臺凸出陡峭的山坡，俯瞰鄰居的煙囪頂管，西姆拉的房子通常都是如此。不過，這間店鋪比勒根大人親手做的純波斯風味早餐還讓基姆著迷。拉合爾博物館比較大，但是這間鋪子裡稀奇古怪的東西比較多：來自西藏的除鬼匕首與法輪；綠松石與琥珀原石的項鍊；綠玉鐲子；裝在表面鑲有柘榴原石的罐子裡以古怪方式包裹的線香；前一夜見到的魔鬼面具；掛在牆上的孔雀藍帷幔；塗金的如來佛像；手提的塗漆小祭壇；蓋子上有綠松石的俄國茶壺；裝在別緻的八角形竹盒裡的成套超薄瓷器；黃色象牙質十字架（依照勒根先生的說法，它竟來自日本）；氣味難聞又布滿灰塵的成捆地毯堆在破舊的幾何圖案簾子後面；餐後洗手用的水壺來自波斯；還有非中國製也非波斯製的暗色銅香爐，爐身雕著奇怪的魔鬼；也有光澤已失，宛如生皮鞭的銀製腰帶；玉石、象牙、深綠玉髓製的髮夾；各式各樣的武器；

更有其他上千種古怪東西放在盒子裡，或是堆著，或是亂放在房間裡，只有那張搖搖晃晃的松木桌四周有空位，勒根大人就在那張桌子上做事。

「這些都是不值錢的東西。」東道主順著基姆的視線望過去，說道：「我買下來是因為它們很好看，如果我喜歡買家的長相，有時我也會賣掉它們。我的工作就在桌上，其中一部分的工作。」

它們在晨光中綻放光采，全是紅色、藍色、綠色的光芒，零星鑽石奪目的藍白色光芒予以襯托，基姆睜大了眼睛。

「噢，這些寶石相當好，晒到太陽也不會壞，而且很便宜。可是生病的寶石就是另一回事了。」他再度把基姆的餐盤堆起來，「唯有我能治好生病的珍珠，或者讓松石重現藍色。我承認蛋白石不同，任何傻瓜都能治好蛋白石。但是如果要治好一顆生病的珍珠，那只有我辦得到。如果我死了，那就沒人做得到了……噢，不行！你不能做珠寶這一行，有朝一日，你只要稍微懂松石就夠了。」

他走到陽臺的盡頭，從濾水池裡裝滿一個滲水的沉重陶罐。

「你要喝水嗎？」

基姆點頭，勒根大人在十五英尺外，一隻手放在陶罐上。下一刻，罐子就到了基姆的手肘旁邊，水是滿的，離罐口不到半英寸。只有一塊白布微皺，顯示它是從那裡滑過來的。

「哇！」基姆驚訝萬分地說，「這是法術。」勒根大人的微笑顯示這個稱讚深得他的心。

「把它扔回來。」

「它會碎的。」

「我叫你扔回來。」

基姆隨意扔過去，陶罐到不了，摔成了五十塊碎片，水從陽臺的粗糙木板之間滴落。

「我說過它會碎的。」

「它是完整的，你瞧著它，瞧那最大的碎片。」

那塊碎片的彎曲處還有亮晶晶的水珠，在木板上看起來像星星。基姆聚精會神地看，勒根大人一手輕放在基姆頸後，撫摸兩、三下，嘴裡低語：「瞧！它會一片一片地活過來，先是有兩塊碎片分別附著在大片的右邊和左邊，右邊和左邊。瞧！」

基姆為了保住小命，頭不能轉，像被光束緊抓住，血液流過全身有一陣刺激快感。本來是三塊碎片，現在成了一大片，隱約顯出整個水罐的輪廓。他可以透過它看到陽臺，可是隨著他的脈搏每跳一下，那團東西就越來越厚，顏色越來越深。然而那水罐——念頭來得多慢！——明明在他眼前被打碎了，勒根大人的手動了一下，另一陣刺熱感迅速從他頸部傳下。

「瞧！它漸漸成形了。」勒根大人說。

到那時為止，基姆一直是用印度語思考，可是他感覺到一陣戰慄，像是泳者遭鯊魚追逐、拚命要從水裡逃生那樣掙扎，他內心竭力擺脫將吞沒它的一片黑暗，並用英語默背九九乘法表當作護身咒語。

「瞧！它漸漸成形了。」勒根大人耳語。

那個水罐確實已經打碎了，對，打碎了。不要用當地話思考，不要想它。的確打碎了，碎成五十片，三二得六、三三得九、三四十二，他拚命反覆地默誦。他揉揉眼睛再看，水罐的隱約輪廓已如霧消失，還是一塊塊的碎片，撒出的水逐漸在日光中乾涸，他也從陽臺板縫裡看到下面有肋材支撐的白牆，三乘十二是三十六！

「瞧！它在恢復原形嗎？」勒根大人問。

「可是它已經被打碎了，碎了。」他喘著氣說，勒根大人在過去半分鐘內一直喃喃地低聲說話。基姆掙開頭。「瞧！瞧！它還是剛才的樣子。」

「它還是剛才的樣子。」勒根大人說，一面打量基姆搓揉著脖子，「許多人看過這個現象，但你是第一個這麼說的人。」他擦拭著自己的寬額頭。

「那也是法術嗎？」基姆狐疑地問。他的血管已不再有刺熱的感覺，他覺得異常清醒。

「不，那不是法術，只是試看一顆寶石有無瑕疵。有時如果一個人知道用手抓住的方法，上等的寶石一下子也會粉碎。所以鑲寶石時必須小心。告訴我，你能看到水罐隱隱出現的形狀嗎？」

「眨眼之間，它像一朵花從地上生長出來。」

「後來你怎樣了？我的意思是，你當時認為怎麼樣？」

「噢！我知道它已經碎了，所以我想我當時就是這樣想的，它確實碎了。」

「哼！以前有人對你施這種法術嗎？」

「如果有過，」基姆說，「你覺得我會讓它再折磨我嗎？我會逃走。」

「現在你不怕了，嗯？」

「現在不怕了。」

勒根大人更加緊盯著他看，「我會問問瑪哈布．阿里，但不是現在，還要過幾天。」他喃喃低語，「我對你很滿意，對，我對你很滿意。你是歷來能維持神智清醒的第一人，但願我能知道是什麼讓你做到這點……不過你說得對，你不應該把原因說出來，甚至不能告訴我。」

他轉頭望著店鋪內的陰暗處，在桌前坐下，輕輕搓手。一堆地毯後面傳出微弱的沙啞啜泣聲，那個印度孩子乖乖面對著牆，他瘦小的肩膀因啜泣而顫動。

「啊，他嫉妒，非常嫉妒。我不知道他會不會再試著在我的早餐裡下毒，害我得重做一頓。」

「庫比、庫比納辛（永遠不會，永遠不會，不會！）。」那個孩子斷斷續續地回答。

「不知道他會不會殺掉這個新來的孩子？」

「庫比、庫比納辛。」

「你覺得他會怎樣？」他突然轉向基姆。

「噢！我不知道。放他走，也許吧。為什麼他要毒死你？」

「因為他很喜歡我。如果你喜愛一個人，而你看見另一個人來了，你喜愛的那個人喜歡他的程度大過於喜歡你，你會怎麼樣？」

基姆仔細思索，勒根大人又用本地話把那句話慢慢地重複一遍。

「我不該對那個人下毒，」基姆一邊沉思一邊說，「可是我應該揍那個孩子，如果那個孩子喜歡我喜愛的那個人，不過我會先問那個孩子是否如此。」

「啊！他認為人人都一定喜歡我。」

「那麼我認為他是傻瓜。」

「你聽見了嗎？」勒根大人對著那顫動的肩膀說道，「洋人的兒子認為你是小傻瓜。出來，下次你再鬧彆扭，別再試著公然放砒霜，毫無疑問地那天魔鬼[1]在桌布上作祟了！孩子，我本來可能中毒病倒，而一個陌生人將守護這些珠寶。過來！」

那個孩子哭得眼睛紅腫，從成捆的地毯後方走出來，激動地跪倒在勒根大人面前，那種懊悔的樣子讓基姆看了很感動。

「我會查看墨水池，我會忠心地守護珠寶！噢，我的父親和母親，把他打發走吧！」他沒穿鞋子的腳跟向後一比，指著基姆。

「還不是時候，還不是時候，再過一段時間他就會離開。不過，現在他在上學，一間新的伊斯蘭學校，你將當他的老師，與他玩珠寶遊戲，我將計算。」

那個孩子立刻擦乾眼淚，跑進店鋪後方，取出一個銅盤。

「給我！」他對勒根大人說，「從你的手裡把它們扔出來，不然他會說我以前看過。」

「別急，別急。」勒根回答，從桌下一個抽屜裡拿出一小把嘩啦啦作響的小玩意兒扔到盤裡。

1 原文為Devil Dasim，Dasim是第八章提到的大魔王艾伯里斯的其中一個兒子。

「現在，」那個孩子說，一邊揮著一張舊報紙，「你可以隨意看，愛看多久都可以，陌生人。計算吧，必要時你還可以把玩，我只要看一眼就夠了。」他驕傲地轉過身。

「這是什麼遊戲？」

「你計算與把玩結束之後，有信心完全記住了，我就用這張報紙蓋住，你必須把數目告訴勒根大人，我會寫下我的。」

「噢！」這勾起他的競爭天性，他俯身看著盤子，裡面有十五顆寶石。「這很容易。」他看了一分鐘後說，那個印度孩子用紙蓋住亮晶晶的寶石，在一本帳簿上匆匆寫字。

「紙的下方有五顆藍色寶石：一顆大，一顆較小，其餘三顆都很小，」基姆急忙說，「還有四顆綠色寶石，其中一顆有個洞眼；有一顆透明的黃寶石；還有一顆寶石像菸斗管；有兩顆紅色寶石；還有，還有，我數了總共十五顆，可是忘了另外兩件。不！讓我想想，一件是象牙，很小，泛著褐色；還有，還有，讓我再想想……」

「一、二……」勒根大人一直數到十。最後基姆搖搖頭。

「聽我的！」那個印度孩子帶著笑聲插嘴道，「先是兩顆有瑕疵的藍寶石，據我判斷一顆兩拉提[2]，另一顆四拉提，四拉提的那顆邊上有缺口；一顆突厥斯坦松石，沒有雕琢，有黑紋；兩顆松石上面刻了字，一顆刻有『上帝之名』且鍍了金，另一顆是從一枚古老戒指取下的，有一條裂紋，上面刻的字我看不出來。現在我們總共有五顆藍寶石，四顆有瑕疵的綠寶石，其中一顆上面有兩處鑽孔，另一顆稍經雕琢……」

「它們多重？」勒根大人淡然問道。

「據我判斷，分別是三拉提、五拉提、五拉提、四拉提。另有一塊舊綠色管狀琥珀、一顆來自歐洲且經過琢磨的黃玉、一顆兩拉提的緬甸紅寶石，沒有瑕疵；還有一顆玉石，有瑕疵，兩拉提；以及一個老鼠吃蛋的中國象牙雕刻；最後是，啊哈！一粒豆子大的水晶球鑲在金葉上。」

他說完後拍手。

「他是你的老師。」勒根大人微笑說。

「哼！他知道寶石的名稱。」基姆說的時候臉很紅，「再試試看！用他和我都知道的普通東西。」

他們把各式各樣的東西堆在銅盤上，這些東西取自店鋪各處，甚至是廚房，每次那個印度孩子都贏了，直到基姆驚嘆不已。

「蒙住我的眼睛，讓我用手指摸，就算是那樣，我也比你睜著眼睛厲害。」印度孩子提出挑戰。

他果然不是誇大其辭，基姆氣得跺腳。

「如果是人或馬，」他說，「我可以表現得高明一些，這套用鑷子、小刀與剪刀的把戲實在太小家子氣。」

「先學習，然後再教導。」勒根大人說，「他是你的老師嗎？」

2 原文為 ruttee（ratti），係印度計算珠寶重量的單位，一拉提大約相當於〇點九一克拉。

「是，可是怎麼學？」

「只能一次又一次地練習，直到萬無一失為止，因為這值得一學。」

現在那個印度孩子得意極了，居然拍拍基姆的背。

「別灰心，」他說，「我會親自教你。」

「我負責讓你受到良好的教導，」勒根大人用當地話說，「因為除了我這個孩子以外——他真傻，買了那麼多的砒霜，其實他只要開口，我就會給他——我好久沒遇到一個更值得教的人了。再過十天，你才會回勒克瑙，在那個學校學不到什麼東西，學費卻很可觀。我想我們應該成為朋友。」

那是極瘋狂的十天，可是基姆覺得有意思極了，完全沉浸其中。他們早上玩珠寶遊戲，有時用真的寶石，有時是劍與匕首，有時候是土人的照片。到了下午，他和那個印度孩子守著店鋪，不發一語地坐在一捆地毯或一道屏風後面，注視勒根大人許許多多且十分古怪的訪客：有藩邦君主來買新奇玩意兒，像是留聲機或機械玩具，而他們的侍從在陽臺上不停咳嗽；有來採買項鍊的貴婦，而男人——基姆覺得有的男人是為了找女人而來，不過他的這種想法可能是早年受到了不好的薰陶；有獨立藩邦或封地宮廷的朝臣，表面上為修理項鍊而來，珠子撒在桌上成了一道晶光，其實真正的來意似乎是為發怒的公主及年輕的藩王借錢；也有印度紳士來訪。勒根大人對他們說話簡約且帶著權威，談完之後會給他們錢。偶有身穿長袍、動作誇張的本地人前來用英語和孟加拉語談論玄學，勒根大人因此得到很大的啟發，他一向對宗教有興趣。白天結束之後，基姆與那個印度孩子（勒根大人高興叫他什麼名字就叫他什麼名字）必須細述他們當天的所見所聞，根據來訪者的表情、談話、舉止，分析每位來訪者的性格，並提出對來訪者真正來意的看法。晚餐後，勒根大人喜歡玩一種可稱為「扮相」的遊戲，他對這個遊戲極感興趣且懂得很多。他畫臉的功夫堪稱一絕，這裡塗抹一下，那裡勾勒一下，別人就認不出他們的臉了。店鋪裡有各式各樣的服飾與頭巾，基姆先後被打扮成良好家庭出身的年輕穆斯林與一位油商；還有一次，基姆扮成一個全副盛裝的歐德地主之子，那天晚上玩得好高興。勒根大人有老鷹般銳利的眼睛，化裝稍有不妥的話，他一眼就能看出。他躺在一張老舊的柚木榻上，利用半小時的聚會講解每個種姓的人怎麼講話、走路、咳嗽、吐痰或打噴嚏，而且講解每一件事的「原因」，因為這個世界不大在乎用什麼「手段」。那個印度孩子對這個遊戲不在行，他的小腦袋對於觀察珠寶非常靈光，可是不懂鍛鍊自己去扮成別人；基姆卻學得極為起勁，他換裝時高興得唱歌，言行也隨之改變。

某天晚上他一時興起，主動向勒根表演「托缽僧」這個種姓的弟子（這個弟子是他在拉合爾的舊識）是如何在路邊求乞布施，以及他分別對一位英國人、一個赴市集的旁遮普農夫、一位不戴面紗的女人說些什麼樣的話。勒根大人樂得捧腹大笑，他請基姆在鋪子後方維持盤膝而坐、身上抹灰、目露凶光的樣子半小時。半小時後，一位高大肥胖的印度紳士笨重地走進店鋪，穿著長筒布襪的腿肥嘟嘟的，基姆對來者說著路邊行乞者的玩笑話，勒根大人卻沒看他的表演，反而注意那位印度紳士，讓基姆十分不悅。

「我想，」那位胖紳士沉重地說，並點燃一根香菸，「我認為這是極高明逼真的表演，要不是你告訴過我，我會以為你在開玩笑。他多久能成為極有能耐的測量員？因為到時候我將申請徵用他。」

「那就是他必須在勒克瑙學的。」

「那就命令他趕快學，再見，勒根。」胖紳士用母牛陷入泥淖般的步伐掉頭離開。

他們討論當天訪客的時候，勒根大人問基姆，他認為那個胖紳士可能是誰。

「天曉得！」基姆愉快地說，那個聲調或許騙得過瑪哈布．阿里，但可騙不了珍珠療者。

「不錯，天是曉得，但我想知道你怎麼想。」

基姆窺望勒根，勒根的目光有迫使人說實話的力量。

「我……我想我從學校出來後，他就會要我，可是……」他推心置腹地說，勒根大人點頭表示許可，「我不明白**他**怎麼能穿許多衣服和講許多種語言。」

「你後來會明白很多事。他是為某位上校寫故事的人。他只在西姆拉很有地位。值得注意的是他沒有姓名，只有一個號碼與一個字母，那是我們的規矩。」

「也有人懸賞捉拿他嗎？像瑪……像其他人一樣？」

「還沒有。但是現在坐在這裡的一個孩子如果站起來，走出去——瞧，門開著——走到一間有著紅漆陽臺、後面是下市集老戲院的房子，朝百葉窗裡輕聲說：『賀瑞．忠德．穆克吉帶來上個月不好的消息。』那個孩子或許可以得到滿滿一腰帶的盧比。」

「多少？」基姆追問。

「五百，一千，他要多少就多少。」

「很好，那孩子講出消息後還能活多久？」他笑嘻嘻地望著勒根大人的鬍子。

「啊！那得花一番心思，若他很聰明的話，也許白天死不了，但晚上可就逃不過了，晚上一定逃不過。」

「如果胖紳士的項上人頭那麼值錢，他的薪水是多少？」

「八十盧比，也許一百，也許一百五十，不過薪水是這份工作最不重要的部分。不時會有一種人出生，而你是其中之一，這種人一心想冒生命危險到外面闖蕩，挖掘消息：今天也許是遠方事物的消息；明天也許是一座前所未知的山；再過一天是附近有些人做了不利於國家的傻事。這些人十分難得，而他們當中最優秀的不超過十人，這十人包括那位胖紳士，那也真奇怪，讓一位孟加拉人壯起膽子，狠下心腸的一定是非常偉大美好的事。」

「真的，可是對我來說，日子過得好慢。我還是孩子，學寫英文才不到兩個月，現在我連閱讀都吃力，要過好多好多好多年我才能當測量員。」

「有耐心點，世界之友。」基姆一聽到這個名字，吃了一驚。「你覺得討厭的那些歲月，如果給我一點就好了。我已經在幾個小地方驗證你的能力，寫報告給上校大人時不會忘記。」然後他改用英語說話，豪邁地笑了一聲。

「啊！歐哈拉，我認為你很有天分，但是你不能變得驕傲，也不要亂說話。你必須回勒克瑙，當個乖小孩，好好念你的書，正如英國人說的。也許明年放假你想要的話，可以再來我這裡！」基姆臉色一沉。「噢，我的意思是說如果你喜歡的話。我知道你想去哪裡。」

四天後，基姆與他的小行李箱上了一輛卡爾卡式雙輪馬車的後座，旅伴就是那個塊頭像鯨魚一樣大的胖紳士，胖紳士的頭部纏著流蘇披巾，穿著鏤空襪子的左肥腿縮在下方，他在寒冷的清晨中顫抖嘀咕。

「這個人怎麼會成為我們的一分子？」馬車在路上顛簸行駛時，基姆一邊望著那果凍似的背，一邊想著，這一想讓他做起最愉快的白日夢。勒根大人曾給了基姆五盧比，這是很大的一筆錢，並保證如果他工作，可以得到他的保護。勒根大人與瑪哈布不同，他把服從命令所得的獎賞講得很清楚，基姆滿意了。如果能跟胖紳士一樣，他就也享有一個字母和一個號碼的榮耀，而且也會有人懸賞要殺他！將來他會擁有這些，而且還會更多。將來他可能會像瑪哈布一樣偉大！他所搜索的屋頂將是半個印度。他將追蹤國王與政府官員，就像以前為瑪哈布在拉合爾追蹤出庭律師及那些為律師跑腿的爪牙。不過現在他的情況也不壞，他立刻想到聖沙勿略學校，他可以對入學的新生表現出高人一等的姿態，也將有假期歷險故事可聽。父親在曼尼浦爾經營茶園的馬丁，曾說大話要荷槍與獵頭者打仗。他也許去了，不過在伯蒂亞拉宮前院，因煙火爆炸而被炸飛橫越半個院子的人絕不是馬丁，他也不曾……基姆又開始對自己講這三個月的遭遇，他可以講到全校都驚呆了，包括必須剃鬍子的最年長學生在內，如果他可以把這些事講出來的話。但是這些當然是不能講的事，將來有一天自然會有人懸賞殺掉他，正如勒根大人所保證的。如果他現在胡亂宣揚，那麼不但不會有人懸賞，克萊頓上校還會放棄他，他僅剩的短短餘生將任憑勒根大人和瑪哈布．阿里發怒折磨。

「所以我將為了一條魚而失去德里，」這是他一貫的哲學，他理應忘記假期（總是有捏造驚險事蹟的樂趣），而像勒根大人說的，「好好讀書。」

在棕櫚樹下，從蘇庫爾到加勒的黃沙口，趕回聖沙勿略學校的所有孩子中，沒有一個比乘馬車到安巴拉的基姆鮑爾・歐哈拉更有高尚品德。他坐在賀瑞・忠德・穆克吉後面，這人在民族調查所某部門的檔案上代號是R.17。

彷彿基姆需要進一步激勵一樣，胖紳士在卡爾卡吃了豐盛晚餐後，滔滔不絕地講出一番勸學的話。基姆去上學嗎？那麼身為加爾各答大學文科碩士的他將解釋教育的好處。一定要用心讀拉丁和渥茲華斯的《遠足》（*Excursion*，基姆完全不懂）。法文也很重要，最好在距離加爾各答數英里的秦德納戈學。一個人如果對劇本《李爾王》和《凱撒大帝》好好下工夫，前程也可能很遠大（就像他一樣），這兩個劇本是考試官常常用的。《李爾王》的歷史元素不像《凱撒大帝》那麼濃厚，書的售價是四安那，如果在市集買二手書只要兩安那。比渥茲華斯或伯克和海爾等名作家更重要的是測量術和測量學。一個孩子通過這些科目考試——而這些考試可沒有參考書助一臂之力——幾乎可以帶著羅盤和冷靜銳利的眼睛在全國到處行走，並用圖畫記錄他處，還可以賣得許多銀幣。不過有時候測量用具攜帶不便，因此一個孩子應該測量自己的一步究竟有多長，這樣即使沒有賀瑞・忠德・穆克吉所謂的「歷險援助器」，仍可用腳步測量距離，為了記住成千上萬的腳步數目，最好的方法莫過於使用一串八十一顆或一百零八顆的念珠，因為這兩個數目可以「一除再除成為多個倍數和因數」。透過胖紳士喋喋不休、漫無邊際的英語，基姆大致捕捉到了這場談話的主要走向，且十分感興趣。這是可以裝在腦袋裡的新本領，從他眼前展開的廣大世界看來，一個人似乎知道得越多越好。

談了一個半小時後，胖紳士說，「希望有一天與你正式碰面。在此以前，容我利用這次談話，送給你這個檳榔盒。它很珍貴，四年前只花了兩盧比買的。」那其實是低廉的心形盒，內分三格可放檳榔、石灰、檳榔葉，可是裡面放的盡是小藥片瓶子。

「這是對你出色飾演托缽僧徒弟的獎勵。你要知道，你年紀這麼小，以為可以永遠活下去而不注意身體。辦正事的時候生病非常討厭。我自己喜歡吃藥，藥物醫治窮人也很方便。這些藥都是本部門的好藥，包括奎寧之類，我送給你當作紀念品。現在再會了，我在這路邊有要緊私事。」

他像貓一樣，無聲無息地溜走，到了安巴拉的道路上，搭上一輛路過的馬車就走了，基姆瞠目結舌，把玩手中的黃銅檳榔盒。

・・・

除了父母以外，沒有人會關心孩子的成績單，而基姆是個孤兒。聖沙勿略學校的卷宗寫明每個學期結束，就把基姆的成績單寄給克萊頓上校，另有一份寄給維克托神父，基姆的學費總是如期由他轉交。成績單也寫著基姆對數學和繪製地圖兩科資質甚佳，曾因此得獎——一部《勞倫斯爵士傳》（*The Life of Lord Lawrence*），牛皮裝訂，上下兩冊，售價九盧比八安那。同一學期又參加聖沙勿略學校板球隊與阿里赫爾伊斯蘭學院校隊比賽，當時他的年齡是十四歲零十個月。他也再度接種疫苗（勒克瑙當時一定又是天花猖獗）。一張舊點名單的邊緣有鉛筆註記他因與「不正當人士談話」而受懲罰數次，似乎有一次還受重罰，因為「曾曠課一天與一位乞丐廝混」。那次是他翻過校門，在古姆提河畔向喇嘛懇求一整天，要喇嘛在下一次假期陪他在街上晃蕩一個月，後來又減到一個星期，可是喇嘛板著臉不答應，說是時機還沒成熟。兩人一起吃糕餅的時候，喇嘛說基姆的要務是汲取洋人所有的智慧，然後看情形再說。友誼之手必定又為他擋開災禍之鞭，因為六星期後基姆似乎以「極度優異的成績」通過初級測量學考試，當時他是十五歲八個月，從這個日子起不再有關於基姆的紀錄。他的名字沒出現在那年送進印度調查所的名單，紀錄上說「因派任而予以除去」。

那三年裡，喇嘛數次駐錫[3]貝納勒斯的特丹克廟，他瘦了些，臉色也更黃了，可是性情依然溫和，德性依然清高。有時候他從南部過來，從杜蒂戈林以南過來，那裡有美妙的汽船前往錫蘭，錫蘭有懂得巴利語的僧人；有時候從溼潤蒼翠的西部及四周有千家棉織廠煙囪環繞的孟買過來；有一次，他從北部過來，他在那邊曾往回走了八百英里，與神奇之屋管理佛像的那個人聊了一天。他到了特丹克廟就大步走向陰涼的大理石禪房，那間廟的僧眾對這位老人很好，喇嘛洗塵膜拜，然後動身到勒克瑙。現在他已習慣搭火車旅行，乘的是三等車。回到廟裡之後，大家都注意到，就像那探索者朋友向住持指出，喇嘛不再為找不到那條河流而悲傷，也不再畫奇妙的生命輪迴圖，卻喜歡講他一位神祕的弟子長得非常體面與聰慧，而廟裡的人都沒見過那位弟子。對，他走訪了印度各地的佛跡（這位喇嘛對他的漫遊和禪思所得有極美妙的記述，現存於拉合爾博物館館長處），除了尋找那條箭河，生命仍無意義，可是夢中已經指點，除非有個擁有極高智慧的弟子——就像管理佛像的白髮先生那麼有智

3 僧人出行，以錫杖自隨，故稱僧侶長期駐留一地為「駐錫」。

慧——一起將這件事帶向美好的結局，否則進行這件事休望成功。例如（他掏出鼻煙壺，那些善良的耆那教僧人立刻安靜下來）：

「好久好久以前，提婆達多為貝納勒斯王時——我們且聽《本生經》的內容！國王的獵者曾捕獲一頭大象，並在牠脫逃前，把牠套上腳鐐。大象又恨又急，想弄掉腳鐐，牠在林中上下疾奔，央求別的大象把腳鐐弄開，一頭又一頭的大象用堅硬有力的大牙去試，卻都失敗了。最後牠們認為那副腳鐐並非任何獸力所能除掉。草叢裡躺著一頭渾身濡溼、剛出生一天的小象，牠的母親已經死了。那隻套有腳鐐的大象忘了自身的痛苦，說道：『我如果不救這個可憐的小東西，牠會死在我們腳下。』於是牠站在小象上方，用腿力撐，擋住那些忐忑不安前進的象群。又向一頭慈祥的母象討了乳汁餵哺。小象漸漸長大，那隻大象引導牠，並保護牠。我們且聽《本生經》說——大象到三十五歲才是力量最盛之時，在這三十五年內，那隻有腳鐐的大象一直是小象的朋友，可是大象腿上的腳鐐在肉裡也越陷越深。

後來有一天，小象見到那半嵌在肉裡的腳鐐，就對大象說『這是什麼？』『這是我的傷心事。』大象回答，那隻年輕的象就把大牙伸到腳鐐裡，眨眼之間就把它扯斷，說道：『注定的時候到了。』因此那隻好心腸、做好事、耐心等待的大象，就在注定的時候，由牠所愛護的小象解除痛苦——大家且聽《本生經》！因為那隻好心腸的大象是阿難，後來弄破腳鐐的那隻小象正是佛陀……」

喇嘛講完後就慈祥地晃晃頭，一邊掐著念珠，一邊指出那隻小象沒有絲毫傲慢的罪念。牠恭順謙卑，就像那個見到師父坐在校門外的土地上，就跳出門外（雖然大門鎖著）的弟子，在那個充滿傲慢的城市，一本真心誠意援助他的師父。當師徒共同尋求自由的時候，這樣的師父與這樣的弟子一定會得到厚報！

喇嘛以這種方式弘法，像蝙蝠一樣輕巧地在印度境內來來去去。在薩哈蘭普爾後面、果園之間的一幢房子裡的利嘴老夫人，像女人敬重先知一樣地尊崇他，可是他的房間並不像已逝先知那般掛在牆上。他會坐在前院咕咕叫的鴿子也沒注意到的房間裡，她甩掉無用的面紗，暢談庫盧的鬼怪、尚未出世的孩子、以前在那個歇腳處說話的放肆孩子。有一次，他獨自從安巴拉以南的大路要前往那個僧人曾經想對他下毒的村莊，他迷路了。但是保護喇嘛的慈悲老天爺指點全神貫注，毫不懷疑的他在暮色中穿過莊稼，來到老軍人家門口。兩人似乎發生天大誤會，因為老軍人問星辰之友為何六天前經過這裡。

「不可能，」喇嘛說，「他已經回到他的同胞那裡了。」

「五天前的晚上，他還坐在那個角落裡講了上百件趣事呢。」老軍人一口咬定，「真的，他與我的孫女講了些傻話之後，天亮時忽然不見了。他的個子長得很快，不過他還是那個帶來打仗消息的星辰之友，你們已經分開了嗎？」

「是，也可以說不是，」喇嘛回答，「我們沒有完全分開，不過我們一起上路的時機還沒有成熟。他正在另一個地方汲取智慧，我們必須等待。」

「你們還是一條心，要不然那個孩子怎麼會老是講起你呢？」

「他都說些什麼？」喇嘛熱切地問。

「都是好話，千萬句好話，他說你是他的父母等等。可惜他不從軍，他渾身是膽。」

這個消息讓喇嘛非常驚訝，他當時不知道基姆極認真地恪守他和瑪哈布．阿里簽訂、並由克萊頓上校批准的合約……

當上校指出基姆利用假期在印度到處流浪非常荒唐，瑪哈布．阿里說：「不讓小馬參加遊戲不行了。如果不讓他自由來去，他會對我們的禁令置若罔聞，然後誰去捉他？上校大人，像我們這匹小馬一樣、如此適合打馬球的馬兒，可是千載難逢，而且我們需要人力。」

第十章

您的雄鷹訓練了太久，大人。牠不是幼鷹，
牠被我們抓到前，已是做過移棲飛行的成年野鷹，
在空中自由自在。真的！如果牠是我的雄鷹，
（牠棲息時，總靠在我的手套上）
我會派受過訓練的鷹和牠同飛，牠蓄勢待發。
羽翼神采，矯健又歷經風霜……
讓牠到老天允牠翱翔的蒼穹，
誰能對付牠？

——《劇本》[1]

勒根大人並未直截了當地說，但是他的意見和瑪哈布的想法一樣，結果對基姆有利。基

1 出自吉卜林未完成的劇作，與本章的主題相關。

姆現在懂了，不再直接以當地人的打扮離開勒克瑙。如果瑪哈布在可以通信的地方，基姆就先到瑪哈布駐紮的地方，在這個謹慎的阿富汗人面前換裝。如果他上課時用於地圖著色的小顏料盒說出他在假日做的事，他可能會被開除。有一次瑪哈布與他一起帶了三個貨車的拉電車用馬匹到美麗遙遠的孟買，基姆提議搭帆船橫渡印度洋去買波斯灣阿拉伯馬，瑪哈布差點心軟了，因為他聽馬販阿布杜·拉曼的一位手下說過那些馬的賣價高於喀布爾馬。

瑪哈布與幾位穆斯林應邀參加慶祝朝聖歸來的盛宴時，基姆與這位大馬販用手在同一個盤子裡抓食物。他們坐船取道喀拉蚩回來，基姆在沿岸航行的輪船前艙初嘗暈船滋味，以為自己中毒了。雖然基姆曾在孟買補充胖紳士贈送的那些藥，可是結果證明對暈船無效。瑪哈布在奎達有事要辦，基姆在瑪哈布的允許之下，到一位肥胖的軍糧士官家裡擔任廚房洗碗工，這份工作包吃包住，他在那裡過了古怪的四天。某個天賜良機，基姆從軍糧士官的公事箱裡取出一本皮紙小帳簿，上面記的內容似乎完全是牛隻與駱駝買賣。基姆在酷熱夜晚的月光下，徹夜躺在茅廁後面抄下這本帳簿，再將它放回原處。他聽從瑪哈布的話，不拿工錢就離開士官家，懷裡藏著抄好的記帳資料，在六英里外與瑪哈布見面。

「那位士兵是小魚，」瑪哈布·阿里解釋，「可是日後我們應該會捉到一條更大的魚。他賣牛有兩種價錢，一種是自己看的，一種是給政府看的，我認為這不是罪孽。」

「為什麼我不能乾脆把那本小帳簿拿走就好？」

「那樣他會嚇壞，還會告訴他的上司，我們可能會因此失去大批步槍，那些人將設法把槍從奎達運往北方，大博弈的範圍極廣，我們每次只能看到一點點。」

「哎喲！」基姆說，接著就閉上了嘴。他得了數學獎之後，正是雨季的假日。聖誕節假期除了十天的私人遊樂時間以外，其餘日子他都與勒根大人在一起。大部分時間坐在熊熊的爐火前，協助勒根串珍珠。這個時候，賈科路積雪深達四英尺。那個印度孩子離開去結婚了。勒根要求基姆背誦《古蘭經》，直到他可以像伊斯蘭穆拉[2]一樣抑揚頓挫地背誦為止。此外，勒根也講述許多本地藥物的名稱、特性、用藥的咒語。到了晚上，他在羊皮紙上畫符，畫成複雜的五角形，姆拉與君王伴侶阿萬等魔鬼的名字以古怪的筆法寫在角落。更重要的是，勒根教導基姆照顧身體、治療發燒，以及簡單療法。離開勒根家的一個星期前，克萊頓上校大人卻很不公平地寄來關於測量術的考卷，包含測量杆子、測鏈、鏈接環和角度的題目。

下一個假期，他與瑪哈布一起騎著駱駝走過沙漠，前往神祕的比卡尼爾城，而且他在途中差點渴死。那裡的井有四百英尺深，井壁全是用駱駝骨砌成。在基姆的眼裡，這段旅程並不有趣，因為上校不顧合約，命令他繪製一幅那座城牆內的熱鬧城市地圖。它是獨立藩邦的首府，沒有穆斯林馬夫與纜繩員幫他拖著測鏈走完全城，基姆只好用掐念珠計算腳步的方式測量距離。一有機會就用羅盤測定方位，大部分是大黑後，等駱駝吃過草秣後進行。他利用測量用的六色顏料盒及三枝畫筆，最後畫出一幅地圖，那和吉蘇米爾城的地圖頗為相似。瑪哈布哈哈大笑，建議他也寫一份書面報告，基姆就在瑪哈布放在馬鞍側下的那本大帳簿背面寫了起來。

2 穆拉（mullah）意譯是先生或老師，通常是指受過伊斯蘭神學與伊斯蘭教法教育的人。

戰一樣周密詳細。」

「必須把你見到、接觸到與想到的一切都寫進去，要寫得像總司令親自率領大軍出發作

「部隊有多少人？」

「哦，五萬人。」

「胡說！記住，沙地裡的井很少又乾涸，連一千個口渴的人都無法來到這裡。」

「那你就把這點寫進去，還有城牆上那些舊缺口、可以砍柴薪的地點、藩王的脾氣和性情。我會待在這裡直到賣完馬匹，並在城門口附近租一間房，你幫我管帳，門上有牢固的鎖。」

報告顯然是用聖沙勿略學校的行書體寫的，那份塗有棕色、黃色、胭脂紅色的地圖幾年前還在（被一名粗心的事務員編檔，還粗略註記為E.23第二份關於錫斯坦地區的調查），但如今圖上的鉛筆字跡一定已經模糊，難以辨認。回程第二天，基姆在油燈下流著汗把報告翻譯給瑪哈布聽。這位阿富汗人站起來，俯身解開鞍袋。

「我早就知道你會做得很好，值得有一套禮服作為獎賞，於是就準備了一套。」他微笑說，「如果我是阿富汗王（將來有一天我們可能會見到他），我就把你的嘴都換上金牙。」他把那套衣服隆重地攤在基姆腳下：一頂繡金線的錐形白沙瓦頭巾帽；一條有金流蘇的長頭巾；一件德里製的繡花背心，穿的時候套在釦子位在右排、寬舒飄逸的奶白色襯衫上；一條搭配細絲線腰帶的綠色寬鬆褲；為求齊全，還有一雙俄羅斯軟皮鞋，皮革味道相當好聞，鞋尖神氣地翹起。

「星期三早上是穿新衣的良辰吉時，」瑪哈布嚴肅地說，「可是千萬別忘了這世界上的壞人，所以……」

他錦上添花，取出一把鑲珍珠母、鍍鎳的0.45英寸自動左輪手槍，基姆驚喜萬分。

「我原本想給你口徑小一點的槍，但想到這把口徑用的是官方子彈，這種子彈容易買得到，尤其邊界附近。站起來讓我看看。」他拍拍基姆的肩膀，「阿富汗人，祝你永不疲勞！啊，多少人將為你心碎！啊，睫毛下的眼睛要往旁邊看！」

基姆轉過身，踮起腳尖，伸展四肢，習慣性地摸著剛長出來的髭鬚。他接著向瑪哈布彎腰屈膝，手迅速揮動輕拍，正式致謝。他心裡激動得說不出話，瑪哈布把他攔住並擁抱他。

「我的兒子，」他說，「你我之間還需要多言嗎？這把小手槍是不是讓人很滿足？只要一轉，六顆子彈就會連續射出。你得把它藏在緊貼胸口處，要時時上油，永遠別放在他處，而且只要神高興，有天你就能用它殺人。」

「哎喲！」基姆悲傷地說，「洋人殺人的話，會在牢裡被絞死。」

「沒錯，可是過了邊境，人就變得比較聰明。把它收好，但要先裝上子彈。如果不裝上子彈，槍又有何用處？」

「我回學校的時候，一定要把槍交還，他們不准學生帶槍。你願意為我保管嗎？」

「兒子呀，我一聽到學校就覺得厭煩，他們奪走一個人最精華的歲月，試圖傳授只在大道上闖蕩才能學到的東西。白人官員有夠愚蠢。沒關係，也許你的書面報告能讓你進一步解除束縛。天曉得，我們在『大博弈』越來越需要人手。」

他們咬緊牙齒，緊閉雙脣迎向風沙，越過鹽漠抵達喬德浦爾，瑪哈布與他的英俊外甥哈比布・烏拉在這裡做了不少交易。基姆後來悲傷地穿著已經變小的洋服，回到聖沙勿略學校，上第二學期的課程。三星期後，克萊頓上校在勒根的店鋪為西藏鬼匕首討價還價時，對上公然唱反調的瑪哈布・阿里，而勒根大人支持瑪哈布。

「小馬長大了，訓練過了，考驗過了，大人！從現在起，如果我們還把他當作小孩看待，那他的態度就會一天比一天壞。別再束縛他，讓他去闖蕩，」瑪哈布說，「我們需要他。」

「可是他那麼年輕，瑪哈布，他不超過十六歲，對嗎？」

「我在十五歲的時候就已經開槍殺過人，還生了兒子，大人。」

「你這個異教徒老頑固！」克萊頓說道，轉身面對勒根，那個黑鬍子男人點點頭，同意鬍子染紅的阿富汗馬販的看法。

「如果是**我**，應該早就用他了，」勒根說，「年紀越小越好。我總是叫小孩子看守真正值錢的珠寶，就是這個原因。你派他到我這裡接受考驗，我就從各方面考驗他，他是唯一不受我幻術迷惑的孩子。」

「是用水晶球，還是墨水池？」瑪哈布問。

「都不是，是用我的手，我已經告訴過你了。這個幻術以前從未失敗過，那就是說他夠堅強。可是克萊頓上校，你認為這套能自由操控任何人的手法並不可靠，而那是三年前的事了。從那之後我又傳授他許多事，克萊頓上校，我認為你現在是糟蹋他。」

「哼！你們說的也許沒錯，但是你們知道，現在沒有調查工作可以給他做。」

「放開他，讓他闖，」瑪哈布插嘴，「誰能指望一匹小雄馬一開始就能馱重物？讓他跟著商隊跑，就像我們那隻白色小公駱駝一樣，一切憑運氣。我本想自己帶他的，不過……」

「南方有一件小事，他可以派上極大的用場。」勒根垂下塗上藍色的沉重眼皮，用古怪的溫和語氣說。

「E.23還在進行那件事。」克萊頓迅速說道，「他不應該到那裡，而且他不會突厥語。」

「只要把我們要的書信形式及語氣告訴他，他就能把它們帶回來。」勒根堅持道。

「不行，那是大人做的事。」克萊頓說。

那只是件小事，以全球伊斯蘭事務最高權威自居的人，與被控在英國領土內綁架女性的王子，彼此來往充滿煽動意味的非法書信。那位伊斯蘭大教長態度強硬，傲慢至極，那位小王子只因為特權被削減而發怒，但他沒必要繼續與那位教長通信，信件的往來可能讓他在未來嘗到惡果。密探已經取得一封信，但是根據接替這項工作的E.23報告，取得那封信的人後來被發現死在路旁，一身阿拉伯商人的打扮。

這些事實與其他沒公布的一些實情，讓瑪哈布和克萊頓搖頭。

「讓他跟那位紅教喇嘛一起闖蕩。」瑪哈布說的時候顯然內心經過一番掙扎，「他喜歡那個老頭子，至少他能憑念珠計算步數。」

「我跟那個老頭子打過一些交道，是書信往來，」克萊頓上校笑道，「他到過哪些地方？」

「他在印度從南到北跑來跑去，三年來都是如此。他在找一條治療的河，這些人都該受到神的責難……」瑪哈布克制自己，「他每次雲遊歸來，就住在特丹克廟或在菩提伽耶，然後到學校去看那個孩子。我們都知道這件事，因為那個孩子曾為此受罰兩、三次。那喇嘛很瘋狂，不過本性和善，我見過他。那位胖紳士也跟他打過交道，我們觀察他三年了。印度的紅教喇嘛不常見，不會追蹤不到。」

「印度紳士很奇怪，」勒根若有所思地說，「你們知道賀瑞先生真正想要的是什麼嗎？他在撰寫民族學記，想加入皇家學會。我把瑪哈布與那個孩子告訴我的，關於那個喇嘛的事全部告訴他，賀瑞先生居然前往貝納勒斯，我猜他是自掏腰包。」

「我認為不是。」克萊頓說得乾脆，賀瑞的旅費是他付的，因為他非常想知道那位喇嘛是何方神聖。

「這幾年，他為了了解喇嘛教、魔鬼舞、符咒等，向喇嘛請教過幾次。聖母在上！這些我早就可以告訴他。我想賀瑞先生太老了，不適合再出差。他比較喜歡蒐集有關風土習俗的資料。對，他想成為皇家學會會員。」

「賀瑞認為那個孩子很棒，是不是？」

「噢，他認為那個孩子非常優秀。我們在我的小地方共度幾個愉快的夜晚。但我認為讓那個孩子與賀瑞一起從事民族學工作，相當浪費。」

「得到第一次經驗並不算浪費。瑪哈布，你認為怎麼樣？讓那個孩子與喇嘛闖蕩六個月，之後我們再看情況，他會得到經驗。」

「他已經得到經驗了，如魚得水啊，大人。但是無論出於哪個理由，實在是該把他從學校裡放出來。」

「很好。那麼，」克萊頓大人說，有點像自言自語，「他可以跟喇嘛一起走，如果賀瑞先生能盯住他們的話，那就更好了。他不會像瑪哈布那樣讓孩子大發脾氣。奇怪，他想成為皇家學會會員，那也是人之常情，賀瑞是最出色的民族學專家。」

金錢或晉升都無法引誘克萊頓離開他在印度調查所的工作，但是他內心深處也渴望能得到皇家學會會員的頭銜。他知道投機取巧或透過朋友幫助就能得到這份殊榮，但他深信只有努力工作，以平生所學的努力寫出論文才能入會。多年來，他不斷提出專題論文，探討亞洲怪異的宗教與不為人知的風俗。皇家學會的晚會乏味至極，一般人十之八九都敬而遠之，克萊頓卻是那第十人。有時他會渴望身在舒適而擁擠的倫敦會議室，那裡有對陸軍一無所知的銀髮禿頭老先生在進行分光鏡實驗；有凍苔原的小植物；電氣飛行測量器；還有能把雌蚊左眼切成若干分之一公釐薄的裝置。照理來說，他感興趣的應該是皇家地理學會，可是大人選擇玩具也像小孩一樣捉摸不定。因此克萊頓露出微笑，由於志願相似，他對賀瑞先生有更好的印象。

他放下鬼匕首，抬頭望著瑪哈布。

那位馬販從克萊頓的眼神讀懂他的心意，於是問道：「我們多快才可以把小馬從馬廄裡弄出來？」

「哼，如果我現在下令他退學，你覺得他會做出什麼事？我從未這樣協助教導一個人。」

「他會來找我，」瑪哈布迅速說，「勒根大人與我將訓練他去大道闖蕩。」

「那就這樣吧，六個月任他去闖。可是誰要當他的保證人？」

勒根稍微點點頭：「他不會洩漏任何事，如果你怕的是這個，克萊頓上校。」

「他畢竟只是個孩子。」

「對。可是第一，他沒有可洩漏的事；第二，他知道洩漏的後果。他很喜歡瑪哈布，也有點喜歡我。」

「他有薪水嗎？」務實的馬販問道。

「只有伙食費，每月二十盧比。」

臥底組織的優點就是不必擔心有人審核帳目。當然臥底組織也很窮，可是負責經營的那幾個人根本不會索取收據和提出報帳單。瑪哈布就像愛錢的錫克人那樣眼睛發亮，連一向心思不外露的勒根臉上也洩漏了情感。他想到未來數年基姆將加入組織，日夜不停地在印度各地參與「大博弈」，他預見這個學生會贏得特定一些人的讚賞和崇拜。勒根大人把一個讓人迷惑、桀驁不馴、滿口謊話的小西北省人變成如今的E.23。

然而，當基姆被校長叫到一旁，轉告克萊頓上校的話時，這些老師的喜悅與基姆的比起來，可說是黯淡許多。

「據我所知，歐哈拉，他已在運河部為你謀得助理測量員的職位，這是因為你學了數學。對你來說，這是極大的好運，因為你才十七歲。但是你一定要明白，你要通過秋季考試才能成為正式職員，所以你千萬別以為是出社會享受或交了好運。你有很多艱辛工作要做，如果你成功變成正職，一個月薪水就增為四百五十盧比。」校長又對基姆的操行、態度、道德觀念提出許多勸誡。其他還沒有回宿舍的高年級生講出只有在印度出生的英國孩子才會說出口的話，說這是偏心和貪汙的表現。卡薩列特的父親是隱居丘納爾的退休人士，他非常明顯地暗示克萊頓上校對基姆的關懷一定是出自父子情。基姆非但沒報復，甚至連罵都沒罵。他只想到未來充滿樂趣的生活；想著前一天收到瑪哈布來信，那封信用英文工整地書寫，約他在這天下午於某間屋子見面，那間屋子的名字會讓校長嚇得毛髮直豎。

那天晚上，基姆站在勒克瑙火車站行李磅秤旁對瑪哈布說：「我本來害怕最後屋頂會坍塌在我身上，發現原來這是騙我的，現在一切是不是真的結束了，我的老爹？」

瑪哈布手指一彈，表示一切絕對結束了，他的雙眼像燒紅的煤塊一樣燦亮。

「那麼我可以隨身攜帶的那把手槍在哪裡？」

「別急！這半年隨你闖蕩，沒有羈絆，這是我向克萊頓上校大人求來的。你的月薪是二十盧比，老紅帽知道你快到了。」

「我會付你三個月的傭金，」基姆嚴肅地說，「對，每個月兩盧比。但是我先得把這些脫掉。」他脫掉亞麻薄褲，又扯著衣領，「我已把路上需要的一切都帶來了，我的箱子已送到勒根大人那裡。」

「大人向你問候。」

「勒根大人很聰明，可是你要做什麼？」

「我會去北方，進行『大博弈』。除了這個，難道還有別的嗎？你仍決定跟著老紅帽走嗎？」

「別忘了，是他造就今天的我，雖然他自己不知道。我每年的學費都是他寄來的。」

「如果我的笨腦袋想到這點，我也會這麼做的。」瑪哈布咆哮，「走吧，現在點燈了，市集上沒有人會注意到你，我們去洪妮法家。」

一路上，瑪哈布告訴他的箴言就和利慕伊勒王的母親教訓兒子的話一樣，說也奇怪，瑪哈布對洪妮法和她的同類毀滅君王的方法講得十分詳細。

「我記得，」他不懷好意地引述，「有人說過：『寧願相信蛇也不要相信妓女，寧願相信妓女也不要相信阿富汗人，瑪哈布．阿里。』現在除了關於阿富汗人——我就是一個阿富汗人——其餘大都正確，在『大博弈』裡更是如此。由於女人搞鬼，所有的計畫都會被破壞，我們一大早倒在地上，脖子被劃破，這種情形曾發生在某人身上。」他說了最血腥的細節。

「那麼為什麼……」基姆停在一道骯髒樓梯口前方，這道樓梯通往樓上一個溫暖黑暗的房間，這間房子位在阿茲姆．烏拉的菸草鋪後方區域。熟知這裡的人則稱為「鳥籠」，這裡盡是喁喁細語、口哨聲、嘰嘰喳喳聲。

那個房間擺著骯髒的軟墊與抽了一半的水菸袋，瀰漫著難聞的陳舊菸草味，一位胖到身材變形的女子穿著綠色薄紗躺在角落，她的額頭、鼻子、耳朵、脖子、手腕、手臂、腰間、腳踝都佩戴當地製作的沉重首飾。她一轉身，就像許多銅鍋互相碰撞。外頭陽臺上有一隻瘦貓餓得喵喵叫。基姆停在門簾處，感到迷惑。

「瑪哈布，這是新貨嗎？」洪妮法懶洋洋地問，甚至沒拿掉口中的菸嘴，「噢，布克坦奴斯！」她像大多數同業一樣，一開口就是以伊斯蘭教的神怪詛咒，「噢，布克坦奴斯！他非常好看。」

「這是賣馬生意的其中一部分。」瑪哈布向基姆解釋，基姆聽了哈哈大笑。

「我從出生第六天就聽到這種話了，」他蹲在燈的旁邊回答，「我們來這裡的目的是什麼？」

「得到保護。今天晚上，我們要改變你的膚色，睡在這個房間可以讓你的皮膚像杏仁一樣白皙，洪妮法掌握不褪色的祕密，不需要花一、兩天時間塗抹。我們也會加強保護你的力量，以防你在大道上遭遇不測，兒子呀，這就是**我**送給你的禮物。把你身上所有的金屬物品拿出來，放在這裡。準備了，洪妮法。」

基姆拿出羅盤、調查用的顏料盒、剛剛裝滿了藥的藥盒，這些都是他旅行時隨身攜帶的物品，他像孩子一樣把它們當作寶貝。

那位女人慢慢起身，兩手稍微向前伸，基姆才發現她是瞎子。「對，對，」她喃喃自語，「那個阿富汗人說的是實話，我的顏色一個星期或一個月都不會褪掉，我保護的人都受到強大的神靈保護。」

「一個人獨自到遠地，忽然長了膿瘡或是得了痲瘋就糟了。」瑪哈布說，「你跟我在一起的時候，我可以照料這些事，而且阿富汗人是白皮膚。現在你把衣服脫到腰部，看看你白到什麼程度。」洪妮法從內室摸著走回來，「沒關係，她看不見。」他從她戴著戒指的手裡拿過一個白蠟碗。

碗裡是藍色的黏性染料，基姆用一團棉花沾了一點試塗在手腕上，但是洪妮法聽見了。

「不行，不行，」她大喊，「不是這樣做的，那得經過特定的儀式。上色是最不重要的部分。我要讓你一路上受到充分的保護。」

「是法術嗎？」基姆有些驚訝地說，他不喜歡那對看不見東西的泛白眼睛，瑪哈布的手按住他的脖子，讓他低下頭，基姆的鼻子離木頭地板不到一英寸。

「別動，兒子呀，你不會受傷害。我是你的祭品[3]！」

基姆看不見那個女人在做什麼，但是聽到她全身的首飾叮叮噹噹響了許久。一根火柴在黑暗中亮了起來，他聽到熟悉的點香聲，接著房間裡煙霧瀰漫，濃密好聞，讓人昏昏沉沉。他越來越睏，聽到各種魔鬼的名字：待在市集與歇腳處的艾伯里斯之子楚爾巴山，專門在路邊做些下流邪惡的勾當，讓行人突然無法行走；隱藏在清真寺裡，住在信徒拖鞋裡的杜爾汗專門阻撓人們祈禱；慕斯布特專門讓人說謊並感到驚慌失措。洪妮法有時對他耳語，有時又像從極遠處對他說話，又用可怕的柔軟手指觸摸他，瑪哈布按在基姆脖子上的手始終動也不動，直到後來那個孩子嘆了口氣，昏了過去。

「天哪！他掙扎得真厲害，如果我們沒用麻藥，根本無法讓他倒下，我想那是因為他的白人血統。」瑪哈布煩躁地說，「繼續念咒吧，給他充分的保護。」

「**啊，聽者！那些用耳朵傾聽者！來吧，啊，聽著！**」洪妮法呻吟說道。她那對失去作用的眼睛轉向西邊，黑暗的房間裡充滿呻吟聲與鼻息聲。

外面的陽臺上有個龐大身影抬起子彈狀的圓頭，緊張地咳嗽。

「朋友，別中斷這個運用腹語的巫師，」他用英語說，「我認為這讓你十分不安，但是一位有見識的觀察者不會感到心煩意亂。」

「……**我會擬定計謀毀掉他們！啊，先知，請容忍這些不信的人，暫時別管他們！**」洪妮法的臉轉向北方，樣子十分猙獰，彷彿天花板上傳來回應她的聲音。

賀瑞先生重新埋首於窗沿上的筆記本，但是他的一隻手發抖著。洪妮法彷彿嗑了藥一樣出神，盤腿坐在基姆安靜不動的腦袋旁，身子扭來扭去，按照古老儀式的順序，召喚一個又一個的魔鬼，約束他們避開這個孩子的每個行動。

「**他有祕密之鑰，除了他自己以外，沒人知道那些祕密。他知道陸地上與海洋裡有的東西！**」那道可怕的尖叫聲忽然再度回答。

「我……我理解那個行動完全不是惡意吧？」那位胖紳士一邊說，一邊在洪妮法說話的時候注視她頸部肌肉的顫動，「她該不會把那個孩子弄死了吧？如果是的話，我會拒絕出庭作證……最後她喊的那個魔鬼叫什麼名字？」

「巴布基。」瑪哈布用當地話說，「我絲毫不在意印度的魔鬼，可是艾伯里斯之子就大不同了，不管他們是善是惡，他們就是不愛異教徒。」

「所以你認為我最好離開？」賀瑞先生準備站起來，「它們當然是非物質的現象，史賓賽說……」

洪妮法忽然發出一陣狂吼，口吐白沫，正如這類事情一樣，她的危機過去了。她躺在基姆身旁，筋疲力盡，動也不動，那些瘋狂的聲音也停止了。

---

3 我是你的祭品（I am thy sacrifice）：伊斯蘭慣用語，表示誓言之意。

「哇！大功告成，願這個孩子因此過得更好。洪妮法真不愧是高明的女巫婆。幫我把她拖到旁邊，胖紳士，別怕。」

「我怎麼會害怕絕對不存在的東西？」賀瑞先生一邊用英語說著，一邊安慰自己。他用藐視的態度調查魔法，卻仍然畏懼它；他強烈相信黑暗的力量，為皇家學會搜集民間傳說，這實在太糟了。

瑪哈布輕笑，他以前曾與賀瑞一起出差，走上大道。「我們上色吧，」他說，「如果神靈聽得見的話，這個孩子現在已受到嚴密保護。我不信鬼神，可是一個人如果能讓一個女人、一匹種馬或一個魔鬼無所防備，何必自討苦吃被踹一腳？胖紳士，放他去闖吧，只要注意那個老紅帽子不會把他帶到我們找不到的地方就行了。我得回去照料馬兒了。」

「好。」賀瑞先生說，「他現在的樣子真怪。」

・・・

約莫在第三聲雞鳴時，基姆醒了過來，彷彿睡了千年一樣。洪妮法在角落發出響亮的鼾聲，但是瑪哈布不見了。

「我希望你沒受到驚嚇，」他的手肘旁邊有個油腔滑調的聲音說，「我監督整個行動，從民族學角度來看，這極為有趣，是高明的法術。」

「哈！」基姆說，他認出了賀瑞先生。賀瑞先生對他露出討好的笑容。

「你現在穿的衣服是我從勒根那裡帶來的，我沒有為下屬帶這些東西的習慣，不過……」

他輕聲地笑，「你的個案在卷宗被標為特殊案例，我希望勒根先生會注意到我的這個舉動。」

基姆打了個呵欠，伸著懶腰，身體能再度在寬鬆的衣服裡轉動，真是太好了。

「這是什麼？」他好奇地望著幾件充滿遙遠北方氣味的厚粗呢衣服。

「噢！這是喇嘛弟子穿的不起眼衣服，樣樣齊全。」賀瑞先生搖搖晃晃地走到陽臺，在長頸陶瓶旁邊刷牙漱口。「我認為那位老先生信奉的並不是那種宗教，而是那種宗教的旁支，我曾針對這些寫過專題文章，投稿給《亞洲季評》，但遭到退回。奇怪的是那位老先生不是宗教狂熱者，他不講究細節。」

「你認識他嗎？」

賀瑞先生舉起一隻手，表示他在進行家教良好的孟加拉人應有的刷牙盥洗等儀式，接著用英語講了具有神論性質的阿利安索馬祈禱詞，又咬了滿嘴的檳榔。

「噢，是的，我在貝納勒斯與菩提伽耶遇過他幾次，向他請教一些宗教問題和拜鬼問題，他純粹是不可知論者，跟我一樣。」

睡著的洪妮法有了動靜，賀瑞先生緊張地跳到晨曦中顯得褪色汙黑的銅香爐旁邊，用一根手指揉了堆積的煙灰，然後在臉上斜抹一道汙痕。

「你家裡死了什麼人？」基姆用當地話問[4]。

「沒人死了，但是她可能有邪眼，那個巫婆。」胖紳士回答。

4　基姆以為賀瑞這個動作是在哀悼，但賀瑞的用意是避開邪惡之眼。

「現在你要做什麼？」

「我要送你踏上前往貝納勒斯的旅程，如果你到了那裡，我就把我們必須知道的事告訴你。」

「我去。火車幾點開？」他站了起來，環視這個淒涼的房間與洪妮法那張蠟黃的臉，陽光悄悄映在地板，「要付錢給那位巫婆嗎？」

「不必。她已經呼喚那些魔鬼，讓你不受任何魔鬼與危險傷害，這是瑪哈布的心願。」他又用英語說，「**我**認為他十分落伍，竟然如此迷信。啊，那只是用腹語術，用肚子說話，對吧？」

基姆自動彈著手指，避免經過洪妮法作法而可能潛入的邪惡力量，他知道瑪哈布根本沒想到這點。賀瑞再度輕笑，但是他穿過房間時，也小心翼翼地避免踩到木頭地板上像大片汙漬的洪泥法影子。如果一個人踩到巫婆的影子，在她法力還在的時候，她能抓住那個人靈魂的腳後跟。

「現在你得仔細聽好，」他們走到外頭的新鮮空氣中，賀瑞說：「我們目睹的儀式的其中一環是提供靈驗的護身符給我們部門的人，你摸摸脖子，就會發現一個銀製的小護身符，很便宜，那就是屬於**我們**的護身符，你明白嗎？」

「哦，明白，一個讓人安心的小玩意兒。」基姆伸手摸著脖子。

「洪妮法做的，一個賣二盧比十二安那，有各種驅邪的符咒。這些很普通，只不過有些護身符的材質是黑色琺瑯，每個裡面都有一張紙寫滿本地聖人的名字，那就是洪妮法做的暗號，你明白嗎？洪妮法只為我們做，但我們擔心她並非如此。我們在收到後與送出前又放進一小塊松石，那是勒根先生給的，別無其他來源，不過這是我想的點子。當然，這絕對不正式，可是對下屬來說很方便。克萊頓上校不知道這件事，他是歐洲人。松石包在紙裡……對，那就是到火車站的路……現在，假如你跟喇嘛一起出發；或是跟著我一起走，我希望有一天會這樣；或是跟在瑪哈布身邊，如果我們發現自己處境危險，我是膽小的人，非常膽小，可是我告訴你，我身歷險境的次數比我的頭髮還多。如果身處險境，你就說『我是符咒之子』，這樣就行了。」

「我不太明白，我們不能在這裡被別人聽到我們講英語。」

「沒關係，我只是對你賣弄英語的紳士。所有印度紳士都愛賣弄英語，」賀瑞得意地把肩布一甩，「我正要說，『符咒之子』意味著你可能是七兄弟會的會員，這是印度與密宗組織，人們通常以為它已消失，但是我寫過文章說它依舊存在，那是我捏造的。好的，七兄弟會有許多會員，也許他們在割你脖子之前，會給你一個逃生機會。無論如何，那都很有用。此外，這些愚蠢的當地人只要不過度激動，只要你一說自己屬於某個團體，他下手前總是會猶豫一下，你懂嗎？所以你身陷危機時，只要說一聲『我是符咒之子』，也許就有一線生機。不過只有在極度緊急或是與陌生人談判的時候才這樣說，你明白了嗎？很好。現在假設我或部裡其他人打扮成完全不同的樣貌跑到你面前，我敢說除非我有心暗示，否則你絕對認不出我，有一天我會向你證明。我會扮成拉達克商人之類的，並對你說：『你想買寶石嗎？』然後我再說：『就連窮鬼都能買一塊綠松石或塔基安（咖哩）。』」

基姆說：「你說的是基克里，也就是蔬菜咖哩。」

「當然，你就說『讓我看看塔基安。』我就回答：『那是女人煮的，也許不適合你的種姓。』接著你說：『去找塔基安吃的人沒有種姓之分。』你在『去』與『找』兩個字之間稍微停頓一下，那就是你的暗號，兩個字之間稍微停頓一下。」

基姆把那句藏有暗號的話重複一遍。

「說得沒錯。然後如果有時間，我就把我的松石給你看，那麼你就知道我是誰，然後我們交換看法和文件及所有其他東西。你和我們當中其他人也是如此，有時我們講的是綠松石，有時是塔基安，可是那兩個字之中總有小小的停頓，這是很容易做到的事。第一，如果你面臨極度危險的情況，說你是『符咒之子』，或許那對你有幫助，也許沒有。再來，如果你要與陌生人辦正事，就用我告訴你那段關於塔基安的話。當然，現在你沒有正事要辦，你是……哈哈！暫時試用。相當獨特的一類。如果你生來是亞洲人，我們可能會立刻僱用你。這半年假期是讓你去除英國人的特質，懂嗎？喇嘛盼望著你，因為我已經私下通知他，你已經通過全部的考試，不久之後會得到政府任命。呵呵！現在你領的是臨時津貼，所以如果我們叫你去幫助別的符咒之子，你最好照做。現在我要跟你道別，親愛的朋友，祝你平安歸來。」

賀瑞先生退後一、兩步，在勒克瑙火車站入口處混入人群裡，一下就不見蹤影。基姆深吸一口氣，把自己抱緊。他可以感覺到身上那件顏色黯淡的袍子下，藏在胸口的那把鍍鎳手槍；他頸上的護身符、乞缽、念珠、鬼匕首（勒根大人沒遺漏任何東西）都在手邊；藥物、顏料盒、羅盤，繡有豪豬刺花紋的老舊錢包腰帶裡裝著一個月的薪資，國王也比不上他富有。他向印度小販買了一杯裝在葉子裡的甜食，吃得極度開心，直到一名警察命令他離開臺階。

第十一章

如果天生不是從事那行的人，
取一把劍讓他揮舞，
再扔些銅錢讓他搶，
讓他害人再醫治好，
丟蛇給他玩弄再被引誘。
他會被自己的劍刃所傷，
蛇不會聽他指揮，
自身的笨拙讓他露餡，
他模仿的人嘲笑他。
天生變把戲的人可不同！
一撮塵土或一朵凋謝的花，
丟來的水果或借來的木棍，
夠他大顯身手，
把人迷得神魂顛倒或笑聲四起！

——《變把戲者之歌》，第十五號作品

他忽然有個自然反應。

「現在我獨自一人，完全獨自一人，」他想，「全印度沒人像我這樣孑然一身！如果我今天死了，誰會把噩耗傳出去，又要傳給誰呢？如果我活著，老天又善良，就會有人懸賞我的項上人頭，因為我是符咒之子，我是基姆。」

少數白人能像多數亞洲人一樣，只要反覆叫自己的名字，就能進入催眠狀態，任心靈自由思考「個人身分」這件事。但是人逐漸長大後，這種能力通常會消失，不過偶爾會顯現。

「誰是基姆—基姆—基姆？」

他蹲在充滿喇叭聲的候車室角落，全心想著這件事，不受其他念頭干擾，雙手交疊在膝上，瞳孔縮成針尖大小。再過一分鐘，再過半秒鐘，他覺得自己就能解開莫大謎團。可是一如往常，他的心思這時忽然像一隻受傷的鳥，從高處急速下墜，在他眼前經過他的手。他搖搖頭。

一位長髮聖者剛買了車票，這時忽然坐在他面前，專注地看著他。

「我也已經失去了，」他悲傷地說，「那是其中一扇得道之門，但是對我而言，它早關閉許多年了。」

「你在說什麼？」基姆困窘地說。

「你在心中思考靈魂究竟是什麼，這種念頭突如其來，**我**了解。除了我以外，誰該了解呢？你要去哪裡？」

「迦錫（貝納勒斯）。」

「那裡沒有神，我驗證過了，我第五次去普拉耶格（安拉阿巴德）尋找菩提之道。你信仰什麼宗派？」

「我也是探索者，」基姆說，這是喇嘛的口頭禪。「不過，」他一時忘了身上穿著北方服裝，「不過只有真神阿拉知道我在尋求的東西。」

車站宣布前往貝納勒斯的火車快要開了，基姆站起來，那位年邁的聖者把拐杖夾在腋下，坐在一塊微紅的豹皮上。

「滿懷希望出發吧，小兄弟。」他說，「走到世尊足下的道路很漫長，可是我們全都要前往那裡。」

基姆之後就不再感到孤寂了，他在擁擠的火車上才坐了不到二十英里的車程，就講起一連串關於自己與師父神奇天賦的奇遇故事，取悅同車的乘客。

他覺得貝納勒斯是格外骯髒的城市，但他發現人們非常敬重穿著僧衣的他，這點讓他感到愉快。全城至少有三分之一的居民經常求神拜佛，向無數神祇的某一位祈禱，也很尊敬形形色色的聖者。基姆在偶然碰到的旁遮普農夫指點下抵達特丹克廟，那間廟位在城外約一英里處，離鹿野苑不遠。那位農民屬於坎波階級，來自賈朗達爾。他拜過家鄉所有的神祇，求祂們醫好他的稚子，卻徒勞無功，萬不得已只好試試貝納勒斯。

他像家裡那頭心愛的公牛一樣，用肩膀擠過狹窄難聞的街道，問道：「你來自北方？」

「啊，我知道旁遮普。我母親是山地姑娘，我父親來自詹迪亞拉鎮附近的阿姆利則。」基姆滿口油腔滑調，應付闖蕩大道不時之需。

「詹迪亞拉—賈朗達爾？哎呀！我們等於是鄰居。」他對自己懷中那個哭泣的孩子滿懷慈愛地點頭，「你侍奉誰？」

「特丹克廟裡一位極聖潔的人。」

「他們都很聖潔，也非常貪婪。」那位賈特農夫憤怒地說，「我走過許多寺廟，雙腳都破皮了，但是我的孩子根本沒痊癒，他媽媽也生病了……噓，安靜，小寶貝……他發燒的時候，我們為他改名，讓他穿上女裝，我們做了一切，除了……我在他媽媽送我出發前往貝納勒斯的時候跟她說——她其實應該跟我一起來——我說薩基．薩瓦蘇丹最靈驗，我們知道他非常寬厚，可是南方的這些神明對我們來說很陌生。」

那個孩子在他父親厚實肌肉的粗臂裡轉身，沉重的眼皮望著基姆。

「難道都不靈驗嗎？」基姆感興趣地問，語氣輕鬆。

「不靈驗，不靈驗。」那個孩子說，他的嘴脣因發燒而乾裂。

「至少神祇給了他聰明的頭腦，」那位父親自豪地說，「沒想到他那麼聰明地聽我們講話。你的那間廟就在那邊。現在我窮了——許多和尚曾跟我打過交道——但是我的兒子畢竟是我的兒子，如果送禮給你的師父能治好我兒子的病——不然我真的別無他法。」

基姆思考了一會兒，心裡有些得意。三年前，他會立刻視情況，得到好處就毫不猶豫地溜掉；然而，如今這位賈特農夫對他的尊敬證明他是大人了，此外他也嘗過一、兩次發燒的滋味，而且一看就知道這是飢餓造成的症狀。

「你請他過來，我會寫一張字據，把我最好的兩隻牛送給他，請他治好我孩子的病。」

基姆在雕琢的廟門前停下，一位穿著白袍、來自阿傑梅爾的歐斯瓦爾階級放貸者剛被免除放高利貸的罪，詢問他前來之目的。

「我是菩提亞聖者德秀喇嘛的弟子，他在廟裡。他叫我過來，我在外面等著，請你告訴他。」

「別忘了我的孩子，」那個糾纏不休的賈特農夫轉頭大喊，接著又用旁遮普語大吼：「噢，聖者，噢，聖者的徒弟，噢，全世界的神靈，請看坐在廟門口的病患！」這種大吼在貝納勒斯隨處可聞，路人根本不理會。

那位與人和睦相處的歐斯瓦爾放貸人把訊息傳到後方的黑暗處，從容且未經數算的東方時間一分一秒地溜過，因為喇嘛在禪房裡睡覺，沒有僧人願意吵醒他。等到他的念珠再度發出聲響，打破放著平靜羅漢像的內院寂靜時，有位小沙彌輕聲說：「您的徒弟來了。」老喇嘛連忙大步走出內院，連禱辭也忘了收尾。

喇嘛修長的身子一出現在廟門口，那位賈特農夫就跑過去，舉起他的孩子，喊道：「瞧瞧這孩子，聖者，如果神明願意讓他活下去，他就會活下去，就會活下去！」

他在腰帶裡摸索，掏出一枚小銀幣。

「什麼事？」喇嘛望向基姆，他的烏爾都語顯然比許久之前在那座噴火龍大炮下清楚得多，但是那位賈特農夫不給這對師徒私下談話的機會。

「只是發燒而已，」基姆說，「那個孩子營養不良。」

「他吃什麼都不舒服，他媽媽又不在這裡。」

「如果您允許，我能治這個病，聖者。」

「什麼！他們讓你變成了醫師嗎？你在這裡等一下。」喇嘛說，然後坐在廟前階梯最低階，就坐在賈特農夫旁邊。基姆一邊用眼角看著，一邊打開那個小檳榔盒。他曾在學校裡幻想以洋人面貌出現在喇嘛面前，先戲弄這位老人一番，再顯露真面目，這不過是孩子的幻想。基姆皺著眉在藥瓶中找來找去的時候，這齣戲還沒演完，他不時停下來想一下，低聲祈禱。他有奎寧藥片與含肉的深褐色藥片，極可能是牛肉做的，但是那不關他的事。那個小孩不肯吃藥，卻貪婪地吸吮著肉藥片，還說喜歡它的鹹味。

「你拿走這六片吧，」基姆遞給那位賈特農夫，「讚美眾神，三片放在牛奶裡煮，另外三片泡在水裡。他喝了牛奶之後，你再給他這個（半個奎寧藥片），讓他穿得暖和，讓他喝另外三片泡的水，等他醒了，你再把這個白色藥片的另外半片給他。這裡還有一片褐色的肉藥片，他一路可以吸吮回家。」

那位賈特農夫迅速抓過藥物，說道：「神哪，多麼有智慧！」

基姆對於自己秋瘧發作時的療法只記得這麼多，不過念念有詞那段是另外演的，他想讓喇嘛刮目相看。

「你走吧！明天早上再來。」

「可是醫藥費，醫藥費，」賈特農夫的厚實肩膀轉了回來，「兒子是我的，既然他將痊癒，我回去怎麼跟他媽媽說，我在路邊得到幫助，卻連一碗優格都沒回贈？」

「這些賈特人都一樣。」基姆輕聲說，「一位賈特人站在堆肥上，國王的象群走過。

『哦，趕驢的，這些小驢子你要賣多少錢？』」

這位賈特人哈哈大笑，最後忍住笑向喇嘛道歉。「那是我們家鄉的諺語，完全就是這樣，所以我們都是賈特人。我明天再帶孩子過來。願家宅神保佑你們，祂是很好的小神……兒子呀，你會再度變得強壯，別吐出來，小王子啊！我的心肝，別吐出來。你明天早上會變得強壯，像摔角選手與格鬥高手一樣。」

他低聲哼唱離去。喇嘛回望基姆，細長的眼睛流露出慈祥氣息。

「醫病是積功德，但是首先要有這種知識。做得很高明，世界之友。」

基姆說：「聖者，這是您教導我的智慧。」喇嘛的腳踏在耆那教廟前的泥土中，基姆像穆斯林一樣彎腰去觸碰師父的腳。這時他忘了剛結束的那一齣戲；忘了聖沙勿略學校；忘了自己的白人血統；甚至忘了「大博弈」。「感謝您賜給我的一切教導，這三年來我吃的是您的麵包，我的訓練時間結束了，我離開了學校，來到您身邊。」

「我的報酬就在這裡。進來！進來！一切都好嗎？」他們穿過內院，午後斜陽灑得滿地金黃。「站著別動，讓我好好看看。長這麼大了！」他仔細端詳。「不再是個孩子，變成男人了。滿腹智慧，走起路來像醫生。我的決定沒錯，我在那個黑夜裡把你交給那些軍人，我做得很好。你還記得我們在噴火龍大炮下初次相見的那一天嗎？」

「記得。」基姆說，「你還記得那一天我跳下馬車，到了那……」

「那學問之門？記得，那天我們一起在勒克瑙河邊吃糕餅。啊哈！你為我化緣多次，但是那天是我為你化緣。」

「很有道理，」基姆引述喇嘛當時的話，「那時我是學問之門的學生，穿的是洋人的服裝。別忘了，聖者，」他戲謔地說，「我還是白人官老爺，這一切都有賴於您的恩惠。」

「對，極受尊敬的白人官老爺到我的禪房來，徒弟。」

「你怎麼知道的？」

喇嘛微笑：「首先，我們在軍營裡遇見的好心神父來信，可是他現在回國了，我就把錢寄給他的同袍。」維克托神父隨著小牛軍團回英國後，克萊頓上校就成了基姆的監護人，但是他絕對不是維克托神父的同袍。「但是我無法完全看懂白人官老爺的信，必須有人翻譯給我聽，所以我選了更可靠的方法。我在尋求之旅後，回到這個對我而言永遠是安樂窩的廟。我多次碰到一位追求悟道的人，一位來自列城[1]的人，他說他先前是印度教徒，但是對那些神祇感到十分厭煩。」喇嘛指著那些羅漢像。

「他是胖子嗎？」基姆的眼裡閃著光芒。

「非常胖。不過，我發現他腦子裡盡是些沒用的東西，例如魔鬼、符咒、寺廟裡喝茶的禮節與方式、教導小沙彌的方法等，他常問東問西。但是他是你的朋友，徒弟。他告訴我，你將成為非常受尊敬的抄寫員，現在我看到你成了醫生。」

「沒錯，我是白人官老爺的時候，我是抄寫員；但是我以你的徒弟身分過來的時候，就不是了。我已完成白人官老爺必須接受的訓練。」

「就像小沙彌嗎？」喇嘛點點頭，問道，「你是不是不必去學校了？我可不希望你沒有修完課。」

「我完全不必去學校了，等時機到了，我就會去政府當抄寫員……」

「不是戰士，很好。」

「但是我要先與你一起漫遊，所以我才在這裡。這些日子誰為你化緣？」他說得很快，差點說溜嘴[2]。

「我經常自己化緣。但是你也知道，除了去看徒弟，我很少待在這裡。我從印度這一頭走到那一頭，有時徒步，有時坐火車，真是美妙的廣大土地！可是當我來這裡住的時候，就像待在菩提亞。」

他滿足地環顧乾淨的小禪房。這裡有張低矮的墊子，他會盤腿坐在上面，就像沉思的佛陀；他的前方有張不到二十英寸高的柚木茶几，上面放著銅製茶杯；角落裡有張雕刻精細的佛桌，也是柚木材質，上面供著一尊鍍金的如來坐佛像，佛像前有一盞燈、一個香爐、一對銅花瓶。

「一年前，神奇之屋那位看管佛像的人要積功德，於是把這些給我。」喇嘛順著基姆的眼睛看過去，「一個人遠離故土時，這些東西讓人想起家鄉；我們必須禮佛，因為祂為我們指引大道，你瞧！」他指著形狀奇怪、五顏六色的米堆，上面有個奇妙的金屬飾品。「當我在原本的寺廟擔任住持時——那時我領悟得還不夠清楚——每天都把這些物品當作整個宇宙

---

1 列城（Leh）是喀什米爾拉達克（Ladakh）首府。

2 基姆是克萊頓上校的臥底，某種程度算是戰士。

的獻祭獻給世尊。我們菩提亞人每天把整個世界獻給佛法。即便現在我還是這麼做，雖然我知道佛法超越一切的宗教形式。」他聞了聞鼻煙。

「做得好，聖者。」基姆低聲說，他自在地坐上墊子，十分愉快，也相當疲倦。

「此外，」喇嘛笑說，「我也畫輪迴圖，三天畫一幅。他們帶來你的消息時，我不是在忙著畫圖，就是稍微閉目養神。有你在這裡真好，我一定會畫圖給你看，不是為了炫耀，而是因為你一定要學。白人官老爺並未擁有這個世界的全部智慧。」

他從茶几下抽出一張有奇特香味的黃色中國紙、毛筆、一塊印度墨水，以極簡潔樸素的輪廓畫出六幅巨輪，中心是相連的豬、蛇、鴿（貪、嗔、痴），每一格裡都是天堂、地獄、人間百態。人們說佛陀最初用穀粒在塵土上畫輪迴圖，教導弟子一切因果。千百年的歲月已讓它成為最美妙的傳統手法，圓中充滿千萬個小圖案，每筆線條都有意義。很少人能解釋這種圖畫式的寓言，全世界不到二十人能不描圖，還畫得一筆不差，至於能畫又會解釋者僅有三人。

「我學過一點繪圖，」基姆說，「不過這個是妙中之妙。」

「這幅輪迴圖是我多年所畫的，」喇嘛說，「當時我只花費一盞燈的時間就完成它。我會把畫輪迴圖的技藝傳授給你，但是要先有適當的準備，我還要把它的意義講給你聽。」

「那麼我們先去旅行？」

「一邊旅行一邊搜尋。我一直等你一起出發。我做過一百次夢，每次夢境都講得很清楚，尤其是你第一次被學問之門關在裡面的那晚：沒有你，我永遠找不到那條河。我一再拋開這種想法，擔心這只是幻想，所以那天我們在勒克瑙一起吃糕餅的時候，我不肯帶你走，我一定要等到成熟吉利的時機才帶你走。我曾經從山丘走到海邊，又從海邊走到山丘，但是始終徒勞無功，後來我想起《本生經》的故事。」

他向基姆講述他常對著那僧侶講的大象與足鐐的故事。

「不需要進一步的證據了，」他平靜地說完，「你是上天派來協助我的人。如果沒有你的協助，我再怎麼找也是白費工夫。所以我們要再度一起出門，我們的搜尋一定有把握。」

「我們要前往何處？」

「世界之友，這很重要嗎？我說尋求有把握，必要的話，那條河會在我們面前從地底湧出。我把你送往學問之門，並且讓你獲得『智慧』這項寶物，我積了功德。你的確回來了，現在我看到的你，是釋迦牟尼佛的信徒，像藥師佛，菩提亞有許多供奉藥師佛的佛龕。這就夠了。我們如今在一起，一切都與從前一樣，世界之友，星辰之友，我的徒弟！」

接著他們聊起世俗之事，但值得注意的是，喇嘛從不過問基姆在聖沙勿略學校的生活，對洋人的風俗習慣也完全不感到好奇。他想的都是過往的事，回憶他們第一次美好旅行的每一步，一邊搓手輕笑，直到他開心得像普通老人一樣，忽然蜷成一團睡著。

基姆望著塵埃飛舞的夕陽餘暉在內院中消逝，一邊把弄鬼匕首與念珠。古老的貝納勒斯比神祇更早醒來，日夜喧囂，聲震城牆，就像海浪拍著堤岸。不時有著那僧人走過內院，捧著一些東西拜神，一邊行走一邊掃視，唯恐殺生。一盞油燈亮起，晚課聲隨之而來。基姆望著星星在寂靜溼熱的夜色中一顆顆升起，直到後來在佛桌旁睡著。那晚他在夢中說的都是印度語，沒有任何英文……

「聖者，昨日我給藥的那個孩子要過來。」基姆說，這時是凌晨三點，喇嘛一從夢中醒來就要出發去朝聖，「天亮時，那位賈特人會過來這裡。」

「還好有你提醒，不然我一急就會犯錯。」他坐在墊子上，繼續掐著念珠。「老年人無疑就像孩子，」他悲傷地說，「瞧，他們想到一件事就得立刻去做，否則就會煩躁，甚至哭泣！我雲遊的時候，只要遇到牛車擋路，或者只是碰到一陣灰塵，就急得跺腳。很久以前，我還年輕力壯的時候，脾氣並不是這樣，然而這終究是過錯……」

「但是您真的老了，聖者。」

「既然做了，就在世間種下了因，不論是老是少，生病或健康，知或不知，誰能駕馭果報？就算是一個孩子或酒鬼轉動業輪，它會靜止不動嗎？徒弟，這是個廣大又可怕的世界。」

「我認為這個世界很好。」基姆打了個呵欠，「有什麼食物嗎？我從昨天開始就沒吃東西。」

「我忘了你得吃飯，那裡有很好的菩提亞茶與冷飯。」

「我們光吃那些東西可走不遠。」這時基姆與歐洲人一樣，很想吃肉，但耆那教寺廟不可能有肉。不過他沒有立即拿缽出門，而是吃完冷飯待到天色全亮。那位賈特農夫此時前來，激動地結結巴巴道謝。

「夜裡退燒了，出了汗，」他大聲說，「你摸摸這裡，皮膚光滑！他非常喜歡那種鹹味肉藥片，飢渴地喝著牛奶。」他掀開孩子臉上的布巾，那個孩子帶著睡意對他微笑。這時一小群耆那教僧人聚在廟門口，安靜地觀察這一切。他們知道，基姆也知道他們知道老喇嘛遇到他弟子的過程。這些僧人彬彬有禮，前一晚並未露面，更沒有說話或做出任何舉動來打擾這對師徒。太陽一升起，基姆就向他們答謝。

「謝謝耆那教的神祇，老兄，」他不知那些神祇的名字，「燒真的退了。」

「瞧！瞧！」喇嘛滿臉笑容地望著招待他三年的那些僧人。「誰有過這樣的徒弟？他走上世尊醫治人的道路。」

如今耆那教正式承認印度教的所有神祇，以及林伽[3]、蛇神。他們穿著婆羅門僧袍，遵守印度教種姓制度的每項規定。然而，因為他們認識並喜愛這位喇嘛，因為喇嘛是老年人，因為他尋求真道，因為他是客人，又因為他像思想自由的玄學家與住持徹夜暢談，所以他們低聲表示贊同。

「別忘了，」基姆俯身端詳這個孩子，「這個病可能會復發。」

「如果您施了適當的咒語，那就不會了。」孩子的父親說。

「可是再過一會兒，我們就要走了。」

「沒錯。」喇嘛對全部的耆那教僧人說，「現在我們將一起踏上我常掛在嘴邊的搜尋之旅。我一直在等我的徒弟變得成熟。瞧瞧他！我們將前往北方，以後我再也不會見到這個休憩之處，啊，諸位善心人。」

3 林伽（lingam）象徵印度教神祇濕婆。

「但是我不是乞丐。」這位農夫抱著孩子起身。

「別動，別打擾聖者。」一位僧人大喊。

「你走吧，」基姆對那位農夫耳語，「你在鐵路的大橋下等我們。看在旁遮普所有神祇的面子上，帶食物過來，例如咖哩、豆子、油炸糕餅、蜜餞，尤其是蜜餞，快去！」

基姆站在那裡，又瘦又高，身穿暗色長袍，一手掐著念珠，另一手學喇嘛賜福祈禱。他餓得臉色發白，卻顯得莊嚴。如果英國人看到了，也許會說他像教堂彩色玻璃窗上的年輕聖人，但是他只是正在發育的孩子，肚子餓得發昏。

離別儀式正經又冗長，前後重複三次。遠從西藏請來喇嘛的那位光頭銀面苦修者「探索者」並未參加，而是照常獨自在佛像中打坐冥想。其他僧侶深具人情味，紛紛把一些小東西送給喇嘛，像是檳榔盒、上好的全新鐵製筆盒、食物袋等，同時提醒他外面很危險，但是也預言他的搜尋之旅必然圓滿。這時基姆蹲在廟門前的階梯上，從未感到如此孤寂，他用聖沙勿略學校所講的語言暗自咒罵。

「但是這是我的錯，」他做出結論，「我跟瑪哈布在一起，我吃他的食物或是勒根大人的食物，聖沙勿略學校每天供應三餐。如今我在這裡必須好好照顧自己。而且我也沒有良好的體能訓練。我現在**真**想吃一盤牛肉！……聖者，結束了嗎？」

喇嘛舉起雙手，用華麗的中文吟誦最後的祝福。廟門關了，這時喇嘛說：「你的肩膀借我靠著。我想是年紀大了，筋骨僵硬了。」

一位身高六英尺的人靠在你身上，穿過好幾英里的擁擠街道，一點都不容易穩住腳步，何況基姆還帶了大包小包的行囊。所以他們一抵達鐵路橋的陰暗處，他不禁感到開心。

「我們在這裡吃東西。」他堅決地說，那位穿藍袍的賈特農夫微笑出現，一手拿著提籃，一手抱著兒子。

「快來吃，聖者！」他在五十碼外大喊（他們在第一座橋跨的淺灘旁，其他飢餓的和尚看不到），「有米飯與美味的咖哩，糕餅溫熱又有阿魏[4]的濃香，還有優格與糖。我的小國王——」這句是對他的稚子說的，「我們要讓這些聖者看看，賈朗達爾的賈特人付得起報酬……我聽說耆那教徒不吃生食，但是說真的，」他很有禮貌地轉頭望著寬闊的河面，「只要沒人看見，就沒有種姓之分。」

「我們，」基姆拿葉子當盤子，轉身為喇嘛盛了滿滿一盤的食物，「超越所有種姓。」

這對師徒安靜大啖美味的食物，基姆舔掉小拇指上最後一點糖汁後，才發覺那位賈特農夫也準備要踏上旅程。

「如果順路，」他粗聲粗氣地說，「我就跟你們一起走。神醫可不容易找，孩子仍然虛弱。不過**我**可不是窩囊廢。」他拿起一根五英尺長的鐵箍竹棒揮舞。「人們說賈特人愛吵架，這不是真的。除非被惹怒，否則我們就像自己養的水牛一樣溫馴。」

「好吧，」基姆說，「一根堅固的棒子就是好理由。」

喇嘛平靜望著河流上游，遠處河邊的火葬場不斷升起一陣陣煙霧，雖然地方政府明令禁

4 阿魏（asafetida）：一種印度香料。

止，河面上仍不時會漂過一具半火化的遺體。

「但是如果沒有你，」賈特農夫說著，把孩子摟進他毛茸茸的胸前，「今天我可能也會帶著這個小孩到那裡。僧人告訴我，貝納勒斯很神聖，這當然毋庸置疑。葬在河裡也讓人嚮往。但是我不了解他們的神，他們又要錢，拜完神之後，光頭和尚會說除非再拜一次，不然無效。他們說，在這裡洗！在那裡洗！澆身、飲用、沐浴、撒花，可是我永遠要付錢給僧人。不，我覺得還是旁遮普好，賈朗達爾地區是最棒的土地。」

「我已經說過很多次，我想我是在廟裡說的：必要的話，那條河會出現在我們腳邊。所以我們要前往北方。」喇嘛站起來，「我記得一個宜人的地方，四周都是果樹，人們可以在那裡散步冥想，那裡的空氣也比較清涼，清涼的空氣來自山地與山中積雪。」

「地名是什麼？」基姆說。

「我要如何知道？你難道沒……不，那是大軍突然出現把你帶走之後的事。我住在緊鄰鴿棚的房間，我在房裡沉思冥想，只是她總是嘮叨不停。」

「啊哈！是那位庫盧老夫人，那個地方在薩哈蘭普爾附近。」基姆大笑。

「神祇如何促使你的師父上路？他為了過去犯的罪孽而走？」那位賈特農夫謹慎地問，「前往德里的路程很遙遠。」

「不是步行，」基姆說，「我會為他討一張火車票。」印度人絕不承認自己手邊有錢。

「那麼看在眾神的分上，我們就坐火車吧。我的兒子由他媽媽抱著最好。政府向我們課了許多稅，但是給了我們一樣好東西：讓朋友重逢，讓掛念的人相聚的火車。火車很棒。」

幾小時後，他們都上了火車，在酷熱的白天裡一直睡。那位農夫不斷詢問基姆關於喇嘛步行與工作的事，得到一些奇怪的答覆。基姆望著窗外西北部的平坦風景，與不停來往的乘客談話，他感到心滿意足。直至今日，印度鄉下人對火車票與查票的事仍感到莫名其妙，他們不懂自己花錢得到的那張魔力紙張，為何要被陌生人剪掉一大塊，這讓乘客與歐亞混血的白人查票員總是激烈爭論半天。基姆煞有介事地提供意見，協助了兩、三個人，一來是為了提出不同的看法，二來是為了在喇嘛與欽佩他的農夫面前賣弄智慧。不過到了森納路，命運偏要他為一件事傷腦筋：火車開動的時候，有個人踉蹌地跑進車廂。那個人其貌不揚，身材瘦小，依他緊纏的頭巾翹起這一點，基姆判斷他是馬哈拉塔人。這人的臉龐被割傷，棉布上衣被撕爛，一條腿包紮著。他對他們說，一輛鄉下的大車翻覆，他差點送命。他要到德里，他的兒子住在那裡。基姆仔細打量這個人：如果真的是車子翻了，他會在地上翻滾，皮膚會被砂礫磨到，但他的傷口看起來都是乾淨的割傷。而且若只是從車上翻落，絕對不會顯得極度恐懼。他發抖的手指把脖子上的破布打結時，露出相當普遍的壯膽護身符，但一般護身符通常不像他的一樣是用方編銅絲穿的，更沒有幾個是銀質黑琺瑯。車廂裡只有那位農夫與喇嘛，而且幸運的是，這是舊式車廂，兩端都密閉。基姆裝出搔胸口的姿態，拿起自己的護身符。那位馬哈拉塔人看到基姆的護身符，臉色一變，立即把自己的護身符放在胸前明顯的地方。

「對，」他對農夫說下去，「我當時急著趕路，駕車的人又是混蛋，車輛碰到水溝，車子搖晃起來。除了受傷，我還失去一盤塔基安，那天我不是『符咒之子』（幸運的人）。」

「那是很大的損失。」農夫說，興趣漸失。由於貝納勒斯帶給他的經驗，他開始懷疑這位陌生人。

「誰煮的？」基姆問。

「一個女人。」馬哈拉塔人抬起眼睛。

「但是所有女人都會煮塔基安，」賈特農夫說，「我認為那是很美味的咖哩。」

「沒錯，那是很美味的咖哩。」那位馬哈拉塔人說。

「而且便宜。」基姆說，「但是種姓問題怎麼辦？」

「啊，人們去——找塔基安的時候，就忘掉自己是什麼種姓了。」馬哈拉塔人照規定的暗號回答，「你為誰服務？」

「我為這位聖者服務。」基姆指著心情愉快，昏昏欲睡的喇嘛。喇嘛一聽到悅耳的「聖者」兩個字，就驚醒了。

「啊，他是上天派來幫助我的人，人家叫他世界之友與星辰之友。他行醫，而且已相當熟練，他有大智慧。」

「也是符咒之子。」基姆低聲說，那位農夫正忙著弄水菸袋，深怕那位馬哈拉塔人向他乞討。

「那個人是誰？」馬哈拉塔人緊張地瞄著旁邊。

「坐在窗邊的人是賈朗達爾人，我們醫好他的孩子，他欠了我們很大一筆人情債。他生病的孩子就在那兒。」

「哼！我不想與偶遇的廢物搭話，我的耳朵不長，我又不是愛偷聽人家祕密的女人。」那位賈特農夫動作笨拙地縮到遠處角落。

「你懂醫術嗎？我可是倒了十輩子的楣。」確認暗號後，馬哈拉塔人喊道。

「那個人全身都是割傷及瘀傷，我去為他醫治。」基姆反駁賈特農夫，「我為你的孩子醫病時，可沒有人干擾。」

「我該罵，」農夫恭順地說，「你救了我兒子的命，我欠你人情債。我知道你會施展奇蹟。」

「把你的割傷給我看，」基姆俯身查看馬哈拉塔人的脖子，他緊張得幾乎喘不過氣，因為這是貨真價實的「大博弈」實況。「老兄，現在我念咒的時候，快說說你的故事。」

「我來自南方，我的任務在那裡。他們在路邊殺掉我們的一位夥伴，你聽說這件事了嗎？」基姆搖搖頭。他當然不知道前任E.23在南方遇害，死時一身阿拉伯商人的打扮。「我找到奉命搜尋的一封信後，就逃出那座城市。我到了毛城，非常有把握沒人知道我的行蹤，所以沒有易容。毛城的一位女人控告我在先前離開的那座城市偷竊珠寶。後來他們要抓我，我看情形不對，就賄賂員警，想在夜間逃出毛城。可是員警也受賄，捉到我之後，不審問就直接把我交給南方的敵人。我在赤陀古城裝成贖罪的人，在廟裡躲了一個星期。我沒辦法擺脫奉命去取的那封信，就把它埋在赤陀城的皇后石下方，我們大家都知道的那個地方。」

基姆其實不知道那個地方，但是他無論如何也不能斷了這條線。

「赤陀在英國統治的地區內，它東邊的科塔就不是英國法律能及的地方，齋浦爾與瓜廖爾位在更東邊，這兩個地方都不喜歡間諜，也沒有司法正義。我像落水狗一樣被追捕，但我還是在班達奎逃脫了，我聽說有人在那裡控告我在前一座城市殺了一個孩子，還把孩子的屍體與證人都準備好了，就等我自投羅網。」

「難道政府不能保護你？」

「我們從事大博弈的人都無法受到保護，如果我們死了，沒人會過問，名字會從名冊上被劃掉。我們有個人住在班達奎，我想易容或許能擺脫追蹤，於是化裝成馬哈拉塔人。後來我到阿格拉，原本想從那裡回去赤陀取信。我那麼確定自己已逃過敵人耳目，所以我沒發電報告訴任何人藏信地點。我實在太貪功了。」

基姆點點頭，很了解那種心理。

「可是我在阿格拉街上行走時，忽然有人大喊我欠他錢，還僱了很多證人追過來，想把我抓到法院。啊，那些南方人真機靈！那個人硬說我是他的棉花經紀人，真希望他在地獄裡被火焚燒！」

「你是嗎？」

「傻瓜！他們要抓我只是為了那封信！我跑進肉鋪裡，又從猶太公所跑出來——猶太公所的人怕引起暴動，把我推出去。我步行到蘇納路，身上的錢只夠買一張火車票到德里。在蘇納路，我發燒躺在壕溝裡，有個人從草叢跳出來毒打我一頓，還割傷我，把我從頭到腳搜身一遍，而鐵軌就在附近。」

「為什麼他不乾脆殺了你？」

「他們沒那麼笨。如果聽從律師要求，他們在德里以罪證確鑿的殺人罪名逮捕我，把我送往要求逮捕我的那個邦。我會被押回去，並慢慢死去。這是殺雞儆猴，警告我們其他的夥伴。南方不是我的家鄉，我只好像獨眼羊一樣繞圈子逃跑。我兩天沒吃東西了。我有了標記，」他摸摸腿上骯髒的繃帶，「這樣一來，他們將在德里認出我。」

「至少你在火車上很安全。」

「等你從事大博弈的活動一年後，再對我說這句話！德里將發出關於我的電報，詳細描述我的外觀與穿著。到時會有二十人，必要時可能多達一百人口口聲聲說曾目睹我殺害那個孩子，而你根本一點辦法也沒有！」

基姆很熟悉當地人攻擊的方法，一點都不質疑安個罪名的周全計畫，就連屍體也會準備妥當。這位馬哈拉塔人痛得手指不時發抖，賈特農夫坐在角落裡怒目瞪視，喇嘛聚精會神地掐著念珠。基姆一邊像醫生一樣摸摸那個人的脖子，一邊在念咒之餘想出計畫。

「你有咒語能讓我易容嗎？不然我死定了。如果我沒有被追得那麼慌張，只要我有五到十分鐘的時間，或許……」

「施展奇蹟的人，你治好他了嗎？」賈特農夫嫉妒地說。「你念咒作法已經一段時間了。」

「不，還沒有。依我判斷，他的傷治不好，除非他穿托缽僧的僧服三天。」僧人常叫肥胖的商人如此贖罪。

「和尚總愛設法把另一個人也變成和尚。」那位賈特農夫諷刺。他像大多數過度迷信的人一樣，總是忍不住嘲弄自己的宗教。

「那麼你的兒子要不要當和尚？時間到了，他得再吃我的奎寧片。」

「我們賈特人都像小牛一樣溫馴。」農夫的態度又軟化了。

基姆把一片指甲尖大小的奎寧抹在孩子任人擺布的小嘴上。「我沒跟你要過東西，」他對孩子的父親嚴厲地說，「除了食物——你難道不願給我？我醫治另一個人，難道要請求你這位王子許可？」

那位農夫舉起大手揮動祈求：「不，不，請別這樣嘲弄我。」

「我很高興能醫治這個病人，你幫助我的話，也能積功德。你菸袋裡的菸灰是什麼顏色？白的？很吉祥。你的食物袋裡有沒有生薑黃？」

「我……我……」

「打開你的包袱！」

包袱裡面是零碎的小東西：一些布、一些騙人的藥、便宜的小禮物、一布包粗麵粉、南方的菸絲、俗豔的菸水袋柄、一包咖哩粉，全部的東西都用一張被單包著。基姆以高明術士的姿態翻過被單，口中念著一段伊斯蘭咒語。

「這是我向洋人學來的智慧。」他偷偷告訴喇嘛。這是他在勒根大人那裡受的訓練，所以不算說謊。「從星象來看，此人的命盤裡有巨大的邪惡在困擾他，我是否該將它拔除？」

「星辰之友，你一切都做得很好。一切依照你的意願吧！這是另一種治療法嗎？」

「快！趕快！」馬哈拉塔人喘著氣說，「火車可能會停下來。」

「在死亡陰影籠罩下，我決定搶救性命。」基姆說。他把農夫的麵粉、炭、菸灰和在一起，在土紅色的菸斗裡攪拌，E.23不發一語地解開頭巾，抖散黑色長髮。

「那是我的食物，和尚。」賈特農夫咆哮。

「你簡直是闖入廟裡的水牛！你竟膽敢看我作法？」基姆說，「我得在傻瓜面前顯露神通。可是你要小心眼睛，你的眼裡是否已經生了一層薄膜？我救了你的孩子，你的回報是如此無恥！」在基姆的逼視之下，那位賈特農夫不禁退縮，因為基姆非常認真。「我要不要咒你，或是——」他拿起包袱外層的布，拋在那個低垂的頭上，「你若膽敢有偷看念頭，可能，可能我也救不了你的命。坐著！不得出聲！」

「我又瞎又啞，請別詛咒我！來，孩子，我們來玩捉迷藏。你要為我著想，在布底下千萬不能偷看。」

「我看到了希望，」E.23說，「你的計畫是什麼？」

「把這個脫掉。」基姆說。他扯了扯那個人身上的薄汗衫，E.23猶豫起來，西北地方的人不愛赤身裸體。

「殺手會把種姓當一回事嗎？」基姆把那件襯衫扯到腰際。「我們一定要讓你成為全身黃色的托缽僧。脫，快脫，我撒灰的時候，你得弄散頭髮。現在我要在你額上畫個種姓符號。」他從懷中掏出測量用的小顏料盒與一小塊深紅顏料。

「你是不是初出茅廬？」E.23說，他脫掉身上的衣物，只剩一塊纏腰布。坐在那裡任由基姆在他抹了灰的額頭塗上種姓符號。他根本沒辦法了，只好拚命求生。

「我參加大博弈才兩天，老兄。」基姆回答，「我要在你的胸口多抹點灰。」

「你是否遇過一位珍珠療者？」那位馬哈拉塔人鬆開捲得很緊的長頭巾，並以極快速的動作把它圍在腰部，紮成托缽僧那種樣式複雜的纏腰布。

「哈！那麼你知道他的手法？他教過我一陣子。你也必須光腿，灰可以治癒傷口，把它抹在身上。」

「我以前是他的得意門生，可是你比我高明一些。神祇對我們很友善！把**那個**給我。」

那是賈特農夫包包裡一堆無用之物中的一個錫盒，裡面裝著鴉片丸，E.23一口氣吞下半把，「它們對於飢餓、恐懼、寒冷都有良效，也能讓眼睛發紅。」他解釋道，「現在我有勇氣玩大博弈了。我們只差托缽僧的鉗子，這些舊衣服怎麼辦？」

基姆把那些衣服捲得很小，塞入僧袍的寬褶裡。他取出黃色赭土顏料，在馬哈拉塔人腿部與胸部塗的麵粉、菸灰、薑黃混合物上畫出幾道大橫紋。

「光憑衣服的血跡就能把你處以絞刑，兄弟。」

「也許吧，可是不必把它們扔到車窗外。現在大功告成了。」他的聲調充滿孩子玩「大博弈」的喜悅與得意，「賈特人，你轉過身來看看！」

「神祇保佑我們，」那位有戴頭巾的農夫像頭水牛從蘆葦中出現。「那位馬哈拉塔人去哪了？你做了什麼？」

基姆受過勒根大人的訓練，E.23基於工作關係，演技也不差。剛剛在角落的人是全身顫抖瑟縮的商人，現在卻是全身近乎赤裸、抹了灰、畫了土黃色橫紋、頭髮盡是灰的托缽僧。他盤腿而坐，兩眼發腫，空腹讓鴉片快速發揮作用，他一臉看起來蠻橫凶殘。脖子上掛著基姆的念珠，肩上搭著一小塊破花布。那個孩子連忙把臉埋在父親的臂彎裡，父親則是一臉震驚。

「抬頭看，小王子！我們與巫師一起旅行，但他們不會傷害你。噢，別哭……一下子醫好孩子，一下子又把他嚇死，搞什麼鬼？」

「你的孩子一輩子都會有好運。他見到偉大的醫療奇蹟。我小時候只能做泥人與泥馬玩。」

「我也做過。神仙大爺晚上到我們廚房堆肥後面，把它們都變成活的。」那個孩子細聲說。

「所以你什麼都不怕，嗯，王子？」

「我怕是因為我父親害怕，我感覺到他的手臂發抖。」

「哈，沒膽的人！」基姆說，就連那個不好意思的賈特人也放聲大笑。「我醫治了這位可憐的商人，他也必須拋棄獲得的利益與帳簿，坐在路邊三夜，克服敵人的惡意行動。星象對他不利。」

「我總是說愈少放貸的人愈好。但不管他是不是托缽僧，他都應該為他肩上的東西付錢給我。」

「是嗎？但是你的肩上是你的孩子，不到兩天前，他還發著高燒，差點死去。我還有一件事要跟你說清楚，我當著你的面施法術，這是因為情況迫切，我已經改變他的外形與靈魂。可是你這個來自賈朗達爾的人，如果你與村中老人坐在樹下聊天，或是在自己家裡，或者在村僧求神保佑你的牛隻時，你還想起目睹的這一切的話，你的牛隻會感染牛瘟，你的茅屋會燒掉，穀倉會鬧鼠災，神會讓犁過的田地在你腳下變成不毛之地。」這是基姆不懂事的時候，向塔薩利門的苦行僧學來的古老咒語，現在他一字不漏地重複一遍。

「別講了，聖者！請大發慈悲，別講了！」賈特農夫著急大喊，「別對我的家下咒，我什麼都沒看見！什麼都沒聽見！我是你的母牛！」他想抓住基姆在火車地板上打拍子的赤腳。

「我既然准許你幫助我，讓我用一點麵粉、鴉片、我作法用的其他小東西，上天會保佑你。」接著他口中念念有詞，過了一段時間，那位賈特人才大為放心。那段保祐經文是基姆向勒根大人學的。

喇嘛眼鏡後方的雙眼瞪得很大，易容時，他卻沒瞪過眼。

「星辰之友，」他終於開口，「你已經得到大智慧，可是你要小心，別因此而驕傲。沒有人目睹法師顯神通而冒失講出自己所見、所遭遇的一切。」

「不敢，不敢，不敢，真的不敢。」那位農夫大喊。他怕師父將顯露本領，展現比徒弟更厲害的法術。E.23嘴角放鬆下來，任由鴉片發揮作用。對筋疲力竭的亞洲人來說，鴉片兼具肉食、菸草、藥物的功用。

因此，約莫在點燈時分，他們就在敬畏與誤解的氛圍中，靜靜抵達德里。

第十二章

誰渴望海洋——那片一望無際的鹹水？
那被暴風窮追不捨而掀起、懸空、猛衝，
接著墜落的捲浪？
像是風暴前的光滑桶狀浪濤——灰色、無泡沫，龐大，
而且越來越洶湧？
水位線的輕拂，抑或颶風般的瘋狂呼嘯？
他的海顯得不一樣——他的海與底下所有呈現的一樣——
他的海就是他的存在達成的目標？
就是這樣，沒有別的，就是這樣，沒有別的。
就像山民同樣渴望他們的山！

「我已經找回勇氣。」趁著車站月臺喧鬧不已時，E.23說，「飢餓與恐懼讓人神志不清，否則我自己可能也會想到這個脫身辦法。我說得沒錯吧。他們來搜捕我了，你真的救了我一

命。」

一群黃褲子的旁遮普員警在一位熱得汗流浹背的年輕英國人帶領下，隔開火車車廂附近的人群，他們後面有個矮小胖子，像貓一樣不惹人注意地緩步走來，他看起來像是為律師打探消息的人。

E.23說：「你瞧，那位年輕的白人官老爺正在看一張紙，他手上那張紙描繪我的容貌，他們會搜查每一節車廂，就像漁夫在水池裡撒網。」

那隊警察來到他們的車廂時，E.23掐著念珠的手腕不斷規律地顫動，基姆嘲笑他吸鴉片而變得迷迷糊糊，弄丟了有環火鉗，那可是托缽僧的招牌特色。老喇嘛雙眼盯著前方，陷入沉思。那位農夫一邊偷瞄，一邊收拾自己的東西。

「這裡只有一群修行人。」那位英國人大聲地說，隨即在緊張氣氛中離開。氣氛緊張是因為對所有印度人來說，員警意味著敲詐。

「接下來的難題，」E.23低聲說，「就是發一封電報，說明我奉命去找的那封信的藏匿點，我偽裝成這個樣子不能去電報局。」

「我救了你一命還不夠嗎？」

「如果任務沒完成，那就還不夠，那位珍珠療者難道沒告訴過你嗎？啊！又來了一位白人官老爺！」

那是一位警區督察，身材偏高，臉色微黃，皮帶、盔帽、擦亮的馬刺，穿戴齊全，一邊昂首闊步走著，一邊撚著黑色的八字鬍。

「這些警察大人看起來真是大傻瓜！」基姆歡快地說。

E.23翻個白眼，「說得真好，」他改變聲音低聲說，「我去喝水，幫我看著位子。」

他跌跌撞撞地走出去，幾乎撞進那位英國警區督察的懷中，那位督察用生硬的烏爾都語罵髒話。

「怎麼？你喝醉了？我的朋友，你不能橫衝直撞，彷彿整個德里車站都屬於你。」

E.23的臉色完全沒變，一連串不堪入耳的話脫口而出。基姆當然聽得很高興，這讓他想起初次在安巴拉上學的那段可怕日子裡，那些小鼓手與兵營的清潔工。

「蠢蛋，」那位英國人拖長尾音說，「滾開！回你的車廂。」

那位全身黃色的托缽僧一步一步恭敬地後退，聲音放低，走回車廂，詛咒了那位督察的祖宗八代。基姆聽到差點跳起來，因為其中講到皇后石與皇后石下的信件，還講出各種初次聽說的神祇名字。

「我不知道你在說什麼，」那位英國人氣得臉紅，「但是這他媽的不像話，你有膽再說看看！」

E.23假裝誤解他的意思，一本正經地拿出車票，那位英國人憤然地把車票拿過去。

「喔，真是專橫！」賈特農夫在角落咆哮，「只不過是因為一場玩笑。」他本來聽那位托缽僧的謾罵聽得笑容滿面，「聖者，你的符咒今天不太靈驗！」

托缽僧跟在督察後面，一邊乞憐，一邊懇求。車上的乘客大多忙著照顧幼兒與隨身行李，沒注意到這件事。基姆跟在後面溜出車廂，因為他忽然想起三年前曾在安巴拉附近聽過這位憤怒的蠢白人官老爺與一位老夫人大聲談論性格。

「一切很好。」那位托缽僧低聲說，這時他已擠身在大聲叫喊的混亂人群中，兩腳之間有一隻薩路基獵犬，背後有個拉賈普養鷹人管著一整籠不停唳叫的鷹。「現在他去發電報通知我藏信的地方。他們跟我說他在白沙瓦。我早該知道他像鱷魚一樣，總是在另一個我不可預期的地方。他已解決我目前的災禍，可是我這條命是你救的。」

「他也是我們自己人嗎？」基姆咻地鑽過一位趕駱駝的米瓦人油膩膩的腋下，遭到一小群吱吱喳喳的錫克已婚婦人連珠炮似地咒罵。

「他是最了不起的那種，我們倆很幸運！我一定向他報告你為我做的一切。在他保護之下，我很安全。」

他從圍著火車的人群邊緣鑽了出去，蹲在電報局附近一張長椅旁。

「回去吧，不然你的座位會被人占走！不要害怕這份工作，朋友，也別為我的性命擔憂。你已經給了我喘息的機會，史崔克蘭大人又把我拉上岸。你與我在『大博弈』中或許有機會合作呢，後會有期！」

基姆匆匆回到車廂，興高采烈又深感困惑，卻也有點惱怒，因為他還沒掌握其中奧祕的關鍵。

「在大博弈裡，我只不過是初出茅廬。**我**無法像托缽僧一樣把握機會，一下子就化險為夷，他知道燈下最黑暗；**我**也想不到假裝罵人來傳遞消息……那位白人官老爺真聰明！沒關係，我已經救了一條命……那位賈特人去哪裡了，聖者？」他坐下時輕聲地問，現在車廂裡擠滿了人。

「他忽然膽怯了，」喇嘛略帶不滿地說，「他看見那位馬哈拉塔人轉眼之間變成托缽僧來避邪，他感到震驚。接著他又看見那位托缽僧落入員警之手，這都是你的法術造成的影響。後來他抱起兒子逃走，他說你把一位性情溫和的商人變成膽敢放肆與白人官老爺鬥嘴的人，他怕自己遭到相同的命運。那位托缽僧去哪裡了？」

「他跟著員警走了，」基姆說，「但是我的確救了賈特人的孩子。」

喇嘛平和地嗅著鼻煙。

「啊，徒弟，你瞧自己受到何等影響！你確實只是為了積功德而醫好那位賈特人的孩子。但是我仔細注視著你，你以驕傲的態度對那位馬哈拉塔人施咒語，不斷斜瞄，企圖迷惑一位老人與一位傻農夫，結果引起災禍與懷疑。」

基姆以超齡的成熟心態，努力壓抑自己。他像別的孩子一樣，不願意受到侮辱或遭到誤解，但他知道自己進退維谷。火車駛出德里，在黑夜中奔馳。

「對，」他低聲說，「凡是我冒犯您的地方，都是我的不對。」

「不只這一點，徒弟，你的行為在世間產生的作用，就像石頭投在池塘中引起的漣漪，你不知道後果會有多深遠。」

不知道後果對基姆的虛榮心與喇嘛內心的平靜都有好處。因為這時候有一封密碼電報送到西姆拉，報告E.23已抵達德里，更重要的是說明他奉命去取的那封信的下落。附帶說明，一名過度認真的員警逮捕了一位阿傑梅爾棉花仲介商，罪名是他在遙遠的南方邦殺人，這位憤怒的仲介商在德里車站的月臺上向史崔克蘭大人解釋，而E.23從偏僻的水道走入已封鎖的德里市中心。兩小時內，南方某邦一位憤怒的部長接到幾封電報，報告一位受傷的馬哈拉塔人已失去蹤影。等到慢悠悠的火車在薩哈蘭普爾停下時，基姆這顆石子激起的最後一道漣漪沖到遙遠的君士坦丁堡一座清真寺的臺階，驚擾一位正在祈禱的虔誠信徒。

喇嘛在月臺附近露珠凝結的九重葛棚架旁禱告，陽光清朗，弟子又在身邊，他感到很愉快。「我們應該把這些東西拋在腦後。」他指著黃銅火車頭與閃閃發亮的鐵軌，「火車雖然十分美妙，可是震得我骨頭都化成水，現在我們可以一路呼吸新鮮空氣了。」

「我們去那個庫盧女人的家吧。」基姆一邊說，一邊背著大包小包愉快前進。現在是薩哈蘭普爾的清晨，道路乾淨，空氣芬芳。他想到聖沙勿略學校的那些早晨，這讓他心滿意足的心情更加高興。

「你怎麼變得如此急躁？智者在太陽下不會像小雞一樣亂跑。我們已經走了數百科斯的路，直到現在我才有機會與你單獨相處，你在擠來擠去的人群裡怎麼接受指導？我在人聲嘈雜中又怎能沉思真道？」

「這樣說來，她的舌頭並未隨著歲月而縮短？」基姆微笑說。

「她對符咒的渴望也沒有稍減，我記得有一次講到輪迴圖……」喇嘛摸索著胸前，想掏出最近的作品，「她只對騷擾小孩的魔鬼感興趣。再過一會兒，她可以款待我們來累積功德，你有耐心一些。現在我們隨意走走，靜觀其變，我們的搜尋之旅一定會有結果。」

因此，他們逍遙自在地行經花團錦簇的廣闊果園，走過阿敏納巴村、薩海貢格村、淺灘旁的阿克羅拉村、小富里薩村。錫瓦立克山脈總是南北縱向，山脈後方再度是積雪。他們在繁星下睡了甜美的長覺之後，就踏著威嚴又悠閒的腳步穿過一座甦醒的村莊，默默遞出乞鉢，但是眼睛無視大法，從天空的這一頭看到天空的那一頭。接著基姆會腳步輕盈地踏過塵土，走到芒果樹蔭下或枝葉較疏的白合歡樹蔭下，他的師父在那裡等待，接著兩人自在地吃喝。中午時分，他們聊聊天，走了一些路之後，就會午休。等到較涼快的時候醒來，精神抖擻。他們會在夜晚大膽走入新的地方，有些是他們看見並選中的村莊，他們會花三小時越過肥沃的平坦大地，一路上熱烈討論那些村莊。

他們在那些村莊講述他們的故事，基姆每晚講的版本都不同。村長或村僧按照親切的東方習俗歡迎他們。

地上的陰影縮短，喇嘛更加倚靠基姆的時候，他總是畫起輪迴圖。用擦乾淨的石頭鎮著畫紙，用長長的稻草指著一個個的輪迴圓圈講解：神祇高高坐在上面，它們是夢中夢；這裡是天堂與半神的世界，騎士在山地作戰；這裡是畜生所受的痛苦，靈魂按照生前善惡在六道輪迴中或升或降，因此這種事不得加以干擾；這裡是地獄，既熱又寒，是受苦鬼魂的居所。喇嘛並且讓徒弟了解暴食之苦：胃部膨脹，腸子燃燒。他的徒弟恭順地低頭，褐色手指敏捷地跟著稻草移動，用心學習。但是喇嘛講解到地獄上方勞碌而無益的人世時，徒弟的心思渙散。因為路邊正是輪迴圖的寫照，人們吃喝、做買賣、婚嫁、吵架，一切都是活生生上演。喇嘛常常講到生，要基姆注意（基姆很樂於注意）人們的情欲千變萬化，人們把它們分為渴望的與可憎的，但是其實並無好壞之分。愚昧的靈魂——也就是貪、嗔、癡的奴隸——渴望吃檳榔，或是想要一對公牛，渴望女人，或是盼得君王喜愛——這樣的靈魂總是跟著肉身上天堂或下地獄，經過一次次的輪迴。有時候，一位女子或一位窮人，看著這個講解的儀式——這個儀式僅僅是攤開那張黃色大圖——攤開時他們會在大圖旁邊放下幾朵花或一些瑪瑙貝。這些謙卑的人見到一位可能受到感動、而在祈禱中記起他們的聖者，也就心滿意足了。

「人們如果病了，你就醫治他們，」喇嘛趁基姆公正的天性覺醒時說道，「如果他們發燒，你就醫治他們。但是絕對不要用符咒。記住那位馬哈拉塔人後來發生的事。」

「那麼一切有意識的作為都很邪惡嗎？」基姆回應，他躺在杜恩山谷某條岔路的一棵大樹下，看著小螞蟻在他的手上爬來爬去。

「無為是好的，積功德的時候除外。」

「在學問之門，我們學到的是消極的行動不適合洋人，而我是洋人。」

「世界之友，」喇嘛直視基姆，「我是老人，像孩子一樣喜歡表現。對修道人來說，人無黑人、白人、印度人、菩提亞人之分，我們都是謀求解脫的靈魂。不管你跟洋人學到什麼，我們將來找到那條河的時候，你會在我身旁，而且超脫一切幻想。啊，我渴望找到那條河，渴望到一身骨頭都痠痛了，就像在火車上一樣難受。可是我的靈魂在我的骨頭上等待著，這次的搜尋之旅一定會有結果！」

「我茅塞頓開，能不能問一個問題？」

喇嘛莊嚴點頭。

「我吃了您三年的飯，您是知道的。聖者，那些錢是哪裡來的？」

「正如人們所估算，菩提亞有很多財富。」喇嘛冷靜地回答，「我在自己的寺廟，受到虛妄的尊崇。我需要什麼就開口，帳目的事我不管，那由我的寺廟管。啊！那些寺廟裡的黑色高椅，還有排列整齊的小沙彌！」

他開始講故事。他一邊用手指在泥土上畫著，一邊講起防範雪崩的大寺所進行的盛大儀式；講起隊伍與魔鬼舞，講起僧尼扮成豬，講起海拔一萬五千英尺的聖城，講起寺廟之間的勾心鬥角，講起山間聲音及映照於雪中的神祕海市蜃樓，他甚至講到拉薩與他見過且敬愛的達賴喇嘛[1]。

太陽每天從基姆背後升起，又是漫長且完美的一日，這隔絕了他與他的種族及母語，他不論思考做夢，都不知不覺地使用本地話，在吃、喝、喜好等方面自動效法喇嘛的儀式。老喇嘛望著皚皚的積雪，越來越思念他自己的廟。他要找的那條河並不讓他傷腦筋。他有時確實會對一處小樹叢或一根樹枝凝望良久，他說他期望地面裂開，流出它的恩賜。但是現在徒弟陪在身邊，他已心滿意足，杜恩山谷吹來的和風讓他感到愜意。這裡不是錫蘭，不是菩提伽耶，不是孟買，也不是他兩年前偶然發現藏在叢生雜草之間的殘墟。他以毫不自大的學者態度、謙卑追尋者的態度講起這些地方，像個睿智溫和的老人，以洞察力啟發知識。他一點一點，斷斷續續地講起他在印度從南到北漫遊的全部經歷，每個故事都是他見到路邊的一些情景而講出來的。基姆原本就毫無理由地敬愛師父，現在更是大有理由敬愛他。所以師徒二

---

1 指的是喇嘛的領袖，佛陀的轉世者。

人過得十分快樂，但嚴守戒律，不出惡言，不興貪念，不暴食，不睡在高床上，也不穿華服。他們的肚子會報時，而就像俗話所說的，人們會拿食物給他們。他們在阿敏納巴村、薩海貢格村、淺灘旁的阿克羅拉村、小富里薩村像個貴族，基姆在這些地方為那些沒有靈魂的女人獻上祝福。

不過，消息在印度傳得很快，很快就有一位白鬍子僕人——一位乾瘦的奧爾亞人——拖著腳步走過農田，帶著一籃水果，裡面有一盒喀布爾葡萄和金帛包的橘子，懇求他們賞臉去看他的女主人，喇嘛很久都不去看她，她心裡不安。

「現在我想起來了，」喇嘛說，彷彿那是全新的提議，「她品德高尚，只是話太多。」

基姆坐在牛槽邊上，對著村中鐵匠的孩子說故事。

「她只是想為女兒再求個兒子，我沒忘記她，」他說，「讓她積功德吧，傳話回去，我們一定會去。」

他們兩天內穿越田野走了十一英里的路，最後受到熱忱的款待。那位老夫人維持優良的好客傳統，並強迫她的女婿照做。那位女婿習慣受到女人控制，只好向放貸的借錢以求天下太平。雖然她上了年紀，舌頭與記性卻完全沒有退化。她在樓上一扇閂住的窗戶後方，對基姆說出歐洲人聽了會嚇壞的恭維，十幾位僕人都聽見了。

「不過你還是當年在歇腳處那個無恥的小乞丐，」她尖聲說，「我沒忘記你，你去清洗自己，再吃點東西吧。我的女婿此刻不在，只有我們這些愚蠢沒用的可憐女人。」

為了證明這點，她毫不留情地大聲使喚整個家裡的人，直到飲食端了出來。到了田野間一片暗紅褐色與藍綠色澤，煙霧芳香的晚上，她一高興，就下令把轎子放在火炬照明但不整潔的前院，她坐在轎子裡，簾子沒掩緊，她聊起了天。

「如果聖者獨自前來，我應該會用另一種方式款待，但是有這個小壞蛋在，我怎能不謹慎？」

「王后娘娘，」基姆說，他總是使用最神氣的稱呼，「難道是我的錯嗎？一位洋人員警老爺稱您王后娘娘的臉……」

「嗟！那是朝聖時的事，我們出門旅行的時候……你知道那諺語。」

「難道把王后娘娘稱為萬人迷、討喜的美女也是嗎？」

「虧你記得！沒錯。他是這樣說過，那是我芳華正豔的時候，」她咯咯地笑，像糖塊上的快樂鸚鵡，「現在把你的旅行見聞說給我聽，儘管講，別不好意思。多少姑娘與誰的老婆受你青睞？你從貝納勒斯來的嗎？今年我原本要再去那裡，但是我女兒只有兩個兒子。呸！這就是這些低矮的平原對人類的影響，庫盧的男人精壯得像大象。我想向聖者要一道符咒，治治最大的外孫在芒果成熟時脹氣絞痛的可憐毛病。兩年前聖者曾給我一道很靈的符。小壞蛋，你站開。」

「啊，聖者！」基姆望著喇嘛那張懊悔的臉，樂得直笑。

「沒錯，我給過她一道治脹氣的符。」

「很靈，很靈，很靈。」老夫人猛然打斷他的話。

「人們如果病了，你就醫治他們。」基姆高興地引用喇嘛講的話回敬他，「但是絕對不要用符咒，記住那位馬哈拉塔人後來發生的事。」

「那是兩年前的事。她整天不停要求，實在把我弄得很煩。」喇嘛抱怨，就像不公正的判官在他面前抱怨，「所以啊，徒弟，你要記住，就連修道人也抵擋不住無所事事的女人。那個孩子病了三天，她就喋喋不休地跟我講了三天。」

「喔！我還能跟誰說？孩子的母親什麼都不懂。當時夜涼如水，孩子的爸爸說：『去求神吧！』他說完後，翻個身又鼾聲大作！」

「我只好給她一道符，一個老人有什麼辦法？」

「無為是好的，積功德的時候除外。」

「啊，徒弟，如果你遺棄我，我就孤身一人了。」

「無論如何，他越老就越像小孩，」老夫人說，「但是全部的僧人都是這樣。」

基姆用力咳嗽，他很年輕，不贊同她這種輕率無禮的話，「糾纏年老的智者會惹禍上身。」

「馬棚上方有一隻會說話的八哥鳥，」她一邊罵，一邊把戴著珠寶的食指撚得作響，師徒倆清楚記得這個動作，「它學會家僧說話的腔調。也許我忘了尊敬客人，不過如果你們看到他用拳頭搥著小葫蘆似的肚子，喊道：『這裡痛！』那你們就會原諒我。我滿想試試那位醫生的藥，他賣得便宜，而且那種藥確實讓他胖得像濕婆神的公牛一樣。他不拒絕開藥，但是我為那個孩子擔憂，因為那些藥瓶的顏色看起來不吉利。」

趁著這位老婦人長篇大論時，喇嘛悄然在黑暗中離去，走到為他準備的房間。

「你大概是惹惱他了。」基姆說。

「他沒生氣，他是厭倦了，我這個當外婆的人忘了這點（只有外婆應該照料孩子，做母親的只適合生孩子）。等到明天他一看到我的外孫長成什麼模樣，就會畫一道符，然後他也可以評斷那位新醫生的藥。」

「那位醫生是什麼人？王后娘娘？」

「跟你一樣是漫遊者，但他是來自達卡、極為嚴肅的孟加拉人。他是醫學大師，我吃了肉之後胃不舒服，他用了一顆小藥丸把我治好，那小藥丸的藥力好強。現在他四處旅行，賣極珍貴的藥劑。他甚至有印出來的英文文件，說明如何治療瘦弱男人與精神不濟的女人。他已經在這裡待了四天，但據我所知，他聽說你們要來（醫生及僧侶在世界各地都無法容下彼此），就先行避開。」

她說完這些話後氣喘吁吁，坐在火炬旁邊且不受訓斥的老僕人咕噥道：「對所有的江湖郎中與和尚來說，這裡好像牛池，別再讓那個孩子吃芒果……可是誰能跟一位做外婆的爭論？」他提高嗓門，恭敬地說，「夫人，那位醫生吃完飯後就睡覺，他在鴿棚後面的房子裡。」

基姆像準備打架的小獵犬，全身緊張起來。讓一個在加爾各答受教育的孟加拉人，一個多話的達卡賣藥郎中丟臉，把他辯倒，那是一件好玩的事。喇嘛與他在這番較量中是不太會失敗的。他知道印度報紙末頁印有用糟糕英文寫的古怪廣告，聖沙勿略學校的學生有時會偷偷把這些帶回學校，讓大家取笑，因為那些心懷感激的病人敘述病況的語言極其簡單，洩露真情。那位老僕人急著讓醫生與僧人相鬥，偷偷摸摸地走向鴿棚。

「是啊，」基姆以經過拿捏的蔑視口吻說，「他們極其無恥，用的只是有顏色的水。他們行騙的對象是健康惡化的君王與暴飲暴食的孟加拉人。他們靠孩子賺錢，那些還沒出世的胎兒。」

老夫人咯咯地笑，「別這麼嫉妒，符咒比較好，嗯？**我**從沒否認過這一點，你可得讓聖者在明天早上為我寫一道靈符。」

「只有愚昧無知的人才會否認……」一道沉重渾厚的聲音在黑暗中大聲說，一個人蹲下，「只有愚昧無知的人才會否認符咒的價值，只有愚昧無知的人才會否認醫藥的價值。」

「一隻老鼠找到一塊薑黃，牠說『我會開間雜貨店』。」基姆反駁。

現在脣槍舌戰開始，他們聽見老夫人挺起身子專注聆聽。

「僧人的兒子知道他的奶媽與三個神靈的名字，他就說：『聽我說，不然我就要以三百萬大神的力量詛咒你。』」這個不露面的人顯然有兩把刷子，他說下去，「我不過是個教英文字母的老師，我已經學會洋人的全部智慧。」

「洋人們永遠不老，他們就算當了祖父，依舊跳舞尋樂，像小孩子一樣玩得起勁，他們很強壯。」轎子裡的老夫人大聲說。

「我也有能緩解急躁者心中戾氣的藥；還有月亮位於適當房子上時煉製的藥；有來自中國的黃土可讓男人恢復青春，讓家人大為驚奇；喀什米爾的番紅花與最上等的喀布爾蘭花球根，許多人死於……」

「我絕對相信。」基姆說。

「他們知道我的藥很靈驗。我可不是只給病人寫符用的墨水，而是給他滾燙又厲害的藥，病人喝下去能與邪毒交戰。」

「它們很厲害。」老夫人嘆口氣說。

那個人後來又講起命運作祟、傾家蕩產的故事，還說他曾一再向政府請願，「要不是命運作弄，現在我應該在政府裡做事，我有加爾各答那所崇高學府的學位，這裡的少爺將來或許會到那裡讀書。」

「他的確可以。如果我們鄰居的臭小子幾年內就能拿到F.A.，」（「文科第一」，她常聽到這個英文術語，所以用它），「那麼我知道的一些聰明孩子豈不是要在富庶的加爾各答拿到更多的獎。」

「我從沒見過這樣的孩子！」那個人說，「生辰八字極好，要不是那脹氣——哎呀，要變成可怕的霍亂了——可能把他像鴿子一樣帶走的話，他一定能得長壽，真是讓人羨慕。」

「哎呀！」老夫人說，「誇獎孩子不吉利，不然我真喜歡聽這種話。現在房子後面沒人看守，在這微風之中，男人自以為是男子漢，而女人呢，我們知道……孩子的父親也不在，而我年紀這麼大還必須要看家。起！起！起！把轎子抬起來，讓醫生與那位小僧人自行確定究竟是符咒還是醫藥最有效。喂！你們這些沒用的人，快拿菸草給客人，我要繞著我們的家園兜個圈子！」

轎子搖搖晃晃地被抬走了，後面跟著零散的火炬和成群的狗。二十個村莊都熟識這位老夫人，知道她的毛病，知道她的舌頭很厲害，也知道她樂善好施。二十個村莊都用無法追憶的習俗欺騙她，可是沒有人會在她管轄的地區內偷竊搶劫。雖然如此，她仍大模大樣地出巡，就連前往穆蘇里的半路上都聽得到她造成的喧囂。

基姆鬆懈下來，一個術士遇見同行時必須如此。那位醫生仍然蹲在那裡，用腳把水菸袋友善地推過來，基姆深吸了一口上好的菸。留連不走的人期待雙方展開認真的專業辯論，而且說不定會免費看診。

「在愚昧無知的人面前討論醫術是對牛彈琴。」那位醫生說。

「真正的禮貌常常是不留神聽人說話。」基姆附和。

不過要弄清楚，他們只是客套，目的是引人注目。

「嗨！我的腿上有個潰瘍，」一個廚房傭人說，「瞧！」

「走開！滾！」醫生說，「這個地方難道有打擾貴客的習慣？你們像水牛一樣擠過來。」

「如果老夫人知道了……」基姆開口。

「是！是！走吧，他們都是我們女主人喜歡的人。等到她那小魔鬼的腹絞痛好了，也許我們窮人會被允許……」

「你把放貸的人打得頭破血流而入獄的時候，是女主人照顧你的老婆。誰敢說話冒犯她？」那位老僕人在灑落不久的月光中凶狠地翹起白鬍子，「**我**負責維持這個家的榮譽，走開！」他把下人全都趕走。

那位醫生說話時，幾乎沒動嘴脣：「歐哈拉先生，你好嗎？我非常高興再跟你見面。」

基姆的手緊抓著水菸袋柄。如果在路上的話，他或許不會那麼驚訝，可是在這裡，這個與世隔絕的寧靜地方，他完全沒有心理準備會碰見賀瑞先生。他同時感到惱怒，因為覺得自己被耍了。

「啊哈！我在勒克瑙就告訴過你，我會再出現，而你會認不出我。你當時跟我賭了多少錢，嗯？」

他悠然嚼幾顆小豆蔻，可是呼吸有點不自在。

「為何到這裡來，先生？」

「啊！照莎士比亞所言，問題就在這裡，我是來慶賀你在德里的表現非常優異。啊！我告訴你，我們都以你為傲，你的手法十分乾淨俐落。我們那位共同的朋友跟我很熟，他曾經歷巨大的風險，未來他還會再經歷一些危險。他告訴我，我轉達勒根大人，你的畢業成績非常優秀，他很高興。整個部門都很高興。」

基姆生平第一次因為工作表現受同事稱讚而感到激動自傲（但是這也可能成為致命的陷阱），這種感受是世間任何東西都無法相比擬。可是基姆的東方人心理警告他，賀瑞先生遠道而來絕不是為了誇獎他幾句。

「先生，說出你的故事吧。」他以威嚴的口吻說。

「噢，沒什麼。只是我們共同的朋友藏匿的東西的電報來時，我在西姆拉，而老克萊頓……」他觀察基姆對他的大膽言論有什麼反應。

「上校大人。」基姆糾正他。

「當然，他發現我閒著，於是我得南下到赤陀取那封討厭的信。我不喜歡南方，那要坐很久的火車，不過旅行津貼倒不少，哈！哈！我在歸途上碰見我們共同的朋友，他現在人在德里，暫時避風頭。他告訴我說托鉢僧的偽裝很適合他，我在那裡聽說你的緊急應變做得非常好。我對我們共同的朋友說你的功勞第一，真了不起！非常優秀！所以我來當面告訴你這件事。」

「哼！」

水溝裡的青蛙忙著呱呱叫，月亮漸漸落下，有位高興的僕人跑出去打鼓與聊天，基姆的下一句話是用本地話說的。

「你是怎麼跟蹤我們的？」

「噢，那很容易，我從我們共同的朋友那裡得知，你去薩哈蘭普爾，所以我跟著來。紅教喇嘛並不是不惹人注意的人。我買了個藥盒子，我其實真的是很棒的醫生。我到淺灘旁的阿克羅拉村，聽到關於你們的一切，我東聊西聊，所有的老百姓都知道你們在做什麼。我也知道那位好客的老夫人何時派人來接人，他們對老喇嘛來過幾次記得很清楚。我知道老婦人離不開醫藥，因此我扮成了醫生。你聽見我講的話嗎？我認為我說得完全沒錯，方圓五十英里內的老百姓都知道你與喇嘛。所以我就來了，你介意嗎？」

「先生，」基姆說，抬頭望著那張咧嘴笑的大臉，「我是洋人。」

「我的好歐哈拉先生……」

「我希望參加大博弈。」

「目前按照部門的編制，你是我的下屬。」

「那麼為什麼你扯了一大堆？你從西姆拉換了裝趕來，絕對不只是為了講幾句好聽話。我不是小孩，請你講印度語，確實說明來意。你所講的十句裡沒有一句真話，為什麼你要來這裡？請直說吧。」

「你這種歐洲人作風真讓人困窘，歐哈拉先生，你心裡應該更有數。」

「可是我想知道，」基姆笑著說，「如果是大博弈的事，我也許能幫忙。如果你老是拐彎抹角說廢話，我又能做什麼？」

賀瑞先生伸手去拿小菸袋，把它吸得咕嚕咕嚕響。

「現在我要用本地話講，你坐好了，歐哈拉先生……這關係到一匹白雄馬的血統證明書。」

「還在搞這樁事？這件事早就結束了。」

「等到人人都死光，大博弈才結束，在這之前一切都沒結束。好好聽我說完。三年前，瑪哈布·阿里把那匹馬的血統證明書交給你的時候，五位藩王正準備發動一場突如其來的戰爭。由於你傳遞了那項消息，我們的軍隊在他們還沒準備好之前，就先發制人。」

「對了，八千人和大炮，那天晚上的情形我記得很清楚。」

「可是沒有開戰，這是政府的一貫作風。政府把部隊召回，因為相信那五位藩王膽怯了，也是因為在高峻山口供應大軍糧草不便宜。希拉斯藩王與布納爾藩王有大炮，為了一筆代價答應防守山口不讓從北方南下的部隊通過。他們倆竭力向政府展現畏懼和友誼。」他咯咯地笑，改用英語說：「當然我只是私下告訴你，好說明政局，歐哈拉先生，從官方立場來說，我不得批評上司的任何行動。現在我說下去，政府對此很高興，又亟欲避免多花錢，於是與希拉斯藩王及布納爾藩王簽訂契約——政府軍一旦撤退，他們的部隊就得防守山口，政府每月給他們許多盧比。那時候——這是我們認識後的事——我一直在列城賣茶，後來成為軍中會計。軍隊撤退的時候，我被留下來，為在山區築路的工人發工錢，築路也是政府與希拉斯及布納爾協議的一部分。」

「原來如此？後來呢？」

「我告訴你，那個地方一過夏天就冷得要死，」賀瑞先生偷偷地說，「我每天晚上都怕那些布納爾人會覬覦發款箱而割開我的喉嚨，我被那些護衛嘲笑！啊！我真是膽小鬼，沒關係，我會繼續用本地話說……我多次發消息說這兩位藩王已經被北方收買，瑪哈布．阿里當時在更北邊的地方，他充分證實這一點。可是當局毫無動作，結果我的腳凍壞了，一隻腳趾凍到掉下來。我發消息說我發錢給工人築的那條路是替外人與敵人修築的。」

「替什麼人？」

「俄國人，築路工人已公開把這件事當成笑話。後來我被叫回南邊做口頭報告，瑪哈布也回到南邊。瞧，最後精采的來了！今年山口雪融之後……」他再度發抖，「來了兩個以獵野山羊為名的外國人，他們帶了槍，可是也帶了測鏈、水準儀、羅盤。」

「呵呵！情況越來越清楚了。」

「希拉斯與布納爾殷勤款待他們。他們做出很大的承諾，他們帶來禮物並當某個皇帝的喉舌。他們往來河谷，說道『這裡可以造一座矮防護牆，這裡可以造一座堡壘，這裡可以守著道路擋住大軍』，他們指的就是我每月付出盧比修建的那條路。政府知情卻不採取行動。其他三位沒有受僱守衛山口的藩王，派人去告訴他們，布納爾和希拉斯不守信用。壞事幹盡之後，你瞧，那兩位外國人用水準儀和羅盤讓五位藩王相信一支大軍明天或後天將橫掃山口，山民全都很傻，這時政府才命令我『到北方看看那些外國人做些什麼』，我對克萊頓大人說：『這不是打官司，不是我們派人去蒐集證據就行了。』」賀瑞先生身子顫動，恢復講英語，「我說：『天哪，比方說，你為何不下半正式的命令讓一位勇者去毒死他們？如果你不介意的話，我要說這都要怪你怠忽職守。』克萊頓上校竟對我放聲大笑！這都是你們英國人那種討厭的自負，你們以為沒人敢勾結！這真是太蠢了。」

基姆慢慢地吸菸，他敏捷的腦袋根據他了解的內容思索這件事。

「那麼你就去跟蹤那些外國人嗎？」

「不，我是與他們相遇。他們將前來西姆拉，把獵得的角與頭送往加爾各答製成標本。他們是愛好運動的紳士，政府給他們特殊待遇。當然，我們總是這樣做，這是英國人的驕傲。」

「那麼這兩個人有什麼好怕的呢？」

「我的天哪，他們不是黑人。當然，我能對付各種黑人，但是他們是俄國人，非常不擇手段的人。如果沒有證人在場，我可不要跟他們打交道。」

「他們會殺你？」

「噢，那倒沒什麼。我是史賓賽的忠實信徒，我相信應該可以對付死亡這種小事，死亡是我命中注定之事，你知道。可是……他們可能會毆打我。」

「為什麼？」

這時賀瑞先生很惱怒，把手指弄得劈啪響。「我當然應該在他們那裡當個臨時工，也許是通譯，或是腦子沒用、餓得要死的人之類的，然後我想我必須盡可能刺探消息。這就像我裝成醫生騙那位老婦人一樣容易。只不過……只不過，你知道，歐哈拉先生，不幸的，我是亞洲人，這在一些方面很不利。我也是孟加拉人——一個膽小鬼。」

「上帝造出野兔和孟加拉人，多麼可恥！」基姆引用一句諺語說。

「我想，這是出於基本需求的進化過程，儘管如此，事實仍然不變。喔，我很膽小！我記得有一次我前往拉薩的路上，他們要斬掉我的頭（不，我根本沒到達拉薩）。我坐下來大哭，歐哈拉先生，預料自己將受到中國式的酷刑。我想這兩個人不會用酷刑對付我，但我希望能有所準備，在緊急時有歐洲人協助，以防萬一。」他咳了咳，吐出豆蔻，「這完全是非正式的徵召，你可以說『我不去，先生』。如果你與那位老喇嘛沒有要緊的事——也許你可以轉移他的注意力，也許我可以吸引他的想像——我希望你與我保持工作的聯繫，直到我找到那兩位喜歡運動的外國小伙子。自從我在德里遇見我的朋友之後，我就很重視你。這件事結束時，我會在正式報告裡提起你，這將是你非常值得驕傲的事，也是我來這裡的真正目的。」

「哼！我想故事的結尾是真的，可是前面那段呢？」

「關於五位藩王的部分？噢！那當然是真的，比你想的還要複雜。」賀瑞懇切地說，「你會來吧，嗯？我將從這裡直入杜恩山谷，那裡草木碧綠、草地如繪。我將去穆蘇里，也就是先生女士們說的古老美好的門蘇里．帕哈，再從那裡取道蘭布爾進入中國。他們只能從那條路過來。我不喜歡在寒冷的地方等待，但我們必須等待他們，我得跟他們一起走到西姆拉。你要知道，其中一個俄國人其實是法國人，我的法語相當不錯，我在昌德納格爾[2]有朋友。」

「他一定很高興能再見到山巒。」基姆沉思著說，「這十天以來，他簡直沒講什麼別的。如果我們一起去……」

「啊哈！如果喇嘛希望的話，我們在路上可以當不相往來的陌生人。我會在你們前面四、五英里。我賀瑞可不趕[3]，這是歐洲的雙關語，哈！哈！你們就跟在後面，有大把時間。他們當然會找測定點的位置，然後測量製圖。我明天就動身，你們高興的話就後天動身，嗯？你好好想想，明天早上再決定。天哪，現在差不多已經是早上了。」他打個大呵欠，連一句客套話也不說就慢慢走回下榻處，可是基姆幾乎沒睡，他用印度語思量：

「這場博弈真大！我在奎達當了四天的廚房傭人，侍候被我偷帳簿的那個人的老婆，是大博弈的一部分！那位馬哈拉塔人，從遙遠的南方冒著生命危險來玩大博弈。現在我也要到很遠很遠的北方去玩大博弈。它的確像梭子一樣，在整個印度穿來穿去。我要盡本分，享受

---

2 昌德納格爾（Chandernagore）曾是法屬印度的一部分。

3 這裡是指「hurry」（趕緊、匆忙）與「Hurree」（賀瑞）發音接近的雙關語。

我的樂趣……」他朝著黑暗微笑，「都虧了這位喇嘛，也虧了瑪哈布．阿里，還有克萊頓大人，但主要還是這位聖者，他說得對，一個廣大又可怕的世界。而我是基姆，基姆，基姆，獨自一人，隻身在這當中。我一定要看一看那些帶著水準儀與測鏈的外國人……」

「昨晚爭論的結果如何？」喇嘛做完早課後問。

「來者是個巡迴賣藥的人，他是老夫人的食客。我以論證與禱告辯贏他，證明我們的符咒比他那些有顏色的水靈驗。」

「哎呀，我的符咒！那位品德高尚的女人還是想要一道新符嗎？」

「非常想要。」

「那麼我得畫一道符，要不然她會把我的耳朵吵聾。」他摸索著筆盒。

「草原上總是人太多，我聽說雪山的人比較少。」

「啊！那些雪山，還有山上的雪。」喇嘛撕下一小張適合放進護身符的方形紙，「但是你對那些山巒有何了解？」

「它們十分密集，」基姆推開門，望著金黃晨暉中綿延不絕的平靜喜馬拉雅山脈，「除了穿著洋人服裝的時候，我從沒去過那裡。」

喇嘛渴望地嗅著吹來的風。

「如果我們前往北方，」基姆在日出時發問，「是否至少該走較低的山路，避掉中午的酷熱？……符畫好了嗎，聖者？」

「我已寫下七個傻魔鬼的名字，沒有一個是有用的。愚婦把我們拖離正道，該有此報！」

賀瑞先生從鴿棚後走出，用裝模作樣的儀式刷牙。他胖得人都圓了，熊腰虎背，脖子像牛，聲音雄渾，絲毫不像「膽小鬼」。基姆用難以察覺的手勢打暗號，表示一切順利。梳洗完畢，賀瑞先生就跑過來用花俏言語拜見喇嘛。他們吃早餐，當然沒坐在一起。後來老夫人在窗後勉為其難地戴著面紗，又談起她外孫吃青芒果鬧脹氣的事。喇嘛的醫術當然只限於安慰性質，他相信黑馬的糞與硫黃和在一起，放在一塊蛇皮上服食是治霍亂的良藥，不過他對符號的興趣遠勝於科學。賀瑞先生溫文有禮地敬重他的見解，喇嘛於是說他是彬彬有禮的醫生，賀瑞先生回說他對宗教的祕密儀式所知非常有限，不過感謝神，至少他遇到一位大師的時候，不會有眼不識泰山。他自己接受洋人教導，那些洋人對於加爾各答的華廈真是不惜工本。但他也率先承認在世俗智慧的背後，還有另一種智慧——一種境界高深且要孤獨追求的沉思學問。基姆在旁邊羨慕地看著，他熟悉的那個圓滑、滿嘴殷勤讚美、神經緊張的胖紳士不見了，昨晚那大言不慚的賣藥人也不見了。眼前這個人溫文儒雅、彬彬有禮、善解人意，而這個冷靜嚴肅、經歷滄桑、甚有學識的人向喇嘛虛心求教。老夫人私下對基姆說，他們的談話內容太深奧，非她所能理解。她喜歡的是符咒，用許多墨水畫的符，可以用水沖泡吞下，要不然神靈有什麼用？她喜歡男男女女，也講起她以前認識的小國藩王，說起她的年輕歲月和美貌、豹造成的破壞、亞洲人的怪癖、納稅方式、租金、葬儀、她的女婿（只是暗示，不過很容易聽出）、養小孩、人老珠黃等。基姆對這世上的生活深感興趣，他的腳在僧袍下露出，蹲在那裡把所有的話聽進去。喇嘛把賀瑞先生提出的治病理論逐一駁倒。

中午時分，賀瑞先生背上他那個黃銅藥箱，一隻手拿著儀式時穿的漆皮鞋，一隻手拿著一把豔麗的藍白兩色傘，朝北走向杜恩山谷，他說那一帶很多小藩王找他看病。

「徒弟，我們等傍晚涼快時再走，」喇嘛說，「那個懂醫術又有禮貌的醫生證實那些山丘地帶的人很虔誠又慷慨，非常需要一位導師。那位醫生說，我們很快就可以享受到清涼空氣與松樹的芳香了。」

「你們到雪山嗎？經過庫盧嗎？啊，真是讓人高興！」老夫人尖聲說，「要不是照料這處產業讓我有點分身乏術，我就會坐轎子去了……不過那會傷風敗俗，我的名譽會受損害，呵呵！我很熟那條路，每一段都熟。你會發現沿路的人都樂善好施，他們不會拒絕看起來面善的人。我下令叫傭人準備食物，派一位僕人一路侍候如何？不要？……那麼至少讓我為你們準備食物。」

「夫人真是了不起的女性！」廚房裡喧囂聲起時，那位白鬍子老僕說，「她這輩子從沒忘掉一個朋友，也從不忘掉一個仇人。她的烹飪手藝，哇！」他揉揉他又細又癟的肚子。

結果她備了糕點、蜜餞、燉得軟爛的凍雞，還有米飯與梅子，足以把基姆餵得像騾子。

「我老邁無用了，」她說，「現在沒有一個人愛我、尊敬我，可是我求神幫助，蹲在鍋釜前燒東西的時候，沒人能比得上我。下次再來，好心人，聖者和徒弟，請你們再來。這裡總是為你們準備好房間，隨時準備迎接你們……別讓女人太大方地跟隨你的弟子，我很清楚庫盧女人。當心，小徒弟，別讓他一聞到雪山氣息就跑掉……喂，別把米袋上下弄顛倒……聖者，請保佑這個家，請原諒你這個女僕的愚蠢行為。」

她用面紗的一角擦拭發紅的老眼，喉嚨發出哽咽聲。

「女人多話，」喇嘛最後說，「不過那是女人的通病。我給了她一道符。她在輪迴之中，完全被塵世的表象牽著走。不過，徒弟，她品德高尚，和善好客，誠心誠意，古道熱腸，誰說她沒累積功德呢？」

「我不會這麼說，聖者，」基姆說，他再度背起那些豐盛的食物，「在我心中——超越眼前所見——我曾試著想像她這樣一個人超脫輪迴之苦，因為她無欲無求，也不造孽，簡直像個尼姑。」

「還有呢，小淘氣鬼？」喇嘛幾乎放聲大笑。

「我想像不出來了。」

「我也想像不出來。不過她在此生之前有過千百萬個前世，她在每一世也許都會得到一點智慧。」

「她輪迴時會忘了怎麼用番紅花燉湯嗎？」

「你的心思總放在不值得一提的事情上。但她確實有本事，我覺得精神完全恢復了。當我們到達山丘地帶時，我會更強健。今天早上那個醫生真誠地說雪的氣息能讓人年輕二十歲。我們將上山，那些高聳的山，聆聽雪水與樹木的聲音。那位醫生說我們隨時可以回到平原，我們只是在讓人愉快的地方繞一繞。那位醫生滿腹經綸，可是他毫不驕傲。你與老夫人講話的時候，我對他講起夜裡暈眩讓我的脖子不舒服，他說是中暑的緣故，需要清涼的空氣治療。我想了一想，很驚訝自己竟沒想到如此簡單的療法。」

「你曾把追尋之旅告訴他嗎？」基姆有些嫉妒地說。他比較希望是自己的言語打動喇嘛的心，而不是賀瑞先生的詭計。

「當然囉，我把自己的夢境告訴他，以及讓你求學而積功德的事。」

「你沒說我是洋人吧？」

「何必告訴他？我已經告訴你很多次，你我只不過是求解脫的兩個靈魂。他說那條河會像我所夢見的那樣湧現出來，必要的話，甚至會在我腳下湧現。你瞧，得道以後，我就脫離輪迴之苦，那時我還要找什麼解決塵世的田野之道？那些都是幻覺，那些都沒有意義。我做夢，每天夜裡都做同樣的夢。我有《本生經》，我有你，世界之友，我沒忘記，你的命盤中寫著一塊綠地上有頭紅色公牛要讓你得到榮耀。我不是親眼見到這個預言應驗了嗎？老實說，命運還是因我而全力發揮作用。你要報答我，應該幫助我找那條河。我們有把握找到那條河！」

他那張恬靜安詳、象牙黃色的臉面對著呼喚他們的雪山，他的影子映在前方的塵土上，比他搶先一步出發。

第十三章

誰想要海洋，那片蔑視一切的浩瀚大浪？
顫慄、踉蹌、轉向，
在高可摘星的船首斜桅出現前——
井然有序的信風雲層與下方呼嘯的藍色波浪——
暗藏在懸崖間的意外裂縫與艏斜帆的低吼雷鳴？
難怪他的海洋還是相同——
他的海洋與這種不變都是奇蹟，
他的海洋就是他自我實現的目標？
就是這樣，沒有別的——就是這樣，沒有別的。
山民也想要他們的雪山！

「前往雪山就是回到母親懷抱。」

他們越過席瓦利克山與亞熱帶的杜恩山谷，離開穆蘇里，沿著狹窄山路往北方前進。日復一日，他們深入群聚的山巒，一天接著一天，基姆看著喇嘛再度找回壯年時期的體力。他們行經杜恩山谷的台地時，喇嘛靠著基姆的肩膀，在路邊暫時歇息，養精蓄銳。他在通往穆蘇里的大斜坡下挺直身子，像個老獵人面對熟悉的河岸一樣，他在應該累倒的地方把長僧袍一甩，深吸一大口清淨的空氣，踏著只有山民才有的從容腳步。在平地出生成長的基姆揮汗喘氣，驚訝萬分。「這是**我**的故鄉，」喇嘛說，「跟肅仁寺比起來，這裡比稻田還要平坦。」他平穩有力地邁開大步往上走。而三小時內走三千英尺的陡峭下坡路途中，他把基姆遠遠拋在後方。基姆為了保持平衡，背部痠痛，大腳姆指差點被草鞋的帶子磨斷。喇嘛穿過廣闊的雪松林那片斑駁的陰影，越過長著蕨類、像羽毛裝飾一樣的橡木林，行過白樺、冬青、杜鵑、松樹，經過草都被太陽晒焦的、光禿滑溜的山坡地，接著再度回到涼爽的林地，直到橡木消失，谷地的竹子和棕櫚樹取而代之，喇嘛健步如飛、毫無倦意。

他會在暮色時分回頭望著那些雄偉的山脈，以及沿途走來逐漸變得模糊細長的道路；他懷著山民慷慨開闊的眼界擬定隔日的全新旅程。或者，他會在斯碧堤和庫盧之間的上升坡段隘口停下腳步，向地平線那頭的高山積雪渴望地伸出雙手。黎明時分，當第一道陽光照在荒野中的凱達爾納特山與巴德林納特山，在純藍色天空的襯托下，那片積雪閃著紅色的光芒，然後一整天被陽光晒得像熔化的銀，暮色時分又像戴了珠寶般美麗。他們爬上巍峨陡峻的山脊時，起初風還溫和吹拂著旅人，相當舒服。可是過了幾天，這些風在九千英尺或一萬英尺高處，變得寒冷刺骨，基姆好心地讓一位山民送他一件粗氈大衣來積功德。這利如刀鋒的山風讓喇嘛重返年輕，現在居然有人受不了它，這讓喇嘛有些驚訝。

「徒弟，這些還只是比較低矮的山，等我們到了真正的高山，那才叫冷。」

「空氣與水都很好，人們也夠虔誠，但是食物很糟。」基姆低吼，「我們像發瘋一樣或者說像英國人一樣狂走，夜裡也冷得要命。」

「或許冷了一點，但只足以讓老骨頭晒到陽光時覺得舒服。我們不該總是貪圖安逸，不該一直睡在軟床上，吃著豐盛的食物。」

「我們至少可以順著路走。」

基姆是平地人，喜歡順著那條常有人走的山徑前進。這條山徑在山間蜿蜒，寬不到六英尺。可是喇嘛是西藏人，忍不住要走捷徑，穿過支脈，沿著滿布砂礫的山坡邊緣前進。他對走路一瘸一拐的徒弟解釋說，在山地長大的人能預測一條山路的走向，雖然對走捷徑的新手來說，低垂的雲層可能是阻礙，但是那對一個深思熟慮的人沒有影響。因此他們花了許多個小時，進行文明國家所謂真正的登山之旅後，氣喘吁吁地翻過鞍形山脊，側身穿過幾處山崩之處，又在四十五度的坡道上，穿過森林走回山路。沿途有山民的村落，村裡的房子是泥土小屋，偶爾有木屋，那些木頭建材是用斧頭粗略劈開的。這些村落像燕子的巢一樣緊靠著懸崖峭壁，群聚在三千英尺雪坡中間的小平地，或是擠在懸崖之間的某個角落，每陣風都聚集在這些角落。或是為了夏牧，這些房子會縮在冬天雪深十英尺的隘口。那些村民膚色蠟黃，全身油垢，穿著粗呢衣裳，露出沒穿鞋子的短腿，看起來像愛斯基摩人，他們會成群跑出來膜拜喇嘛。平地人溫和善良，把這位喇嘛視作聖中之聖。但是山民膜拜他，是認為他知道所有魔鬼的祕密。他們的宗教信仰是幾近絕跡的一種佛教，加上他們的自然崇拜，那有如他們所處的風景一樣奇妙，像他們的小梯田一樣複雜。但是，他們認得出喇嘛那頂大帽子、他一直掐著的念珠、那些極具權威且非常罕見的中國經文，並敬重帽子底下的那個人。

「我們看見你們從尤亞黑山走下來。」一位山民某天晚上說，他給他們乳酪、酸奶、硬如石頭的麵包。「我們不常走那條山路，除非生小牛的母牛在夏天走失。那些岩石之間會突然吹來暴風，在最平靜的日子都能把人吹倒，但是你們這樣的人怎會在乎尤亞的魔鬼！」

後來，雖然基姆每條肌肉都痠痛無比，雙眼往下看而發暈，腳趾卡在狹窄的岩縫而腳痛，但他開始對每天的跋山涉水感到愉悅，就像聖沙勿略學校的學生在平地跑贏四分之一英里而受到朋友讚賞的那種快樂。高山把他吃的酥油與甜板油全都化成了汗；在險峻山口的最高處，基姆喜極而泣吸入的乾燥空氣，讓他的上半身肋骨結實突出；傾斜的地勢讓他的小腿與大腿長出堅硬的肌肉。

這對師徒常沉思生命之輪，尤其是——如同喇嘛說的——從他們擺脫有形誘惑後。除了看見灰鷹，偶爾望見遠處山坡上挖掘根莖植物的熊，黎明時在寂靜山谷中遇到正狼吞虎嚥吃著山羊的豹，還有不時看見顏色鮮豔的鳥，整個天地之間，在山風與被風吹得颯颯作響的野草之間，只有他們兩人。他們下山時，經過屋頂冒著煙的小屋，小屋裡的女人不美麗又骯髒，她們有很多丈夫，且都罹患甲狀腺腫大的毛病。那些男人不是農夫就是樵夫，性情溫順，單純樸實得讓人難以置信。但是為了讓適當的交談不致中斷，上天派來了那位有禮貌的達卡醫生，他有時走在前方，有時走在後面，以治療甲狀腺腫大的藥膏換取食物，並指點男女之間和平共處的方法。他對這一帶山區似乎瞭若指掌，就像他通曉山地方言，並向喇嘛說明靠近拉達克和西藏的地勢。他說他們隨時可以走回平原，但為了這樣的美麗山景，前方道路可能讓人心情愉快。他不是一口氣說完這些話，而是他們傍晚在打穀的石地上相遇，這位醫生診治完病人後抽著菸，喇嘛吸著菸味，兩人談天時陸續聊起這些事。這時基姆不是望著小母牛在屋頂上吃草，就是任由心神隨著雙眼遠眺山脈之間的深藍色裂口。他與那位醫生有時在黑漆漆的森林中單獨聊天，那時候醫生會採集藥草，基姆身為初出茅廬的醫生，必須隨行。

「你瞧，歐哈拉先生，我找到那兩位愛好運動的朋友後，真的不知道該怎麼辦。不過，如果你能好心地保持在看得到我這把傘的距離內，那我就會放心多了。那把傘是測量界線很好的定點。」

基姆遠望那些林立的山峰，「這不是我的老家，醫生，在熊皮裡找出蝨子比在這裡找路還容易。」

「噢，那正是我的長處。賀瑞一點也不著急。他們不久前還在列城，還說從喀喇崑崙山脈帶了獸首與獸角等東西下山。我只怕他們把信件與所有讓人難堪的東西從列城寄到俄羅斯領土。他們無疑會盡可能往東走，只為了看起來像是從未到過印度西部各邦。你不熟悉這些山嗎？」他用小樹枝在地上潦草地畫著。「瞧！他們原本應該從斯里那加或阿伯塔巴德過來，那是捷徑，從邦基與阿斯特順流而下。但是他們在西部做了壞事，所以……」他從左到右畫了一條淺溝，「他們往東到列城（啊，那裡很冷），從印度河順流而下，到了漢勒（我對這條路很熟），然後，你瞧，他們會抵達布夏爾與中國谷地。這是用消去法來判定的結果，也是我從病癒的患者口中問到的答案。我們的這兩位朋友長時間東跑西跑，引人注意很久了，所以他們從很遠的地方就很出名。你會看到我在中國谷地某處遇上他們，請你隨時注意這把傘。」

那把傘在山谷和山坡轉彎處不斷擺動，就像被風吹動的風信子。靠羅盤確定方位前進的喇嘛與基姆及時趕上在黃昏時分賣藥膏與藥粉的那位醫生。「我們從那條路過來的！」喇嘛漫不經心地朝後面的山巒一指，傘的主人則恭維他。

他們在冰冷的月光下越過積雪的山隘，喇嘛溫和地向基姆開玩笑，說基姆踏著深及膝蓋的雪奮力前進，樣子有點像雙峰駱駝——在喀什米爾驛站見到的那種生長於雪地、一身粗毛的駱駝。他們越過薄雪覆蓋的河床與白雪灑落的頁岩，在一處西藏人的營地躲避強風，那些西藏人趕著小羊下山，每隻小羊都馱著一袋硼砂。他們又走上長滿草的山肩，那裡還有些白雪的痕跡，接著他們穿越森林，再度回到草原。雖然他們跋涉得十分辛苦，但凱達爾納特山及巴德林納特山始終不動如故。他們又走了幾天之後，基姆在一座海拔一萬英尺、微不足道的山崗上抬頭看，終於看出那兩座大山的一處山肩輪廓出現些微的改變。

最後，他們終於進入大千世界裡的另一世界，一個群巒環抱的山谷，四周的高山只不過是雪山中部滾出的砂石形成的。到了這裡，一天的行程停止了，因為無法繼續前進了，就像一個人在噩夢中前進不了一樣。他們千辛萬苦，花了好幾個小時繞過山肩，才發現那不過是主巒邊緣岩壁上的一個邊緣岩瘤！他們到達草原的時候，看見一片圓形的草原，這是因為有一片廣闊的高原深入山谷。三天後，它只是南方一個模糊的輪廓。

「神祇一定住在這裡！」基姆被雨後的寧靜及雨後雲層席捲而來又散開的景象震懾，「這不是凡人住的地方！」

「好久好久以前，」喇嘛自言自語，「有人問世尊，這個世間是否長久，世尊沒回答……我在錫蘭的時候，一位睿智的追尋者從巴利文古經上證實這件事。毋庸置疑，既然我們知道解脫之道，這個問題問了無益。可是，看一看，認清什麼是幻象，徒弟！這些是真正的雪山！它們就像肅仁寺旁邊那些大山，從來沒有像這樣的大山！」

在他們之上，高高在上的地方，地面向雪線隆起，白樺在東西橫亙數百英里的那條線止住，好像用尺畫的一樣整齊。雪線之上，岩石透過陡坡與隆起的方式，竭力維持突出積雪表面的模樣。這些岩石的上方是永恆的積雪，從開天闢地起亙古不變，但隨著陽光和雲層的變化而不同。他們可以看出風暴與螺旋狀吹來的雪對雪面肆虐的痕跡。他們站在那裡，看到下方綿延的一片藍綠林海。森林下方，在零星分布的梯田與陡峭牧地之間有個村落，雖然村落下方有場風暴肆虐咆哮片刻，但是他們知道那裡有一道一千兩百英尺或一千五百英尺的陡坡通往溼潤的谷地，那裡的山澗是薩特萊傑河的源頭。

一如往常，喇嘛帶著基姆走上遠離大路的牛路與小路。那位「膽小」的賀瑞先生三天前已在大路上冒著風暴快速走過，而英國人十之八九會對那場風暴退避三舍。賀瑞不是射擊高手，一聽到扣扳機的聲響就會臉色大變。但就像他說過的，他是個「相當高明的跟蹤者」，他已用了廉價的雙筒望遠鏡巡視那座廣闊山谷，頗有收穫。此外，白色舊帆布帳篷在青山裡相當醒目，很遠就能看見。賀瑞先生坐在老鷹翱翔的二十英里高處外，離大路四十英里的茲格勞打穀場上時，他已目睹想看到的一切，亦即某天出現在雪線下方的兩個小點。後來這兩個小點看起來沿著山坡往下移動約六英寸。賀瑞一旦不受妨礙，認真辦事，他那兩條肥胖的光腿出乎意料地可走遠路。正是這個緣故，基姆與喇嘛躺在茲格勞一間漏水的小屋裡等待暴風雨過去時，一個油嘴滑舌、全身溼透，但永遠微笑的孟加拉人以一口非常流利卻完全沒有文法的英語，極力討好兩名衣服溼透、得了風溼的外國人。賀瑞緊跟著一場暴風雨而來，腦中想著許多瘋狂的計畫。這場暴風雨把一棵松樹劈成兩半，壓倒在他們的營帳上，十多個或二十多個留下深刻印象的挑夫深信這天不宜繼續前進，全體把所挑的東西放下，不願繼續走。他們是某位山地藩王的子民，照例由藩王派出來工作，並把所得納為己有。他們更不滿的是那兩位陌生白人曾用步槍威脅他們，他們一向知道步槍的厲害和白人的作風，他們是北部山谷的追蹤者與獵人，對於獵熊與野山羊有興趣，卻從沒受過這種對待。所以他們跑到森林深處，任憑怎樣呼喊咒罵都不肯回去。賀瑞先生抵達後，不必裝瘋——他想到另一個會受歡迎的方法：他擰乾身上的溼衣服，穿上漆皮鞋，打開藍白兩色的傘，踏著小碎步，心臟快跳到喉嚨口，自稱是「蘭布爾王殿下的密探」，「先生們，請問有無我可效勞之處？」

那兩個人高興極了，其中一位顯然是法國人，另一位是俄羅斯人，但是他們說的英語不比賀瑞差。他們懇請他幫忙，他們的本地僕人在列城病倒了，他們繼續前進，因為趕著趁獸皮被蟲蛀掉以前，把獵得的一切運到西姆拉。他們有一封給所有政府官員的介紹信（賀瑞照東方習慣行額手禮）。沒有，他們一路上沒有遇到其他的狩獵隊。他們因為興趣而打獵，補給品也相當充足，他們只想儘快繼續趕路。這時賀瑞攔住一位蜷縮在樹木間的山民，他們講了三分鐘的話，賀瑞給了一點銀錢（為政府辦事不能省錢，不過賀瑞對這樣浪費錢感到心疼）之後，十一名挑夫與三名隨從又出現了，至少賀瑞將成為他們受壓迫的目擊證人。

「我們的藩王會很生氣，但這些人不過就是普通老百姓，非常無知。如果兩位大人能大發慈悲，當作沒發生這件不幸的事，我會很高興。再過一下子，雨就會停了，我們就可以上路。你們二位一直在打獵，是嗎？成果真棒！」

他敏捷地從一個背籃跑到下一個背籃，假裝調整每個圓錐狀的籃子。一般來說，英國人對亞洲人並不熟悉，但是如果一位好心的印度紳士不小心把一個蓋著紅油布的背籃弄翻，他不會伸手打那位印度人的手腕。另一方面，如果一位印度先生不友善，他也不會硬要請他喝杯酒，也不會請他吃肉。但是，這兩位外國人做了這些事，還提出許多問題，那些問題大多關於女人，賀瑞的回答歡樂又自然。他們給他一杯像琴酒的白色飲料，後來又繼續給他喝。不久，賀瑞開始放肆，他大罵政府的不是，強迫他受白人教育卻不給他白人的薪水。他嘮叨地講著人民受壓迫虐待的故事，他的國家受的痛苦讓他淚流滿面，接著他搖搖晃晃地走掉，嘴裡唱著孟加拉南部的情歌，最後倒在溼樹幹上。英國統治下的印度所生的不幸產物，從未如此硬生生地以悲苦的姿態呈現在外國人面前。

「他們都是那副德性。」兩位外國打獵者的其中一人用法語對另一人說，「我們進入印度本土時，你就會看到。我很想去拜訪他的藩王，或許可以為他說句好話。他可能已聽說過我們，並希望表達一番好意。」

「我們沒有時間，必須儘快去西姆拉。」他的同伴回答，「至於我的話，我希望我們的報告從希拉斯或是列城寄回去。」

「英國郵政比較好也比較安全。記住，我們得到一切便利，以神之名，他們也真的給了，這豈不是讓人難以置信的愚蠢？」

「這是自大，這種自大應受懲罰，也將受懲罰。」

「對！跟另一位歐洲人對抗才像樣，但有些風險。可是這些人，呸！太容易對付了。」

「自大，完全是自大，老兄。」

「昌德納格爾離加爾各答那麼近有什麼好處？」賀瑞躺在溼透的青苔上張嘴打呼說，「會不會是我聽不懂他們講的法語？他們講得非常快！直接在他們脖子劃一刀會比較省事。」

他再去見那兩個人時，頭痛欲裂，一臉懊悔，頻頻說話，害怕自己喝醉時可能失言。他愛英國政府，它是一切繁榮與榮譽的泉源，他在蘭布爾的主子也持同樣的看法。那兩個外國人一聽到這番話就嘲笑他，講出他講過的話，可憐的賀瑞從不以為然的傻笑，圓滑地咧著嘴，到極狡猾的詭異笑容，逐漸詞窮，直到被迫說出真話。勒根大人後來聽到這件事，大聲哀嘆，遺憾自己無法像挑夫一樣在場。那些挑夫個性固執，頭頂草墊，等著天氣轉好，對別的事不多加理睬，他們的腳印裡積著雨水。他們認識的洋人穿著粗布衣服，年復一年開心地回到選擇的小峽谷，還會帶著僕人、廚師、勤務兵，這些人往往是山民。現在這兩位洋人沒帶隨從旅行，因此他們一定很窮，而且無知，因為有頭腦的洋人從來不會聽一位孟加拉人的建議。不過，那位從某個地方冒出來的孟加拉人給他們錢，而且懂他們的山地方言。他們習慣被相同膚色的人虐待，因此懷疑其中有詐，準備一有機會就逃跑。

雨後清新的空氣散發著土地的芬芳，賀瑞領路走下山坡，有時神氣地走在挑夫前方，有時謙遜地走在那兩位外國人後面。他有著許多想法，就算最微不足道的想法都能讓他的旅伴極感興趣。不過，他是討人喜歡的嚮導，總是熱心指出他的藩王領土裡的美麗景色。凡是他們想射獵的獸類，包括塔爾羊、羱羊、螺角山羊、熊，他都信口開河說山裡有這些動物。他又談著植物學與民族學，講得非常不正確，卻找不出破綻。至於他知道的當地傳說更是多得講不完——別忘了，他擔任可靠的國家密探十五年了。

「這個傢伙確實是怪人，」這兩位外國人裡身材較高的那個人說，「他會是維也納伴遊服務員的噩夢。」

「他代表過渡時期的印度，一種東西方的畸形混合，」那位俄國人回答，「能對付東方人的是**我們**俄國人。」

「他已經失去自己的國家，沒得到其他好處，但是非常痛恨他的征服者。聽著，這是他昨晚對我講的心底話。」

賀瑞先生在藍白條紋的傘下聚精會神地傾聽他們講得飛快的法語，雙眼盯著裝滿地圖與文件的背籃。那個背籃特別大，上面蓋著雙層紅油布。他不想隨便亂偷，他只想知道該偷何物，還有，偷了之後又該如何脫身。他感謝印度斯坦所有的神祇與赫伯特．史賓賽，這裡仍有寶貴的東西可偷。

第二天，道路陡峭上升，通往森林上面一處長滿青草的支脈。日落時分，他們在那裡遇見一位年邁的喇嘛——他們稱他為和尚。喇嘛盤腿坐著，前方有一張被石頭壓著的神祕圖表，他正在向一位年輕人解釋那張圖表。那位年輕人顯然是新門徒。這位新門徒雖然沒梳洗，但是非常英俊。他們在半路上已經見到那把有條紋的傘，基姆建議歇息一下，等待他們到來。

「哈！」賀瑞先生腦筋動得很快，「那是當地知名的聖者，或許是我主子的臣民。」

「他在做什麼？那看起來很奇怪。」

「他在闡釋一幅聖畫，完全是手工繪製的。」

那兩個外國人沒戴帽子，站在金黃草地上，低斜的午後陽光照耀其上。繃著臉的挑夫聽到後高興起來，停下腳步，放下背上的籃子。

「瞧！」那位法國人說，「那像是講述一門宗教誕生的圖，第一位師父，第一位弟子。他是佛教徒嗎？」

「那是低下的宗教，」另一位外國人回應，「雪山裡沒有真正的佛教徒。可是，看看他的僧袍褶層與那雙眼睛，真傲慢！為何這讓人覺得我們是很稚嫩的人？」說話的人激昂地猛擊一株長草，「我們一路上沒有留下痕跡，任何地方都沒有！你明白嗎？那就是讓我感到不安的地方。」他一臉怒容地看著喇嘛平靜的臉與莊嚴鎮定的姿勢。

「有耐心點，我們會讓你們一起出名，我們和你們這些年輕人。同時，讓他先畫圖。」

賀瑞高傲地向前走，他的背與恭敬的口吻及朝基姆眨眼的模樣搭不起來。

「聖者，這兩位是洋人，我的藥治癒其中一位的腹瀉，我到西姆拉照看著他病癒。他們想看您的畫……」

「醫病總是好事。這是輪迴圖，」喇嘛說，「下大雨的時候，我曾在茲格勞的小屋裡讓你看過它。」

「現在想聽您闡釋。」

喇嘛得知另外有人要聽講，眼睛亮了起來，「闡釋無上妙法是好事。他們對印度可有所知，是否像神奇之屋管理佛像的那位洋人一樣了解印度？」

「也許略有所知。」

因此，喇嘛像孩子聚精會神地玩著新遊戲一樣，把頭往後一仰，用宏亮的聲音開始祈禱，就像神學博士在講解教義前先祈禱一樣。那兩位外國人倚著登山杖聆聽，基姆謙卑地蹲著，凝視他們臉上的紅色餘暉與地上長影的分合。他們紮著非英國式的綁腿與古怪的腰帶，那讓基姆模糊地想起他在聖沙勿略學校圖書館裡看到那本《年輕博物學者的墨西哥歷險記》的插圖。沒錯，他們真的很像書中那位神奇的蘇米克斯特，完全不像賀瑞先生幻想的那種「肆無忌憚的傢伙」。那些挑夫一身土色服裝，一聲不吭，恭敬地蹲在二十、三十碼外。賀瑞的單薄衣服輕飄飄的，像是寒風裡的標誌旗，他站在一旁，頗為自得。

「這就是那兩個人，」賀瑞低聲說。隨著儀式的進行，那兩位白人隨著草葉擺盪在地獄與天堂之間。「他們所有的書都放在那個蓋著紅油布的大背籃裡，那個籃子裡放了書、報告、地圖，我已經看到藩王的一封信，不是希拉斯就是彭納爾寫的，他們極為謹慎地保護那封信。他們在希拉斯與列城都沒有寄東西回去，這一點毫無疑問。」

「誰與他們同行？」

「只有挑夫，他們沒有僕人，非常吝嗇，還親手煮食。」

「那我要做什麼？」

「等著瞧，只要我一有機會，你就會知道到哪裡找文件。」

「這件事交給瑪哈布．阿里好過交給一位孟加拉人。」基姆輕蔑地說。

「偷香竊玉不一定要破牆而入。」

「瞧，這是貪婪之人要下的地獄。一邊是欲望，一邊是疲倦。」喇嘛講得更加起勁，其中一位外國人在迅速暗下的天色中畫著喇嘛的素描。

「夠了，」那個人最後唐突地說，「我聽不懂他講的內容，但是我想要那張圖。他的藝術造詣比我高明，你問他願不願意賣。」

「他說『不賣』。」賀瑞回答。喇嘛當然不會把他的輪迴圖給一位偶然相遇的旅人，這與大主教不會典當主教座堂的聖器是一樣的道理。西藏充斥輪迴圖的廉價複製品，然而喇嘛是藝術家，而且他在家鄉還是富有的住持。

「如果我發現這位洋人是追尋者，而且十分聰敏，我或許會在三天、四天或十天內為他畫一幅。但是，這幅是為新弟子說法用的，請把這件事告訴他，醫生。」

「他現在就想要，他會付錢。」

喇嘛緩緩搖頭，開始把輪迴圖折起來。站在他旁邊的那位俄國人認為他不過是骯髒的老頭，以為喇嘛想為那張骯髒的紙討價還價。他掏出一把盧比，半開玩笑地搶輪迴圖，那張圖在喇嘛手裡扯破了。那群挑夫大為驚恐，喃喃低語，他們有些是斯碧堤人，根據他們的看法，他們是善良的佛教徒。這種侮辱讓喇嘛氣得起身，一隻手摸向那個沉重的鐵筆盒，那是僧人的武器，賀瑞苦惱得跳腳。

「現在你懂了吧，你懂了為何我需要目擊證人，他們真是肆無忌憚。啊，先生！先生！你絕對**不能**毆打聖者。」

「徒弟！他褻瀆了聖物！」

太遲了，基姆還沒來得及阻擋，那位俄國人已向喇嘛臉上揮了一拳。下一刻，基姆掐著俄國人的脖子，兩人一起往山下滾。俄國人的那一拳喚醒他愛爾蘭血液裡的未知魔鬼，敵人突然倒下去讓他發威。喇嘛被那一拳打得跪下，陷入半昏迷狀態。挑夫背著籃子跑上山，就與平地人在平地上跑得一樣迅速。他們看到罪大惡極的褻瀆聖物行為，認為有必要在山嶽的神靈魔鬼報復之前躲起來。那位法國人一邊摸索著手槍，一邊跑向喇嘛，想以他為人質來換取同伴的安全。這時一陣利刃般的石頭飛向他，將他趕走，山民都是神射手。來自奧中的挑夫拉著喇嘛逃走。這一切都在一瞬間發生，就像山上的天色黑得那麼迅速。

「他們拿走了行李與所有的槍。」那位法國人一邊大叫，一邊在暮色中亂開槍。

「沒事，先生！沒事！別開槍，我去救。」賀瑞衝下山坡，全身壓在又驚又喜的基姆身上，這個孩子正抓著那位沒有呼吸的敵人的頭猛撞巨岩。

「回去挑夫那裡，」賀瑞對他耳語，「行李在他們那裡，文件在紅布遮頂的那個背籃裡，你得仔細看過全部的文件，拿走那些文件，尤其是藩王的那封信。快去！另一個人來了！」

基姆飛奔跑上山坡，手槍的一顆子彈射在他旁邊岩石上，他像鷓鴣一樣畏縮。

常危險。」

「如果你開槍，」賀瑞大喊，「他們就會衝下來殺掉我們，我已經救了這位先生，情形非常危險。」

「天啊！」基姆以英語努力思考，「情況很不妙，不過**我**想這應該有理由自衛。」他摸索著懷中瑪哈布送的禮物，但遲疑著要不要扣下板機。除了在比卡尼爾沙漠練習開過幾槍外，他從沒用過這把小槍。

「照我說的做，先生！」賀瑞似乎要哭了，「快下來協助我來救活他。我們現在進退兩難，我跟你說。」

槍聲停了，踉蹌的腳步聲傳來，基姆趕緊趁著黑暗的夜色往上跑，嘴裡像貓咪或鄉下人一樣咒罵不停。

「徒弟，他們傷了你嗎？」喇嘛在上方大喊。

「沒有，你呢？」他衝進一處低矮的冷杉叢。

「沒受傷，過來吧，我們跟著這些人到雪山下的薩姆里格。」

「可是得先討個公道，」一個聲音說，「洋人的槍在我這裡，四把都在，我們下去吧。」

「他毆打聖者，我們都看見了！我們的牛將生不出小牛，我們的老婆將生不出孩子！我們回家的時候，雪會崩垮壓在我們身上……而且還要受盡其他壓迫！」

全部的挑夫在冷杉樹叢裡鼓噪，他們非常恐慌害怕，什麼事都做得出來。那位來自奧中的挑夫不耐地把子彈裝上後膛，準備要衝下去。

「請稍等一下，聖者，他們走不了多遠。請等我回來再走。」他說。

「是這個人受了不公正的對待。」喇嘛說，他的手按在額頭上。

「正是為了這個原因。」那個人回答。

「如果你不計較，那麼你的手就是乾淨的。此外，聽我的話能讓你積功德。」

「請等待，我們一起去薩姆里格。」那個人很堅持。

那一瞬間，子彈上膛那麼短的時間內，喇嘛猶豫了。接著，他站起來用一根手指按住那個人的肩膀。

「你聽見了嗎？**我**說不許殺人，我以前是肅仁寺的住持，難道你想來世當一隻老鼠或是屋簷下的一條蛇，或者是最卑鄙的野獸肚裡的一條蟲？這是你想要的……」

來自奧中的漢子立刻跪下，因為喇嘛的聲音響亮，像一面西藏魔鑼。

「欸！欸！」那些斯碧堤人喊道，「別詛咒我們，別詛咒他，他只是義憤填膺罷了，聖者！……快把槍放下，傻瓜！」

「怒生怒！邪生邪！不准殺人。讓那個毆打僧人的人自作自受，輪迴是公道的，這點不容置疑，沒有毫髮之差！他們將轉世多次，飽受折磨。」他低下頭，沉重地依靠在基姆的肩膀上。

「徒弟，我差點做出大壞事，」他在松樹下的一片沉默中低語，「我幾乎動了讓那個人開槍的念頭。真的，如果在西藏，他們會遭到緩慢的凌遲而死……他居然毆打我的臉……打到肉上……」他的身子忽然倒下，呼吸沉重，基姆聽得出喇嘛過於吃力的心臟忽跳忽停。

「他們把他打死了嗎？」那位奧中漢子問，其他人站著沉默不語。

基姆跪在喇嘛身旁，嚇壞了。「沒有，」他激動地喊道，「只是虛弱而已。」然後他記起自己是白人，有白人的露營用品可用。「打開背籃！洋人可能有藥。」

「哦！我知道那玩意兒。」奧中漢子笑著說，「我當了楊克林大人的狩獵嚮導快五年，當然知道那種藥，我還嘗過呢，瞧！」

他從懷裡掏出一瓶廉價的威士忌，就是在列城賣給探險者的那種，手法很巧妙地往喇嘛的牙縫裡灌了一點。

「楊克林大人在阿斯特再過去一點的地區扭到腳的時候，我嘗了一下，哈！我已經看過他們的籃子，不過我們到了薩姆里格的時候再平分。再讓他喝一點，這是好藥。你摸摸看！他的心臟現在跳得穩定一點了。把他的頭放低，揉揉他的胸口。如果他靜靜地等我殺了那兩個洋人，根本不會發生這種情形。不過，或許洋人會追到這裡，那樣用他們的槍射擊他們就沒有錯，對嗎？」

「我想其中一個已經付出代價了。」基姆咬牙說，「我們滾下山的時候，我朝他的褲襠踢了一腳，我真想殺死他！」

「如果一個人不住在蘭布爾，勇氣十足是好事。」說話者住的小屋離藩王那座搖搖晃晃的王宮只有幾英里。「如果我們在洋人之間的名聲不好，就不會再有人僱用我們了。」

「哦，但是這兩個人不是講英語，不像佛斯敦大人或楊克林大人一樣有著愉快的心情。他們是異邦人，無法像一般的洋人一樣說英語。」

喇嘛這時開始咳嗽，坐了起來，摸索著念珠。

「不准殺人，」他喃喃自語，「輪迴公道。邪生邪……」

「沒殺人呢，聖者，我們都在這裡。」那位奧中漢子膽小地拍著喇嘛的腳，「您不吩咐，我們絕不殺人。請好好休息一會兒。我們會在這裡紮營，月亮升起時，我們就前往雪山下的薩姆里格。」

「挨打之後，」一個斯碧堤人以說教的語氣說，「最好睡覺。」

「我脖子後面還是像剛才那樣發暈疼痛。讓我躺在你的膝上，徒弟。雖然我年紀大了，卻仍無法擺脫盛怒……我們碰到事情，都必須想到原因。」

「給他一張毯子。我們怕洋人看見，所以不敢生火。」

「最好是到薩姆里格，沒有人會跟蹤我們到那裡。」

說這句話的人是那位緊張的蘭布爾人。

「我當過佛斯敦大人的挑夫，現在是楊克林大人的挑夫。要不是這趟倒楣的強迫勞役，我應該跟楊克林大人在一起。讓兩個人帶著槍監視下方，省得洋人再幹傻事，我絕不離開這位聖者。」

他們在距離喇嘛不遠的地方坐下，傾聽動靜一會兒，然後輪流抽水菸袋，那水菸袋的菸筒是個老舊的黑皮瓶子。水菸袋從這個人手裡傳到那個人手裡，燒紅的炭發出微光，照耀一直眨個不停的細長眼睛、中國人的高顴骨、肩上深色粗呢衣摺裡的粗脖子。他們看起來像是從魔礦裡鑽出的精靈，一群山間矮人，在開祕密會議。他們講話的時候，寒夜讓小溪結冰，雪水淙淙流動的聲音越來越不可聞。

「他真有種，獨自對抗我們！」一位斯碧堤人帶著欽佩的口吻說，「我記得七季以前，在拉達克那邊被杜邦大人開槍射中肩頭的一隻老羱羊，那隻羊昂然而立的樣子就跟他一樣。杜邦大人是好獵手。」

「沒有楊克林大人好。」奧中漢子喝了一口威士忌，把酒瓶傳給大家，「現在聽我講，除非哪個人自認比我知道的還多。」

沒人開口接受挑戰。

「月亮升起的時候，我們前往薩姆里格，然後把行李平分。我只要這把新的小步槍與所有的子彈就夠了。」

「難道你背的那些熊皮都不好嗎？」一位兄弟吸著菸問。

「那倒不是，可是現在麝香腺每個值六盧比。你老婆可以擁有那帳篷帆布和一些燒飯器具。天亮前我們可以在薩姆里格分好，然後各走各的路。記住，我們從沒見過那兩個洋人，也從沒為他們幹活，他們不能說我們偷了他們的行李。」

「這對你行得通，但我們的藩王會怎麼說？」

「誰會告訴他？那些不會說我們當地話的洋人？還是那個別有居心、給我們錢的胖先生？他會帶軍隊來收拾我們嗎？我們會留下什麼證據？凡是我們不要的東西都扔到薩姆里格的貝丘[1]裡，沒人去過那裡。」

「今年夏天有誰在薩姆里格？」那個地方不過是放牧的地方，只有三、四間小屋。

「薩姆里格之花。她不愛洋人，我們都知道。至於別人，給點小禮物就很高興了，這裡足夠我們大家平分。」他拍拍最近一個背籃的側面。

「可是！可是……」

「我已經說過，他們不是真正的洋大人，他們的獸皮獸首都是在列城市集買的。我認得出標記，去年三月我指給你看過。」

「對，它們都是買來的獸皮與獸首。有的裡面甚至長了蛾。」

這是很高明的一番談話，那位奧中漢子對他的弟兄瞭若指掌。

「如果最糟糕的情況發生，我就把整個經過告訴風趣的楊克林大人，他一定會哈哈大笑。對於我們認識的洋大人，我們不幹壞事。這兩個洋人動手打僧人，他們把我們嚇壞了，我們就逃跑了！誰知道我們把行李摔在哪裡？你們認為楊克林大人會准許鄉間員警在山間到處亂跑，打擾他打獵嗎？從西姆拉到中國已經很遠，從薩姆里格到薩姆里格的貝丘更遠。」

「那就這樣，可是那個大籃子由我背。就是那個有著紅頂蓋，那兩位洋人每天早上自己背的那個籃子。」

「由此證明，」那位住在薩姆里格的人敏捷地說，「他們都是不相干的洋人。哪裡聽說過佛斯敦大人或楊克林大人，就連夜裡不睡、獵捕黑羚羊的小皮爾大人——我說，誰聽說過這些洋大人到山裡，不帶著平地來的廚子，不帶著搬運工，後面不跟著各式各樣領高薪、氣焰萬丈、壓迫老百姓的人？他們能出啥亂子？那個籃子怎麼樣？」

1 村子裡的垃圾場。

「沒什麼，都是書，他們用來寫字的簿子與紙張，還有奇怪的儀器，像是禮拜用的。」

「統統要扔到薩姆里格的貝丘了。」

「沒錯！但是如果我們褻瀆洋人的神靈怎麼辦？我不喜歡這樣糟蹋字紙，我覺得他們的銅像莫名其妙，不是簡單的山民應該拿的。」

「那個老頭子還在睡。噓！我們問問他的徒弟。」那位奧中漢子又喝了點酒，對自己身為領導十分神氣。

「我們這裡，」他輕輕地說，「有個籃子，我們不知道這裡面是什麼東西。」

「但是我知道，」基姆謹慎地說。喇嘛睡得很香，基姆想到賀瑞最後說的幾句話。他參與大博弈，極尊重賀瑞的調度。「那是一個有著紅蓋的籃子，裡面盡是美妙的東西，蠢蛋碰不得。」

「我說過了，我說過了。」背著那個籃子的人大喊，「你認為它會讓我們露出馬腳嗎？」

「如果你們把它交給我，那就不會，我可以消掉它的法力，不然會釀成大禍。」

「僧人總有一份兒。」威士忌讓那個奧中漢子腦子發熱。

「我完全不在意，」基姆用他祖國的狡猾語氣回答，「你們自己瓜分，看看結果怎樣！」

「我可不要，我只是說笑。您吩咐吧，東西夠大家分，而且還有剩。天一亮，我們就去薩姆里格。」

他們對那擬了又擬的天真小計畫又討論了一小時，基姆冷得發抖，又相當自豪。情況惹人發噱，他靈魂裡的愛爾蘭部分與東方部分都被逗樂了。北方的可怕敵人派來兩個間諜，他們在本國的地位極可能與瑪哈布或克萊頓上校一樣高階，卻忽然變得一籌莫展。他暗中知道其中一人會瘸個一陣子。他們曾向藩王許下諾言。今晚他們卻躺在他的下方，沒有圖表、食物、帳篷、槍枝，也沒有嚮導，除了賀瑞先生以外。他們的「大博弈」失敗（基姆想知道他們會向誰呈報這件事），結果在夜裡落荒而逃。這既不是因為賀瑞的詭計，也不是出於基姆的策畫，而是像安巴拉那位盡忠職守的年輕員警逮捕瑪哈布的「苦修僧」朋友那樣簡單美妙，而且自然而然。

「他們在那裡，一無所有。哎呀，天氣真冷！我在這裡，握有他們全部的東西。啊，他們一定非常生氣！我為賀瑞先生感到難過。」

基姆的憐憫之心其實很多餘，雖然當時賀瑞先生肉體受罪，但是他的精神相當得意。小山下面一英里處的松林邊上，有兩個人凍得半死，其中一個不時痛得要命，他們互相責備，賀瑞也被罵得狗血淋頭，他被嚇得要死。他們要求他想出行動的計畫，他解釋說他們能活命已是萬幸，他們的挑夫不是想下手狙擊，就是已經逃得無影無蹤。他的藩王主子距離此地九十英里，如果聽到他們曾毆打僧人，非但不會借錢與僕從給他們前往西姆拉，反而一定會把他們關進監獄。他盡力強調毆打僧人的罪孽與這個行動的後果，講到那兩個人叫他改變話題。他說他們唯一的希望就是小心翼翼地從這個村子逃到那個村子，直至逃到文明世界為止。接著他第一百次流淚詢問天上星辰，那兩位洋人為何「毆打聖者」？

再走十步，賀瑞就可以溜進那兩個人絕對去不了、嘎吱作響的黑暗中，到最近的村莊得到食宿，因為那裡鮮有能言善道的醫生。但是他甘願受凍，陪著他那兩位尊貴的雇主，被他們辱罵，有時還會挨上幾個大拳頭，他靠在樹幹上悲哀地用鼻子嗅聞。

「你可曾想到，」那位沒受傷的人憤怒地說，「我們這個樣子在這一帶山地走來走去，給工人看見了成何體統？」

賀瑞先生已有數小時沒想別的事，但是那句話並非對他說的。

「我們不能走來走去！我走不動。」飽受基姆拳腳毆打的那個人說。

「也許聖者會慈悲為懷，不然，先生……」

「我保證，下次再碰上那位年輕小和尚，一定要請他吃左輪手槍裡所有的子彈，心裡才會舒坦。」他的回應不是基督教徒應有的口吻。

「左輪手槍！報復！小和尚！」賀瑞把身子蹲得更低，那兩個人開始脣槍舌戰，「你難道完全沒想到我們的損失？行李！行李！」賀瑞幾乎可以聽到說話的那個人在草地上急得跳腳，「我們忍受的一切！獲得的一切！我們的收穫！八個月的血汗！你知道那意味著什麼嗎？『能對付東方人的絕對是我們！』喔，你做得真好。」

他們用數種語言討論，賀瑞不禁微笑。基姆在行李那邊，行李裡面是八個月高明外交的戰果。他沒辦法與那個孩子通消息，但對那個孩子盡可放心。至於所有其他事情，賀瑞可以精心安排他們的穿越山區之行，讓他們的穿越山區之行變成希拉斯（Hilás）、彭納爾（Bunár）、四百英里山路一帶的居民講一輩子的笑話。無法駕馭挑夫的人在山區無法受到尊重，而且山民有非常尖酸的幽默感。

「即使是我自己做的，」賀瑞心想，「也不能做得更精采。天哪，現在一想，當然是我安排的！當我下山時，我就想到了！那件毆打喇嘛的暴行是意外，但是只有我能搞定它。啊，真值得，試想對這些無知人民的道德影響多大！不會有條約，不會有文件，也完全不會有紀錄，只有我會為他們翻譯，我跟上校會一起哈哈大笑！真希望我也能把他們的文件弄到手，但是一個人無法同時出現在兩個地方，這一點不言自明。」

第十四章

我的兄弟以異教徒的方式（正如卡比爾所言）
跪在石頭與黃銅前。
但我在兄弟的聲音中，
聽見自己未獲解答的苦惱
他的神正如他命運所指定
他的祈禱屬於全世界，也屬於我。

——卡比爾[1]

月亮升起時，這群謹慎的挑夫上路了。喇嘛睡過一覺後，恢復了精神，不再需要一路靠基姆的肩膀支撐，再度可以安靜大步前進。他們在散布著頁岩的草地中走了一小時，繞過一座年代不可考的懸崖，爬到一處與中國谷地完全隔開的新區域。一大片牧草地以扇形往上延

---

1 本詩的大意是儘管宗教不同，但是宗教需求與理想並無二致。卡比爾（Kabir）是十五世紀印度的宗教改革者。

伸至長年不化的積雪，底部的平地或許約半英畝，平地上有幾間泥土與木頭蓋成的小屋。由於山上的房子通常都蓋在山的邊緣，因此小屋後面直落兩千英尺就是薩姆里格貝丘，從未有人涉足那裡。

這群挑夫直到看見喇嘛在當地最好的房間裡就寢，基姆像穆斯林一樣為他按摩雙腳，才開始分贓。

「我們會送食物過去，」那位奧中漢子說，「把那個紅頂背籃也送去。到了天亮，就沒有絲毫證據了，如果籃子裡有不要的東西……看這裡！」

他指著窗口，敞開的窗戶外面是雪地反射的皎潔月光，他扔出空的威士忌酒瓶。

「不必聽它落地的聲音，這裡是世界的盡頭。」他說，接著走出去。喇嘛一手按在窗臺上，凝望前方，雙眼亮得像黃色的蛋白石。白色山峰在他眼前的巨大深坑中升起，渴望著月光，其餘地方就像星際一樣漆黑。

「這些，」他慢慢地說，「正是我的山嶽，人就該這樣高居世界之上，遠離享樂，思考大事。」

「說得對，如果他有徒弟為他沏茶，為他折一張墊子墊在頭下，並把生產的母牛趕走。」

壁龕裡有一盞冒煙的油燈，但明亮的月光讓燈光黯然失色。基姆彎身在食物袋與杯子間走動，在月光與油燈的光線下，他看起來像高大的幽靈。

「唉！但是我現在已經冷靜下來，腦子裡卻仍像有人在敲鼓，頸後像被繩子勒著。」

「難怪，那一拳好猛，希望打你的那個人……」

「但是如果不是我自己七情未盡，就不會生出邪惡。」

「什麼邪惡？你已經救了洋人的命，他們其實罪該萬死。」

「徒弟，你沒好好學到教訓。」喇嘛坐在一張折起來的毯子上，基姆做著晚上的例行工作，「那一拳不過是影子上加個影子，那一拳的邪惡（這幾天我的腿很快就累了）碰上我內心的邪惡（怒火與以邪對邪的欲望），這些讓我的脾氣受刺激，讓我的欲望不斷翻騰，我的耳朵只聽得到嗡嗡聲。」他講到這裡，從基姆手裡接過熱茶杯，合乎禮儀地喝著滾燙的紅茶。「如果我沒有七情六欲，那邪惡的一拳只能傷害我的身體，造成傷痕或是瘀青，那只是幻象而已。但我的心並未抽離，因為我立刻湧起讓斯碧提人大開殺戒的欲望。我在抗拒這個欲望時，靈魂彷彿被揍了不只一千拳而破裂痛苦。等我默誦祈禱文（他指的是佛經），內心才恢復平靜。不過那剎那間不小心趁隙而入的邪惡，會一直發作到最後。輪迴公道，分毫不差！記住這個教訓，徒弟。」

「這對我來說太高深，」基姆低聲咕噥，「我仍然很震驚，也很高興傷了那個人。」

「我在下面樹林中，躺在你的膝上睡覺時感覺到這點，那讓我在夢中焦慮不安，你靈魂內的邪惡滲入我的靈魂。但另一方面，」他脫下念珠，「我救了兩條命，無禮對待我的那兩個人的命，因此積了功德。現在我必須仔細思考其中因果。我的靈魂之舟搖擺不定。」

「睡吧，養好精神，這是最有智慧的做法。」

「我要沉思，這種需求遠大於你能理解的。」

喇嘛凝視牆壁，時間一小時又一小時過去，直至黎明。這時高峰上的月光變得黯淡，遠方山坡兩側的黑暗也消失，柔綠的森林出現。喇嘛不時呻吟，上了門的門外，被擾亂的一群母牛想回到牛圈裡。薩姆里格與那群挑夫分贓作樂，那位奧中漢子是他們的領袖，他們一打開洋人的罐頭食品，發現十分美味，就一發不可收拾了，薩姆里格貝丘成了垃圾堆。

基姆做了一夜噩夢，悄悄起身在晨寒中刷牙，這時一位皮膚白淨、戴著松石頭飾的女人把他拉到一邊。

「那些人走了，他們依照諾言把這個背籃留給你。我不喜歡洋人，但是你得畫道符給我當報酬。我們不希望小薩姆里格因為那個意外事件而聲名狼藉。我是薩姆里格之花。」她用大膽明亮的雙眼把他從頭到腳看一遍，不像一般山地女人一樣偷瞄。

「沒問題。但必須祕密地畫。」

她像拎玩具一樣抬起沉重的大籃子，再扔進自己的小屋。

「出去，把門閂上！我畫完以前，別讓人靠近。」基姆說。

「但我們之後可以談談嗎？」

基姆把籃子斜放在地上，裡面的測量儀器、書籍、日記、信件、地圖、充滿異香的本地信件像瀑布一樣流了出來。籃底有一個繡花袋，套住一份有著鮮明裝飾圖案的密封燙金文件，就像一位國王致函另一位國王的那種信。基姆高興得喘不過氣來，並用洋人觀點檢視情況。

「我不要那些書，那些都是關於對數的書，我想那是測量用書。」他把那些書放到一旁，「我看不懂這些信，但是克萊頓上校看得懂，全部都得拿。至於地圖……他們畫得比我好……當然要拿。所有本地信件，噢！尤其是那封外交信。」他聞了聞那個繡花袋，「那一定是從希拉斯或彭納爾寄出的，賀瑞先生說得對。天啊！收穫很不錯。我希望賀瑞知道……其餘東西必須丟出窗戶。」他撫摸一個優良的稜鏡羅盤與經緯儀的閃亮頂部，但是白人官老爺不能偷竊，而且這些東西之後可能成為麻煩的證物。他整理了每一張手稿、每一幅地圖、那些本地信。他將那些東西擺放成柔軟的一疊，並將三本上鎖的金屬封底大書與五本舊記事簿放在一邊。

「我必須把信件與外交信放在我的上衣裡與腰帶底下，也得把那些手寫的書放入食物袋，到時食物袋會很重。不，我想沒有其他東西了，如果有的話，挑夫也已經把它們丟下懸崖，所以沒問題了。現在你也去吧。」他把準備扔掉的東西全裝進籃裡，把它高舉到窗臺上，一千英尺之下是一團拉長、圓潤、緩緩移動的薄霧，尚未受到晨光照射，再往下一千英尺是一座百年松林，一陣旋風把雲吹散時，他看到下面翠綠的林梢宛如一層青苔。

「不，我認為不會有人尋找你的下落！」

滾落的籃子往下墜時，裡面的東西不停掉出來。那個經緯儀撞到懸崖凸出的岩石，像顆炮彈一樣爆裂。書籍、墨水瓶架、顏料盒、羅盤、尺出現了幾秒，像一群蜜蜂，後來消失不見。儘管基姆將大半個身子探出窗外，拉長耳朵聆聽，都沒聽見底下傳來任何聲響。

「五百盧比甚至一千盧比都買不到那些東西。」他遺憾地想著，「真是浪費。不過我有他們別的東西，他們做過的一切都在這裡，但願如此。我現在該如何告訴賀瑞先生，我該怎麼辦？那位老人家又病了。我必須用油布包好這些信件，這是該做的第一件事，不然它們會被汗浸淫……而我又是獨自一人！」他把信件捆成整齊的一疊，還在稜角處把又硬又滑的油布弄齊，他的流浪生活已把他訓練成宛如有條不紊地探路的老獵人，他小心翼翼地把那些書籍裝到食物袋下方。

那名女子敲門。

「可是你沒畫符。」她張望四周說道。

「沒必要。」基姆徹底忽略假裝念點咒的必要，那位女人毫不尊敬地笑他腦子糊塗。

「對你來說沒必要，你只要眨眼就能施展法術，但你走了之後，別忘了我們這些可憐人。他們昨天晚上都喝得爛醉，聽不見女人說話，你沒醉吧？」

「我是僧人。」基姆恢復冷靜，那女人十分不討人喜歡，所以他認為自己最好待在屋內。

「我警告過他們，洋人會生氣，他們將嚴加調查，報告藩王。還有一位本地人跟著他們，辦事員都很長舌。」

「妳的麻煩只有這些嗎？」基姆腦中浮現一個主意，他擺出迷人笑容。

「不只這些。」這位女人說，她伸出一隻戴滿鑲銀松石戒指的褐色粗手。

「我立刻就能畫好。」他迅速接著說，「那位本地人就是那個在茲格勞山區雲遊的醫生（你聽過他嗎？），我認識他。」

「他會為了獎金而洩漏祕密，洋人分辨不出不同的山民，但是本地人分得出來，無論山民是男是女。」

「請為我傳話給他。」

「我願意為你做任何事。」

他冷靜接受這番讚美，就像女人主動示愛時男人應有的態度。他撕下筆記本上的一頁，用一根擁有專利、筆跡擦不掉的鉛筆，以小頑童在牆上寫髒話的潦草大寫字體寫道：「他們所寫的東西都在我手裡，還有這個國家的地圖與許多信件，尤其是那封外交信。請指示我該怎麼做，我在雪下的薩姆里格，老人家病了。」

「把這個交給他，他就會閉上嘴，他不可能走得很遠。」

「的確沒走多遠。他們仍在支脈那邊的森林裡，我們的孩子天亮時去監看他們，他們行動時，孩子們就帶回消息。」

基姆露出震驚表情，但是從牧羊的草地邊傳來一聲宛如鳶叫的尖銳叫聲，一位牧牛孩子帶回中國山谷另一側的兄姊傳回的消息。

「我的那些丈夫也都出去撿木柴了。」她從懷裡掏出一把核桃，把其中一枚整齊地剁成兩半，開始吃了起來。基姆假裝完全不懂其中含意。

「你不知道核桃的含意嗎，小和尚？」她故作害羞地說，並把剁成一半的核桃遞給他。

「好點子。」他將寫了字的那張紙迅速放進核桃中，「妳有蠟可以封住這封信嗎？」

女人大聲嘆口氣，基姆心軟了。

「辦完事情才有報酬，請把它交給那位先生，說是符咒之子給他的。」

「好！一定！一定！是一位長得像洋人的法師給他的。」

「不，是符咒之子給他的。問他是否有回應的話。」

「但要是他動粗呢？我……我怕。」

基姆哈哈大笑，「我敢說，他現在一定是又累又餓。山地讓人變成冷酷的夥伴，嗨，我的……」他差點要脫口說出「大媽」，可是他改說「姊姊」，「妳聰明又風趣。這時全村都知道洋人發生什麼事了吧，嗯？」

「對，子夜時消息已傳到茲格勞，明天應該會傳到寇格。這兩個村子都又氣又怕。」

「不必怕，告訴那兩個村子提供食物給洋人，讓他們和平前進，我們必須讓他們悄悄離開山谷。偷東西是一回事，殺人是另一回事，那位先生會了解，不會事後通報當局。快去，我師父醒來時，我必須服侍他。」

「好，就這樣吧。你說事情辦完就有報酬，是不是？我是薩姆里格之花，是藩王給我這塊地。我不是只會生小孩的普通女人。薩姆里格是你的；蹄、角、皮、牛奶、乳酪，都是你的，任你享用。」

她毅然決然地轉身走上山，銀項圈在她寬胸脯上叮噹作響，迎接一千五百英尺上方的晨曦。基姆一邊用蠟封好油布包的邊緣，一邊用本地話思考。

「一個男人總是被女人騷擾，怎能修道或是從事大博弈？像淺灘旁的阿克羅拉村那位女孩、鴿棚後方洗碗工的老婆，更別提其他女人，現在又來了這個女人！我是小孩的時候倒無所謂，但我現在已長大成人，她們卻不把我當成大人，竟然使出核桃這一招！哈！哈！到平原地帶的話，就是請你吃杏仁了！」

他外出去村莊化緣，不是用乞缽，乞缽在平地行得通，但現在他是用王子氣概去化緣。

薩姆里格的夏季人口只有三戶人家，四個女人，八、九個男人。他們有的全是罐頭食品與混合飲料，包括充氨的奎寧水到白伏特加，因為他們在前晚挑夫分贓時也大有所獲，那些乾淨的歐洲大陸式帳篷早被剪碎分掉，房子外面放著有專利的鋁鍋。

村民認為喇嘛的存在可以保護他們不受一切後果連累，於是無悔地拿出最好的東西，甚至請他品嘗來自拉達克的大麥啤酒。接著，大家晒著太陽去除寒氣，坐在無底深淵的邊緣上，雙腿垂盪著，大夥兒聊天、大笑、抽菸。他們根據自身受僱於四處旅遊的洋人及被聘為狩獵挑夫的友人的親身經歷，對印度及政府做出評語。基姆聽到如今都死了二十年的白人官老爺為何沒射中羱羊、鬣羚、螺角山羊等故事，每個細節都像閃電照出樹梢枝微末節那般清楚。他們把他們的小病告訴他，尤其是他們那些腳步很穩的小牛的毛病。他們告訴他有外國傳教士住的寇格和更遠的美妙西姆拉的故事。西姆拉真好，街道是白銀鋪的，你知道，人人都能向坐著二輪馬車、花錢如流水的白人官老爺討份工作。不久後，喇嘛態度莊嚴、腳步沉重地踽踽而來，和他們在屋簷下聊天，大家都讓出很大的空位給他。稀薄空氣讓他精神為之一振，他和最喜歡的其中一人一起坐在懸崖的邊上，話少的時候就向下丟石子。三十英里外，老鷹翱翔處是另一道山脈，從遠方望過去，彷彿有斑點的小片灌木叢，其實那些都是森林，每個森林都相隔一天行程。村莊後方，薩姆里格的山巒擋住南邊的所有景色，這就像坐在世界屋脊簷下的一個燕窩裡。

喇嘛不時伸出手，只要稍微低語提示，他就會指出到斯碧堤、越過帕隆拉向北走的路。

「德真寺就在北邊，山巒最密的地方是德真（他指的是漢勒），那間大廟是塔格斯坦拉真建造，有這麼一個關於他的故事。」他講出那個充滿魔幻與驚奇的古怪故事，讓薩姆里格的人都瞠目結舌。往西邊一點，他用手指著庫魯的青山，並在冰川下尋找開龍寺。「因為我許久以前到過那裡，我翻過巴若拉蚩，到了列城。」

「是，是，我們知道。」足跡遍及遠方的薩姆里格人說。

「我和開龍寺的僧人一起睡了兩晚！那真是一段愉快的山中生活！在所有幻影中最令人鍾愛的幻影！在那裡，我開了眼界；在那裡，我得到啟示；在那裡，我準備好展開追尋。我走出雪山，離開高山強風。啊，輪迴公道！」他細心地祝福他們，無論是大冰川、光禿岩石、大量堆積的冰積原、崩塌的頁岩、乾燥的高地、隱藏的鹽湖、陳年樹木、得到灌溉的富饒山谷，他都一一祝福，彷彿一位垂死的人保佑他的同伴，基姆對他的激情感到驚訝。

「是，是，我們的山區舉世無雙。」薩姆里格人說，他們不禁詫異一個人怎能住在熱得可怕的平原地帶，那裡牛大如象，不適合在山坡地耕作；那裡的村莊據說相連百里，人們成群偷竊，沒被強盜奪走的也被員警拿得精光。

他們就這樣悠然度過一個上午。中午時分，基姆的信差從地勢高峻的牧地走下來，就像她當初走上去那樣一點也不喘。

「我寫信給醫生。」那位女人向喇嘛行禮時，基姆解釋。

「他跟那些拜偶像的人在一起嗎？不，我記得他把其中一個醫好了。他積了功德，不過他醫好的那個人借用他的力量做壞事。輪迴公道！那位醫生怎麼了？」

「我怕你受傷了，還有——還有我知道他很聰明。」基姆拿過用蠟密封的核桃殼，閱讀在他紙條背面的英文內容：「收到你的禮物。一時不能離開同伴，會把他們帶往西姆拉。希望以後能跟你見面。不宜追隨心懷憤怒的人，請從原路回去，我會趕上。幸好我有先見之明，能通信十分欣慰。」

「聖者，他說他將從拜偶像的人那邊脫身，會回到我們這裡，那麼我們是不是要在薩姆里格等一下？」

喇嘛深情地望著遠山良久，搖搖頭。

「不要等，徒弟，我很想這樣做，可是老天不容許，我已經看見其中因果。」

「為什麼？山嶽不是讓你精神一天比一天好嗎？你還記得我們在下面杜恩山谷時曾累到發暈。」

「我精神好了就犯邪惡，忘卻一切。我在山上是惡漢流氓。」基姆忍住微笑。「輪迴公道，無懈可擊，分毫不差。很久很久以前，我還血氣方剛的時候，曾到白楊林間的奘大師那裡，」他指向不丹，「就是到養聖馬處朝聖。」

「靜下來，別出聲！」薩姆里格人異口同聲喊道，「他要講能在一天之內環繞世界一周的神駒詹林寧科爾了。」

「我只跟我徒弟講，」喇嘛輕聲責備，那些人立刻像晨間南邊屋簷上的霜雪迅速散開，「我當時還沒有求道，只是討論學理。一切都是虛妄！我在奘大師那裡喝麥酒吃麥餅，第二天有人說：『我們到山谷下與桑戈．古托克的人爭個明白，以斷定（記住，欲望與嗔怒息息相關！）山谷的統治權和出售當地印刷的祈禱經文的所得利潤應歸哪一位住持。』我去了，我們打了一天。」

「可是怎麼打的，聖者？」

「用我們的長筆盒，我可以表演給你看……我說，我們在白楊樹下決鬥，雙方住持與僧人全都出動，有個人把我的額頭打得皮開肉綻，深到見骨，你瞧！」他把帽子往後掀，露出一個皺紋結在一起的一塊白色傷疤。「輪迴公道，無懈可擊，分毫不差！昨天傷疤曾經發癢，五十年後我還記得那一下是怎麼來的，下手的那個人的面貌。我稍微講一下這些虛妄，你從這就可以看出鬥爭很愚蠢。輪迴最公平！那個崇拜偶像的人一拳打中我的傷疤。我的靈魂受到震撼，它變得陰暗，我的靈魂之舟在虛妄的水流上搖擺得很厲害。我來到薩姆里格才思量其中因果，也可說是追溯邪惡的根源，我整夜都在拚命思索。」

「可是，聖者，你對一切邪惡都是無辜的，讓我來做你的代罪羔羊！」

基姆確實為老喇嘛的悲哀感到難過，不禁隨口說出瑪哈布・阿里的口頭禪。

「黎明時分，」喇嘛神情變得更加凝重，每次慢吞吞地說完一句話，就掐弄念珠，「我在這裡醒悟……我老了……在山地出生長大，不應該在我的高山間坐下。我在印度南北漫遊了三年，難道泥土的力量比大地還強？我的愚蠢肉體渴望從這裡去到山區的高山白雪。我說，我的搜尋有把握，的確也是如此。因此我在庫魯婦人家裡，心過度受到念頭驅使，轉想到雪山。我不能責怪那位醫生。他根據我的欲念，預言雪山會讓我身心強壯。這些山讓我強大到做邪惡的事，忘掉原來的搜尋。我喜愛此生和生命的欲望。我很想爬陡峭的大山，我四處尋找這些山嶽。我讓高山測試自己的體力，這是邪惡。你在詹諾特里下方喘氣的時候，我嘲弄你，你不敢面對山隘積雪的時候，我開你的玩笑。」

「可是這有什麼不好？我當時的確害怕，就是害怕。我不是山民。你的新力量讓我敬愛你。」

「我記得不只一次，」他把臉哀傷地貼在手上，「我希望你與醫生稱讚我的腿力，邪惡就這樣相繼而生，直至滿溢。輪迴真公道！全印度過去三年給了我一切的榮譽。從神奇之屋的智慧之泉到……」他微笑起來，「在大炮旁邊玩的一個小孩，整個世界都在為我開路。為什麼？」

「因為我們愛你，這只是那一拳把你打得發燒迷糊了，我也還是不舒服，還在發抖。」

「不對！那是因為我走上了道，就像循著鐃鈸聲步向法本。可是我入了歧途，那道聲音就停止了，接著受罰。在我的國家邊緣登上我的雪山，我的罪惡欲念產生的地方，發生了那場打鬥。看這裡！」他摸摸額頭，「就像一位沙彌擺錯杯子要挨揍，我這個肅仁寺住持也挨了打。沒講一句話，你瞧，就是狠狠的一下，徒弟。」

「可是那些洋人不知道你的身分，聖者！」

「我們半斤八兩，是無知與欲望對上無知與欲望，並且招致憤怒。那一拳對我是啟示，我不比一隻迷途走失的犛牛好，我的地方不在這裡。一個人能看出一個行為的因就是達到解脫的一半！『回到原途，』那一拳說，『雪山不是你的地方，你不能選擇解脫又同時沉溺於人間的樂事。』」

「如果沒碰上那位可惡的俄國人多好！」

「就是世尊也不能讓輪迴倒轉，至於我積的功德，我得到另一個啟示。」他的手伸入懷中，掏出那幅輪迴圖，「瞧！我沉思後，考慮到這件事，那位偶像崇拜者把這張圖扯得只剩我指甲那麼寬的地方還連著。」

「我明白了。」

「那麼我這肉體裡的生命也只剩這麼多。我一生都在為法輪服務，現在它要為我服務了。要不是引導你上了正軌積下功德，我在找到那條河以前還可能再轉一生。你明白嗎，徒弟？」

基姆凝視著那張殘破不堪的輪迴圖，那是從左到右斜角撕破，從渴望生育的第十一宮（西藏人所畫的格式）穿越人獸世界到第五宮，空虛的感官之宮。其中的邏輯無法反駁。

「世尊悟道以前，」喇嘛很恭敬地把圖折好，「他受到誘惑，我也受到誘惑，但都過去了。箭是落在平原地帶，不是在山區。所以我們在這裡做什麼？」

「我們至少應該等候那位醫生？」

「我知道我在這具臭皮囊裡還能活多久。一位醫生又有什麼辦法？」

「可是你病得很重，發冷顫抖，你不能走路。」

「我如果獲得解脫，哪裡還會生病？」他不穩地站起來。

「那麼我要去村子化緣。啊，這讓人見了就厭惡的路！」基姆覺得他也需要休息。

「那是合法的，我們吃了就上路吧。箭是落在平原地帶……可是我向欲念低頭了。把一切準備好，徒弟。」

基姆轉身面對那位戴著松石頭飾、正向懸崖下方丟石子的女人。她嫣然微笑。

「我找到他的時候，那位先生像小麥田裡迷失的水牛，凍得鼻子冒氣打噴嚏。他餓到忘了尊嚴，向我甜言蜜語。那些洋人身邊一無所有。」她伸出一隻空空如也的手掌，「其中一個肚子不舒服，那是你做的嗎？」

基姆點頭，眼睛閃亮。

「我先跟那位孟加拉先生說話，後來又與附近一個村子裡的人談話。他們會給洋人食物，不跟他們要錢。贓物已經分好了。那位先生對洋人說假話，為什麼他不離開他們？」

「那是因為他心腸好。」

「我還沒見過心比乾核桃大的孟加拉人呢，不過沒關係了……現在講起核桃，辦完事後有報酬，我已經說過整個村子都是你的。」

「我無福消受，」基姆開始說，「雖然我內心圖謀這些……」不必多說這種場合應該說的阿諛之詞了。他深深嘆口氣，「但我的師父被顯聖引導……」

「哈！老眼睛除了一個滿滿的乞缽之外，還能看見什麼？」

「……要離開這村子再前往平原地帶。」

「勸他留下。」

基姆搖頭，「我知道這位聖者的脾氣，如果忤逆他，他會勃然大怒，」他煞有介事且慎重地說，「他的咒語能讓大山震動。」

「可惜無法讓他自己的頭不破！我聽說揍那位洋人的是你這位擁有猛虎膽量的英雄。讓他做夢做久一點，留下！」

「山婦，」基姆說，擺出嚴厲姿態，但這無法讓他板起那張年輕的橢圓臉龐，「這些事太深奧，不是妳能明瞭的。」

「神保佑我們吧！從什麼時候開始，男人和女人變得不是男人和女人了？」

「僧人總是僧人。他說他此刻就走。我是他的徒弟，就要跟他一起走。我們上路需要食物。他在所有村子裡都是貴客。不過，」他露出完全天真的微笑，「這裡的東西很好吃，請給我一些。」

「我如果不給你，那又怎樣？我是這個村子的女人。」

「那麼我就詛咒妳，只是小咒，不是大咒，只是要妳記得。」他忍不住笑了。

「你已經用下垂的睫毛與向上揚的下巴對我的心下咒了。咒語？光是那些嘰哩咕嚕的話，我為何要在意？」她的手在胸口緊握，「但我不要你生氣走掉，完全不想起我——一個在薩姆里格撿牛糞撿草，但是仍有女人本質的我。」

「我什麼都不想，不過我要離開也很傷心，因為我累得要命，而我們需要食物。袋子在這裡。」

那女人氣呼呼地抓過袋子。「我真傻，」她說，「你在平原地帶的女人是誰？膚色是白是黑？我以前也很白淨，你笑什麼？以前，好久以前，如果你相信的話，一個洋人看上我。我在那邊傳教站穿的是歐式衣衫。」她指著寇格那個方向，「以前，好久以前，我是基督徒，說英語，說得和洋人一樣。我的那個洋人說會回來娶我，對，娶我。他走了，我在他生病時照顧他，可是他一直沒有回來。後來我看出基督徒的神說假話，我就回來同胞身邊，從此再也不看洋人一眼（別笑我，那陣痴狂已經過去了，小和尚）。你的容貌、走路姿態、說話的神情都讓我想起那位洋人，雖然明知你不過是我布施的一位流浪托缽僧。你要咒我嗎？你既不能咒我也不能祝福我！」她雙手插腰苦笑，「你的神是假的，你的工作是假的，你的話也是假的。天地之間並沒有神，我知道……可是有短暫一陣子，我以為我那位洋人回來了，而他是我的神。對，我以前曾在寇格的傳教站屋內彈鋼琴。現在我施捨異教僧人。」她用英語說出異教這個詞，同時把滿滿的食物袋綁好。

「我在等你，徒弟。」喇嘛靠著門柱說。

那女人對高個子喇嘛瞄了一眼：「走路！他連走個半英里都不行，那把老骨頭要去哪裡？」

這時基姆因為喇嘛體力不支而不知所措，又預見食物袋將很沉重，不禁火冒三丈。

「他要去哪裡，關妳什麼事，不吉祥的婦人！」

「不關我的事，是你這個洋人面孔的小和尚的事，你難道要抬著他走？」

「我要到平原地帶，什麼都阻擋不了我回去。我已經和自己的靈魂搏鬥到一點力氣都沒了。我這愚蠢的肉體已經油盡燈枯，而我們離平原地帶還很遠呢。」

「瞧！」她跨到一旁，讓基姆看看自己多麼孤立無援，「你咒我好了。也許那會增加他體力。畫個符呀！求你偉大的神。你是和尚。」她掉頭跑開。

喇嘛仍然握著門柱，虛弱無力地蹲下。一個人無法駁回到了晚上精神復原如孩子的老人。喇嘛虛弱地倒向地面，他那雙望著基姆的眼睛卻依然有神，並露出懇求。

「沒關係，」基姆說，「只是空氣稀薄，讓你軟弱而已。我們一會兒就走！這是高山症，我的胃也有點不舒服。」他跪下去，脫口說出這些不太高明的安慰言語。那位女人又回來了，身子挺得比以前更直。

「你的神沒有用，嗯？試試我的，我是薩姆里格之花。」她沙啞地叫喚，她的兩位丈夫走出牛欄，另外三位抬著轎子，那是山區給病人與藩王巡視用的簡陋擔架。「這些牛……」她對他們根本不屑一顧，「只要你需要都供你使喚。」

「可是我們不去西姆拉，我們不要接近洋人。」一號丈夫嚷道。

「他們不會像別人那樣跑掉，也不會偷行李，我知道其中兩個很懦弱，松努和塔利，你們站到擔架後面。」他們迅速照做。「把它放低，再把聖者抬進去。我會照料村子與你們那些賢慧的老婆，直到你們回來。」

「那是什麼時候？」

「問問和尚他們，別跟我囉嗦，把食物袋放在腳跟前，這樣它更能讓兩邊平穩。」

「啊，聖者，你們雪山的人比我們平原地帶的人心腸好多了！」基姆看到喇嘛踉蹌地上了擔架，他放心了，不禁喊道，「這真是國王的龍床，尊貴舒適。這全虧……」

「一位不吉祥的婦人。我需要你的祝福，就像需要你咒我一樣殷切。這是我的命令，完全不是你的，抬起來，走！對了！你有盤纏嗎？」

她把基姆叫到她的小屋裡，彎腰打開帆布床下的舊英國錢箱。

「我不需要什麼。」基姆說，他在應該感激的地方反而生氣，「我已經無禮地得到很多恩惠。」

她用古怪的笑容抬頭看，並把一隻手搭在他的肩膀上，「至少得謝謝我。我是其貌不揚的山地女人，可是照你說的，我積了功德。要不要我表演給你看洋人的道謝方式？」她那對銳利的眼睛軟化了。

「我只是浪遊的僧人，」基姆兩眼發亮，做出回應，「妳既不需要我的祝福，也不需要我的詛咒。」

「別急，再待一會兒，你走十大步就可以追上擔架。如果你是洋人，要我教你該怎麼做嗎？」

「我猜一猜如何？」基姆說，攬住她的腰，吻了她的臉頰，並用英語說：「親愛的，謝謝妳。」

亞洲人根本沒有親吻的習慣，也許就是因為這個原因，她身體向後仰，雙眼圓睜，一臉驚慌。

「下次，」基姆接著說，「妳千萬別以為妳能把異教僧人看得很準，我現在跟妳說再見，」他用英國人的方式伸出手，她自動抓住他的手，他說：「親愛的，再見了。」

「再見，還有……」她正想起一個又一個英文字，「你會再回來嗎？親愛的，再見。還有，上天保佑你。」

半小時後，擔架吱吱作響，搖晃地上了薩姆里格向東南方走的山徑，基姆見到那個小屋門口有個身形極小的人揮舞著一塊白布。

「她積的功德遠比其他人還多。」喇嘛說，「送一個人走上解脫之途，功德有她獲得解脫的一半大。」

「嗯，」基姆想到過去的一切，心有所思地說，「也許我也積了功德……至少她沒有把我當成小孩。」他把僧袍前面繫好，信件和地圖都藏在那裡，並把喇嘛腳邊寶貴的食物袋重新放好，接著一隻手放在擔架上，按照那些咕噥抱怨的丈夫的緩慢腳步，認真前進。

前進了三英里後，喇嘛說：「這些人也積了功德。」。

「不只這個，還要給他們銀子。」基姆說，銀子是薩姆里格之花給他的，他認為銀子再由她的丈夫掙回才公平。

第十五章

我不會讓道給皇帝，
我會為國王守路。
我不會對三冠之王屈服。
但是這個情形不同！
我不會與空中的力量搏鬥。
哨兵，讓祂通過！
放下吊橋，祂是我們的主宰。
夢想成真的夢想者！

——《仙子圍城》

在中國谷地以北兩百英里，總是心情愉悅的楊克林大人躺在拉達克的藍色頁岩上，怒沖沖地用小望遠鏡掃視山巒，尋找他喜歡的追蹤者，那位奧中漢子的蹤影。但是那個叛徒正拿著一把新的曼立夏步槍與兩百發子彈在別的地方獵麝香鹿賣錢，楊克林大人下一季會知道他多邪惡。

在布夏爾的山谷，喜馬拉雅山一目千里的老鷹忽然轉向一把藍白兩色的新傘，撐傘疾走者是一位孟加拉人，以前很胖，看起來很健康，現在他瘦了，滿面風霜，面色憔悴。那兩個有名望的外國人向他道了謝，因為他頗熟練地把他們引導到馬秀布拉隧道，這個隧道通往廣大又華麗的印度首都。在溼潤霧氣的籠罩下，他帶領他們行走，錯過了寇格的電報站與歐洲人的聚居地，那不是他的錯，而是神的錯，他講神講得讓人著迷。結果他帶領他們進入納罕境內，納罕王誤以為那兩位外國人是開小差的英國軍人，賀瑞解釋這兩位同伴在他們的祖國很偉大光榮，直到那位昏昏欲睡的小藩王露出笑容。他對每位詢問的人解釋，大聲解釋了許多次，而且每次講的內容都不一樣。他乞討食物、安排住處，並證明自己是擅長醫治腹股溝傷害（人在黑暗中從布滿岩石的山坡滾落時可能受的傷）的高明醫生，也證明了他在各方面都不可或缺。他為人和善的理由讓他受讚譽。他與數百萬農奴一樣，學會將俄國視為來自北方的偉大救星。他很恐懼，曾擔心激動的農民發怒，他卻無法拯救出色的老闆。他很樂意毆打聖者，但是……他對自己曾盡「棉薄之力」讓他們的冒險成功，深為感激欣喜，只是行李丟了。他已經忘了挨打的事，否認自己第一天晚上在松樹下狼狽挨揍。他不要津貼，也不要報酬，不過如果他們認為他可靠，能不能為他寫一封推薦信？如果他們的朋友以後越過山隘來到這裡，那封推薦信可能派得上用場。他央求他們將來大功告成時記得他，因為他「巧妙地表示」：他——加爾各答的莫罕德羅．拉爾．德特碩士曾為政府效力。

他們給了他一張證明，稱讚他擔任嚮導的態度彬彬有禮，樂於幫忙，並具有可靠的本領。他把那張證明放入腰帶，想到他們一起經歷過那麼多危險，他激動地哭了。正午時分，他帶領他們沿著西姆拉熙攘的商城路走到西姆拉的聯盟銀行，那兩個人希望能證明他們的身分。後來他就像賈科山上的朝雲一樣消失了。

瞧瞧他，現在他緊張得流不出汗，急得無法吹噓那個小銅盒裡的藥。他爬上薩姆里格的山坡，是非常公正的人。看看他，他放下紳士的架子，中午時分躺在帆布床上吸菸。一位戴著綠松石頭飾的女人指著光禿禿的草地以外的東南方，她說擔架走得比人慢，不過他要找的人現在應該已到了平原地帶。雖然莉絲白[1]大力挽留，但是那位聖者不肯留下來。賀瑞哀聲嘆氣，做好準備，再度上路。他不在乎天黑後趕路，但是他白天行進的速度會讓那些嘲笑他的人感到震驚，雖然這些都沒記載下來。好心的村民記得兩個月前那位來自達卡的賣藥郎中，於是給他過夜的地方，讓他免受林中惡鬼傷害。他夢見孟加拉的神、教育學的大學教科書、英國倫敦的皇家學會。第二天拂曉，他撐著那把藍白兩色的傘快步前進。

一架舊擔架停在杜恩山谷的邊緣，穆蘇里在遙遠的後方，眼前的平原地帶在金黃色的塵土中伸展。整個山區都知道擔架裡躺著生病的喇嘛，他想找一條可以治病的河。各村的人為了爭取抬擔架的榮耀，差點互毆，因為不但喇嘛會給予祝福，他的徒弟還會給一筆很好的酬勞，足足是白人給的三分之一。擔架一天前進十二英里，這可以從油膩磨損的竿子末端看出，並且他們走的路都是白人很少走的路。他們在暴風雪中走過尼蘭山隘，狂風把積雪吹進

1 莉絲白（Lispeth）：即這位戴著綠松石頭飾的女人。

神色未變的喇嘛的每一個僧衣褶層裡；他們在瑞恩黑角山羊出沒的山頭，聽到雲中傳來野山羊的咩叫聲；他們在下方頁岩上紮營，因過度勞動而覺得疲倦；他們繞過巴吉拉提下面那條鑿出來的路的險彎時，繃緊肩膀，咬緊牙關；他們下山到達水之谷時，步伐穩定迅速，擔架擺動發出嘎吱聲響；他們沿著那四面環山、冒著蒸騰熱氣的山谷往上疾走，最後再度走出山谷，遇見凱達爾納特山吹來的咆哮狂風；中午時分，他們在橡樹林的林蔭下歇息；他們在寒涼的拂曉經過一個個村莊，這時就算虔誠信徒大罵不耐煩的聖者也是可以原諒的事；他們會點著火炬趕路，就連最大膽的人也會想到鬼。終於，那具擔架到達旅程的最後一段，在較低的西瓦利克山脈，矮小的山民因為較高的氣溫而出汗，他們圍繞著喇嘛與基姆，求他們祝福與發放工資。

「你們已經積了功德，」喇嘛說，「那個功德比你們所知的還大，而你們將回到高山上。」他嘆息。

「當然，我們會儘快回到高山。」挑擔架的人揉揉肩膀，喝了水又吐了出來，接著重新穿好草鞋。基姆臉色憔悴疲倦，從腰帶裡掏出一點銀幣付給挑夫，然後拿起食物袋，把一個油布包塞入懷裡，他說裡面是經文。他攙扶喇嘛站好，這位老人的眼神再度恢復平靜，不再像受到氾濫河水耽誤的那個可怕夜晚裡，他眼神驚慌，四下張望，以為高山會崩塌，把他壓碎。

那些山民扛起擔架，轉身就消失在灌木叢裡。

喇嘛朝著喜馬拉雅山脈的山巒揚起一隻手，「啊，山中之靈，世尊的箭並非落在你那裡！我永不再呼吸你的空氣了！」

「但是你在這種良好的空氣裡，身體比以前強壯十倍。」基姆說，精神疲憊的他喜歡農產豐富、氣候宜人的平原地帶。「對，箭落在這裡或附近。我們將輕鬆地前進，也許每天走一科斯左右，因為我們的搜尋之旅一定會有結果。但是袋子很重。」

「對，我們的搜尋之旅一定會有結果，我已經擺脫了極大的誘惑。」

・・・

現在他們每天走路從不超過一、兩英里，基姆扛起一切重量，包括一位老人、一個沉重的食物袋，裡面有鎖住的書本、塞在懷裡的文件，還有每天固定要做的瑣事。每天拂曉，他就去化緣，把毯子鋪好，讓喇嘛靜坐沉思；中午時分，倦累的頭靠在膝上挨過炎熱的天氣。他不斷拿扇子趕走蒼蠅，直到手腕都痛了起來；黃昏時分，他再去化緣，為喇嘛揉腳。喇嘛承諾說很快就能解脫，可能是今天或明天，最晚是後天。

「從來沒有這樣的徒弟，我經常懷疑阿難尊者服侍世尊是否比你更忠心。你真的是白人嗎？許久之前，我身強力壯的時候，我忘了這件事。現在我常常看著你，每次都記得你是白人，真奇怪。」

「你說過人不分黑人或白人。聖者，為什麼你要說這些話折磨我？請讓我揉另一隻腳。這些話我聽了很難過，我不是白人，我是你的徒弟。我肩膀上的頭很沉重。」

「再多一點耐心！我們一起得到解脫。然後你與我在河流的彼岸回顧我們的前世，就像我們在高山上對登山旅程一目了然一樣。或許我前世是白人。」

「我敢發誓從來沒有像你這樣的白人。」

「我敢說神奇之屋那位管理佛像的人前世是非常睿智的住持，但是就連他的眼鏡也不能讓我看得透澈。我凝視時，看到了陰影。沒關係，我們知道這個愚蠢的臭皮囊耍的技倆就是把陰影變成另一個陰影，我受到時空的幻覺束縛。我們今天走了多少路？」

「或許半科斯。」這段距離約莫是四分之三英里，這趟路途讓人疲累。

「半科斯，哈！精神上我走了千萬科斯。我們真是深受這些無意義的事物圍困、限制、束縛。」他望著自己青筋畢露、連舉起念珠都嫌重的瘦弱手臂，「徒弟，你從未想要離開我嗎？」

基姆想到那個油布包和食物袋裡的書本，只要有經過正式授權的人把這些東西拿走，他才不管大博弈怎麼進行。他很疲倦，腦袋發熱，從胃裡湧上的咳嗽讓他擔憂。

「不，」他近乎嚴厲地說，「我學會愛人之後，就絕對不做咬人的狗或蛇。」

「你對我實在太溫柔了。」

「倒也不是。我沒跟你商量就做了一件事。我已托今天早上送我們羊奶的那個女人捎口信給那位庫盧的老夫人，我說你有些虛弱，需要轎子。我發誓我們進入杜恩山谷時，我並沒有這個想法。我們在這裡等轎子來吧。」

「我很滿意。正如你說的，她是心地很好的女人，但是很愛講話，喋喋不休。」

「她不會惹你厭煩，這一點我也關照過了。聖者，我對你有諸多照顧不周之處，我心情很沉重。」一股激動的情緒湧上他的心頭，「我帶你走得太遠了，並未總是找到美味的食物給你，沒顧慮到天氣炎熱，在路上與人聊天而冷落你……我還……我還，哎呀，但是我敬愛你……而現在一切都太遲了……我只是孩子……唉，為什麼我不是大人呢？」他承受超過他的年齡所能負擔的壓力、疲勞、重量，情緒潰堤，在喇嘛的腳邊哭泣。

「這是做什麼呢！」老喇嘛溫柔地說，「你從未遠離尊師之道。疏忽了我？孩子，我一直靠著你的力量活下去，就像一棵老樹靠著新的石灰牆活著。自從我們自薩姆里格下山起，我每天都偷走你的力量，因此你變得軟弱了，那不是你的罪。現在開口說話的是肉體，那愚蠢傻笨的肉體，而不是充滿自信的靈魂。放心吧！至少我們知道你對抗什麼魔鬼，它們是塵世造成的幻想。我們將前往庫盧婦人的家，她會提供住處給我們，尤其是會好好招待我，藉此積功德。你別再管這些事了，直到養好身體、恢復力氣。是我忘了愚傻的肉體，如果要怪的話，那應該怪我。不過，我們已經非常接近解脫之門，無法再權衡責任。我可以稱讚你，但是有必要嗎？再等一會兒，一下子就好，我們就能坐在不需要這些的地方了。」

他用關於肉體這個費解野獸的睿智諺語與重要經文安慰基姆，肉體其實是虛妄的幻覺，卻堅持假裝成靈魂，通往漸暗的大道，並讓不必要的惡魔增加無數倍。

「哈！哈！我們談論那位庫盧婦人吧，你覺得她會為外孫再要一道符嗎？好久好久以前，我還是年輕人的時候，這些幻想與其他事情讓我困擾，我就去見住持，一位追求真理的聖者，雖然我當時對這件事一無所知。坐起來聽，我的靈魂之子！我說出心事，他對我說：『徒弟，你要知道，世間謊言很多，說謊話的人也不少，除了肉體的感官以外，最會說謊的就是我們的肉體。』我思量了這句話就感到安慰了，他還准許我在他面前喝茶，這是很大的恩惠。現在容我喝茶吧，因為我渴了。」

基姆在涕淚中笑出聲，吻了喇嘛的腳就去煮茶。

「你倚靠我的身體，聖者，但我在別的方面倚靠你。你知道嗎？」

「我已經猜到情形或許是如此，」喇嘛眼裡閃著光芒，「我們必須改變這種情形。」

因此，當一陣窸窸窣窣的腳步聲傳來，帶著一股大事發生的激動氣氛，那位頭髮花白的老僕人負責引領老夫人那頂心愛的轎子，搖搖晃晃從二十英里外過來時，以及當他們抵達薩哈蘭普爾後方那間格局凌亂的白色長屋時，喇嘛都是自己照顧自己。

老夫人從樓上一扇窗後問候他們，接著愉快地說：「一位老太婆對一位老頭子的建議有什麼好處？我告訴過你，我告訴過你，聖者，要注意你徒弟，你是怎樣注意的？別回答我！我知道，他一直在女人堆裡鬼混。瞧他的眼睛深深凹陷，還有從鼻子往下的那條背叛線！他被看穿了。呸！呸！虧他是個僧人呢！」

基姆抬頭往上看，累得笑不出來，僅搖頭否認。

「別開玩笑，」喇嘛說，「說笑的時間已經過了，我們是為大事而來。我的靈魂生病了，於是上了高山，而他身體病了。從那時以來我一直倚靠他的力量而活，等於是吃他的血肉。」

「一老一少都是孩子。」她嗤之以鼻地說，但是不再說笑了，「希望目前的招待能讓你們恢復健康！稍微等一下，我會過去跟你聊一聊美好的高山。」

她的女婿晚上回來了，因此她不必出去巡視農莊。喇嘛低聲為她解釋，她了解了事情的重點，兩位老人一起睿智地點頭。基姆拖著蹣跚的腳步，走到有一張帆布床的房間，迷迷糊糊地打盹，喇嘛不准他蓋毯子，也不准他進食。

「我知道，我知道，我算得了什麼？」她咯咯地笑，「我們這些快要躺在河邊火葬場階梯的人都是靠那些從生命之河帶著一壺壺裝滿的水的人。我冤枉了那個孩子，他借你力量嗎？沒錯，老人每天都在損耗年輕人。現在起來吧，我們必須讓他恢復健康。」

「妳已經積了許多功德……」

「我的功德？那是什麼？只是一位乾癟老太婆為男人煮咖哩而已，而他們根本不問『是誰煮的？』現在如果是為我外孫積功德……」

「肚子痛的那位嗎？」

「聖者居然記住那件事！我一定要告訴他的媽媽，這是極大的榮耀！『肚子痛的那位』，聖者立刻就記住了，她會感到自豪。」

「我的徒弟對我來說，就像凡夫俗子的兒子一樣。」

「確實如此，是孫子。一般母親懂的沒有我們老人多，如果孩子哭了，她們就會說是天要塌下來了。祖母早已脫離生育之痛與哺乳之樂，不會認為小孩啼哭是中邪或是吹到風。因為您上次在這裡再次提到風的事，也許我再要符的話，你可能會生氣。」

「女居士，」喇嘛說，和尚有時會用這個稱呼尼姑，「如果符讓妳感到安慰……」

「它比一萬名醫生更好。」

「我說，如果符讓妳感到安慰，無論妳要多少，我這位肅仁寺住持都會給妳。我從沒見過妳的臉……」

「就連偷我們枇杷的猴子都認為自己比較好看。嘻！嘻！」

「但是睡在裡面的他說……」他指著前院對面緊閉的客房說，「妳的心腸非常好……他在精神方面真是我的『孫子』。」

「很好！那我是聖者的母牛。」這完全是印度教思想，但是喇嘛根本沒注意聽。「我老了，我生過孩子。喔，從前我真的很會取悅男人呢！現在我為他們治病。」他聽到她的臂鐲叮噹作響，彷彿她要脫掉它們來做事。「我將親自照料那個孩子，給他藥物與食物，讓他恢復強壯。嘿！嘿！嘿！我們老年人還是懂得一些事情。」

因此，渾身痠痛的基姆睜開眼睛，準備去廚房為師父拿食物的時候，發現有人強力阻止。門口有一位戴面紗的老夫人，那位頭髮花白的男僕隨侍在側，明確交代他絕對不能做的事。

「你一定要拿？你不能拿任何東西。什麼？你要一個上鎖的箱子來存放經書？喔，那是另一回事，阻撓和尚念經是大不韙的事。箱子會送來，鑰匙由你保管。」

他們把保險箱推到他的帆布床下，基姆把瑪哈布送給他的手槍、油布包著的信件、上鎖的書本與日記本全部關在箱子裡，才呻吟一聲，鬆了口氣。說也奇怪，這些東西在他肩上的重量遠不及在他心頭的重量，過去幾個晚上，它們把他的脖子壓得很痛。

「你生的這種病在目前的年輕人裡很罕見，因為年輕人已經不再侍候長輩了。這種病的治療法就是睡覺與吃點藥。」老夫人說。基姆欣然順從那種半威脅半安慰的態度。

她在等同於蒸餾室的神祕亞洲房間熬了藥，那是湯藥，氣味可怕，味道更是恐怖。她站在基姆面前看他喝下去，藥吐出來的時候則詳盡詢問。她禁止人們出現在前院，還派了一位武裝人員鎮守。沒錯，那個人已經七十多歲，佩劍也只是擺擺樣子，不過他代表的是老夫人的權威。載滿貨物的運貨馬車、聊天的僕人、小牛、狗兒、母雞等全都繞道而行。最棒的是，基姆清了腸胃之後，她又從擠在後院的許多窮親戚（我們稱為家犬）裡，挑出一位表親的遺孀，此人精通歐洲人完全不懂的按摩本領。這兩個女人讓基姆呈東西向躺好，那種能刺激我們身體的神祕地電，可以幫助而不會妨礙我們舒展身體。整個下午他的身體好像被拆散——每一根骨頭、每塊肌肉、每根韌帶、每根神經都舒展開來。他接受她們不負責任的揉捏時，她們用來遮住眼睛的方形披巾讓人不舒服。那些披巾不斷飄動，一直受到調整，具有催眠效果。最後基姆很快就睡著了，一共睡了三十六個小時，對他的身體有久旱逢甘霖的效果。

接著，她給他食物，整間屋子都隨著她的呼喊而旋轉。她吩咐殺雞，派人送來蔬菜，負責菜園的老人年紀與她差不多，為人認真，思考緩慢，為了她的命令大汗淋漓地工作。她用香料、牛奶、洋蔥，加上在溪裡捉的小魚做菜，一會兒後用酸橙做雪酪，從獸場弄來肥鵪鶉，又把雞肝與薑片串在烤肉叉上。

「我見過一些世面，」她面對著一盤盤豐盛的食物說，「世間有兩種女人，一種消耗男人的力氣，另一種讓男人恢復力氣。以前我是第一種，現在是第二種。不，別對我擺出小和尚的架子。我只是開個玩笑。如果你現在覺得不正確，等你再上路的時候，就知道我的話沒錯。表親，」她對著窮親戚說，這位窮親戚總是樂於稱讚老夫人的樂善好施，「他的臉像剛用梳子刷過的馬一樣紅潤。我們的工作就像把準備拋給舞孃的珠寶擦亮，嗯？」

基姆坐起來微笑，身體的虛弱已像舊鞋一樣消失。他的舌頭發癢，很想再度暢所欲言，不過一星期前，他連輕輕講一個字都像是有灰塵堵住喉嚨。他脖子的瘦痛（一定是喇嘛把他弄成這樣）已經隨著登革熱的嚴重病情與嘴裡的糟糕味道一起消失。那兩位老婦人現在也不甚在意面紗，快樂地咯咯笑得像進入敞開的門啄食的老母雞。

「我的聖者在哪裡？」他問道。

「聽聽他說的話！你的聖者好得很。」老夫人惡狠狠地厲聲說，「不過那可不是他的功德。如果我知道有靈符能讓他變得聰明，我願意變賣珠寶來買那種符。他不肯吃我親手煮的美食，餓著肚子跑到原野裡流浪兩天，最後又跌進一條小溪——你說那是聖德嗎？你已經讓我很心焦，他還摧殘我僅剩的心，這時還說他積了功德。啊，所有男人都一樣！不，還不只那樣，他還告訴我，他已洗清一切罪孽。早在他把自己弄得全身溼透之前，我就可以告訴他這一點。他現在病好了，那是一星期以前發生的事，但這種聖德讓我憤怒！三歲小孩都比他懂事。別為你的聖者煩惱，他沒踏進我們的小溪時，雙眼一定緊盯著你。」

「我不記得看見他，只記得白天與黑夜像白線與黑線一樣不斷出現又消失。我不是生病，只是累了。」

「是許多年的疲累造成的昏睡症。但是現在治好了。」

「王后娘娘！」基姆開口，但是看到她的眼神，就改成含有敬愛的稱呼，「老媽媽，妳對我有再造之恩，我該怎麼感謝妳？願妳的家得到萬倍祝福……」

「這個家才沒受到保佑！（很難如實傳達老夫人的話）如果你願意，你可以用僧人的態度感謝老天；如果你在乎的話，你可以用兒子的態度來謝我。老天在上！我把你的身體抬了又抬，拍打扭擰你的十個腳趾，是為了讓你用經文來敷衍我嗎？你的生母在某個地方傷心透頂。兒子啊，你是怎麼利用她的？」

「老媽媽，我沒有生母。」基姆說，「他們告訴我，我很小的時候，她就死了。」

「哎呀！那就沒人可以說我剝奪她的權利了——當你再度上路，這間房子只不過是你的一千個避難處中的其中一處，你隨口祝福一下後就忘了。沒關係，我不需要祝福，但是……但是……」她對那位窮親戚跺腳，「把托盤拿到廚房，妳這個不吉祥的女人，不新鮮的食物放在這個房間有什麼好處？」

「我，我也生過一個兒子，但是他死了。」那位圍著方形圍巾、低著頭的窮親戚啜泣地說，「妳知道他死了！我只等妳吩咐就把托盤撤走。」

「我才是不吉祥的女人，」老夫人懺悔地大喊，「我們緊抓著水壺的握把（她指的是年輕力壯的人，但是這句雙關語說得不高明），走到遮棚處（火葬場上方，僧人最後一次接受奉獻的地方）。如果一個人在節慶上跳不動舞了，必須朝窗外望，做外婆也耗費一個女人的所有時間。你的師父把我想為最大的外孫求的符咒全都畫給我，理由是他已經完全洗淨罪孽，這是真的嗎？那位醫生最近很無聊，因為沒有更好的聊天對象，所以就到處騷擾我的僕人。」

「老媽媽，什麼醫生？」

「就是給我藥丸、讓我覺得自己裂成三段的那個達卡人。一星期前，他像迷路的駱駝一樣來到這裡，發誓說他與你在前往庫盧的路上變成結拜兄弟，假裝為你的健康感到憂慮。他又瘦又餓，所以我命令僕人也把他餵飽，餵飽他的肚子，也平撫他的焦慮！」

「如果他在這裡，我要見他。」

「他一天吃五餐，為我的家畜刺破膿瘡以免自己中風。他為你的健康感到十分憂慮，所以總是徘徊在廚房門口吃殘羹剩飯。他會留在這裡，我們永遠沒辦法擺脫他。」

「老媽媽，叫他到這裡，」基姆的眼睛再度閃過一道光，「我來試試看。」

「我會叫他來，不過把他趕走很惡毒。至少他很明智，把聖人救出小溪，因此積了功德，但是聖者沒這麼說。」

「他是非常睿智的醫生。老媽媽，請他過來。」

「僧人讚美僧人？真是奇蹟！如果他是你的朋友（你們上次見面的時候曾吵架），我就用套馬繩把他硬拖過來，再以正式晚宴招待他。兒子啊……快起來看看這個世界！躺在床上會帶來七十種壞處……我的兒子啊！我的兒子啊！」

她快步走出去，在廚房附近大聲喊叫，她才走過去，賀瑞幾乎是立刻進到基姆的房間。他穿著長袍，像羅馬皇帝一樣，下巴肥厚得像提突斯王，光著頭，穿著一雙新的漆皮鞋，胖到不能再胖，一臉興高采烈，並向基姆打招呼。

「哎呀，歐哈拉先生，看到你真讓人高興。我會關上門。你病了，真遺憾，病得很嚴重嗎？」

「那些文件，背籃裡的文件，還有地圖與外交信！」基姆不耐煩地遞出鑰匙，因為他目前的心事就是趕快擺脫那些贓物。

「你說得沒錯，這是本部門成員應有的正確立場。你把一切都弄到手了？」

「我拿走背籃裡全部手寫的東西，還把其餘的東西丟下山。」他聽到鑰匙開鎖的聲音、慢慢扯開發黏的油布包的聲音、快速翻閱文件的聲音。他知道自己這段日子臥病時，這些東西一直放在他床下，這是無法告訴別人的負擔，這讓他沒來由地火冒三丈。因為這個緣故，當賀瑞像大象一樣蹦蹦跳跳，再與他握手時，他覺得全身的血液都激動了。

「太好了！好極了！歐哈拉先生！哈！哈！你把所有東西都偷來了，他們告訴我，他們八個月的血汗都毀了！哎呀，他們痛打我一頓！……你瞧，這就是希拉斯發出的信！」他誦讀了一、兩行波斯宮廷體的文章，這是官方認可與未認可的外交所用的語言。「王爺大人這下子可失足了，他必須向當局解釋何以寫情書給俄國沙皇。這些地圖十分巧妙……這一帶有三、四位首相因為通信而受連累。我的天！英國政府將更改希拉斯與彭納爾的繼位，提名新的繼承人來繼承王位，『叛國是最惡劣的』……但是你不懂，嗯？」

「這些東西都在你手裡了吧？」基姆問，這是他唯一關心的事。

「你盡可放心，它們確實在我這裡，」他把全部珍貴的文件藏在身上，這是只有東方人能做到的事。「它們也會被送到辦公室。那位老夫人以為我會賴在這裡，永遠不走。但是我會帶著這些東西立刻離開，馬上就走。勒根先生將以你為傲。你在編制上是我的下屬，但是我在口頭報告裡會提到你的名字，可惜書面報告禁止這樣做，我們孟加拉人對這門要求準確的學問很在行。」他擲回鑰匙，讓基姆看看箱子裡空空如也。

「好，很好。我很疲倦，我的聖者也病了，他的確是掉進……」

「喔，是的。我是他的好朋友。我追在你們後方到這裡的時候，他的行為很古怪，我當時以為文件可能在他那裡。他沉思時，我跟著他，還與他討論民族學問題。比起他的強大魅力，我非常不重要。但是，歐哈拉，你知不知道他罹患痙攣症。對，我告訴你，假如不是癲癇就是強直性昏厥。我在樹下發現他時，他都快進了鬼門關，這時又跳起來走進小溪。要不是我，他差點淹死，我把他拖了出來。」

「都是因為我不在！」基姆說，「他很可能淹死。」

「對，他很可能淹死，但是現在他全身都乾了，還堅稱他已經脫胎換骨。」賀瑞會意地敲敲額頭，「我已經記下他說的話，可能會呈交給皇家學會。你得趕快痊癒，返回西姆拉，我會在勒根那裡把我的整個故事說給你聽。那真是棒極了，那兩個人的褲子後面十分破爛，年邁的納罕王還以為他們是開小差的歐洲兵呢。」

「哦，那兩位俄國人？你與他們相處了多久？」

「其中一位是法國人。喔，我們相處了很多天！現在所有山民都相信俄國人都是乞丐。天哪，我沒給他們什麼，他們就沒有什麼。我告訴老百姓，噢，真是很棒的故事與趣聞！你過來的時候，我會在勒根那裡告訴你一切。啊，我們還會外出狂歡一晚！這是我們兩人都該感到自豪的成就！沒錯，他們還給我一張證明書，這是最好笑的事。你真該看看他們在聯盟銀行證明自己身分的情形！謝謝萬能的主，你漂亮地拿走他們的文件！你不常大笑，但是你痊癒後應該多笑。現在我要直接去火車站離開此地。你對這場大博弈有很大的功勞，你何時會過去？雖然你曾讓我們提心吊膽，但是我們大家都以你為傲，尤其是瑪哈布。」

「啊，瑪哈布，他在哪裡？」

「當然就在這一帶賣馬。」

「在這裡！為什麼？說慢點，我的腦筋還有點遲鈍。」

賀瑞害羞地垂眼看著自己的鼻子，「嗯，你知道我很膽小，不喜歡擔責任。你生病了，我完全不知道文件的下落，也不清楚如果你拿了檔案，那是拿了多少？所以我到這裡的時候，發了一封密電給瑪哈布，他當時在密拉特賽馬，我把情形告訴他。他帶著手下過來，還與喇嘛往來。後來他說我是蠢蛋，那真是很無禮……」

「但是為什麼？為什麼？」

「這也是我的疑問，我只是建議如果有人偷了這些文件，我希望有個強壯勇敢的好漢把它們奪回來。你知道的，這些文件極為重要，瑪哈布．阿里又不知道你的行蹤。」

「瑪哈布．阿里要搶劫老夫人的家？你瘋了，賀瑞。」基姆憤怒地說。

「我要那些文件，萬一是她偷的呢？我想這只是一個務實的建議。你不高興，嗯？」

一句本地諺言——無法引用的——顯示基姆的不以為然。

「嗯，」賀瑞聳聳肩，「真摸不清你的口味。瑪哈布也很生氣。他在這裡賣過馬，還說這位老夫人是徹底的貴婦，絕不會屈尊做那種不體面的事。我不在乎，我得到文件了。我很高興與瑪哈布提供的精神支持。我告訴你，我很膽小，但是不知怎麼回事，膽子越小就越容易陷入險境。所以我很慶幸你與我到了中國谷地，我也很慶幸瑪哈布就在附近。那位老夫人有時對我與我美麗的藥丸很粗魯。」

「真主慈悲！」基姆用手肘撐起身體，非常高興，「這位印度紳士真是了不起！他獨自徒步前進，還與那兩位遭竊的憤怒外國人一起走，如果他當時真的是步行的話！」

「喔，他們揍過我之後，那算不了什麼。但是如果我弄丟文件，那將十分嚴重。瑪哈布也差點揍我，他跟喇嘛一直往來。此後我將以研究民族學調查為主。再見啦，歐哈拉先生。如果我夠快，就能趕到下午四點二十五分到安巴拉的那班火車。我們在勒根先生那裡講個人經歷給你聽，那一定很愉快。我在正式報告裡將把你說得更好一些。再見了，朋友，你下次情緒又激動的時候，別穿著西藏服裝講穆斯林的語言。」

他與基姆握了兩次手，畢恭畢敬地握，然後開了門，陽光照在他仍然得意洋洋的臉上，他就變回了那個謙卑的達卡江湖醫生。

「他偷他們的東西，」基姆心想，忘了自己出的力，「他騙他們，他對他們像孟加拉人一樣說謊，他們居然給他一張證明書！他冒生命危險讓他們淪為笑柄——我跟他們開火之後，永遠不會再有膽量跟他們一起鬼混——他卻說自己很膽小……他**確實**很膽小。我必須再度投入活生生的世界。」

他的腿起初伸不直，彎得像不好的菸袋柄。一下子吸到燦爛陽光下的新鮮空氣，這讓他暈眩。他蹲在白牆下，思索著喇嘛搭擔架下山這段長途旅程裡發生的事。喇嘛的虛弱及現在得不到師徒會談的刺激，他像病人一樣，深深自憐。他那煩惱不安的大腦一點一點地離開外界，就像一匹新馬一旦被馬刺戳痛，就設法閃避它。他擺脫了背籃中的文件，那些不再為他所有，夠了，足矣。他想到喇嘛，想著這位老人為何要踉踉蹌蹌地掉進小溪。但是他從前院的門可以看到的世界十分廣大，他的想法無法連貫。他凝望著樹木、廣闊田野、藏在莊稼中的茅屋半小時，他的眼睛已變得陌生，不能再忖度東西的大小與用途。他凝視的時候，一直覺得雖然說不出來，但是他的靈魂與周遭的一切格格不入，就像一個小齒輪與任何機器都無關，就像一臺低廉的貝希牌榨甘蔗機的一個閒置齒輪放在角落裡。清風吹拂著他，鸚鵡對他吱喳叫，他對後面房屋裡的人聲，爭吵、命令、叱責等充耳不聞。

「我是基姆。我是基姆。基姆是誰呢？」他的靈魂不停質問著。

他不想哭，這是他一生最不想哭的時候，但是輕易流出的傻淚珠忽然沿著他的鼻子流下，他的生命齒輪幾乎有聲地咔噠一聲，再度扣住這個大千世界。剛才在他眼裡毫無意義的事物一下子恢復了應有的意義，道路是該讓人走的，房子是該讓人住的，牛群必須趕，田地必須耕作，應該跟世間男女講話。這些都活生生的，真實且實在，完全可以理解，跟他同為宇宙萬物的一部分，不多不少。他拚命搖晃身體，就像耳朵裡有跳蚤的狗，然後走出大門。有人報告老夫人，她說：「讓他去吧。我已盡了責任，其餘應該由大地負責。等聖者沉思歸來時，再告訴他。」

半英里外，一座山丘上有輛空牛車，後面有棵小榕樹，彷彿是新耕梯田上面的一座瞭望哨。基姆走近時，受柔和空氣吹拂的眼皮越來越沉重。土地乾乾淨淨，沒有半死的青草，而是種有一切生命種子、帶有希望的塵土。他用腳趾感受泥土，用掌心拍一拍，全身關節一個接一個地舒適嘆息。他躺在牛車影子裡，大地和老夫人同樣熱心照拂，向他吹氣，讓他恢復因為久躺在帆布床上呼吸不到新鮮空氣而失去的精神平衡。他的頭柔軟無力地枕在大地之母的胸脯上，他伸開的手向她的力量投降。他上面那棵有許多氣根的榕樹，甚至旁邊經過人工處理、木頭已經死亡的牛車，都知道他要尋求什麼，他自己卻不知道，一小時又一小時經過，他躺在那裡比睡眠還要深沉地躺著。

接近黃昏時分，牛羊歸家，掀起塵土，整個地平線都是煙塵，喇嘛與瑪哈布・阿里躡手躡腳走來，因為老夫人家裡的人把基姆的行蹤告訴他們。

「真主！他在曠野中怎能如此大意！」瑪哈布喃喃自語，「他可能挨上一百槍，不過這裡並不是邊界。」

「而且，」喇嘛重複已經講過許多次的話，「從來沒有像他這樣的徒弟，中庸、和善、懂事、任勞任怨，他在旅途上精神愉快，從不疏忽，有學問，態度真誠又有禮貌，他會得到很大的善報！」

「我認識那個孩子，我已經說過這一點。」

「他是不是有那些優點？」

「確實有其中一些優點，但是我還沒找到紅帽喇嘛的符能讓他過於真誠，他確實受到很好的照護。」

「那位老夫人心腸很好，」喇嘛誠摯地說，「她把他當成兒子看待。」

「哼！半個印度似乎都對他如此。我只希望見到那個孩子不受傷害，能自由走動。你知道，你們一起朝聖的初期，我與他是老朋友。」

「那是我們的聯繫，」喇嘛坐下來，「我們的朝聖之旅已經結束。」

「你一星期之前沒有死去，可不能歸功於你自己。我們把你抬上帆布床時，我聽到老夫人對你說的話。」瑪哈布哈哈大笑說，一面捋自己新染的鬍鬚。

「我是在沉思心中湧起的其他事情，那位達卡醫生打斷了我的沉思。」

「不然的話，」為了表現得體，瑪哈布用帕施圖語說這些話，「你就會在地獄的火熱裡終止沉思了，因為雖然你像孩子一樣天真無邪，卻不信真主，而且崇拜偶像。但是，紅帽喇嘛，現在該怎麼做？」

「今晚，」喇嘛講得很慢，聲調中充滿得意，「今晚他將與我一樣除盡一切罪孽，他將像我一樣有把握能擺脫臭皮囊，不再受輪迴的束縛。我有一個預感，」他的手放在懷中那張撕破的輪迴圖上，「我在世的時間不長了，但是我將保護他很多年。記住，我已經得到真知，就像三個晚上前我告訴你的。」

「這一定是對的，就像提拉僧人說的──當時我與他表親的老婆偷情──我是不信神的人，因為現在我居然還坐在這裡。」瑪哈布自言自語，「冒瀆神靈到難以想像的地步……我記得那個故事。就憑那個，他到伊甸園，但是你怎麼把他弄去？難道你要殺他還是讓他淹死在賀瑞把你拖出來的那條河？」

「我不是從河裡被人拖出來的，」喇嘛說得簡潔，「你忘記其中經過了，我是用真知找到它。」

「噢，對，沒錯。」瑪哈布結結巴巴說，他又好氣又好笑，「我忘記了確實的經過，你確實是得到真知才找到它的。」

「你們說我會自盡，那不是罪孽，而是莫大的荒謬。徒弟幫我找到那條河，他有權利與我同時清除全身罪孽。」

「啊。他是需要清除，但是後來呢，老頭子，後來呢？」

「在諸天之下，有什麼重要的呢？他一定可修得涅盤，跟我一樣。」

「說得好。我本來怕他會騎穆罕默德的馬飛走呢[2]。」

「不！他必須去當老師。」

「啊哈！現在我明白了！那才是那匹小馬應有的步伐，他當然得去當老師，例如政府現在亟需他擔任抄寫員。」

「他為了那個目標已做了準備，我為他布施積了功德，好心必有好報。他幫助我搜尋，我也幫助他的目標，輪迴是公道的。噢，北方來的馬販。讓他當教師，讓他當抄寫員，那有什麼重要的？他終究會得到解脫，其餘都是虛幻。」

「有什麼重要的？我與他必須在半年內一起前往巴爾赫以北！我帶了十匹跛馬與三位熊腰虎背的漢子北上到這裡——真得謝謝沒種的賀瑞——硬是用武力從一個老太婆家裡救走一個生病的孩子。我似乎袖手旁觀一位小洋人由一個老紅帽子弄上了天曉得什麼偶像崇拜者想像中的天堂，我還以參加大博弈的一個角色自居呢！但是這個瘋子喜歡那個孩子，我大概也很瘋狂。」

紅鬍子用帕施圖語講個不停的時候，喇嘛問：「你念的是什麼祈禱詞？」

「完全無關，但是我現在明白了，那個孩子穩可進入天堂，又可以進入政府機關服務，我比以前放心了。我得去照料我的馬。天黑了，別吵醒他，我可不想聽他叫你師父。」

「但他是我的徒弟，還能怎麼稱呼我？」

「他已經告訴我了。」瑪哈布硬吞下胸中的悶氣，站起來狂笑，「我不是你那個教的信徒，紅帽子，如果你在乎這種小事的話。」

「那算不了什麼。」喇嘛說。

「我早料到是如此。所以我把你這個沒有罪孽、洗清罪孽而差點淹死的人稱為好人——一個非常好的人，你也無動於衷。我們已經談了四、五個晚上，雖然我是馬販，但是俗話說，在馬腿之外還是看得出聖潔。你也看得出那位世界之友一見到你就跟著你。好好對待他，為他洗腳——如果這對那匹小馬是良藥的話。之後想辦法要他回到這個世界當老師。」

「為何你不一起修道，這樣就可以陪伴那個孩子？」

這個建議可說是極其無禮，聽得瑪哈布傻眼，如果在邊界那邊，他可不只是動拳頭而已。但後來，他感受出其中的幽默。

「慢慢來，慢慢來，就像跛腳馬在安巴拉跳過障礙一樣，一次一隻腿。我後來也許會上天堂，我準備那麼做，大刀闊斧地做，這都是拜你那種率真之賜。你從沒說過假話嗎？」

「何必說？」

2　指伊斯蘭神話中運送先知的神獸布拉克（al-Buraq）。布拉克神奇地在一夜之間將先知穆罕默德從麥加運送到耶路撒冷的宗教聖地聖殿山（Temple Mount），在這裡，穆罕默德與天使加百列（Gabriel）一起登上七重天。

「啊，真主，聽聽他說的話！在這世界上，居然『何必說』假話？你也從沒傷害過人？」

「有過一次，在我沒通情達理以前，我用的是筆盒。」

「那又怎樣？我把你看得更高，你講的道理很好。你已讓我認識的一個人改變動武的初衷。」他豪邁地大笑，「那個人來的時候本來打算動粗搶劫，對，用刀傷人，行搶殺人，把他要的東西拿走。」

「這是很傻的事！」

「啊！而且很可恥，他見到你與少數幾個男人女人之後，心裡這麼想，於是他放棄這個念頭。現在他要去揍一位體型龐大的胖紳士。」

「我不明白。」

「真主不能讓你知道！有些人學問很強，紅帽子。但是你的力量更強，保持它，我想你會的。如果那個孩子不好好服侍你，撕掉他耳朵。」

這位阿富汗人扣上寬腰帶，昂頭挺胸地大步走入暮色中。喇嘛居然從縹緲玄思中回到現實世界，目送那個寬闊的背部遠離。

「那個人不太有禮貌，又被表面的陰影迷惑。但是他對我徒弟倒有好評，徒弟現在領受到獎賞，讓我為他禱告……啊，眾生中最幸運的人，醒來！它已經找到了！」

基姆從深井般的夢鄉中醒來，打個呵欠，喇嘛趨前照料，並彈指出聲趕走邪神惡鬼。

「我睡了一百年之久。這是哪裡？聖者，你來這裡很久了嗎？我出來找你，但是……」

他帶著睡意笑著說，「我昏昏睡去。現在徹底痊癒了。你吃過了嗎？我們回屋子裡。我許多天沒服侍你了，老夫人有沒有讓你吃得好？誰為你洗腳？肚子、脖子、耳鳴那些病都好了嗎？」

「沒有了，全都消失了，你難道不知道嗎？」

「我什麼都不知道，只曉得我有猴子壽命那麼長的時候沒見到你了。知道什麼？」

「奇怪，我全部心思都集中在你身上時，消息竟沒傳給你。」

「我看不見你的臉，但是那道聲音像一面鑼，老夫人做的食物可曾讓你返老還童？」

他窺視在檸檬色殘暉中盤膝而坐的黑濛濛身影，拉合爾博物館也有一尊如來佛石像這樣坐望著入口那個自動記錄旋轉柵。

喇嘛保持靜謐，除了念珠的咔噠聲和瑪哈布越走越遠的腳步聲，印度向晚時那種煙霧繚繞的寂靜把他們密密圍住。

「聽我說！我帶來消息。」

「但是讓我們……」

一隻黃色長手忽然伸出來，強迫他安靜下來。基姆乖乖地盤起腿。

「聽我說！我帶來消息！搜尋結束了，現在得到的是獎勵……情形是這樣。我們在山地的時候，我仰仗你的力量活下去，結果嫩枝下垂，幾乎折斷。我們離開山區之後，我為你和其他的心事而不安，我的靈魂之舟沒有方向，我看不出事情的因。於是我把你完全交給那位有德行的婦人，我不吃不喝，但是仍看不見真道。他們硬把食物送來，在我關閉的房門外哭泣。於是我跑到一棵樹下的坑裡，我不吃不喝，坐著沉思兩天兩夜，我的心靈脫離軀體並按照規定的方式呼吸……到了第二夜，終於得到極大的獎勵，明智的靈魂離開了愚蠢的軀殼，自由縱橫，這是我從未達到的境界，不過我在這個關頭徘徊。你想想看，那真是奇妙！」

「的確奇妙。兩天兩夜沒吃東西！老夫人當時在哪裡？」基姆暗自說。

「對，我的靈魂自由了，它像老鷹那樣盤旋，看不見德秀喇嘛，也看不見別人，就像涓滴受到水的吸引，我的靈魂也漸漸靠近超越一切的大靈魂。在那個階段，冥想中充滿喜悅的感覺，我見到整個印度，從海中的錫蘭直到雪山，還有我那間肅仁寺採石岩，我見到每個營地和村落，甚至見到我們曾歇腳的小村落。我同時在一處看見它們，因為它們都在靈魂之內，這時我知道自己的靈魂已經超越了時空與外物的虛妄，由此知道自己得到解脫了。我看見你躺在帆布床上，我看見你在那位崇拜偶像者的身體下面跌下山坡，都是同時在一處，在我的靈魂裡看到的。我已經說過，我的靈魂當時已經觸及大靈魂。我也見到德秀喇嘛的臭皮囊躺著，那位來自達卡的醫生跪在旁邊，對著那具軀體的耳朵大喊。

「後來我的靈魂孑然一身，我看不見任何東西，因為我已經達到了大靈魂的境界，與萬物合而為一，我七情俱盡地沉思一百萬年，明悟一切因果。然後一道聲音大喊：『你如果死了，那個孩子怎麼辦？』我對你的憐憫之心讓我搖搖擺擺，深受震撼，於是說：『我一定要回到徒弟那裡，不然他就無法得道。』一說出口，我的靈魂，也就是德秀喇嘛的靈魂，竭力掙扎，留戀，嘔吐，有說不出的痛苦，退出了大靈魂。就像魚卵脫離母體，就像魚兒躍出水面，就像雨滴從雲裡落下，就像雲從厚重的水氣中生成，德秀喇嘛的靈魂就這樣掙出、跳出、退出、衝出大靈魂。後來有個聲音喊道：『那條河！當心那條河！』我俯瞰整個世界，就像以前那樣，同時在一處看到。我清清楚楚看到箭河在我腳下，那時我的靈魂受到一些邪惡或我沒有完全清除的業障阻撓，它纏住我的手臂，圍繞著我的腰部，但是我把它甩開，像老鷹一樣飛向那條河。我為了你，把一個又一個的世界排開。我看到我下方那條河，那條箭河，我落下時，河水淹沒了我。我發覺自己又回到德秀喇嘛的軀體裡，但是一切罪孽都消除了。那位達卡醫生在河水裡托起我的頭。那條河就在這裡！在這片芒果林的後面，甚至連這裡都是！」

「請真主大發慈悲！噢，幸虧賀瑞在那裡！你是不是溼透了？」

「為什麼我要在意那個？我記得那位醫生關心德秀喇嘛的身體，他徒手把他拖出聖水，後來那位來自北方的馬販帶了帆布床與人抵達，把那具軀體放在帆布床上，抬到老夫人家裡。」

「老夫人說什麼？」

「我正在那具軀體裡沉思，沒聽見她的話，搜尋就這樣結束了。由於我積的功德，箭河就在這裡，就像我以前說的，它從我們腳下破土而出。我已經找到了它。我的靈魂之子。我已讓我的靈魂從解脫之門掙扎回來以超脫一切罪孽。就像我這樣得到解脫，沒有罪孽！輪迴是公道的！我們確定可以解脫了！來吧！」

他在膝上交疊雙手，露出微笑，那是已為自己與心愛的人爭取到靈魂解脫的人的神情。

吉卜林重要大事年表

一八六五年　十二月三十日出生於印度孟買。他出生時的屋子至今仍坐落於Sir J.J. Institute of Applied Art校園裡。他的父親約翰・洛克伍德・吉卜林（John Lockwood Kipling）是該校教師，他的母親是艾麗絲・麥克唐納（Alice Macdonald）。

一八七一年　六歲，和三歲的妹妹被一起被送到英國一間兒童寄養所接受教育。直到十二歲才離開。

一八七八年　十三歲，就讀於聯合服務學院。

一八八二年　十七歲，返回印度，在拉合爾開始第一份工作，服務於《公民軍事報》（*Civil & Military Gazette*）。

一八九〇年　二十五歲，出版第一部長篇小說《消失的光芒》（*The Light that Failed*）。

一八九二年 二十七歲，與卡羅琳·貝爾斯迪爾（Caroline Balestier）結婚。婚後定居美國。

一八九四年 二十九歲，出版《叢林奇譚》（*The Jungle Book*）。

一八九五年 三十歲，出版《叢林奇譚二》（*The Second Jungle Book*）。

一八九七年 三十二歲，出版《勇敢的船長》（*Captains Courageous*），故事取材大部分來自吉卜林童年寄宿學校的經歷。

一八九九年 三十四歲，出版《白人的負擔》（*The White Man's Burden*），是一本詩歌創作。

一九〇一年 三十六歲，出版《基姆》（Kim），是吉卜林最後一部以印度為題的長篇作品，也是評論家認為其最出色的長篇小說。

一九〇二年 三十七歲，出版兒童文學經典作品《原來如此·吉卜林故事集》（*Just So Stories for Little Children*）。

一九〇六年 四十一歲，出版《普克山的小精靈》（*Puck of Pook's Hill*）。

一九〇七年 四十二歲，以《基姆》一書獲得諾貝爾文學獎，成為英國第一位獲此殊榮的作家。

一九一〇年　四十五歲，出版《報答與仙女》（*Rewards and Fairies*），書中包括吉卜林一首極為著名的短詩〈如果〉，在一九九五年ＢＢＣ舉辦「英國人最喜愛的詩」的民意調查中，被選為吉卜林最知名的詩篇。

一九三六年　七十一歲，一月十八日因腦溢血病逝於倫敦。兩年後，其妻也逝世。

不朽Classic

基姆

2017年11月初版

定價：新臺幣380元

著者	Rudyard Kipling
譯者	廖綉玉
編輯主任	陳逸華
叢書編輯	張彤華
校對	蘇暉筠
封面設計	謝佳穎

出版者	聯經出版事業股份有限公司
地址	新北市汐止區大同路一段369號1樓
編輯部地址	新北市汐止區大同路一段369號1樓
叢書編輯電話	(02) 86925588轉5306
台北聯經書房	台北市新生南路三段94號
電話	(02) 23620308
台中分公司	台中市北區崇德路一段198號
暨門市電話	(04) 22312023
台中電子信箱	e-mail：linking2@ms42.hinet.net
郵政劃撥	帳戶第0100559-3號
郵撥電話	(02) 23620308
印刷者	文聯彩色製版印刷有限公司
總經銷	聯合發行股份有限公司
發行所	新北市新店區寶橋路235巷6弄6號2樓
電話	(02) 29178022

總編輯	胡金倫
總經理	陳芝宇
社長	羅國俊
發行人	林載爵

行政院新聞局出版事業登記證局版臺業字第0130號

本書如有缺頁，破損，倒裝請寄回台北聯經書房更換。

ISBN 978-957-08-5039-0 (平裝)

聯經網址： www.linkingbooks.com.tw
電子信箱：linking@udngroup.com

國家圖書館出版品預行編目資料

基姆/ Rudyard Kipling著．廖綉玉譯．初版．臺北市．
聯經．2017年11月（民106年）．368面．14.8×21公分
（不朽Classic）
譯自：KIM

ISBN 978-957-08-5039-0（平裝）

873.57 106020958